清末民初報人—小說家
海上漱石生研究

段懷清

▲1914年的海上
漱石生

▲《漱石生六十唱和集》壽誕照

▲《新聞報館三十年紀
念》中的「前新聞報總
主筆」海上漱石生照片

▲上海《新聞報》館外景

▲光緒二十七年笑林報館鉛印本
六卷三十回《繡像仙俠五花劍》
封面

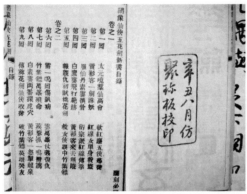

▲光緒二十七年笑林報館鉛印本六卷三十回《繡像
　仙俠五花劍》封內及目錄頁

▲清末石印本四卷三十回
　《繡像飛仙劍俠奇緣》
　封面

▲《退醒廬筆記》封內

▲退醒廬詩鈔（封面圖片）

▲《報海前塵錄》封面照片

目次

夢影錄：海上漱石生小說研究

附錄

前言：試論報人－小說家海上漱石生

海上漱石生（孫家振，字玉聲，號漱石，別署漱石生、海上漱石生、海上劍癡等，以海上漱石生最為著名，1864-1939）一生的經歷，似乎很好地見證並詮釋了清末民初滬上文人與文學與時俱進、自我調適的歷史事實，亦從一個角度，對眾說紛紜莫衷一是甚至屢遭詬病的「海派」這一名詞提供了一個注腳。按照海上漱石生自己的說法，如果將他的文學生涯與報人生涯都從1890年代算起的話，一直到1939年去世，海上漱石生的職業小說家、職業報人生涯均長達50年。在此其間，海上漱石生的職業生涯自報人始，以小說家終；[1]自大報報人始，以小報報人終。[2]這種職業報人和職業小說家的道路，在當時均有引領時代的探索意義與價值。

---

[1] 海上漱石生1893年冬進入《新聞報》，這也是他報人生涯之始。「新聞報創始於清光緒癸巳年。主筆政者為縷馨仙史蔡紫黻先生。半載後，倉山舊主袁翔甫先生繼之。余於是歲之冬入社，主任本埠新聞。」（參閱海上漱石生《新聞報三十年來之回顧》，載《新聞報館三十年紀念》增刊冊「紀念文」，上海，新聞報館編，1923年新聞報館鉛印本，第5-6頁。）而直到1939年去世，海上漱石生仍然在滬上《五雲日升樓》上連載其撰寫的長篇武俠小說《掌心劍》（參閱顧懷冰《悼孫玉聲先生》，刊《五雲日升樓》第1集第2期，上海，1939年3月1日出版，第1頁）。

[2] 自《新聞報》後，海上漱石生又先後在《申報》、《輿論時事報》等滬上大報擔任主筆或總編纂，並先後主持《采風報》、《笑林報》、《新世界報》、《大世界報》、《梨園公報》等小報，以及《繁華雜誌》、《七天》、《俱樂部》等軟性文藝性讀物。其中《俱樂部》是海上漱石生去世前4年舉辦的最後一種軟性文藝性讀物。

　　而對於海上漱石生的評價，一直以來亦有兩種標準。這兩種標準分屬於「舊派小說」陣營和「五四」以來的新文學陣營。在前一種語境中，海上漱石生一直被視為民國「舊派小說」陣營中之一員，[3]不過是很老的前輩，這在范煙橋、鄭逸梅、嚴芙孫等人的相關文獻中均有表述。而在後一種語境中，或許海上漱石生可以列入魯迅所謂近代以來滬上「狹邪小說家」或「黑幕小說家」之列，這一說法事實上亦得到了胡適的加盟肯定。

　　在「五四」新文學的語境中，民國「舊派小說」與「五四」新文學無疑是處於較為激烈的衝突甚至一度敵對狀態的──「五四」新文學宣導者們一方面要與反對新文學運動的保守派進行論戰，另外還要對以民初「舊派小說」為主的通俗文學派進行批判。但是，從晚清發軔的「舊派小說」，以開埠口岸都市為中心，以新興市民階層為讀者對象，以都市現實生活經驗為主要描寫表現內容，以言情小說、社會小說、歷史傳奇小說、武俠小說、翻譯小說、偵探小說、短篇小說及筆記等小說類型，推動了清末民初都市通俗文學的發展繁盛，並成為與傳統文學、「五四」新文學一度三分天下的近現代文學格局中之一翼。

　　在上述「舊派小說家」中，海上漱石生並不僅僅以其《海上繁華夢》、《仙俠五花劍》這兩部作品而在清末通俗文學之類型小說領域一度獨領風騷，[4]其報人－小說家的雙重身份及長達五十年的報

---

[3]　范煙橋在其《民國舊派小說史略》一書中，一直使用「舊派小說」這一術語，來替代更有分歧的「鴛鴦蝴蝶派」這一術語，「這裡說的民國小說，是指的舊派小說，主要又是章回體的小說。」（載《鴛鴦蝴蝶派研究資料‧史料部分》，魏紹昌編，上海，上海文藝出版社，1962年10月，第167頁）。這當然是與「新文學」進行參照而言的。其實，「舊派小說」中除了章回體小說，還有相當部分章節體小說。

[4]　海上漱石生曾對自己當初開始小說寫作之時滬上小說界的現狀有回憶描述，「余作《仙俠五花劍》，彼時海上之武俠小說，尚只《七俠五義》及《小五義》、《七劍十

業──文學實踐，某種意義上對於理解認識晚清以來滬上之都市文學及通俗文學，似乎更富於歷史意義及參照性。

換言之，對海上漱石生報人、小說家中任何一種身份予以解釋之時撇開對於另一種身份之必要關注，應該說都不能很好地瞭解認識海上漱石生，也不能很好地認識瞭解以海上漱石生為代表的晚清滬上報人－小說家這一具有鮮明近代特色的文人群體。具體而言，要對海上漱石生的小說進行考察分析，海上漱石生的報人身份及報人經驗是一個不應迴避的話題。其中尤為值得關注的一點，就是這種職業與文化身份對其小說實踐所可能產生的影響。與一般報人相比，海上漱石生的報人生涯和身份持續時間長，且先後在《新聞報》、《申報》、《輿論時事報》等滬上有影響力的大報擔任主筆或總編纂，這種經歷與其小說家經歷在時間上亦多有交集重疊。報人的言論方式與小說的敘事方式之間究竟會在同一主體產生怎樣的拉扯力或向心力呢？

不僅如此。海上漱石生的文本書寫形式，並不僅限於報紙論說文或長篇章回體小說，儘管這兩種形式是他作為職業報人和職業小說家的主要文本表現形式。在此之外，海上漱石生還是一個隨筆小品文作家、一個舊體詩人，[5]一個大報、小報上的重要專欄作家。儘管可以說上述文學身份彼此之間並不完全協調一致，甚至也可以說這正好與近現代之交傳統文人向現代作家身份與寫作方式的過渡轉型密切相關，但在其50年的寫作生涯中，中國的文學環境與政治社

三俠》等寥寥數部。而間有思想鄙陋、筆墨蕪雜，誤以好勇鬥狠，竟為武俠正宗之人，亦居然搦管行文，續續出版不已。余因欲力而糾正之，乃作是書。」（《退醒廬著書譚》，刊《金鋼鑽小說集》（全一冊，1932年9月），編者：施濟群、鄭逸梅，上海，《金鋼鑽報館》發行，第31頁）

[5] 有關海上漱石生之著述，請參閱本書《海上漱石生著述考》及《海上漱石生著述考補》兩部分論述。

會文化環境均發生了顯而易見的變化，海上漱石生的報人－小說家經驗，既是上述變化歷程的見證，亦從一個角度折射出清末民初文學處境的複雜多樣，以及作家們為因應上述處境所表現出來的驚人適應力和創造力。

其實，同時代的作家們對於海上漱石生在報業、文學兩個領域的貢獻，要比後來者的評價高得多。而且這些肯定性評價，亦多集中於報紙與文學的啟蒙作用與社會改良事業。

德清姚壽慈奉和漱石生六十述懷詩中有「談兵杜牧橫無敵，憂國陳東恨不平。沉寂山河驚欲動，刷新宇宙望終成。神州振起推先覺，豈獨繁華夢著行」，並自注云，「先生主《新聞報》時，適有中東一役。所輯論說皆激昂慷慨。變法圖強，新民事業，應推先覺，不僅以著有《海上繁華夢》著稱矣。」[6]可見在時人眼中，孫玉聲並非僅僅是一個聞名於時的通俗小說作家。

或許對於孫玉聲作為啟蒙思想者與通俗小說家之事功評論，直到今天仍會有不同認識。這不僅與評論者的文學觀有關，也與對於文人或作家的社會定位有關，甚至也與對於晚清以來的文學發展史的總體判斷評價亦不無關係。不過，無論在上述任何一種評論語境中，海上漱石生的身份都不是也不應該是單一的。

一

與同時代那些都市移民通俗小說家相比，海上漱石生的上海背景是否具有某種特別意義，似乎還有進一步考察的必要。但有一點

---

[6]　海上漱石生輯，《漱石生六十唱和集》，自印，無頁碼。

很清楚，那就是海上漱石生出生於開埠之後的上海，他的成長，是與上海這座近代口岸都市的發展繁盛同步的。儘管海上漱石生亦有遊覽名山大川的興趣，而且在其遊記中也有對他足跡遍及蘇、浙等地山水之記載，但與同時代那些從外省、外地移民來滬上的文人們相比，海上漱石生與上海這座城市，顯然有著更直接、更密切也更有淵源的關係——他從一出生，就註定了是這座正在快速發展中的大都市的一市民。

而海上漱石生所接受的文化教育與文學訓練，似乎從來不曾包含「市民」內容，甚至連與市民生活相關的內容亦少涉及。某種意義上，傳統文人教育與近代都市市民生活，幾乎是背道而馳的。這就意味著，海上漱石生對於傳統文人身份越認同，他對自己生而為之的都市市民身份的距離也就越遠。這是海上漱石生及其同時代不少文人們必須面對的一種身份和現實處境之悖論。他們也不得不學著去適應這兩種不同的文化與現實存在身份，並在探索中走出一條近代都市文人的自我存在之路。

（1）逸民與市民

據說，海上漱石生曾經有過兩次進入到清末官方主流體制之內效力的機會，一是光緒辛卯年（1891年）應試北闈，不售南歸，遂棄科舉，兩年後進入《新聞報》館，開始其職業報人生涯；[7]二是曾被保舉經濟特科，為其婉拒。[8]無論這兩種說法是否屬實，前一種說法至少已經為胡適《〈海上花列傳〉序》和蔣瑞藻《小說考證》所徵引。如果說前一種說法涉及千百年來讀書人寒窗十年、售與帝王

---

[7]　參閱海上漱石生《退醒廬筆記》「《海上花列傳》」一則。
[8]　參閱海上漱石生《報海前塵錄》「病鴛詞人軼事」一則。

家的仕途之夢，而後一種說法則是已處於風雨飄搖之中的晚清當局為因應時勢而不得不對前一取士方式的修正補充，但海上漱石生對此兩途均遭不遇，其仕途夢想自此亦告終結。

於是，海上漱石生就只能以一個民間文人的身份來安頓自我，以一個民間文人的立場和視角，來打量審視官場與民間社會。所謂「目上於天，目下於泉」[9]是也。

不僅如此。作為一個出生並成長於近代都市的文人，海上漱石生對於田園生活雖然說不上隔膜，但多數相關資訊，應該是從詩文詞那些文本中間接獲得的——他從一出生就面對的，是上海這座都市每天都在變化的馬路、弄堂、碼頭、餐館、茶館等都市空間，以及行走穿梭於其間的那些絕大多數根本不認識的都市人。海上漱石生不是生活在一個相對穩定的熟人社會環境之中，而是從小就與一個基本上由來來往往川流不息的陌生人為主所構成的都市社會打交道。都市空間與都市人，才是海上漱石生無所選擇的處境。而與都市空間和都市人多少還有些距離的外省外鄉空間或外省人、外鄉人，則是他需要經過理性認知與情感選擇之後才可能接受的對象。

於是，海上漱石生從其接受文化教育那一刻起，就面臨著多重挑戰：他所接受的傳統經典文化教育與近代上海都市文化之間的衝撞落差；他從古典詩文詞中所讀到的為文人們所鍾情迷戀的山水田園生活，與都市馬路、弄堂、碼頭、茶館裡的柴米油鹽利益糾纏之間的衝撞落差；他從文化上情感上對於一個純粹的中國人的認同，與上海華洋雜處、中外匯通的現實之間的衝撞落差……凡此種種，無不揭示出一個事實，那就是海上漱石生要麼漠視他的都市人與都

9　黎元洪為《新聞報》館成立三十周年紀念題詞。

市生活現實，一心嚮往遠離都市、由古代人、外省人、純粹文人所描述讚美的那種文本中的理想對象和理想生活，要麼就是冷靜而理性地面對自己真實的生活處境，面對他身處其間的都市空間以及他作為其中一員的都市市民身份。他可以在這兩種不同的文化、價值以及存在之間探索到彼此對話交流的可能性，亦可能終身糾纏於這兩者之間的拉扯而滿懷煩惱痛苦地淪陷其中，還可能尋找到一條超越之途，能夠相對自由地出於這兩者之間而又不為其所拘囿。

究竟是作「逸民」，還是面對市民這一現實？所謂逸民，有論者以為「其意趣夷然不屑，曠然高寄，非富貴功名所得而動，非聲色貨利所得而誘，若是者，宜稱民，若是之民，宜稱逸。逸者，何非擇地而逃逸，亦非潔身而隱逸也。使當有道之世，必不甘心高蹈置身於理亂之外，獨無如志與時違，不獲顯名於世耳。」[10]無論是「逸民」之立世根基立場「民」，還是「逸民」之應時之理想追求「逸」，兩種無不昭示出這種身份與「世」之間的緊張關係，甚至於為了維護理想的高潔純粹，不惜避世而圖存。這種認識，無論如何，是將「逸民」與其生活於其中的「世」置於彼此對立的位置。而在這種關聯式結構中，「逸民」所實現的理想，更多是一種封閉狀態中的自我完善而已，至於「世」之完善進步，似乎並不是「逸民」自我實現中需要予以足夠考慮的因素。

亦有論者將「逸民」與庸俗而不是「世」對立而論，認為逸民就是那些「有聖賢之心，無聖賢之責，超乎庸俗之外，不為庸俗所知。孤介自高，常寂處於水涘山巔，以自貞其矯矯獨行，是豈尋常

---

[10] 王蕺屏，《逸民說》，刊《同聲集》，黃協塤選編，國學研究社1919年鉛印本，第12頁。

人所可企及耶」[11]之人。與上述「逸民」論相比，此「逸民說」似更加突出「逸民」的道德操守與子世獨立的生活選擇。

無論那一種論說——這兩種論說都是海上漱石生同時代的滬上文士的言論，且為與海上漱石生同為滬人並素有往來的《申報》總主筆黃協塤所選輯——都迴避了海上漱石生這種生而為市民的近代都市人的難以改變的真實處境，過分強調了「逸民」道德理想的形而上的實現方式與途徑，並將「逸民」與市民和都市社會置於彼此對立、互不成就的狀態。這樣解說「逸民」並將這種「逸民」文化精神不斷強化，對於近代都市文人的文化自我保護與精神自我存在固然有其歷史合理性和環境合理性，但這種主張可能有悖於近代以來的社會文化接觸交流融合的總體趨勢，甚至也不利於知識份子自覺地參與到社會改良與進步的事業之中，並在此過程中改造知識份子的先在的文化與知識自我。

而為了從理論上以及文化及道德認同上解決這一問題，有必要對近代以來的都市市民及市民社會予以闡發和重新認知。市民及市民社會所首先面對的日常生活存在——「市，買賣所之也」[12]——而市民，也就是每天都可能需要與買賣這類財利行為發生交道關係，這些應該都是從古代文化語境或背景對市民及市民社會的一種理解，在這種理解中，我們更多看到的是古已有之且難以改變的「市井」意識和觀念。

而海上漱石生從一出生所面對的，已經不是這樣一種傳自於古的這一觀念，而是不斷近代化、現代化甚至西方化的市民和市民社會概念——當時上海被分隔為中國人管理的上海城和外人管理的租

---

[11] 孫時亮，《逸民說》，刊《同聲集》，黃協塤選編，國學研究社1919年鉛印本，第13頁。
[12] 張以誠，《市井解》，刊《同聲集》，黃協塤選編，國學研究社1919年鉛印本，第14頁。

界這兩個都市社會，事實上造成了傳統市井社會與近代市民社會之間在同一時空之中的對立、接觸與對話交流。

事實上，海上漱石生就處在這樣一種觀念文化與現實生活的雙重甚至多重纏繞拉扯之中。自晚清以來諸多都市文人都曾陷於到類似處境或有過類似經歷。而無論是作為報人的海上漱石生，亦或作為小說家的海上漱石生，顯然都不是在試圖重返「逸民」理想或傳統市井社會，而是在直面近代都市市民社會與市民生活之現實和真實。就此而言，海上漱石生以其職業報人和職業小說家的雙重試驗，實現了他從一個傳統文人到近代都市職業市民的轉型——職業報人和職業小說家，兩者都是近代都市市民面對生活現實而生成的職業方式。而用傳統「逸民」的道德標準，來要求處於近代都市市民社會之中的海上漱石生一類的作家們，顯然是不大適宜的。而他們如何因應處境的能力與方式選擇，以及如何通過報紙傳媒和文學文本形式來書寫表現已經大大改變了的生活現實，實際上才更具有真正的評價價值和文學文化意義。

（2）興亡與滑稽

中國文人傳統中經常被提及的一點，就是文人所需要承擔的社會責任。這裡的社會，顯然並非是今天意義上的公民社會秩序，而是中國傳統思想中的所謂「治」。文人與士大夫之間的合作關係，由文化、價值觀以及體制為基礎而得以保證落實，但這種關係並非始終完全一致。換言之，當社會秩序——尤其是政治秩序——陷入到「無治」的混亂狀態、政府喪失了對於社會的基本掌控力的時候，文人就可能轉換成為一種現狀的主要批判力量，當然這種批判的表現形態通常依然為「文」的方式。而在批判現狀的方式之外，

文人與現狀之間的關係，還可能有另外的表現形式，譬如明哲保身式的隱逸，再譬如自我放縱式的頹廢，再譬如嬉笑怒罵式的滑稽。

　　一般而言，嚴肅認真的政治批判和社會批判，依然是清末滬上民間自由文人常見的一種議政及社會改造方式。

　　《新聞報》總理汪漢溪在《新聞事業困難之原因》一文中，一方面歷數清末報業發展之重重困難，另一方面亦提到即便如此，報人依然需要擔負的社會責任：欲喚醒同胞、改良政治社會，非藉報紙大聲疾呼不可。[13]

　　但清末滬上文人面對家國天下以及都市社會的態度和方式，顯然又並非簡單沿襲傳統。其中尤為明顯之處，就是那種嚴肅認真的政治批判與社會批判方式主導的格局逐漸鬆動乃至解體，出現了越來越多樣的立場和聲音。

　　只要將滬上文人中開創文藝性小報風氣之一的李伯元最後十年中的各類著述稍作清理，就會發現其中思想觀點、情感表達、立場追求以及現實生活真實之間，其實存在著相當大程度之反差。當《〈庚子國變彈詞〉題詞》、《雛妓行》、《禁煙歌》、《輓陸素絹》、《戒吸煙歌》、《戒纏足歌》、《情切切良宵花解語》、《遊戲主人答客林黛玉、陸蘭芬兩校書之齟齬》、《花叢列傳》、《花榜揭曉訛言》、《以評文之法評花》、《飯桶傳》等文章同時出現在閱讀視野之中時，任何一個讀者都會為這些文章中題材、主題、抒情立場與價值傾向、語言修辭形式等之間所呈現出來的「反差」之大而不免驚訝：這些文字出自同一個作者；這個作者可以一方面感慨國變世衰，轉身又與煙花青樓笑顏逐開；一方面勸解戒煙

13　汪漢溪，《新聞事業困難之原因》，刊《新聞報館三十年紀念》增刊冊「紀念文」，上海，新聞報館編，1923年新聞報館鉛印本，第2頁，。

戒纏足、過一種健康有尊嚴的生活，扭頭又與市井無賴嬉笑怒罵。這是怎樣一個思想主體和文學主體？如何理解這一主體內在的統一性？又如何看待上述「反差」中所表現出來的主體的內在分裂或緊張？這一主體所處的生活環境又為什麼如此複雜多樣且充滿異質性？

　　一般而言，在「興亡」語境與情境之中，傳統文人最容易獲得一種道德與情感文化上的歸屬與認同，因為這是一種具有源遠流長傳統的亞文化存在。千百年來，文人們已經難以理清自我與興亡之間彼此糾纏的漫長歷史及複雜存在。

　　與這樣一條源遠流長之傳統相比，文人們似乎還有另外一條自我保護與自我逍遙放縱的傳統。與前者將自己的命運或使命緊緊聯繫在家國天下之上不同，後者恰恰是將自我從家國天下那裡解脫出來，在一種更純粹、更徹底的文人性的文化語境與精神語境中，文人亦可作為社會結構中的個體存在。

　　或許就如李伯元一篇文章題目所言：以評文之法評花。他或許知道評文與評花之間是應該有所差別的，或許那些「差別」在李伯元看來已經不需要在意看重，因為他並不是站在傳統士大夫衛道士的立場上。不過評文的方法套路，還是有用的，如今可以借鑒來「評花」。只是他或許不願意去澄清，評文和評花儘管可以共存，但屬於兩個不同的文化範疇和歷史與現實空間，也屬於兩種不同的價值與文化。

　　但在清末都市文人們那裡，這兩者卻是可以相提並論的，事實上他們正在那樣做——當他們在自己所主持的小報上毫不「羞恥」地舉辦「花榜」、為弄堂堂子裡的爭風吃醋而奮筆疾書時，儘管有人將他們斥責為末路鬼或斯文喪盡，但他們顯然有足夠的力量與文化自信來說服自我或為這樣的行為辯護。

報紙及報人身份——無論是大報報人亦或小報報人——是考察晚清傳統文人近代轉型的一個重要停留——傳統文人的家國天下觀念和社會道德意識不僅由此得以體現，亦在體現方式途徑上與傳統明顯有所區隔。儘管依然可見「巷論街談費討尋，一時聲價重雞林。蜃樓結撰雖無礙，清議原存憤世心。」[14]的喧囂熱鬧，但過去保證文人通過體制形式參政議政的途徑已經廢止，新的公民社會與法制社會的秩序又尚在草創之中。值此過渡時期，文人或許不得不暫借「蜃樓結撰」之想像虛構方式，來傳達他們依然存在的「憤世之心」。

這種看似統一實則內在緊張的文人近代身份與處境，在海上漱石生於20世紀10年代初創辦的一份都市市民軟性文化讀物《繁華雜誌》的賀詞和題詞詩中有奇妙之表現。其中賀詞一則云：惟君文采，有筆如椽；琳琅滿腹，陳言務去；突梯滑稽，盎然古趣；藉典麗辭，寓諷勸旨；卓哉君子，為世風紀。[15]至少從文體及語言風格上，亦能發現賀詞對於海上漱石生的「恭維」評價之內在矛盾性。但這種矛盾性，似乎又恰恰是近代都市文人比較獨特的文化處境與因應生活現實的能力體現。

這種不斷自覺地向都市市民大眾日常生活心態的傾斜與傳統知識份子道統意識的自我淡化，在《繁華雜誌》「題詞詩」中，亦有類似傳達表現：

---

[14] 《遊滬筆記》卷四載《申江雜詠六十首》，邗上六勿山房主人稿，申報館印，1888年，第35頁。
[15] 《繁華雜誌》第一期，「賀詞」一，王瘦月祝，上海，1914年7月。

茫茫神州世變多，繁華如夢感春婆。

笑驅三寸毛錐子，忽惹千秋文字魔。

容我著作消歲月，管他飛檄動兵戈。

醉心權當中山酒，一冊編成一月過。

不志興亡志滑稽，仰天狂笑碧空低。

阽危時局何堪憶，遊戲文章盡有題。[16]

　　而這首題詞詩的作者，正是《繁華雜誌》的編輯主任海上漱
石生。

▲《繁華雜誌》第一期封面

16　《繁華雜誌》第一期，「題詞詩」，海上漱石生撰，上海，1914年7月。

（3）堂子裡的「才子」與「佳人」

在《海上繁華夢》（含續夢）中，海上漱石生延續並發展了由王韜等滬上作家所始創並光大的清末上海小說家的一道「家法」或文學「小傳統」，那就是對於近代都市社會中特殊社會群體及不同群體之間的社會關係與社會行為的發現與關注，以及對此所進行的廣泛且不乏深入的文學敘述和形象表現。

對於上述所謂「家法」或「小傳統」，魯迅在其《中國小說史略》中有關「狹邪小說」的歷史清理及相關論述以及《滬上文藝之一瞥》等文獻中均有發明，此不贅述。儘管清末民初滬上色情業極為繁盛發達，[17]但為什麼當時滬上文人階層可以無所忌憚、心安理得、堂而皇之、風流瀟灑地頻繁出入滬上色情場所，耽溺其中樂而忘返，並用詩詞歌賦這些傳統文人視為其文化與身份象徵的文學形式，來吟詠歌頌他們與那些青樓煙花之間顯然已經被他們傳奇化、

---

[17]　《圖畫日報》第34號第20頁「雜俎」專欄中有「上海賣淫婦之種數」一則筆記，其中對於滬上賣淫女子數量以及與之相關人口數量等予以推理統計，1900年代，滬上直接間接從事色情業的人數達六七萬之多，而當時滬上總人口，不過80萬人左右。「庸耳俗目，侈談滬上繁華，為小巴黎也，小倫敦也。噫，是皆井底之蛙之見。誠無足據。惟賣淫婦之多，或駕素號環球第一繁華之巴黎為甚。上等者曰書寓曰長三，築香巢於迎春、清河、西安、平安、福致、精勤、同春、安樂、兆富、兆貴、久安、日新、普慶、同慶、同安、公陽、尚仁、百花、廣福、吉慶、群玉、薈芳諸里。庚子前只數百家耳，今考工部局所收之燈捐檯面捐，而約計至千餘家。每家統扯以四妓計，得五千人。每房間內附屬品如房老打底大姐等約五千，帶房間跟局粗做娘姨等約一萬五千。及老旗昌之粵妓等，次為么二，群集於打狗橋北，俗名西棋盤街者是，計十一家。每家有數十人、二十餘人不等，約二百人，附屬品約三倍之。次為野雞，野雞之方向無定，昔只築巢於胡家宅西，今蔓延至法界美界，幾無地無之。據心理調查，約有三萬人。次為半開門及住家、碰和台私門頭，約數千人，次為煙花間約數千人（是處備下流社會尋歡之地），次為丁棚，約千人，價值甚廉。一度之值只二百文俗名跳老蟲，備車夫杠夫獵豔之所。餘若小房子、烏龍院、旅館中人物，及似妓非妓似眷非眷似女學生非女學生似雄非雄不可勝數。更有引誘良家婦女之台基，雖懸力禁，陽奉陰違者，尚有數十家。以上各種類，奚止六七萬人，合上海城廂內外戶口計，只八十萬左右，而賣淫者或十之一。青年子弟之來滬者，耗盡精力，幾無完璧。亦風俗之一害也。」

文雅化、浪漫化的情感故事？為什麼文人們在現實中和文學中均成為推動滬上色情業發展的一股重要力量，而且據說對於提升色情業的文化檔次及嫖客行為的文明化等，亦有積極作用？這一現象在中國歷史上尤其是文人傳統當中是否為一種普遍現象？

參照歷史，當初滬上色情業並非在華人區和租界均屬合法。而租界中色情業的發達，實際上從一個角度反映出晚清滬上社會制度、道德倫理規範以及人際關係和行為方式的二元甚至多元。上海城內與租界事實上處於一市兩制的特殊狀態。而這一無法迴避的事實，一方面為文人傳統意義上根深蒂固的自我特殊化意識的膨脹釋放提供了存在空間——將文人視為社會群體中一種具有不辯自明之特殊性的存在，並將文人的一些社會行為方式自我合理化，在「風雅」「浪漫」的冠冕堂皇之下，偷渡文人在時代社會歷史多重壓力之下的慾望焦慮與自我釋放的渴求——另一方面，自由與人權一類的現代理念，亦通過中西之間的思想接觸和文化交流而得以引介傳播。當這種西方現代的思想觀念與中國傳統的文人特殊論思想相遇之時，極容易與文人傳統中的強調自我、自由及解放的那部分思想主張和力量產生共鳴。換言之，文人的小傳統與滬上近代以來社會結構、風俗及道德倫理的改變，彼此之間互為激發、照應、拉動，不僅從另一個角度為滬上色情業的進一步發展提供了或許最文明的消費群體，而且還為這種色情業的存在提供了最好的辯護人。文人們與堂子裡的特殊職業女性們似乎都從對方身上，暫時或多或少地找尋到了某些自我安慰的可能性。而古已有之的所謂「才子」「佳人」傳說或關係模式，似乎頗為便捷地被他們移植到對於現實生活中彼此之間關係的想像定位當中。而類似境況在清末滬上所有這一題材小說文本中都有不同程度之反映表現。

　　清末以上海等開埠口岸為中心的市民社會的興起、傳統鄉土宗
法社會結構的鬆散解體、市民社會新秩序的建構，以及傳統道德倫
理所面臨的前所未有之壓迫與挑戰，成為海上漱石生等滬上都市小
說家在發掘塑造都市文學空間、描述建構都市文學形象、想像虛構
都市故事、揭示近代都市存在實質時所展開的重要探索與試驗的前
提與基礎。探索與試驗從一開始就並非全然在文學範圍之內，事實
上海上漱石生們的文本化的都市社會中，確實不同程度地寄託著都
市書寫者的現實立場和反思批判精神──或許這裡所謂現實立場有
時並不那麼一直清晰，甚至也不是一直那麼堅定，而所謂反思批判
精神，也未必一直都那麼強烈和徹底，有時甚至還不免有些自嘲。
從傳統文人的道統、正統意識的被迫自我放棄，到近代報人意識的
高揚實踐，再到小報報人的自我消遣娛樂，以及在小說文本中的憑
空借力、通過文字文本形式來虛構實現自己的社會夢想與人生理
想，清末滬上小說家們似乎逐漸找尋到了一條最有可能與他們的
傳統文學──文化身份進行對接（儘管未必為正統文人所認同接
受）、最有可能因應改變了的社會存在現實、最有可能讓他們在體
制之外重新建構社會文化身份和經濟地位的道路。

　　也有人從另一個角度，對於清末民初滬上文人們的「堂子」情
懷及故事進行解讀：

　　　　解放前的上海，特別又是有「租界」時的上海，是失意者的
　　　　「逋逃籔」，得意者的「安樂窩」，五方雜處，九流三教，
　　　　烏煙瘴氣，光怪陸離，舊派小說生長在這樣的環境裡，自然
　　　　也不能不隨波逐流，以求適應。如以「勸善懲惡」相標榜，
　　　　其實是「懲惡」成為重點的描寫流氓幫會的「黑幕小說」，

又如以妓院的活動為重點，描寫洋場風氣的黃色小說，隨著
讀者的口味而時相轉換。……總之，內容愈雜，流品愈下，
僅就文字而言，到後來也是庸俗淺陋，沒有早先的「哀感頑
豔」、「情文並茂」了。[18]

這種描述評價，亦很符合滬上「舊派小說」之事實。不過在所
謂「舊派小說家」中，海上漱石生既為先驅，亦為上流，這一點似
亦可為定論。

（4）都市抒情與敘事

在家國天下、離愁別緒與山水歲月、花鳥蟲魚之外，滬上堂子
裡的經驗，為晚清滬上文人的自我抒情與都市敘事，不僅提供了一
個不斷被放大和強化的對象──儘管很多時候這一對象不過是文人
們的自我想像與虛構而已[19]──更為他們提供了一個與都市對視、
對話的極為適當的仲介，也是他們文學書寫取之不盡的材料庫。

作為上述文學文本化之基礎者，是清末滬上文人們心安理得地
進出堂子之間的豐富經驗，是他們在堂子這個都市小社會的真實的
或被個人想像放大了的人生體驗。體驗，成為他們都市敘述與想像
抒情的起點亦為終點。

不過，也許有人會說，清末民初那些「狹邪小說」並非全部源
於作者們的真實經驗，有些不過是向壁虛構而已，其中更為低劣者
不過是些照抄雜湊的文字垃圾或真正誨淫誨盜的黃色讀物而已。

---

[18] 范煙橋，《民國舊派小說史略》，載《鴛鴦蝴蝶派研究資料·史料部分》，第168-169
頁，魏紹昌編，上海文藝出版社，1962年10月，上海。

[19] 早期《申報》文人幾乎都有關於堂子裡的經驗之各種文學形式的書寫表現記錄。這一事
實本身，就揭示出清末滬上新興文人群體與這一時期滬上色情業之間的一種特殊關係。

　　這種說法並非毫無依據。晚清文學文本，不少都帶有「仿寫」痕跡，無論是筆記還是小說皆然。有些作者乾脆在文本序言中直接闡明這種文本之間的仿寫互文關係。袁祖志在為葛元煦的筆記《滬遊雜記》一書序中言：「（余）思仿《日下舊聞》、《都門紀略》體例編輯成書，俾士商之來遊者有所稽考，不致心迷目眩。」[20]這是就入國問俗、入境問禁而言者。而對於晚清滬上文人們來說，用稗官野史之形式專記滬上風俗者，一般認為王韜的《海陬冶遊錄》影響最大。[21]而王韜的《海陬冶遊錄》也就成為了後來者仿寫的一種母文本。「永既去之芳情，摹已陳之豔跡。鴛鴦袖底，韻事爭傳；翡翠屏前，小名並錄。其於紅巾之擾亂，番舶之縱橫，往往低徊三致意，固不僅紀花月之新聞，補水天之閒話也。近日瀟湘館侍者所編《春江小志》，差足媲美。他若袁翔甫大令之《海上吟》，則專採韻語。朱子美茂才之《詞媛姓氏路》，則第敘青樓，梨棗未謀，難傳久遠。至《滬上豔譜》、《滬上評花錄》、《冶遊必覽》、《廣滬上竹枝詞》等書，皆係書賈藉以牟利，……頗不足觀也。」[22]上述專紀滬上青樓煙花風俗的筆記文本，事實上形成了一個具有內在相似性的「小傳統」。這些文本在抒情與敘事的對象、方式以及主題、內容和語言修辭等方面，均可以找到參照的底本或母本。

　　但這一現象並不能抹殺清末滬上「狹邪小說」所描寫的故事的「真實性」。這種「真實性」並非是意味著小說文本與材料之間的關係，而是就文本對於這種材料的文學處理及其最終形態而言。

[20] 葛元煦，《滬遊雜記》，上海，上海古籍出版社，1989年5月，第6頁。
[21] 黃式權，《淞南夢影錄》，上海，上海古籍出版社，1989年5月，第26頁。
[22] 同上。

　　《海上繁華夢》的敘事起點，開始於兩個蘇州士子對於上海時尚與繁華的觀光體驗興趣——謝幼安和杜少牧的上海故事，其實不過一種外鄉人的都市體驗敘事而已。但這種敘事，相較於話本、擬話本及後來的文人創作的都市敘事文本，在都市的多樣性、複雜性以及由此而激發出來的人性與社會之難以自我掌控或認識方面，顯然又有諸多差別。有意思的是，《海上繁華夢》沒有選擇一個本地上海人的視角，而是以兩個外地人的視角及經驗為主來展開敘事，這就將小說中的主人公與都市之間的情感關係淡化甚至遮蔽了，從一個旅行觀光客的視角以及在陌生城市中的帶有一定冒險色彩的經驗中，來展示都市社會與都市生活的本真面目。

　　即便是上述這種敘事，在《海上繁華夢》之類的文本中，亦曾試圖將其「真實性」抹去，連帶著將生成這種真實性的生活——都市時間與空間——一併虛擬化，用一種中國文人慣常使用的過眼雲煙式的輕鬆或輕描淡寫，來因應處理現實生活之重。當文人實現自我價值的傳統途徑已經堵死，新的文化與社會角色又充滿艱難甚至處處掣肘難以真正施展之時，那種將曾經的經驗夢幻化，似乎就成為不少文人自我慰藉和自我逃避的共同選擇。「夢有影乎？曰：有。以夢視夢，則固無影，不以夢視夢，何得無影？以夢為非夢，則因拘而又影；以非夢為夢，則因悟而有影，是皆心之所造焉而已。」[23]一番話說得雲山霧罩，無非是將莊周夢蝶的寓言轉述了一下而已。「今不為癡人之說，而為罔兩之間，空之又空，玄之又玄，庶幾言者無罪，而聞者足戒乎。」[24]似乎又將一種虛無縹緲的

---

[23] 黃式權，《淞南夢影錄》，上海，上海古籍出版社，1989年5月，第96頁。
[24] 同上。

東西，拉到現實之中，且還指望能產生一點積極的社會意義。而文人們的輕鬆，由此可見其實也從來就不是真正的徹底的自我解放。

　　對於現實生活中的真實經驗及其文本化的處理作上述類似觀感者，並不是只有曾在《申報》擔任總主筆的何桂笙、黃協塤等人，海上漱石生在其《海上繁華夢》「自序」中，對於自己的都市敘事與抒情試驗有頗為相似之描述：

> 海上繁華，甲於天下。則人之遊海上者，其人無一非夢中人，其境即無一非夢中境。……海上既無一非夢中境，則入是境者何一非夢中人！僕自花叢選夢以來，十數年於茲矣，見夫入迷途而不知返者，歲不知其凡幾，未嘗不心焉傷之。因作是書，如釋氏之現身說法，冀當世閱者或有所悟，勿負作者一片婆心。是則《繁華夢》之成，殆亦有功於世道人心，而不僅摹寫花天酒地，快一時之意、博過眼之歡者歟？[25]

　　值得注意的是，海上漱石生在《海上繁華夢》初集自序中所表達的上述觀點，在《續海上繁華夢》第一回開篇中顯示出略有調整：

> 海上警夢癡仙著《海上繁華夢新書》，先後三部，都一百回，成於光緒戊戌、己亥年間。初係一時遊戲之作，乃出版後頗蒙閱者青睞，謂全書不特起訖一線，且摹寫社會上交際一切。凡人心之狡險，失態之炎涼，蕩子之癡迷，妓女之詐

---

[25] 海上漱石生，《海上繁華夢》，第一集，上海，上海古籍出版社，1991年5月，第4頁。

騙，類皆深入顯出，足使閱者增無限閱歷，啟無限覺悟，實為有功世道之書。[26]

時隔十年，海上漱石生對於《海上繁華夢》的「成就」，亦從「一時遊戲之作」，逐漸轉向「足使閱者增無限閱歷，啟無限覺悟，實為有功世道之書」這樣的判斷。於是，對於即將展開的新一輪「海上繁華夢」，海上漱石生亦在原文本基礎之上，有了更多明晰強化：

> 而此十年以來，社會上盡多可詫、可驚、可笑、可憐、可憤、可悲、可諷、可嘲之事，為前書所未及。……至於書中莊諧互見，虛實相生，規諷兼施，勸懲並寓之意，亦與前書同一著筆，是故閱者作社會小說觀可，作警世小說觀亦無不可也。[27]

如果說「社會小說」強調的是對於社會的客觀描寫一面的話，「警世小說」顯然是就其主旨與價值意義而言。而清末滬上小說家們如何在都市生活這樣一種具有相當挑戰性的新鮮經驗中探索試驗文學抒情與敘事的新方式，並協調調處理好抒情與敘事之間的關係，黃式權的《淞南夢影錄》和海上漱石生的《海上繁華夢》，似乎可以作為兩種具有一定代表性的文本樣板。

不過，隨著「五四」新文藝的興起，同時亦因為「舊派小說」一直以來魚龍混雜、良莠不齊的格局，曾有批評者指責「舊派小說」將小說藝術手段之一的「描寫」或都市敘事，與「記帳式」的

---

[26] 海上漱石生，《海上繁華夢》，第三集，上海，上海古籍出版社，1991年5月，第1157頁。
[27] 同上。

敘述等同起來，「連篇累牘所載無非是『動作』的『清帳』」。[28]
而之所以如此，在批評者看來，是與舊派小說家「遊戲的消遣的金
錢主義的文學觀念」密不可分的。[29]

　　對於民國「舊派小說」的批評，並不僅限於白話章回體小說，
亦包括一些非章回體的白話小說。在批評者看來，「舊派小說」之
「舊」，就在於它從思想及藝術兩個維度，對傳統文學簡單機械的
延續維護這一「原罪」：

> 此派小說大概是用白話做的，描寫的也是現代的人事，只可
> 惜他們的作者大都不是有思想的人，而且亦不能觀察人生入
> 其堂奧；憑著他們膚淺的想像力，不過把那些可憐的膽怯的
> 自私的中國人的盲動生活填滿了他的書罷了。再加上作者誓
> 死效忠、牢不可破的兩個觀念，就把全書塗滿了灰色。這兩
> 個觀念是相反的，然而同樣的有毒：一是「文以載道」的觀
> 念，一是「遊戲」的觀念。中了前一個毒的中國小說家，拋
> 棄真正的人生不去觀察不去描寫，只知把聖經賢傳上朽腐了
> 的格言作為全篇「注意」，憑空去想像出些人事，來附會他
> 「因文以見道」的大作。中了後一個毒的小說家本著他們的
> 「吟風弄月文人風流」的素志，遊戲筆墨來，結果也拋棄了
> 真實的人生不察不寫，只寫了些佯啼假笑的不自然的惡札；
> 其甚者，竟空撰男女淫欲之事，創為「黑幕小說」，以自快
> 其「文字上的手淫」。所以現代的章回體小說，在思想方面

---

[28] 沈雁冰，《自然主義與中國現代小說》，原載《小說月報》第十三卷第七號（1922年7
月出版），收錄《鴛鴦蝴蝶派研究資料・史料部分》，魏紹昌編，上海，上海文藝出
版社，1962年10月，第16頁。

[29] 同上。

說來，毫無價值。[30]

　　循著這種論述及思路，民國「舊派小說」的「舊」，似乎已經不辯自明了。再加上「五四」新文學的對照，這種在傳統文學中延續殘留下來的「舊」，不僅陳腐，而且還作惡——腐蝕毒害青年人的靈魂。只是這種論述，與作為報人－小說家的海上漱石生們在各種語境中所宣揚闡述的報業與小說對於現實人生及都市社會的正面能力與貢獻之間，竟然亦有如此巨大之反差。

　　問題到底出在哪裡呢？要麼是上述論述有問題，譬如以偏概全或者過分上綱上線，沒有歷史地辯證地看待「舊派小說」曾經為近代文學發展所作出的探索性實驗性貢獻，要麼就是「舊派小說」後來的「惡果」幾乎完全遮蓋了最初曾經的積極努力。但無論如何，海上漱石生在清末民初都市社會小說領域中的先驅地位與歷史貢獻，應該還不至於因為上述之類的論述而被抹去或遺忘。

二

　　幾乎所有對於晚清小說的論述，都關注到上海小說的一個小傳統。這種論述在魯迅的《上海文藝之一瞥》中得到最明確精闢之展示。魯迅不僅直接點明「上海過去的文藝，開始的是《申報》」，而且還斷言，構成過去上海文藝之主體者，是從別處跑到滬上的「才子」。[31]由《申報》肇始、以《申報》文人群為主體創作而形

30　沈雁冰，《自然主義與中國現代小說》，原載《小說月報》第十三卷第七號（1922年7月出版），收錄《鴛鴦蝴蝶派研究資料‧史料部分》，魏紹昌編，上海，上海文藝出版社，1962年10月，第10頁。

31　魯迅，《上海文藝之一瞥》，原刊《文藝新聞週刊》，1931年7月27日至8月3日，轉引

成的清末滬上文學，在延續傳統文學的同時，又創造性地探索出一條都市敘事的文學空間和小說審美範式，並在此領域中留下了一筆豐厚卻又眾說紛紜甚至頻遭詬病的遺產。如果說市民化曾經是當初滬上文人們為實現自我轉型而探索出來的一條充滿坎坷的道路的話，那麼，後來的批評者，恰恰是對這種文人的過分市民化以及文學的過分商業化市場化趨勢，提出了極為尖銳的抨擊──「五四」新文學，也恰恰是以重新恢復文學的啟蒙先鋒地位和作用為導向，來對傳統文學的封建保守、無力參與時代社會生活和文化重建以及晚清文學中過分商業化市場化的另一支，即後來所謂「民國舊派小說」給予針砭批判。

這實際上將近代以來上海文學的小傳統與「五四」新文藝完全置於到了對立地位。可以肯定的是，近代以來上海文學通過報紙等新興傳媒形式以及更為貼近市民現實生活的報刊小說等文學形式而開闢出來的跨文化接觸空間（trans-cultural contact zone），其曾經的思想進步性、文學先鋒性以及社會改良性等主張，已經被更大膽新銳的思想進步性、更具有探索實驗色彩的文學先鋒性以及範圍更為廣闊的的社會改良性的新文藝運動所壓制。「余所作小說，始終抱定警世主義，值此風俗澆漓時代，惟恨不能多得作品，以期有俾於世道人心。」[32]這是海上漱石生對自己文學觀的一種宣示，儘管我們並不能簡單地將這一宣示與清末滬上小說家們的實際文學成就及社會效果完全等同，但這至少可以表明，直到「五四」新文藝運動興起，逐漸搶奪了晚清以來上海都市文學的「風頭」，並將後者中

自《鴛鴦蝴蝶派研究資料‧史料部分》，魏紹昌編，上海，上海文藝出版社，1962年10月，第2頁。
[32] 海上漱石生，《退醒廬著書譚》，載《金鋼鑽小說集》，施濟群、鄭逸梅編輯，上海，《金鋼鑽報館》發行，1932年9月，第31頁。

更具有思想啟蒙色彩的一部分文學亦逼壓到通俗文學陣營，此前這種都市文學曾經是中國文學走向近代化乃至現代化努力中頗具代表性的實踐途徑之一。

　　這樣一種都市文學或上海文學的小傳統，自王韜以降，一直到後來的「鴛鴦蝴蝶派」，中間明顯存在著種屬血緣關聯。而將早期《申報》文人群與後來的「鴛鴦蝴蝶派」小說家勾連起來者，顯然是海上漱石生等擔負著過渡使命的作家們。[33]這種都市文學開始於晚清的時務和洋務運動，但它在政治上最終並沒有走向所謂「資產階級革命派」，而是停留在了晚清「改良派」的思維慣勢或思想窠臼之中，並深受都市市民文化的影響——這種文學小傳統原本曾經是具有進步意義的近代市民文化的開路先鋒，但最終似乎又為這種都市文化所困，甚至為這種都市文化所累。

　　這一點，其實在海上漱石生的文學生涯中，即有一定程度之反映。

　　作為小說家的海上漱石生，其寫作生涯大抵可分為兩個階段，其一是早期階段，時間上從1890年到1904年。此間他主要創作並發表了《仙俠五花劍》、《海上繁華夢》以及《如此官場》等長篇章回體小說，奠定了他在清末滬上文壇的地位；其二是後期階段，時間上從1909年在《圖畫日報》上連載《海上繁華夢》續夢開始，至「退醒廬小說十種」止。[34]兩個階段在時間上各15年左右。而對於

---

[33] 有關海上漱石生與早期《申報》文人群及「鴛鴦蝴蝶派」之間的關係，參閱《海上漱石生交遊考》及《海上漱石生與「鴛鴦蝴蝶派」》。

[34] 關於第二個階段，《退醒廬著書譚》（《金鋼鑽小說集》，第27頁）中云：「旋復作《續海上繁華夢》一百回、《十姊妹》三十回、《指迷針》三十回、《海上燃犀錄》三十回、《新海上繁華夢》三十回。自是而改趨武俠，成《九仙劍》二集、六十回、《呆俠》三十回、《夫妻俠》三十回，《金陵雙女俠》三十回；近又作社會小說《惡魔鏡》，全書尚未脫稿。至章節者亦有之，如曾刊《新聲》雜誌中之偵探小說《一

自己當初涉及小說一途之緣起，海上漱石生暮年回憶道：

> 余自年二十九，偶從事於小說一途，初僅遊戲之作，藉此聊
> 以自娛。嗣以徵稿者眾，於是所作日多，迄今操觚逾四十
> 年，出版達數十種。[35]

　　如前所述，海上漱石生最初的文字職業生涯，並非是從專業文學寫作開始的，而是從擔任清末滬上幾家著名報紙的編輯工作開始的。這些報紙包括《新聞報》、《申報》以及《輿論時事報》等大報，另外他還先後參入或主持了《采風報》、《笑林報》、《新世界報》、《大世界報》、《梨園公報》等小報，以及還為上海錦章圖書局主辦過《繁華雜誌》、《七天》等帶有明顯都市市民休閒消遣色彩的文娛性雜誌。無論作為報人還是作為小說家，海上漱石生與市民階層的距離都頗為接近，他所主持的報紙以及創作的小說，其實都是面向市民讀者的，甚至還面向其中的中低層讀者。而從最初的「遊戲」之作，到因為「徵稿者眾」而走上職業小說家之路，如果說最初的「無心」成就了海上漱石生的文學之名的話，後來的「有意」，似乎並沒有給海上漱石生帶來同等的文學成就，「退醒廬小說十種」並沒有得到當時滬上文壇幾多關注和評價，多少也說明了這一點。

粒珠》，曾刊《新聞報》」快活林「中之武俠別裁《嵩山拳叟》是，又有退醒廬十種小說，則為單行本體裁，文言白話俱有。其書目為《還魂茶》、《二百五》、《一線天》、《孤鶯恨》、《破蒲扇》、《機關槍》、《金鐘罩》、《甌中人》、《怪夫妻》、《樟柳人》等，合社會、滑稽、探險、哀情、政治、軍事、武俠、偵探、家庭、神怪十種而成。」

[35] 海上漱石生，《退醒廬著書譚》，載《金鋼鑽小說集》，施濟群、鄭逸梅編輯，上海，《金鋼鑽報館》發行，1932年9月，第27頁。

　　如果說都市文學最初曾吸引著傳統文人們走出傳道文學與自娛自樂式的小圈子文學的狹隘桎梏，面向都市生活的廣闊現實與日常真實，重新喚醒文人們對於都市當下生活存在的感受力、認識力、批判力與文學表現力的話，當滬上作家們日益享受到都市文學的物質性利益回報，為了生活而逐漸為這種利益追逐所牽引之時，他們實際上也就被困在了都市、市民之中，並在不知不覺之中逐漸喪失了對於整個國家民族命運和更廣大的人民的現實處境的更深切的認識意願、理解能力和表現興趣。如果說當初都市曾經成就了清末上海文學的話，逐漸困守在都市中的上海作家們，實際上已經喪失了對於近代以來中國除上海這樣的開埠都市之外其他更富有挑戰性的地域空間處境的探索認識和表達書寫的創作衝動和文學積極性。他們所面對的現實空間實際上越來越小，內心世界裡的空間亦沒有因此而放大或擴展。越來越多的職業作家和業餘作家瘋狂地瓜分都市這唯一的文學資源，更廣大的生活存在與生活經驗，在他們那裡幾乎為盲區。而文學資源的高度同質化，註定了他們以此為背景材料的文學敘述難以具有多少真正意義上的創新或差別。

　　相較於小說創作實踐，海上漱石生曾經先後兩次對於小說進行理論性闡述，並就自己的小說創作史進行概括總結。一次是在《新月》雜誌上先後發表《余之古今小說觀》和《余之章節小說觀》，[36]另一次是在《金鋼鑽小說集》上發表《退醒廬著書譚》，對自己40餘年來的小說創作生涯予以全面總結闡明。

　　值得注意的是，上述兩次涉及到對於小說理論認知以及自我創作總結的追述反思，時間上分別為20年代中期和30年代初期。前者

[36]　《新月》「特載」，第1卷第1號，第1-3頁，第1卷第2號，第1-5頁，第2卷第2號，第1頁，程小青、錢釋雲主編，上海，1925年10月2日出版。

不僅有晚清以來小說改良傳統延續之背景，而且亦面臨「五四」新文學運動對於晚清以來的白話文學實踐之現代改造乃至革命之背景。相比之下，30年代初期海上漱石生對於自己40餘年來文學著述經歷的檢視，則多少帶有一些蓋棺論定的意味。而這兩篇文獻，也就成為審視海上漱石生自我評價的重要文本依據。

在《余之古今小說觀》一文中，海上漱石生說「歲庚寅年，余二十有六，乃操觚作《海上繁華夢》，然不敢自信。半年後復棄置之。……越二年，而《海上繁華夢》初集乃成，自是投身小說界。」[37]在這裡他再次坦率承認當初開始小說寫作時缺乏足夠自信，與前面所提到的「遊戲」說一脈相承，同時也將《海上繁華夢》、《仙俠五花劍》等小說的實驗性揭示無遺。

晚清小說的「創新」——包括《海上繁華夢》、《仙俠五花劍》等小說——除了都市空間的發現，一定程度上還表現在對於已有傳統小說藝術經驗及手法之借鑒利用方面。對此，魯迅《中國小說史略》在評價蒲松齡的《聊齋志異》時，即已指出其「用傳奇法，而以志怪」的「組合式」創新。[38]甚至有觀點認為，「這種『用傳奇法』寫的志怪小說，是清代古體小說中最有新意的部分。」[39]儘管這裡所討論的是清代「古體」小說，但就晚清白話小說、尤其是長篇章回體白話小說而言，這種通過「組合式」的方法借鑒利用已有文學資源而又有所創新的方法同樣存在。關於這一點，海上漱石生的小說文本實踐，似乎從另一角度對此已作出了足夠詮釋。

---

[37] 《新月》「特載」，第1號，第3頁，程小青、錢釋雲主編，上海，1925年10月2日出版。

[38] 魯迅，《中國小說史略》，第147頁，郭豫適導讀，上海，上海古籍出版社，1998年1月。

[39] 《古體小說鈔‧清代卷》，「後記」，第563頁，程毅中等編，中華書局2001年6月，北京。

大世界：海上漱石生生平、著述及交遊考

海上漱石生生平考

　　孫玉聲，名家振，字玉聲，別署海上漱石生、漱石生、退醒廬主人、警夢癡仙等，以字行，上海人[1]。孫玉聲之名字，顯然典出孟子「孔子之謂集大成。集大成者，金聲而玉振之也。金聲也者，始條理也；玉振之也者，終條理也。」[2]一句。而其海上漱石生之別名，據與孫玉聲晚年有文交之鄭逸梅說明，來自於「漱石枕流」典故[3]，此典故出自《晉書·孫楚傳》，意為不隨波逐流，不與時勢苟同——這對於一位近乎一生在報界行走及通俗小說作家而言，讓人不免有些疑惑。另外，鄭逸梅還說孫玉聲喜歡讀日本小說家夏目漱石的作品，便取漱石為別署。[4]

---

[1] 有關海上漱石生出身家世，限於文獻資料，多不詳。今可知其世家滬上，祖屋位於滬南南市郎家橋南里蔑竹街，已歷二百年。據《退醒廬筆記》記載，「屋經三次改建，地址雖不甚寬，院落尚多空氣，以是吾愛吾廬」。此即退醒南廬。有一妻（姚氏）一妾（蘇氏），妻生一子五女，子兆麒（字麟書），16歲因喉痧夭亡，長女蕊兒適滬上郁屏翰（懷智，別篆素癡）子郁葆青，次女蘋兒18歲亦亡於喉痧，四女展雲，歸陸氏（吳興陸子冬秉亨），《漱石生六十唱和詩》收有「歸陸氏女展雲」奉和漱石生六十述懷詩，六女閨如歸洪氏（洪子才），《漱石生六十唱和集》收有「歸洪氏女閨如時隨外子客齊齊哈爾」奉和漱石生六十述懷詩。光緒丙申年（1896年）海上漱石生娶妾鳳姬，育子有志翀、志超等。另賃老閘歸仁里，是為退醒北廬。庚申年（1920年）退醒北廬遷愛多亞路（今延安東路）步留坊。

[2] 《孟子》「章句」下。

[3] 另賀庵鄭永詒奉和漱石生六十述懷詩中有「枕漱獨能答王濟，升沉曾未問君平」一句，亦可見漱石生名譚之典源。（見《漱石生六十唱和集》）

[4] 鄭逸梅，《藝海一勺》，天津，天津古籍出版社，1994年3月，第63頁。有意思的是，據說夏目漱石之名字由來，亦與《晉書·孫楚傳》有關。

對於這位清末明初「厥名在學界報界小說界」[5]的新聞界名流、小說界耆英，同儕在其晚年讚譽之曰「報界耆英聲名洋溢，文壇健將詞采繽紛」[6]、「新聞界仰老名士，小說林推大作家」[7]。可以肯定的是，孫玉聲乃繼王韜之後，與鄒弢、韓子雲、李伯元等同代的晚清第二代滬上都市文學的代表人物之一[8]，儘管這種都市文學，在「五四」新文學的批評之中，在鴛鴦蝴蝶派的「污名」之下，長期以來並無多少好名聲。

遺憾的是，學界迄今對於孫玉聲的研究，仍集中於對其作品、尤其是代表性小說《海上繁華夢》的解讀評析，對於孫玉聲的生平[9]，包括其生卒年月以及主要履歷等的研究，限於文獻資料，要麼語焉不詳，要麼人云亦云乃至以訛傳訛。本文擬就孫玉聲之生卒年月及生平主要履歷等予以澄清說明。有關孫玉聲著述及交遊，另有《海上漱石生著述考》及《海上漱石生交遊考》予以考證說明。

---

[5] 《漱石生六十唱和集》，自印。此處所謂「學界」，指的是「劇學界」，即孫玉聲在清末民初戲曲界之修養貢獻。在《漱石生六十唱和集》蓉圃林鉞的和詩中，有「癡有周郎情自得」一句，自注云「先生精於劇學，凡海上男女伶無不奉為泰山北斗。」

[6] 同上。

[7] 勁秋姚洪淦奉和漱石生六十述懷詩，見《漱石生六十唱和集》。

[8] 儘管孫玉聲極為看重他當年在滬上大報界的事功，但對於筆耕小說一段生涯，晚年的孫玉聲亦相當肯定。在其《漱石生六十唱和集》「六十述懷原唱」組詩中，孫玉聲吟唱到，「幸有寓言足針砭，頻年再版得風行」，並自注曰：「拙著《海上繁華夢》正續集二百回及《優孟衣冠傳》，文明書局出版之《十姊妹》，現正再版之《指迷鍼》等，俱以針砭薄俗為旨，故獲頻年再版，風行於時。」，另《指迷鍼》一書，原名《黑幕中之黑幕》，天臺山農奉和海上漱石生六十述懷詩中有「黑幕揭穿銀管禿」一句，自注云「君著有《黑幕中之黑幕》小說，今以名不雅馴，易為《指迷鍼》，再版後風行於時。」

[9] 海上漱石生性好遊歷，《退醒廬筆記》中亦多記載其展旅所至，「光緒戊戌夏六月，余遊普陀」，「癸亥夏五月，鳴社同人聚餐於秣陵」；另多次遊歷杭州、海寧、天目山、鎮江等。光緒辛卯年（1891年）秋曾與韓子雲同試北闈。

一、海上漱石生生卒年考

生年

1.未署明生年之說

海上漱石生之婿郁葆青輯、盧江陳詩選編的《滬瀆同聲集》（附續集）中，選有海上漱石生詩九首[10]，並有其簡介一則：孫玉聲名家振，以字行，別署海上漱石生，上海人。著有《海上繁華夢》等說部數十種，又《退醒盧筆記》、《漱石生遊記》、《上海沿革考》、《滬壖話舊錄》各若干卷。

上述簡介，為迄今較早有關孫玉聲生平之簡介文字，又因郁葆青與海上漱石生之間的翁婿關係而具有相當權威性[11]，不過，或許因循詩集選編體例，未署被選詩人生卒年，且有關孫玉聲生平履歷介紹，仍顯簡陋。另陳衍在其詩話中沿引了郁葆青《滬瀆同聲集》中孫玉聲簡介，並選引孫玉聲《西湖春遊詞》：「濕雲罩住遠峰青，幾似冬山睡未醒。行近猶難辨何處，聞鐘才曉是南屏。」[12]一首，不過亦未署明孫玉聲出生年月。

---

[10] 《滬瀆同聲集》中選孫玉聲詩詞五首，為《湖心亭》、《雲》、《西湖春遊詞》、《西湖櫂歌》；《滬瀆同聲續集》中選孫玉聲詩詞《選家偶詠》四首。

[11] 有關孫玉聲子嗣，除前述外，另在《漱石生六十唱和集》蓉園林鉞的和詩中，有「儒林表率人爭仰，家學淵源子象賢」一句，後注釋云：「先生有三子，皆極聰俊，頭角崢嶸，克紹其裘。」。另孫玉聲「六十述懷原唱」中亦有「後顧能償望子賢」一句，自注云「有子尚幼，皆在讀書。」

[12] 陳衍，《石遺室詩話》，收《民國詩話叢編》，第一冊，張寅彭主編，上海，上海書店出版社，2002年12月。

嚴芙孫等編撰的《民國舊派小說名家小史》，收「海上漱石生」一條，並稱其「在著作界的資格，確是很老的了。」──當然這是從民國小說家之舊派新銳的視角而言的。或許亦為遵體例故，其中提到海上漱石生「29歲那一年，進《新聞報》主持筆政，後來又入《申報》及《輿論時事報》，先後共19年」，但沒有寫明海上漱石生的出生時間[13]。

與晚年的海上漱石生多有交往的鄭逸梅，在其《藝海一勺》[14]中「民初小說家孫玉聲」一條，對海上漱石生的名諱等有發揮闡述，但其中亦沒有提到孫的出生時間。

上述三種著述之編纂者，或與海上漱石生有姻親，或為同道交遊，對其出生年月，當有所知。之所以未見標示，推測主要是遵從著述前後之體例，不過，或許對孫玉聲出生年月不甚了然亦未可知。

多少與上述記載不詳有關，後來者在提到孫玉聲出生時間時，遂多疑惑。最簡單者，莫過於避而不談。蔣瑞藻《小說考證》有「海上繁華夢」[15]一條，其中在介紹孫玉聲最為人所熟知的這部「專寫妓院」的小說之時，亦提及作者生平，但未見作者生卒年月。

而莫洛編纂的《隕落的星辰》[16]中，將孫玉聲列為最近去世的「記者」之一予以介紹，稱其為「新聞界前輩，舊體章回小說作家」，但未提其出生年月。

---

[13] 《民國舊派小說名家小史》，嚴芙孫等編撰，收《中國現代文學史資料叢書（甲種）鴛鴦蝴蝶派研究資料・史料部分》，魏紹昌編，上海，上海文藝出版社，1962年，第462頁。

[14] 鄭逸梅，《藝海一勺》，天津，天津古籍出版社，1994年3月。

[15] 蔣瑞藻編，《小說考證》（附續編拾遺），上海，人民文學出版社（古典文學出版社），1957年7月，第325頁。

[16] 莫洛，《隕落的星辰》，上海，上海人間書屋出版，1949年1月，第90頁。

類似專列有孫玉聲小傳卻未提及其出生時間者，還有《蝸牛居士全集》中之「藝人小傳」中的「孫玉聲」一條[17]，稱其「文才冠群，詩詞歌賦，駢散古文，無不擅長，為我國小說作者」，並稱「二十年前，先生曾為先祖妣嚴太夫人撰五十壽序」，同時還提到孫玉聲去世的具體時間、地點及年齡，但未提其出生年月。

2.出生於1862年說

《中國近代文學大辭典》中「孫玉聲」一條，署明其出生於1862年[18]。

3.出生於1863年說

范伯群先生《插圖本中國現代通俗文學史》，專闢「滬人寫滬事的《海上繁華夢》」一節，稱孫玉聲為「19世紀末20世紀初小報業中最著名的小說家」，並署明其出生時間為1863年[19]。《上海文化藝術志・人物傳略》[20]中「孫玉聲」一條，列其出生時間為1863年。時萌《晚清小說家考證》（之四）「孫玉聲與《海上繁華夢》」中，稱孫玉聲「生於同治二年（1863年）」。[21]

另亦偶見海上漱石生出生於1864年等之說法，但大體上以上述幾種說法為主，且影響較廣。值得注意的是，上述說法基本上都沒

---

[17] 黃鴻初主編、丁翔華編，《蝸牛居士全集》，上海，上海丁壽世草堂印，1940年1月，第21頁。

[18] 孫文光主編，《中國近代文學大辭典》，合肥，黃山書社，1995年12月，第363頁。

[19] 范伯群，《插圖本中國現代通俗文學史》，北京，北京大學出版社，2007年1月，第25頁。

[20] 《上海文化藝術志》，《上海文化藝術志》編纂委員會，上海，上海社會科學院出版社，2001年12月。

[21] 時萌，《晚清小說家考證》（之四），載《鎮江師專學報》（社科版），1994年第2期，第23頁。

有提供有關海上漱石生出生年月說法之來源依據，也因此，不少說法亦不免彼此因循甚至以訛傳訛。

孫玉聲的確切出生時間，據其自述，為癸亥年末。據《漱石生六十唱和集》自序中云：「余生於癸亥十二月醉司命日，至壬戌而歲星一周」。[22]而海上漱石生之好友潁川秋水在此編著「壽序」中亦云，「夏建壬戌十二月二十四日為漱石孫先生六十初度之辰。」[23]癸亥年為1863年，壬戌年為1922年；司命作為一種神名，在《禮記·祭法》中已有記載，「王為群姓立七祀，曰司命」。醉司命為民間年終祭灶神的一種習俗。宋孟元老《東京夢華錄·十二月》：「二十四日交年。都人至夜請僧道看經，備酒果送神，燒闔家替代錢紙，帖灶馬於灶上，以酒糟塗抹灶門，謂之『醉司命』。」宋吳泳《別歲》詩中有「灶塗醉司命，門貼畫鍾馗。」一句，後遂稱農曆十二月二十四日為「醉司命」。清陳裴之《香畹樓憶語》：「醉司命之夕，風雪遄歸。」據此可知，孫玉聲出生於1863年農曆12月24日，按照習俗，六十歲壽辰早前一年籌辦，1922年底舉辦六十壽誕當為正確。另孫玉聲個人著述中還有多處與其出生年月相關之資訊。在《報海前塵錄》「編纂大綱」中，他說自己初進《新聞報》，在1893年。「余初至新聞報任編纂事，在清光緒十九年秋。當日中國報界，尚在幼稚時代，日報只申報滬報，及新聞報三家。」[24]而在《報海前塵錄》「冷湯冷飯年初一」一條中，有這樣一句話：「然余於癸巳歲入新聞報，次年壬辰，主任都岱生世丈，以報章每日傳佈新聞，何可停年，決意年初一亦須出報。」

22　《漱石生六十唱和集》，自印。
23　同上。
24　海上漱石生，《報海前塵錄》，自編簡報集。

是年海上漱石生29歲[25]。即其所述，「余自年二十有九，主任新聞報筆政。」[26]

　　據此種種推定，海上漱石生出生年月日陰曆為1863年12月24日，陽曆則為1864年2月1日。所以，所謂孫玉聲出生於1863年者，當指陰曆，而所謂孫玉聲出生於1864年者，當為陽曆。

卒年

　　有關孫玉聲去世時間，鄭逸梅《藝海一勺》「民初小說家孫玉聲」一條中，有這樣一段話：「1936年，上海有一週報《五雲日升樓》，玉聲為撰《掌心雷》武俠小說。及第二期出版，玉聲突患病逝世，則成為最後絕筆了。年七十七。」

　　按，鄭逸梅此處所記，多有誤。一者有關《五雲日升樓》[27]的創刊時間，鄭說為1936年，實際上《五雲日升樓》創刊於1939年3月4日；二者所謂「及第二期出版，玉聲突患病逝世」，其實孫玉聲於3月8日凌晨2時去世，尚未及第二期出版，因為《五雲日升樓》為週刊，且「每逢星期六出版」。

　　不過其有關孫玉聲享年七十七的說法，為時人所記佐證。莫羅《隕落的星辰》中記者「孫玉聲」一條云：「1939年3月8日，病逝於上海，享年七十七歲。」[28]如果以孫玉聲生年1864年計，其去世之時享年75歲。按江南風俗，計享虛歲77。

---

[25]　在《報海前塵錄》「緒言」（中華民國二十三年一月，海上漱石生）中有這樣一段文字：余自年二十有九，主任新聞報筆政後，悠悠四十餘載，今已年逾七十矣。

[26]　同上。

[27]　《五雲日升樓》，1939年3月4日創刊，每逢星期六出版一冊，增刊無定期，發行人兼總編輯為顧懷冰，發行所為上海香港路59號內3層樓301號，其定價為零售1角，半年2元2角，全年4元4角。

[28]　莫洛，《隕落的星辰》，上海人間書屋，1949年1月出版，第90頁。

有關孫玉聲去世最為詳盡的資訊，當為其去世前仍為其撰文的《五雲日升樓》週報第二期上所刊登的該報發行人兼總編輯顧懷冰的悼文。在其第一期「卷頭閒話」中，曾專門介紹該週報創辦背景及諸作者：

> 今天為本報誕生出世之第一日，也就是本樓開張竣發的第一天，本報拾這五個字為名，很顯明的本報是像開一片茶館店，無老無少，無名無賤，都可以到本樓來，花上一毛錢，泡上一壺茶，談談天，說說地，縱橫九萬里，上下五千年，古往今來，海闊天空，盡許你高談闊論，但是本樓開設在孤島中心，先掛起了『非常時期，莫談國事』的牌子，今夕只可談風月了，請各位茶客原諒。
>
> ……
>
> 本樓第一個把茶館店開上書本子，並且特請了海上第一流作家，像海上漱石生、許月旦、謝啼紅、張秋蟲、蔡陸仙、汪劍鳴……等，來權且充一下評話家、彈詞家，來開唱些忠孝節義，喜怒哀樂，莫說當世的黃兆麟、夏荷生要退避三舍，就是前代的李龜年、柳敬亭也甘拜下風，就是在下茶博士也曾拾著些前人的牙慧唱幾聲馬調彈詞，說幾句主調評話與諸位茶客消上一消閒呢。

鑒於其重要作者海上漱石生已於3月8日凌晨去世，顧懷冰特於是刊第二期上撰文哀悼[29]：

---

[29] 顧懷冰，《悼孫玉聲先生》，刊《五雲日升樓》1集2期，第1頁。該文開篇即言：海上漱石生孫玉聲先生，已於本月八日上午二時逝世。一代文豪，遽赴玉樓之召，海內同文，共深惋惜，文壇名宿，又弱一個矣。

　　先生為本報所撰寫掌心劍，真成絕筆，惜遺稿無多，未能完篇，大為憾事，聞其親屬言，先生於病中，猶詢及下走與本報已否出版，足見其關心本報，古道熱腸，彌足可感。

　　掌心劍小說，現正物色人才繼續，使先生此作，本人雖未能完篇，亦將庖代有人，使成完璧。以繼先生之志也。

　　上述文字顯示，海上漱石生去世之前，似並未見《五雲日升樓》之創刊，但卻依然關注這份當時已成孤島的滬上文人們聊寄心志情愫之週刊出版。

二、海上漱石生履歷考

　　海上漱石生的生平，在其清光緒十九年入《新聞報》前，限於史料文獻，殊少為人所知曉[30]。

　　自主持《新聞報》筆政開始，直至暮年，海上漱石生之職業工作性質，大體上可分為三種類型，即主持大報筆政、筆耕小說和主筆小報。上述三種職業工作，在時間上彼此交織，尤其是主筆休閒類的小報及從事小說等文學寫作，伴隨海上漱石生一生。

　　余自年二十有九，主任新聞報筆政後，悠悠四十餘載今已年逾七十矣。羈棲報海，老我歲華，雖自四十八齡後，曾一度

---

[30] 歸洪氏女閨如奉和漱石生六十述懷詩中，有詩句涉及到後者生平資訊若干，其中有「重建華堂記味耕」一句，自注云「故廬由大人重建，曰味耕，曾祖所顏也。」即孫玉聲家堂名「味耕堂」。另和詩中還有「宦海無心何足澆」一句，自注云「大人三試秋闈不第，即絕意進取。當道大吏欲保經濟特科，堅拒之，不以履歷繕呈達官。欲保以秩，兩次皆辭。」孫玉聲與仕途經濟一道之境況，由此可見一斑。

棄職，操觚撰小說行世，志在提撕社會，針砭末俗者數年，
旋又創辦小報，以著述自娛，其間在新聞報主持本埠編輯者
二年，總持全報編輯者九年，任申報本埠編輯者二年餘，總
持時事報，及輿論時事報，圖書日報，圖畫旬報，各全報編
纂者五年有奇，主編時事報上海附刊者二年，今在小報界，
又將二十年。[31]

　　即從1893年始，海上漱石生先後在《新聞報》、《申報》、
《輿論時事報》等滬上大報編輯或主持筆政近20年，期間及後來在
小報界亦20年。這兩個二十年，似乎可以對應清末民初滬上文人在
政治抱負與文學偏好、新的報界時文與傳統詩文情趣、社會潮流與
個人堅守等雙重性之間的折衝徘徊。最初大報時期，小報經歷不
過是其大報生涯之補充與平衡，在最終離開大報界或民國大報時
代開啟之後，海上漱石生才最終脫離大報界，專力於小報或小說
筆耕[32]。用其自己的話說，即自《輿論時事報》易主之後，「不復
主持大報筆政」[33]。這種結果，與其說是源於海上漱石生的個人選
擇，還不如說是滬上民國報界文人群體的成長及其對清末報界文人
群體之替代——無論是在知識結構、教育背景以及思想觀念等諸方
面，這兩代人之間既有連結繼承，亦可見分異差別。

　　但在海上漱石生個人心目之中，主持大報筆政之於民族社會之
積極貢獻，似一直為其所重。在其晚年編纂的札記《報海前塵錄》
「報界多政治人才」一文中，海上漱石生依然特別感慨到：

---

[31] 海上漱石生，《報海前塵錄》「緒言」。
[32] 主筆小報階段，海上漱石生創辦或主持的小報主要有《采風報》、《笑林報》、《大世界報》、《梨園公報》等。
[33] 海上漱石生，《報界前塵錄》「拒絕亞洲日報之經過」。

> 余縱碌碌，設當日苟屑曾襲侯經濟特別科之保，或於袁樹勳
> 任上海道，入其幕府，開府粵東，既不然而津報之役，接近
> 項城，亦何嘗不可置身貴顯，激昂青雲。只以涉足宦海，平
> 生視為畏途，且出處復非常審慎，故寧終老牖下，不作紆青
> 拖紫之想，在前清已然，以迄於今。署筆名曰漱石生，即此
> 聊以見志。[34]

　　而對於幾乎與其主筆大報同期發端之小報歲月，海上漱石生的
晚年自述中，則是另一番景況。他對自己這段職業生涯發軔之回
憶，是置於清末報界消閒類附刊或專門性小報之興起的文化歷史語
境中予以敘述的：

> 各日報發刊之始，其主體皆為新聞，附屬品則為詩古文詞，
> 厥後始有小說，其他並無助人興趣之作。有之，則實自同文
> 滬報始。滬報初為字林洋行創辦，故曰字林滬報，逮後售諸
> 日人，乃易字林二字為同文，主任者為日本人井手三郎。其
> 人通中國語言文字，亦能下筆做數百字之新聞稿，文理尚屬
> 清順，略經刪潤，可以登入報中。華編輯為高太癡君主任、
> 周品珊君副之，以報材枯寂無味，不足動觀者之目，議另刊
> 一種小品文字，俾得引起人之興趣，購報者源源而來，乃每
> 日特出附刊一張曰同文消閒錄，由周品珊君獨當一面。出報
> 後各界果爭先快睹，訂閱者殊不乏人。時遊戲笑林等各小
> 報，猶未出版，故欲觀小品文字者，只消閒錄有之。當時殊

---

[34] 海上漱石生，《報海前塵錄》「報界多政治人才」。

物罕見珍也。逮毗陵李伯元君創辦遊戲報，余創采風及笑林二報，梁溪鄒翰飛君創趣報，吳門沈習之君創寓言報，李伯元君又續創繁華報，一時各小報如雨後春筍，日出日多。日報中俱振刷精神，絕無敷衍及潦草之作，銷數日增月盛，各大報幾暗受打擊。於是新聞報及申報，乃有快活林自由談等之附刊，亦專載小品文字，以與各小報競爭，謔者咸竟呼之曰報屁股，因其每日在報尾出版也。然一經回溯從前，則大報中附刊小品，實則自同文滬報之同文消閒錄，為時尚在各小報之前，非快活林自由談等開其端也。[35]

上述文字，不失為晚清小報史一段珍貴史料文獻，但從其中亦可看出，海上漱石生對於附刊之發端以及作為最初大報吸引讀者並彼此競爭之一手段之敘述，顯然與大報中主筆者以新聞更以社論時評等文章來提斯社會並貢獻於社會者不可同日日語。「在報界主持筆政，所言多革故鼎新、興利除弊。」[36]值此「夕陽在山」之時，回首當年，雖並未鄙視主筆小報之經歷，但畢竟亦不過「消閒」「娛樂」而已，在其個人價值認同中，似仍有不及大報之處。

對此，《退醒廬筆記》序（穎川秋水）中有這樣一段文字：

以孫丈玉聲之才之學之識，而出匡濟時艱，豈異人任，乃天獨靳之而令其才其學其識用以住柱報界者二十載，猶以為未足置之至窮之地，復令其才其學其識用以閉戶著書者二十載。而丈亦委心任運、樂天知命。甚至達官貴人願保經濟特

[35] 同上。
[36] 同上。

科，依然謝絕，不欲以微士名而獨運其才學識三者之長，著
稗乘越三百萬言。[37]

按海上漱石生所述，《新聞報》創刊伊始，他即入報主筆：

余初至新聞報任編纂事，在清光緒十九年秋。當日中國報
界，尚在幼稚時代，日報只申報滬報，及新聞報三家。報用
毛邊紙印刷，日出一張，版口作長方形，或加附刊半張，謂
之附張。鉛字只四五二號，惟申報則有頭號，篇幅不多，故
編纂尚不甚費事。其大綱可羅舉如下：一為論說，二為外埠
新聞，三為本埠新聞，四為譯報，以西文之字林文匯二報選
要譯之，五為詩詞補白，間選廣東循環日報、香港日報等，
改纂登錄，以粵省報紙成立較早，頗足以資取材也。余為北
平來之論旨、奏摺，及宮門抄。論旨必列入首幅，奏摺殿
之。又江浙等省之轅門抄，記錄官場升遷降調，詳細無遺。
若夫新聞之有要電，上諭之有電傳，則自光緒末葉開始，
然以晚間十點鐘為限，過時於明日譯登，以是編纂時間，
每日達晚九時以後，必須當日加入，略將報版更動，則須
至十二時，顧亦僅記大略，其詳情必俟翌日續刊，並不過
費手續。蓋源彼時印報紙平面機，其形滯遲，故一至十二
時，即需趕速上版，不能再延，至明日出版延時，慮其無從
應購也。[38]

---

[37] 海上漱石生，《退醒廬筆記》，「序」。
[38] 海上漱石生，《報海前塵錄》「編纂大綱」。

上述文字，可見當年滬上大報編輯一般情形，亦可見晚清文學型知識份子通過近代報刊這樣一個公共言論資訊平臺，向現代新聞型公共知識份子轉型之一般境況。

而進《新聞報》之初，海上漱石生先是為編輯，繼則為總主筆。對於清末民初報界內這種職業分工，《報海前塵錄》中亦有說明：

> 報中編輯職務，由一人為總編纂，主持全報大成，餘人分司其事，為外埠編輯員，本埠編輯員，及譯報員等，與今日同。惟電報通力合作，初無專司之人，譯出後由總編纂校正付刊。選報則由總編纂任之。外埠本埠函稿，凡關於新聞者，概由總編纂拆閱，酌定刊與不刊。當刊者交編輯員刪潤之，故各稿件如與刊載後發生糾紛，概由總編纂負責，編輯員了不任其咎。本埠訪事員之各稿，亦每日匯交總編纂先行閱看，然後分授於編輯員發刊。有文字欠適者，刪易之。惟事實不能改竄，故須將原稿存留，以備考查。諭旨奏摺等，由總編纂酌登，詩詞補白稿亦然。排版時如篇幅不敷（當時報中材料枯窘，排版時每有不敷之慮），則由總編纂另行撰稿添補，或於新聞後增加按語，伸出行數，以彌其缺。若是日稿件較多，則抽去數稿，以備次日續用，是皆總編纂之職，其餘編輯員無與也。[39]

而在《新聞報》、《申報》及《輿論時事報》期間，海上漱石生既有擔任編輯的經歷，更有擔任總編纂的榮耀。對於後者，即便

---

[39] 海上漱石生，《報海前塵錄》「編輯職務」。

是在專力於小說筆耕或小報主筆時，海上漱石生依然念茲在茲，其潛隱未得以實現的政治抱負，由此亦可見一斑。之於其中緣由，恐難一一列舉，但就海上漱石生自己所述，在前述種種之外，至少尚有兩點，值得一提。其一為工作環境及工作條件，其二為事業認同感與成就感。對於前者，海上漱石生回憶道：

> 余在新聞報申報輿論時事報等，任職近二十年。其間主賓之款洽、待遇之優厚、起居之安適、時間之從容，以新聞報最為深愜我心。館主斐禮思君，雖係英人，而辦事殊水乳交融，深明大體。館穀彼時雖不甚豐，最多時月只百金，然在當日，已不為菲。居庭則公餘時息偃優優，從無人加以干涉。而尤好在日多暇晷，自朝至下午四時，無所事，晚則九時以後，更可任意遨遊。[40]

而對於後者，海上漱石生更是欣慰難忘、印象深刻：

> 余浮沉報海半生，所有辦理之大小各報，尚幸太半皆稱得手。且新聞報以開創十一年有奇之資格，獲得在主筆室中，迄今懸有放大之紀念小影，殊深榮幸。[41]

這種明確予以自我承認的職業認同感與事業成就感，在晚清傳統文人向現代都市職業知識份子轉型過程中尚不多見，至少在王韜一代文人中更為常見者，乃鬱鬱不得志一類的沮喪、失落、挫敗

---

[40] 海上漱石生，《報海前塵錄》「公餘逸趣」。
[41] 海上漱石生，《報海前塵錄》「上海報之困難」。

等，以及為轉移化解上述情緒而多少有些刻意表現出來的放浪形骸或離經叛道之類的現實行止。[42]

同時，隨著大報附刊以及帶有明顯休閒娛樂性質之文學趣味小報等的興起，傳統文學型知識份子中的一部分，在轉型成為現代新聞型公共知識份子的同時，另一部分則分化成為現代文學性附刊或主要面向市民階級的通俗娛樂性小報的主要作者及讀者，或者兩者兼而有之。海上漱石生的個人經歷，以及他晚年對這種經歷的雙重肯定式的回憶性敘述，本身即表明上述轉型所存在著的雙重性，即在所謂新舊雅俗之間的輾轉騰挪位移。

而如果按照「五四」新文學家們的立場，孫玉聲主持大報筆政時代的言論立場，尚能體現一個具有現代啟蒙意識與新文化追求的轉型時期的知識份子的眼光、情懷與抱負的話，在歇業筆耕小說之後出而為滬上諸小報主筆的孫玉聲，則似已「淪落」為一個市民階級俗趣味甚至惡趣味的犧牲品[43]。現代文學語境中「五四」新文學與所謂封建餘孽、小市民階級文學之對立鬥爭，似乎在孫玉聲一生的職業生涯中亦有一定程度之側面反映[44]。

---

[42] 在《漱石生六十唱和集》「壽序」中，潁川秋水在高度評價了孫玉聲於進退之間所表現出來之士人節操之後，對於其一生事功，亦有正面肯定，「如何而又以其所能，業報館者二十餘載，秉春秋之筆，冀撥亂世而反之正，復為世道人心計，改良劇學，並撰小說數百萬言，社會教育、名山事業，兼而有之。」

[43] 參閱魯迅《上海文藝之一瞥》、仲密（周作人）《論「黑幕」》、《再論「黑幕」》、錢玄同《「黑幕」書》、聖陶（葉聖陶）《侮辱人們的人》、錢杏邨《上海事變與駕鴦蝴蝶派文藝》、志希（羅家倫）《今日中國之小說界》等文章。

[44] 吳淞馮少卿奉和漱石生六十述懷詩中有「筆政主持回末俗」之讚譽，四明朱友三奉和漱石生六十述懷詩中有「寓言針砭存忠厚，立志興邦憶太平」等句，大體上是肯定孫玉聲的家國天下之憂患情懷。

附：海上漱石生之死

　　海上漱石生於1939年3月8日因病在上海去世。作為一個寫作生涯跨越晚清、民初兩個時代的報人－小說家，海上漱石生的小說在晚清所表現出來的一定的探索性和先鋒性，因為以「鴛鴦蝴蝶派」為代表的更富有市民性和消費性色彩的市民文學以及「五四」新文學的興起而顯得有些「落伍」。儘管海上漱石生也做出了種種與時俱進之努力，但他與「五四」新文學的隔膜，讓他難以與這種新的時代文學建立起一種對話關係；而他作為晚清由王韜及早期《申報》館文人群所開創的近代上海都市市民文學傳統與民初「鴛鴦蝴蝶派」等市民文學之間的重要「橋樑」，亦因為後者的興盛發達而失去了「示範」或「示教」之可能性。但從「鴛鴦蝴蝶派」作家們的相關敘述中，一直到去世之前，海上漱石生應該並未完全失去對於前者的一定影響力，而大量有關「鴛鴦蝴蝶派」的文獻，亦將海上漱石生納入到這樣一個民初最為重要的都市市民文學創作群體之中，可見兩者之間聯繫之緊密。

　　海上漱石生去世之後，至少有兩種文獻比較集中地報導過，並表達了對於這位滬上文學界前輩的追思哀悼。這兩種文獻一為《五雲日升樓》，另一為《華洋月報》。前者主編顧懷冰和後者主編倪谷蓮，皆曾自視為海上漱石生私淑弟子。文獻中有對海上漱石生去世前後情況之介紹，更多是對海上漱石生一生之追思評價，對於進

一步瞭解認識這位跨越兩朝的前輩作家不無裨益，故將這些文獻摘錄如此。

《五雲日升樓》上刊登海上漱石生去世之相關資訊：

《五雲日升樓》第1集第2期（1939年3月11日出版）中刊登顧懷冰《悼孫玉聲先生》一文：

海上漱石生孫玉聲先生，已於本月八日上午二時逝世。一代文豪，遽赴玉樓之召，海內同文，共深惋惜。文壇名宿，又弱一個矣。

先生之道德學問、文章經濟，早已譽馳社會，名重雞林。更不用下走贅言。但如先生之誠懇待人，獎掖後進，如此藹然長者，現在社會，實已不可多得也。

下走自從在鳴社追隨先生，迄今十餘年。春風化雨，獲益良多。前數年間於大世界中，幾於每日晤面。近來下走因勞於案牘，遂致蹟稍疏耳。

此次下走創辦本報，在去年歲杪。邀先生在大鴻運午餐，先生精神甚佳，且允為本報撰稿。不料此別遂成永訣。自先生得病以後，下走四次赴大世界報社訪其公子志超兄，率未一遇，更不知先生在何醫院，以致未能最後一面，引為遺憾。

先生為本報所撰《掌心劍》，真成絕筆。惜遺稿無多，未能完篇，大為恨事。聞其親屬言，先生於病中，猶詢及下走與本報已否出版，足見其關心本報，古道熱腸，彌足可

感。《掌心劍》小說，現正物色人才繼續，使先生此作，本人雖未能完篇，亦將庖代有人，使成完璧，以繼先生之志也。

《華洋月報》刊登海上漱石生「哀輓錄」（輓聯、輓詩、祭文）：

一、輓聯

（1）鳴社同人

百萬言說部飛聲，下筆念生平，風月依然，無限繁華留夢影；
廿四年騷壇結契，題襟失耆舊，江山如此，定知感慨到詩魂。

按：輓聯不僅肯定了海上漱石生在小說創作方面的成就，提到了他的《海上繁華夢》——顯然亦將此視為他的代表作——而且也肯定了海上漱石生在詩詞方面的成就。小說與詩詞，似乎成了海上漱石生這種跨越兩朝的「舊派文人」在文學創作方面的兩翼：小說是他們在新朝謀生之現實手段（當然亦包括作為報人的職業生涯），而詩詞則是他們自我沉浸與自我抒發的傳統方式。其實，在各種隨筆、政論時評方面，海上漱石生亦著述豐碩。

（2）姚洪淦

吟壇宿將，小說大家，共企盛名，同社群推為老輩；

多載知交，頻年遊侶，忽驚仙逝，衰齡又失一良朋。

　　按：作為海上漱石生的一位多年老友和鳴社社友，姚洪淦的輓聯在凸出了海上漱石生在詩詞、小說方面的成就之餘，亦無限感慨地緬懷了二人之間的知交情誼和暮年多次結伴外出涉獵名山大澤的共同經歷。

（3）潁川秋水

辭經濟科，著繁華夢，擅報社詞壇領袖才，名姓具千秋，誰說文章憎命達；

結肝膽交，傾肺腑談，聯墨兵筆陣縱橫勢，交遊逾卅年，敢忘金石訂心盟。

　　按：潁川秋水與海上漱石生之間「交遊逾卅年」，輓聯對海上漱石生一生具有典範意義的經歷予以高度評價，「辭經濟科，著繁華夢」，可見海上漱石生《報海前塵錄》中所提及的「辭經濟科」一事，在友朋之間是有所流傳的。不僅如此，對於海上漱石生在報界以及文界所表現出來的「領袖」才能，潁川秋水的輓聯中亦有肯定。

（4）胡寄塵

一生好入名山遊，杖屨追隨，蘇門長嘯，僉稱健哉是翁，何
國難以來，意興闌珊，歎多少塵緣，今朝都付繁華夢；
同人久推吟社長，領袖風雅，多士景從，良足勉手後進，傷
吾道奚之，遞流靡定，得謝離濁世，上界真為退醒廬。

按：與前面輓聯所不同者，此聯肯定的是海上漱石生晚年在吟
社、鳴社組織方面的貢獻，以及作為滬上文人領袖，對於勉勵提攜
後進、促進上海文學發展方面所起的作用。

（5）子婿郁葆青

泰山其頹乎，回溯質疑問難，選勝尋幽，吟社快題襟每挾錦
囊，等陟欣隨謝公屐；
蒼天竟醉矣，劇憐感事哀時，積憂成疾，病床留絕筆無忘家
祭，悲涼忍讀放翁詩。

按：作為海上漱石生的女婿，郁葆青的輓聯一方面追憶了當年
與岳翁一道談詩論學、四處漫遊的經歷，同時亦肯定了海上漱石生
的愛國情懷——在抗戰爆發之後，海上漱石生依然能於大義之前保
守氣節、不苟且。

（6）子婿洪培仁

五千里靈耗遙傳，湘水無情，可得招魂來劫外，
廿餘年前塵如昨，泰山失仰，不堪回首望江南。

（7）戴庵

今何世也，變態千千，別錄著燃犀，爭傳筆挾秋霜，戰血痛河山，喚醒繁華槐蟻夢；

公果仙乎，希縱七七，庾詞遺射虎，忍話燈收春夜，嘯聲動天地，淒聞歸去杜鵑啼。

（8）顧鼎梅

等身留有著作，巨眼勘破繁華，湖海仰元龍，百尺高樓有豪氣；

騷壇久著典型，鳴社曾陪杖履，儒林悲歎鳳，四郊多壘倍驚心。

（9）顧景炎

交裋忘年，情深知己，汐社溯前塵，圓鐵庵舊雨相逢，莫再提，牯嶺煙巒，黃山雲海；

文章遊戲，風骨峻嶒，說林傳盛業，退醒廬遺編重訂，誰能會，百番感慨，一夢繁華。

（10）鄭質庵

惟公閱盡滄桑，濁世滔滔，終不改書生本色；

憐我銜哀風樹，前塵歷歷，最難忘長者深情。

（11）童嘯秋

耆德冠江東，當年詞賦縱橫，說苑詩壇推祭酒；
修方赴泉下，此日河山破碎，荊天棘地苦先生。

此聯肯定了海上漱石生在詩詞方面的成就地位，同時亦將其去世，與當時中國正處於戰火之中的現實處境聯合起來。

（12）周振

深契喜忘年，藉知飽歷滄桑，早悟繁華原一夢；
前塵懷問字，欲羨廣編稗乘，雖云遊戲亦千秋。

此聯值得注意處，在於提到了海上漱石生自己對於小說地位的認識評價。

（13）嚴載如

志怪擬齊諧，三昧詎云托遊戲；
尋山如謝客，幾回何幸得追隨。

（14）吳琴木

汐社忝追陪，觴詠流連重回首；
耆年經浩劫，幽憂感念倘攖心。

(15) 王燮功

用小說名家，紙貴洛陽，餘事作詩人，得句盡成我輩語；
值上六燈夜，鐙昏滬濱，微痾辭濁世，歸魂應悵故園非。

(16) 吳玠

壇坫仰耆英，諷世寓言，早有文章驚海內；
江山正搖落，臨風哀逝，每思杖履感尊前。

(17) 莊敬亭

齒德重騷壇，憶當年鴛湖泛月，虎阜吟梅，唱和寄閒情，物
外及時共行樂；
烽煙悲浩劫，歎此日東海揚塵，中原受禍，彌留記苦語，世
間無地可埋憂。

(18) 謝冠軍

焦尾困風塵，憶小子抱負空懷，賞音忝結忘年契；
同心開雅集，痛先生染痾未至，賜札竟成絕世文。

(19) 外孫郁元英

風月本無邊，惟小說家能推陳出新，針砭薄俗，猶記城東書
屋三間，當時香餌甘飴，懷抱歸寧近阿母；
江山如有詩，借大自然以舒情寫景，收拾好詩，所歎域中寇
氛萬里，此後斷垣剩水，亂離何計慰吟魂。

（20）顧懷冰

> 結來文字因緣，鳴社記追隨，拈韻分題叨末座；
> 當此邦家殄瘁，神州歎顛覆，酸風苦雨哭先生。

二、輓詩

（1）廬江陳詩

> 天南亡遁叟（王韜別號天南遁叟），海上出詞人。漱石風彌
> 古，生花筆有神。芝蘭同入社，鷗鷺久為鄰。耄耋歸真去，
> 淞波減卻春。

（2）許月旦

> 締交屈指十餘年，翰墨三生訂夙緣。
> 不飲居然得同調（君不嗜飲，余亦如之。故同席，輒連
> 坐），好遊每讓著先鞭（鳴社每年必一二次出遊，君輒前
> 往。余則從未一去）。
> 等身著作侔前哲，屬齒情懷效昔賢（晉孫楚雲漱石欲屬其
> 齒，君取此意為號）。
> 幸有階前蘭桂在，箕裘世業永綿延。
>
> 舊雨凋零感不禁，又聞靈耗痛人琴。
> 覆巢著幸留完卵（君室毀於兵禍，惟人口無恙），撫劍徒教

發掌心（近日編武俠小說，名《掌心劍》，只第一回，即已
絕筆）。

海上繁華知夢覺（君所著各書，以《海上繁華夢》為最
早），空中樓閣望雲深（顧君懷冰編《五雲日升樓》，約君
撰長篇小說，甫出一期耳）。

從今無復稱同志，老淚縱橫落滿襟。

鴻運樓中敞綺筵，精神矍鑠尚如前（去歲臘月，顧君宴君與
余於大鴻運樓。君尚健啖，不意甫逾月而耗至）。

不圖別後剛逾月，忽報仙遊等逝川。

北斗名高留世界（君主《大世界報》最久，又曾主《大千世
界報》，南柯夢醒隔人天。

半年我漫叨居長（余與君同係癸亥，而余長半歲），居然在
我先成佛。

曩年樂府奏新聲，改組仙霓集大成（新樂府在共舞臺輟演，
余挽君介紹入大世界，並商酌更名仙霓社，至今沿用）。

七秩開筵曾酌光，一椽易地屢鶯遷（君居成都路最久，與余
甚近。嗣遷江灣，復遷法界，則遠矣）。

生兒古有孫征虜，了願應符向子平。世界三星今獨我，何時
重與話前情（大世界報館中，君與余及陳吉堂君年最老，人
稱為世界三星，今惟余在矣）。

（3）周錦堂

推雅揚風魯殿尊，題襟汐社認詩痕。

月殘猶照繁華夢（《海上繁華夢》為先生遺著之一），花落空
招縹緲魂。

白髮傷春人共老，黃壚感逝酒難溫。

玉樓如見賓紅叟（謂內母舅黃夢畹先生），閻閭滄桑且莫論。

（4）子婿郁餐霞

甥館垂青四十年，那堪病榻話纏綿。

形神消瘦頻顫動，言語模糊自起眠。

藥石盡多難續命，金錢雖好莫回天。

幾番飲泣春風裡，腸斷崔家舊簡篇。

按：此輓詩中有對海上漱石生患病期間家屬精心護理、期待出
現奇跡的詳細描述，足以作為海上漱石生患病及彌留之際文字看。

（5）鄭質庵

結社遙遙溯白蓮，歲寒燈下聳吟肩。

酒痕淡似花間月，詩意清於澗底泉。

識曲幾番聽玉笛，求聲千里寄霞箋。

而今頓失風騷主，題到蘭襟廿四年。

莫向前塵與後塵，筆花開盡鏡中春。

雲煙過眼繁華夢，山水娛情自在身。

垂老不堪傷世變，平生惟是樂天真。
西窗剪燭今難再，俯仰毒楓獨愴神。

耆齡猶是黑頭翁（先生年逾古稀，而白髮甚少），想見文心
老更雄。
湖海寀遊投舊雨，榛苓子弟坐春風（伶界所立榛苓學校，先
生曾主其事）。
出塵空羨雲中鶴，避地還憐雪裡鴻。
咫尺天涯同此感，家居萬里劫灰紅。

推袁說項古來難，我感與公刮目看。
話舊劇憐趨病榻，哀時曾共倚危欄。
淚傾江海詩情苦，字挾風霜劍影團（先生力疾作《掌心劍》
說部，激昂慷慨，寓意甚深，惜僅一回，即成絕筆）。
欲賦招魂何處是，殘山剩水夜漫漫。

（6）外甥郁元英

人事難回首，春風上柳枝（外祖喘病每過驚蟄即癒）。銜哀
思著屐，入夢侍敲詩。切切慈親✕，瑩瑩舅氏悲。如何悽絕
處，正值亂離時。

三、祭文

（1）郁葆青

維民國二十八年五月七日，子婿郁葆青，率子孫致祭於外舅孫公玉聲之靈曰：嗚呼婦翁，人天咫尺，影堂幽閟，音容渺矣。方公攖疾。顏青甲紫。偕婦侍側，謂我無恙。以指畫被，吟懷若水，神明似昔，誰知不起！方我弱冠，甥被承恩，遂傳賦學，晉接晨昏。香茗燈影，載笑載言，情景如昨。逝跡無痕。夙抱大志，文工駢散。司民喉舌，時托諷諫。朝野悄悄，惟公不憚。洛陽紙貴，鄰邦共贊。娥眉竊柄，穢亂深宮。顛倒朝政，隱患靡窮。董狐之筆，鳴鼓而攻。鄉黨為憂，而公自若。萬目時艱，志甘淡泊。疆臣特薦，辭不赴約。賢哉徵君，肯為名縛。性好山水，人中之鶴。胃兩拖笻。重煙借屐，眠月松陰。折梅細嚼。七旬有四，黃嶽插腳。扶輪鳴社，廿年春秋。江山半堅，慷慨寫憂。花為殘淚，鳥亦含愁。等身著作，天地常留。長跪獻辭，痛哭欲流。奠公之靈，清酌庶羞。尚饗。

（2）謝冠軍

維中華民國二十八年四月日，後學謝冠軍，謹具清酌庶羞，致祭於漱石先生之靈曰：溯維吾公，氣宇沖融，幼深學養，長益博通。瑰奇倜儻，文章自雄。主持輿論，外腓內充。首創鳴社，實大聲洪。流連酒詩，吐氣如虹。徜徉山水，眼界

一空。功名不驚,冥冥飛鴻。居諸易逝,頹然成翁。非常國
難,適逢厥功。彌天烽火,盧毀三弓。家又多故,根觸隱
哀,微疾,乃竟壽終。人間何世,春雨濛濛;迎階蘭桂,號
痛臨風。余忝後學,感亦無窮。嗚呼哀哉,尚饗!

按:《華洋月報》(華洋雜貨業同業公會會刊),上海市華洋
雜貨業同業會創辦。負責人程毓傑等,編輯先後為倪古蓮、葉守
定、米陳村。創刊於1934年10月10-15日之間,1941年12月底停刊。
之所以在其上發表哀輓海上漱石生去世的輓聯、輓詩、祭文,應該
與倪古蓮為其編輯有關。

海上漱石生著述考

　　有關自己的著述及出版情況，海上漱石生在其「七十述懷詩」[1]中有這樣一首，「墨耕未許老來閒，待梓頻將稿來刪。插架贈人期後日，移資助我藉他山」，並自注云：「余之小說《海上繁華夢》等三十餘種，皆由坊間先後付梓，而尚有詩稿、遊記、諧文及上海沿革考四種，擬自行出版，以需資甚巨，故尚有待。」[2]對於晚年海上漱石生著述之刊印出版情況，素為其所倚重的文友潁川秋水（陳德清）在奉和漱石生六十述懷詩中亦曾有所涉及，「問君慧福幾生修，學海汪洋占上游。一夢繁華楚檮杌（君撰海上繁華夢小說，計二百餘回），廿年褒貶晉陽秋（君操申新兩報筆政，凡十九年）。集編長慶堪娛老（君著有退醒廬詩稿，近日委余編次，將不日付刊），記續齊諧好解愁（君所著筆記多異聞，尚未付梓）。此後著書多歲月，輞川居士與為儔。」[3]十年之間，對於海上漱石生這樣一位體健筆更健的著述者來說，著作刊發出版情況自然有所不同。

　　而在海上漱石生去世之後，在其《退醒廬詩鈔》後記中，其子孫志狃對乃父著述刻印出版情況——尤其是那些尚未來得及刻印出

---

[1]　海上漱石生尚有四十、五十及六十述懷詩。
[2]　海上漱石生，《退醒廬詩鈔》，自印，第46頁。
[3]　海上漱石生，《漱石生六十唱和集》，自印。

版之著述——亦有一個交代，而其待付梓數量種類，遠超海上漱石
生前述：

> 其他尚有關於上海（著述）如報海前塵錄、上海沿革考、滬
> 壖雜誌、上海衣食住行、滬壖物產考、滬壖古跡談、滬壖歲
> 時考、百業小掌故、三百六十行竹枝詞，及退醒廬筆記、菊
> 部叢談、花天鴻雪集、集評駢體小說……，因限於刊資，未
> 克同時付梓。[4]

上述文字，大抵可見在孫玉聲去世三年之後，尚有大量著述未
曾刻印出版。而上述所提及有待編次整理之著述，委託編次者為鄭
質庵（永詒）和顧景炎二人。

——

海上漱石生（1864-1939）[5]最初的文字職業生涯，並非是從專業
文學寫作開始的，而是從擔任清末滬上幾家著名報紙的編輯工作開
始的。這些報紙包括《新聞報》、《申報》以及《輿論時事報》等
大報，另外他還先後參入或主持了《笑林報》、《采風報》、《大
世界報》、《新世界報》、《梨園公報》等小報，以及還為上海錦
章圖書局主辦過《繁華雜誌》、《七天》等帶有明顯都市市民休閒
色彩的文娛性雜誌。不過由於當時這些報紙上一般遊戲娛樂性文

---

[4]　海上漱石生，《退醒廬詩鈔》，自印，第74頁。
[5]　有關海上漱石生生平，參閱段懷清《海上漱石生生平考》，《杭州師範大學學報》，
　　2013年第4期。

字，多數並不署明作者姓名，即便署名，亦多為筆名，一時難以考訂其中是否有海上漱石生發表的文學類或政論時評類文章。尤其是其中是否有專門結集出版的單行本，因尚未查明，故未列舉，這是需要特別說明的地方。

鑒於上述職業生涯，海上漱石生一生之著述，涉及到公共言論類的政論時評、筆記札記（以滬上歷史地理風俗掌故百業等為主）、小說、詩詞等，其中尤以筆記札記、小說、詩詞等為多。而其著述生涯，倘若以其1893年進入《新聞報》社為肇始，直至其1939年去世前尚在關注《五雲日升樓》的創刊，其寫作生涯長達四十餘年。[6]對於海上漱石生在此其間的著述情況予以清理分析，遂亦成為海上漱石生研究的當務之急。本文擬就其單行本著述（包括公開出版、自印及未刊本）、報刊著述兩大部分予以考證。

曾有論者評說海上漱石生「著作等身，寓言十九」，這主要是就其一部分著述情況而言，尤其是就其小說著述而言的。海上漱石生的單行本著述，分小說類、筆記札記類、詩古文詞類、新聞時評類以及其他五類予以列述：

一、小說類

《民國時期總書目》[7]「中國文學、世界文學、文學理論」卷，收海上漱石生小說六種，即：

6　在《退醒廬著書譚》一文中，海上漱石生自述「余自年二十九，偶從事於小說一途，初僅遊戲之作，藉此聊以自娛。嗣以徵稿者眾，於是所作日多，迄今操觚逾四十年，出版達數十種。」（《金鋼鑽小說集》，施濟群、鄭逸梅編輯，上海，《金鋼鑽報館》發行，1932年9月，第26頁。）

7　《民國時期總書目》，北京圖書館編，北京，北京圖書館出版社，1992年11月。

　　（繡像）海上繁華夢（初、二、後集）[8]，孫家振（原題　警夢癡仙）編著；其中包括上海商務印書館1908年2月訂正初版，1917年5月該版已經出至第9版，該版3冊（分別有265、283和390頁），共一百回，「書前有序，寫於1902年7月」[9]。另有上海泰記樂群書局1915年10月出版之第8版，該版一共3冊（分別有265、283和390頁）

　　續海上繁華夢（警世小說），（初、二、三集），孫家振（原題：孫漱石）著；上海文明書局，1915年6月-1916年8月初版，4冊（910頁）；共一百回。並說明「初集另藏有再版本，刊於1916年5月，第三集分上下冊，各180頁，版權頁作者署名為海上警夢癡仙漱石」[10]。

　　（繪圖）十姊妹（1-6冊），孫家振（原題　海上警夢癡仙）著；上海文明書局1920年12月第3版，6冊（686頁），有插圖；三十回，「書前弁言寫於1917年7月，卷首書名為《海上十姊妹》。

　　海上燃犀錄（社會小說），上中下三冊，孫家振（原題漱石生）著。上海圖書館1924年11月版，3冊（600頁），三十回。

　　如此官場（社會小說），1-4冊，孫家振（原題　漱石生）著，天虛我生[11]評批；上海圖書館1925年8月初版，4冊。

8　《續海上繁華夢》曾於1909年8月16日在滬上創刊的《圖畫日報》刊載（第1號第4頁），作者署名海上警夢癡仙，標「繪圖社會小說」。

9　《民國時期總書目》，北京圖書館編，北京，北京圖書館出版社，1992年11月，第746頁。

10　《民國時期總書目》，北京圖書館編，北京，北京圖書館出版社，1992年11月，第746頁。

11　天虛我生，即陳栩（字栩園，號蝶仙，1879-1940，杭州人，鴛鴦蝴蝶派小說家）。

　　嵩山拳叟（俠義小說），孫家振（原題　漱石生）著，上海時還書局，1935年1月第6版（190頁）；三十六章，「每章引唐詩一句作標題，封面書名為《武俠小說嵩山拳叟》，序寫於1928年1月。

　　上述所收錄小說六種，即便按照海上漱石生自己所謂七十歲前已出版小說三十餘種的說法，數量上也只是其中很少一部分。現將從《退醒廬著書譚》[12]、《退醒廬六十唱和集》、《退醒廬詩鈔》、《報海前塵錄》等相關文獻中輯錄到的海上漱石生單行本著作分列如下：

　　　　《戲迷傳》[13]（上下冊），孫家振（原題　漱石生）著，天虛我生評批，上海錦章圖書局，1915年3月初版，2冊（400頁），三十回，卷首、書口為《戲迷傳新書》。

---

[12] 海上漱石生，《退醒廬著書譚》，刊《金鋼鑽小說集》（全一冊），施濟群、鄭逸梅編輯，上海，《金鋼鑽報館》發行，1932年9月。

[13] 《戲迷傳》、《優孟衣冠傳》、《如此官場》三書之關係，其實是同一部書的不同名稱。《退醒廬著書譚》中對此有說明，「《海上繁華夢》即成，《笑林報》又需小說稿，余乃作《如此官場》。痛揭官僚弊害，惟以南亭亭長之《官場現形記》方風行於時，不得不別闢蹊徑，見昔人有草木春秋說部，以藥名貫串成書，余以官場如戲，乃純用戲名構成之，無論一人一物，一地一器，皆惟戲名是名，即通體之回目亦然，堪示熬費剪裁。」（《金鋼鑽小說集》，第37頁）「當時名《優孟衣冠傳》，成書後版權為錦章圖書館所購，易名曰《戲迷傳》，由天虛我生陳蝶仙君逐回加以評語。於是此書益增聲價。逮余在四馬路自設上海圖書館，始向錦章購回版權，復易名《如此官場》，重行出版。默觀新舊小說，採用此種作法者，殊寥寥無幾。雖草木春秋創體於前，余不得謂非葫蘆依樣，然彼係藥名，余係戲名，夫固截然不同也。（《金鋼鑽小說集》，第38頁）集戲名作《如此官場》，固屬一時興之所至，下筆後慮戲名之不足以供驅使，或驅使而稍涉牽強，則滿篇皆現斧鑿痕，殊難副大雅之品題，以是撰至十餘回後，頗惴惴於全書之不易告成。幸余自幼酷嗜觀劇，記憶力亦尚不弱，於是遍搜今昔各戲，間亦摻入崑目，以足成之，惟純粹為老法體裁，故卷末有遊地府等回，雖天堂地獄之說，西哲亦嘗寓言及此，然在近日科學昌明時代，當不宜有此迷信之談，非惟意殊陳腐，抑且事涉虛無，下筆為憾也。（《金鋼鑽小說集》，第38頁）」

　　《海上繽紛錄》[14]，2冊，漱石生著，上海錦文堂書局，
2.8元；

　　《仙俠五花劍》，6卷30回，海上劍癡　撰，笑林報
館，1901年。[15]

　　《九仙劍全集》，2冊，漱石生著，上海錦文堂書局，4
元；[16]

　　《呆俠》，2冊，漱石生著，上海錦文堂書局，2元；[17]

　　《夫妻俠》，2冊，漱石生著，上海錦文堂書局，2元；

　　《一粒珠》，1冊，漱石生著，上海錦文堂書局，8角；

　　《金陵雙女俠》，3冊，漱石生著，九州書局，4.8元；

　　《鳳麗緣》，2冊，漱石生著，九州書局，2元；

　　《海上指迷鍼》，海上漱石生著，上海圖書館；[18]

　　《海上燃犀錄》，海上漱石生，上海圖書館，1924年；

---

[14] 錦文堂書局出版的這幾部武俠小說，一概標書「尚武俠情小說」。

[15] 《仙俠五花劍》另有上海書局1904年4卷40回本、文元書局1910年4卷40回本。笑林報館本前有歙縣周忠鏊病鴛、鴛湖問業女弟子黃鞠貞之「說部題詞」，另有下浣古瀹洲狷鷗子辛丑七月於海上語新樓之序。周病鴛和張康甫（狷鷗子）均曾與海上漱石生共事於《新聞報》。另據《退醒廬著書譚》，該書曾被上海海左書局一員工盜印，後版權售予海左書局，由其更名《飛仙劍俠大觀》出版（參閱《金鋼鑽小說集》，第45頁）。

[16] 《九仙劍全集》、《夫妻俠》、《呆俠》等書，在上海九州書局亦曾出版，所不同者，各部售價略高於上海錦文堂書局。另，《九仙劍全集》亦曾以《九仙劍正集》書名1936年10月由上海時邁書局再版，封面署「《新奇劍俠《九仙劍正集》，海上漱石生先生著」。

[17] 據《退醒廬著書譚》，《夫妻俠》為《呆俠》續集，前者三十回，後者亦三十回。另海上漱石生尚擬續寫第三集《雛俠》四十回，後因為《民業日報》撰寫《金陵雙女俠》而耽擱。

[18] 有關《海上指迷鍼》一書，天臺山農在奉和漱石生六十述懷詩中注釋曰：君著有《黑幕中之黑幕》小說，今以名不雅馴，易為《指迷鍼》再版，風行於時。（見《漱石生六十唱和集》）

《嵩山拳叟》[19]，漱石生著，上海時還書局，1927年；
《惡魔鏡》[20]，海上漱石生著。

退醒廬小說十種[21]：

1. 《一線天》（探險小說，一冊），海上漱石生著，鐵沙徐行素校，潁川秋水　序於1926年9月元龍百尺樓，1926年11月15日出版，上海圖書館出版印行發行。

2. 《機關槍》（軍事小說，一冊），海上漱石生，鐵沙徐行素校，上海圖書館出版印行發行，1926年11月15日。

3. 《怪夫妻》（家庭小說，一冊），海上漱石生著，鐵沙徐行素校訂，上海圖書館出版印行發行，1926年11月15日。

4. 《二百五》（滑稽小說，一冊），海上漱石生著，鐵沙徐行素校正，上海圖書館出版印行發行，1926年11月15日。

5. 《樟柳人》（怪異小說，一冊），海上漱石生著，徐行素校，1926年11月15日出版，上海圖書館出版印行發行；70頁。

6. 《破蒲扇》（政治小說，一冊），海上漱石生著，徐行素校，上海圖書館出版印行發行，1926年11月15日出版，102頁。

---

[19] 有關《嵩山拳叟》出版情況，《退醒廬著書譚》一文中云：亦單行本。成於丁卯秋間，在《新聞報》之快活林發刊，而在時還書局出版，凡三十六章。（第50頁）約七萬餘字。全書作叟與客問答，自述其生平語，體裁異與說部，與筆記亦不同，雖不敢謂自成一家，第前人似未嘗有此。（《金鋼鑽小說集》，第50頁）。

[20] 《惡魔鏡》是海上漱石生的一部社會小說，先在《大世界日報》按日刊登，凡四十八回（《退醒廬著書譚》，第55頁）。

[21] 退醒廬小說十種是一套由上海圖書館出版印行的小說叢書，其中題材廣泛，顯示出海上漱石生在社會生活積累及文學表現方面的多面才能，亦從一個側面顯示出20世紀初期都市市民文學的基本風貌。有關「退醒廬十種小說」，《退醒廬著書譚》一文中亦有專門介紹。

7. 《孤鶯恨》（哀情小說，一冊），海上漱石生著，徐行素校，上海圖書館出版印行發行，1926年11月15日。

8. 《還魂茶》（社會小說，一冊），海上漱石生著。

9. 《匾中人》（偵探小說，一冊），海上漱石生著。

10. 《金鐘罩》（武俠小說，一冊），海上漱石生著。

　　另有《戰場鴛鴦》、《掌心劍》[22]等，或因尚不能斷定即為海上漱石生著述或易名盜版，或為海上漱石生未竟稿，後由他人續寫，故未錄入。

二、筆記札記類著述

（1）上海城市筆記札記：

　　《退醒廬筆記》（上海圖書館1925年石印本）、《漱石生遊記》、《上海沿革考》、《滬壖話舊錄》各若干卷[23]。

（2）滬上梨園曲界筆記札記：

　　《三十年來上海伶界之拿手戲》、《上海梨園變遷志》、《上海百名伶史》[24]等[25]。

---

[22]　《掌心劍》為海上漱石生之長篇章回體武俠小說，最初在《五雲日升樓》週刊上連載，載至第九期，因海上漱石生病逝且原稿未竟，後由「皖東汪劍鳴」續寫。

[23]　前述各種地方筆記札記，據《漱石生六十唱和集》及《退醒廬詩鈔》，僅《退醒廬筆記》在海上漱石生生前付梓刊印過。

[24]　《海上百名伶傳》，最初以「漱石」筆名在上海《梨園公報》上連載。

[25]　參閱《中國崑劇大辭典》，吳新雷主編，南京大學出版社，2002年5月，南京。

三、詩古文詞類著述

《退醒廬詩鈔》、《漱石生六十唱和集》。

四、新聞時評類著述

《報海前塵錄》。

五、海上漱石生編輯著述

1.奇聞軼事：筆記菁華，海上漱石生編輯，鐵沙徐行素校訂；上海
　江南書局印行，1934年4月再版；輯錄170餘奇聞故事。
2.《小菜場買物》，漱石、雲間顛公輯著《最新滑稽雜誌》，上海
　掃葉山房，1914年1月（十）滑稽小說。
3.古今武俠叢畫奇觀，四冊，漱石生編著，錢病鶴繪畫。
4.《名人筆記多寶串》，漱石生編，上海圖書館1923年。

六、其他

　　孫漱石紀遊草（一卷），孫玉聲撰，民國18年（1924）鉛印本。
　　為他人著書所作序跋[26]。《苦社會》48回，佚名著，海上漱石
生敘，上海圖書集成局，1905年，另有上海《申報》館1905年8月

---

[26]　錢病鶴繪《世界百美圖》，有孫玉聲題詩並序（題署時間為1914年1月，署名海上漱石生
　　孫玉聲）。該畫冊1914年由中法大藥房主人黃楚玖出資付之精製，中法大藥房贈送之品。

版[27]，漱石生敘寫於1905年7月。

▲《漱石生六十唱和集》封面

二

　　或許與其報人及上海通的雙重身份有關，海上漱石生的著述有
相當一部分，深深打上了上述兩種身份的烙印，其中一是與時代相
呼應的著述，另一是與上海相關的著述。這兩者都與上海近代社會
歷史、人物掌故、地理風俗等密切相關，同時也是晚清以來由王韜
開拓的近代都市文學書寫傳統的一種延續。不過，與王韜的都市書

----

[27] 該書1958年9月由上海文化出版社再版，標「晚清小說・苦社會」。另有中華書局1959
　　年1月再版本。

寫文本略有不同的是，儘管海上漱石生的都市書寫在傳統文學修養方面稍顯遜色，但在接近市民階級的生活與趣味方面，包括如何更貼近地傳遞市民階級的日常生活氣息與時代變遷資訊方面，海上漱石生著述中似更偏重於「市民氣」，而王韜著述中似更偏重於「文人才子氣」。

作為報人，海上漱石生的大多數著述，最初都曾先在報刊上連載過，後印行單行本。對於這些著述，第一部分中已多有輯錄列舉。下面擬就海上漱石生主要刊發於當時幾種相對重要報刊上的著述予以統計輯錄[28]：

文章	作者	體裁	刊物	卷號	備註
《五百元》[29]	海上漱石生	短篇小說	《紅》[30]	第1期	
《說紅》	海上漱石生		《紅》	第2期	
《嫖經》	海上漱石生		《紅》	第5期	
《荷花大少秋日自歎竹枝詞》	漱石生		《紅》	第5期	
《退醒廬諧乘》	海上漱石生		《紅》	第6期	
《剪辮記》	海上漱石生		《紅》	第8期	
《桂花小史》	海上漱石生		《紅》	第9期（中秋增刊）	

[28] 海上漱石生曾在《采風報》、《笑林報》、《大世界報》、《新世界報》、《梨園公報》等上面發表各種文體類言論著述，限於篇幅，此表中未一一輯錄列入，特說明。

[29] 《五百元》小說所述故事，在《退醒廬筆記》中「五百元」亦再記之。該則筆記曰「此為民國初年事，余曾於《紅雜誌》第一期作《五百元》短篇小說記之，茲再詳述顛末以入筆記，蓋緣此等事頗足為薄俗警也。」

[30] 《紅》是《新聲》之後、《紅玫瑰》之前由鴛鴦蝴蝶派文人群主持的一份小說週刊，海上漱石生曾以孫漱石、漱石在該刊發表作品；《紅》曾刊大膽書生的《小說點將錄》，中有孫玉聲一條：病尉遲孫立孫漱石，贊曰：卓哉老孫聲名久，大千世界獨樹一幟。《紅》的編輯是被鄭逸梅稱之為孫玉聲門下四大弟子之一的施濟群。

《雙十新酒令》	海上漱石生		《紅》	第10期（國慶增刊）	
《好一個皮夾子》	孫漱石	短篇小說	《紅》	第15期	
《應聲蟲》	海上漱石生	遊戲欄	《紅》	第25期	
《漏舟險》	海上漱石生	遊戲欄	《紅》	第26期	
《接財神》	海上漱石生	遊戲欄	《紅》	第28期	
《豬頭三傳》	海上漱石生	遊戲欄	《紅》	第30期	
《清明竹枝詞》	海上漱石生	遊戲欄	《紅》	第34期	
《燕窠》	海上漱石生	遊戲欄	《紅》	第40期	
《小青塚》	漱石生	短篇小說	《紅》	第41期	
《如是云云》	漱石生	遊戲欄	《紅》	第42期	
《人獸關》	海上漱石生	遊戲欄	《紅》	第47期	
《進步》	海上漱石生	短篇小說	《紅》	第48期	
《十二紅》	海上漱石生	短篇小說	《紅》	第51期	
《三個三朝》	海上漱石生	短篇小說	《紅》	第56期	
《蟻門》	海上漱石生	短篇小說	《紅》	第59期	
《年鑼鼓》	海上漱石生	雜文	《紅》	第77期	
《鬧元宵感言》	漱石生	短篇小說	《紅》	第78期	
《反落燈》	海上漱石生	短篇小說	《紅》	第79期	
《長笛聲》	海上漱石生		《金鋼鑽月刊》[31]	1卷1集	

---

[31] 《金鋼鑽月刊》1933年9月1日創刊於上海，1935年4月終刊，共出2卷16期，編輯兼發行者為施濟群，上海大眾書局、三星書店印行；《金鋼鑽月刊》是《金鋼鑽報》的附屬刊物，《金鋼鑽報》1923年10月18日創刊，「《金鋼鑽月刊》除部分新作外，主要是《金鋼鑽報》的彙刊。」（《中國現代文學期刊目錄新編》，第827頁）。

《中華民國二十三年頌》	海上漱石生		《金鋼鑽月刊》	1卷5集	
《上海新年風俗之變遷》	海上漱石生	筆記	《金鋼鑽月刊》	1卷6集	
《退醒廬諧著十則》	海上漱石生	筆記	《金鋼鑽月刊》	1卷7期	
《退醒廬諧著三十則》	海上漱石生	筆記	《金鋼鑽月刊》	1卷8集	
《退醒廬諧著》（廿五至三十六）	海上漱石生	筆記	《金鋼鑽月刊》	1卷9集	
《退醒廬諧著》（三十七至四八）	海上漱石生	筆記	《金鋼鑽月刊》	1卷10集	
《退醒廬諧著》（四九至五六）	海上漱石生	筆記	《金鋼鑽月刊》	1卷11集	
《花天焰口秘言》	海上漱石生		《金鋼鑽月刊》	1卷11集	
《一粒珠》	海上漱石生		《新聲》	1卷2期	
《新蠶豆》	海上漱石生	標「家庭小說」	《小說新報》[32]	1923年第1期	
《麻雀淚》	海上漱石生	標「諷刺小說」	《小說新報》	1923年第2期	
《盜官》	海上漱石生	標「記事小說」	《小說新報》	1923年第3期	
《點醫》	海上漱石生	標「社會小說」	《小說新報》	1923年第4期	

---

[32]　《小說新報》第8卷第1期至9期，由天臺山農（劉青）任主任編輯，這也應該是漱石生在上面開始有文稿刊發的原因。

《議員化身記》	海上漱石生	標「滑稽小說」	《小說新報》	1923年第5期	
《余之古今小說觀》	漱石生	特載	《新月》[33]	1925年1卷1號	
《戰事小說：機關槍》	海上漱石生	長篇小說	《新月》	1925年1卷1號	
《余之古今小說觀》（續）	漱石生	特載	《新月》	1卷2號；	
（戰事）《機關槍》	漱石生	特載	《新月》	1卷2期；	
戰事長篇：《機關槍》	海上漱石生	長篇小說	《新月》	1卷3期	
戰事長篇：《機關槍》	海上漱石生	長篇小說	《新月》	1卷4期	
《余之章回小說觀》	漱石生		《新月》	2卷2號	
《余之章節小說觀》	漱石生		《新月》	2卷4號	
《黑幕中之黑幕》（廣告）	漱石生	標「警世小說」	《大世界報》	1918年3月3日	
《上海戲園變遷志一》	海上漱石生		《戲劇月刊》[34]	1卷1期	第1卷為1928年。
《上海戲園變遷志二》	海上漱石生		《戲劇月刊》	1卷2期	
《上海戲園變遷志三》	海上漱石生		《戲劇月刊》	1卷3期	

---

[33] 《新月》1925年10月2日在上海創刊，1926年6月10日停刊，編輯為程小青和錢釋雲。
[34] 《戲劇月刊》由劉豁公主持，1928年6月10日創刊，上海大東書局印刷發行。

《上海戲園變遷志四》	海上漱石生		《戲劇月刊》	1卷4期	
《上海戲園變遷志五》	海上漱石生		《戲劇月刊》	1卷5期	
《上海戲園變遷志六》	海上漱石生		《戲劇月刊》	1卷6期	
《上海戲園變遷志七》	海上漱石生		《戲劇月刊》	1卷9期	
《上海戲園變遷志八》	海上漱石生		《戲劇月刊》	1卷10期	
《上海戲園變遷志九》	海上漱石生		《戲劇月刊》	1卷12期	
《上海戲園變遷志十》	海上漱石生		《戲劇月刊》	2卷2期	
《梨園舊事鱗爪錄一》	海上漱石生		《戲劇月刊》	1卷1期	
《梨園舊事鱗爪錄二》	海上漱石生		《戲劇月刊》	1卷2期	
《梨園舊事鱗爪錄三》	海上漱石生		《戲劇月刊》	1卷3期	
《梨園舊事鱗爪錄四》	海上漱石生		《戲劇月刊》	1卷4期	
《梨園舊事鱗爪錄五》	海上漱石生		《戲劇月刊》	1卷5期	
《梨園舊事鱗爪錄六》	海上漱石生		《戲劇月刊》	1卷6期	
《梨園舊事鱗爪錄七》	海上漱石生		《戲劇月刊》	1卷8期	

《海上鱗爪錄八》	海上漱石生		《戲劇月刊》	1卷10期	
《梨園舊事鱗爪錄九》	海上漱石生		《戲劇月刊》	1卷12期	
《梨園舊事鱗爪錄十》	海上漱石生		《戲劇月刊》	2卷2期	
《一朵能行白牡丹》	海上漱石生		《戲劇月刊》	3卷8期	
《夏曆新年昔時之燈謎》	漱石		《梨園公報》	1929年2月12日（1）	
《海上百名伶傳》連載[35]	漱石	筆記	《梨園公報》	1929年3月2日	
《繁華雜誌》題詞	海上漱石生		《繁華雜誌》[36]	第1期（1914年9月）	
《繁華雜誌》序	漱石		《繁華雜誌》	第1期（1914年9月）	
《退醒廬隨筆四則》	漱石		《繁華雜誌》	第1期（1914年9月）	
《京劇物類名稱表》	漱石		《繁華雜誌》	第1期（1914年9月）	
《夜花園序》	漱石		《繁華雜誌》	第1期（1914年9月）	

---

[35] 《海上百名伶傳》自1929年2月開始，一直連載到9月2日已達64期。

[36] 《繁華雜誌》月刊由海上漱石生任編輯主任，由上海錦章圖書局出版印行。《繁華雜誌》內容分「圖畫部」、「文藝志」、「滑稽魂」、「小說林」、「吟嘯欄」、「譯叢」、「談藪」、「新劇潮流」、「傳記」、「錦囊」、「菊部紀餘」、「遊戲雜組」共12種。其中有漱石生不少補白，因文字過於簡短，故未一一錄入。另，海上漱石生同時還主持有《七天》週刊，因未能查閱到，其上所刊發文稿，亦未輯錄，特此說明。

《海上繁華夢初集》卷之一（1、2回）	海上警夢癡仙漱石氏	社會小說	《繁華雜誌》	第1期（1914年9月）	
《退醒廬隨筆》	漱石		《繁華雜誌》	第2期（1914年10月）	
《京劇物類名稱表》	漱石		《繁華雜誌》	第2期（1914年10月）	
《臘裡龍傳》	漱石		《繁華雜誌》	第2期（1914年10月）	
《詩卦》	漱石		《繁華雜誌》	第2期（1914年10月）	
《海上繁華夢初集》卷之（3、4回）	海上警夢癡仙漱石氏	社會小說	《繁華雜誌》	第2期（1914年10月）	
《海上繁華夢初集》卷之（5、6回）	海上警夢癡仙漱石氏	社會小說	《繁華雜誌》	第3期（1914年11月）	
《京劇物類名稱表》	漱石		《繁華雜誌》	第3期（1914年11月）	
《年夜煞邊解》	漱石		《繁華雜誌》	第4期（1914年12月）	
《海上繁華夢初集》卷之（7、8回）	海上警夢癡仙漱石氏	社會小說	《繁華雜誌》	第4期（1914年11月）	
《退醒廬隨筆》	漱石		《繁華雜誌》	第5期（1914年12月）	
《退醒廬新年感言》	漱石		《繁華雜誌》	第5期（1914年12月）	
《海上繁華夢初集》卷之（9、10回）	海上警夢癡仙漱石氏	社會小說	《繁華雜誌》	第5期（1914年12月）	

《海上文虎沿革史》	孫玉聲		《文虎》[37]	2卷1期	
《海上文虎沿革史》（未完）	孫玉聲		《文虎》	2卷2期	
《海上文虎沿革史》	孫玉聲		《文虎》	2卷3期	
《萍社同人謎粹小引》	孫玉聲		《文虎》	2卷16期	
《本報釋名》	海上漱石生		《五雲日升樓》	1集1期	
《掌心劍》（一）	海上漱石生	武俠小說	《五雲日升樓》	1集1期	
《掌心劍》（二）	海上漱石生	武俠小說	《五雲日升樓》	1集2期	
《掌心劍》（三）	海上漱石生	武俠小說	《五雲日升樓》	1集3期	
《掌心劍》（四）	海上漱石生	武俠小說	《五雲日升樓》	1集4期	
《掌心劍》（五）	海上漱石生	武俠小說	《五雲日升樓》	1集5期	
《掌心劍》（六）	海上漱石生	武俠小說	《五雲日升樓》	1集6期	
《掌心劍》（七）	海上漱石生	武俠小說	《五雲日升樓》	1集7期	
《掌心劍》（八）	海上漱石生	武俠小說	《五雲日升樓》	1集8期	
《掌心劍》（九）	海上漱石生	武俠小說	《五雲日升樓》	1集9期	

---

[37] 《文虎》，1931年1月1日出版，半月刊，儒醫吳蓮洲與「萍社」元老謎家曹叔衡連袂主編。

上述刊物外，尚有《七天》等刊物，因為一時難以查找，未能
檢閱其中刊登海上漱石生文稿情況。《七天》是與《繁華雜誌》幾
乎同時創刊的一份帶有休閒性的市民文娛刊物，其主要撰述者與
《繁華雜誌》基本一致，即海上漱石生、錢香如、朱瘦菊等。另
《梨園公報》也是海上漱石生主持過的一份重要專門報紙，並在其
上連載過有關滬上梨園、伶人歷史掌故等之筆記札記，限於篇幅，
上述表格中未一一列出。

▲《戲劇月刊》創刊號封面

三

作為清末民初滬上一位有影響的小說家，海上漱石生的著述
——無論是依照傳統意義上的小說觀念還是20世紀初期不斷開拓的
小說寫作空間與範式——最為著名同時亦傳播最廣的小說作品，莫

過於《海上繁華夢》。在《退醒廬筆記》「海上花列傳」一條中，海上漱石生曾不無感慨地就韓子雲的《海上花列傳》與《海上繁華夢》出版之後的遭遇進行比較[38]：

> 逮至兩書相繼出版，韓書已易名月《海上花列傳》，而吳語則悉仍其舊，致客省人幾難卒讀，遂令絕好筆墨竟不獲風行於時，而《繁華夢》則年必再版，所銷已不知幾十萬冊。

上述說法，至少在《海上繁華夢》的一再刊印方面應當是屬實的。《海上繁華夢》初集30回，6冊，笑林報館1903年印行，作者署名古滬警夢癡仙；《海上繁華夢》（繡像）初集30回，6冊，二集30回，6冊，笑林報館1903年印行，作者署名古滬警夢癡仙；《海上繁華夢》二集30回，6冊，笑林報館1905年印行，作者署名古滬警夢癡仙；《海上繁華夢》後集40回，8冊，笑林報館1906年印行，作者署名古滬警夢癡仙；《海上繁華夢》（社會小說，繡像）初集30回，二集30回，後集40回，3冊，上海商務印書館1908年印行，作者署名警夢癡仙；《海上繁華夢》（社會小說）100回3冊，上海商務印書館1908年2月訂正初版，1917年5月，該版已經出至第9版；《海上繁華夢》初集30回，二集30回，後集40回，3冊，上海泰記樂群書局1908年出版，此版1915年10月也已出至第8版。[39]

其實，《海上花列傳》初版之後的再版傳播情況，在清末民初滬上小說中應當亦算不錯。[40]或許是由於海上漱石生所列之緣由，亦

---

[38] 孫家振，《退醒廬筆記》，第65頁，上海書店出版社，1997年1月，上海。

[39] 參閱《晚清小說目錄》，劉永文編，上海，上海古籍出版社，2008年11月，第252頁。

[40] 《海上花列傳》在清末再版的情況，據《晚清小說目錄》（劉永文編，上海，上海古籍出版社）大致如下：《海上花列傳》64回8冊，1894年刊行；《海上花列傳》64回16

可能與韓子雲過早離世有關，與《海上繁華夢》煌煌200回、多家出版社一再翻印的熱鬧比較起來，《海上花列傳》就顯得冷清多了[41]。

對於《海上繁華夢》一再續寫以及一再重版的熱鬧，海上漱石生自己的回憶，最為完整[42]——其中不僅說明了《海上繁華夢》的出版情況，更值得關注的是，事實上，在海上漱石生的小說著述體系中，社會小說與武俠小說為其兩條最基本之脈絡，而《仙俠五花劍》開啟其武俠小說之脈絡，後之武俠小說著述，多由此延伸，而《海上繁華夢》則開啟其社會小說之先河，後諸多社會小說，亦由此引發或延伸開來。這也是海上漱石生建構其都市日常生活敘事與俠義英雄想像敘事的兩條路徑。

冊2函，清光緒年間刊行；《海上花列傳》64回（改題《海上看花記》）4冊，上海書局光緒年間刊行；《海上花列傳》64回（改題《最新海上繁華夢》）6冊，開通版光緒年間印行；《海上花列傳》64回（改題《海上百花趣樂演義》）2冊，日新書局1908年印行。

[41] 「從事於《海上繁華夢》，亦在《笑林報》按日出書，是書篇帙較繁，多至七十萬字，故刊至二年餘始竣。然全書共凡三集。初集為三十回，作一結束，二集又三十回，再結束之；三集則四十回，乃作一總結束。蓋初意僅作一集，嗣以閱者贊許，紛紛函請續著，乃又一再續成，故每集皆經收結，非故弄狡獪也。然余仍為藏拙計，署名著者為海上警夢癡仙。逮至全書告成，在《笑林報》館印行，因鑒於《仙俠五花劍》翻版故，始知海上警夢癡仙下冒入孫漱石三字，而余之真名，乃自此披露矣。」（參閱《金鋼鑽小說集》，第32頁）

[42] 「《繁華夢》成書之後，皆在《笑林報》館出版。初印各三千部，每部售價洋一元，各書局七折現批，概不記帳。外埠空函不復，逮第三集出書，初集已轉第四版、二集亦轉三版，銷書已及萬餘。嗣以《笑林報》出盤與人，此書無發行之處，乃致中輟。一夕，黃嗟玖君於綺察宴賓，席間晤夏粹芳君，舊友也。詢及是書，何以止售。余實告之。夏君詢版權可出讓與？余應曰可。惟只有版權可以讓渡，書則悉數售罄。僅存鉛板二木箱（當時尚無紙版），及缺頁或訂誤者數十卷耳。夏君曰：書故無須，即鉛板亦已無用，當改製洋裝式之新版。如果承情相讓，請示筆資可也。余彼時以稿件售人，實為初次，且又遇夏君素稔，致囁嚅不能對。黃君謂全書共若干字，曷以字數核之。余曰約七十萬字。夏君曰：然則共需潤金幾何。余以是書所銷已多，未便故昂其價，因以七百元對。夏君欣然曰：敬如命。明午遣人鎣金來也。（第36-37頁）果有人持七百元之莊票至，始知為樂群書局所購，乃繕出讓版權據予之。未數月即復出書，初二集各一冊，三集四十回，作上下兩冊，俱改五號字。洋裝板式頗精，銷售愈廣。逮至樂群歸併於商務印書館，此書遂為商務所有。前數年余有友人托購，見其已轉第九版，是則此書已不知銷去若干萬。」（參閱《金鋼鑽小說集》，第37頁）

　　有意思的是，一般印象中，海上漱石生是清末民初一個有影響的社會小說家，他的都市社會敘事文本，是對王韜以來，在鄒弢、韓子雲以及海上漱石生自己這裡得到發揚光大的晚清都市敘事傳統的富有創意的擴展。[43]而據海上漱石生自己所述，他的近乎職業化的小說寫作生涯，卻是從武俠小說開始的，而並非更為世人所知曉的社會小說，「《仙俠五花劍》既放棄版權，余乃不復置意，改作社會小說」。[44]

　　如果兼顧海上漱石生的大報主筆－小說家及小報報人－小說家的雙重身份，其社會小說及武俠小說的解讀，就呈現出內在的思想彈性甚至張力。對於海上漱石生作為晚清都市社會啟蒙思想家及通俗小說家之雙重事功，德清姚壽慈奉和漱石生六十述懷詩中有「談兵杜牧橫無敵，憂國陳東恨不平。沉寂山河驚欲動，刷新宇宙望終成。神州振起推先覺，豈獨繁華夢著行」，並自注云「先生主《新聞報》時，適有中東一役。所輯論說皆激昂慷慨。變法圖強、新民事業，應推先覺，不僅以著有《海上繁華夢》著稱矣。」[45]可見至少在時人眼中，海上漱石生並非僅僅是一個聞名於時的一般意義上的通俗小說作家。

43　海上漱石生曾在其《退醒廬著書譚》一文中，說明自己當初撰寫《海上繁華夢》這種社會小說時，滬上文壇的一般狀況，「餘作《海上繁華夢》，當時滬地猶無社會小說，我佛山人吳趼人君《廿年目睹之怪現狀》尚未成書。南亭亭長李伯元君之《官場現形記》，在《遊戲報》發刊，描摹官場種種情狀，可云妙到毫巔，然以限於官場一隅，不得為社會小說。惟大一山人韓太仙君之《海上花列傳》，則在同一時。」（參閱《金鋼鑽小說集》，第32頁）

44　海上漱石生，《退醒廬著書譚》，刊《金鋼鑽小說集》，第32頁，施濟群、鄭逸梅編輯，1932年9月《金鋼鑽》報館發行。

45　《漱石生六十唱和集》，自印。

海上漱石生著述考補

　　按：海上漱石生的著述生涯漫長，且其報人－小說家的雙重身份，使得他的不少文稿最初多在報刊上發表。這些報刊在時間上跨度大（從1890年代初一直到1930年代末），在報刊類型上又遍佈此間滬上像《新聞報》、《申報》、《輿論時事報》這樣的大報，亦遍佈《采風報》、《笑林報》、《圖畫旬報》、《圖畫日報》、《新世界報》、《大世界報》、《梨園公報》這樣的文藝類小報，以及《繁華雜誌》、《七天》、《俱樂部》等這類軟性市民文化讀物，還有同時期其他人主編的一些報刊雜誌。上述所有列名報刊他都參與過編纂，又是積極而活躍的作者，投稿量和發稿量都很大。同時他還在民初「鴛鴦蝴蝶派」作家們編輯的許多報刊上發表過大量小說、筆記、小品、札記、詩詞、文論等。要想將海上漱石生發表在這些報刊上的所有文字考察輯錄，是一件頗有挑戰性的工作，不僅工作量大，而且還可能面臨著有些文獻緝查難度大等困難。[1]

---

[1]　有關海上漱石生著述情況，尤其是他去世之後尚未編輯完成或尚未付梓刊印的著述情況，其子孫志翀在《退醒廬詩鈔》跋中有較為詳盡說明。現將此跋摘錄如下：
先君服務新聞界者垂五十年，先後著述不下四五十種。畢生心力幾盡耗於小說家言，而以《海上繁華夢》一書尤為膾炙人口。其他諧文雜作之散見報章者，輒不甚自惜。獨於詩詞之作，俯仰平生，欣然自喜。民國十五年間，曾請同邑陳秋水先生搜集所作，輯有《退醒廬詩存》二卷，而早年所作香豔綺麗之詞，因半已散佚，卷中僅存一二。先君以人事牽扯，終未付梓，時以為憾。迨乎晚歲，與鳴社諸君子涉獵名山大澤，窮遊選勝，興會所至，寄情吟詠，更益以社課諸作，積累日富，手錄存之，珍惜彌甚。丁丑之變，避居邑之西隅，亦置諸行篋中，常以未遭劫火為幸。乃未及二載，

在《海上漱石生著述考》一文的基礎之上，本人一直仍在繼續搜尋輯錄其著述軼文。現將輯錄的第二批海上漱石生著述附錄於此，以資補遺。

單行本著述：

《黃山紀遊草》（民國）孫玉聲撰　民國25年（1936年）[2]
《洞天聯唱》（民國）孫玉聲輯　民國20年（1931年）

發表於報刊類著述：

文章	作者	體裁	刊物	卷號
最新中國偵探小說《一粒珠》（第一章第二節）	海上漱石生	長篇章回體小說	《時事報》「圖畫旬報」	1909年第2冊
最新中國偵探小說《一粒珠》（第一章第四節）	海上漱石生	長篇章回體小說	《時事報》「圖畫旬報」	1909年第4冊

先君棄養。諄諄遺言，猶以付梓為囑。志栩不肖，敬謹受命，不敢或忘。爰於先君逝世之三周年，敬撿遺著商諸盛培榮君，以仿宋字排印，壽諸鉛槧。又請鄭賢庵顧景炎兩先生代為編次校訂，期垂不朽。其他尚有關於上海掌故之《報海前塵錄》、《上海沿革考》、《滬壖雜誌》、《上海之衣食住行》、《滬壖物產考》、《滬壖古跡談》、《滬壖歲時記》、《上海百業小掌故》、《三百六十行竹枝詞》及《退醒廬遊記》、《菊部叢談》、《花天鴻雪集》、《集評駢體小說》、《長笛聲》等書，因限於刊資，未克同時付梓。竊念先君在日，與海內同文往還素如荷。鑒此愚誠加以垂教，則幸甚矣。男志栩謹識。

2　《黃山紀遊草》：上海孫玉聲漱石、吳興姚洪塗勁秋、南通徐鋆貫恂、上海嚴昌堉畸庵、上海顧樹炘景炎、上海郁元英繭迂各作《黃山紀遊草》六種，附吳江吳桐琴木附錄。

《一粒珠》第三章	海上漱石生	長篇章回體小說	《新聲》	1921年第3期
《三十年來上海劇界見聞錄》：譚鑫培之氣焰	海上漱石生	筆記	《新聲》	1921年第5期
《三十年來上海劇界見聞錄》	海上漱石生	筆記	《新聲》	1921年第3期
《三十年來上海劇界見聞錄》：王九林與王九齡	海上漱石生	筆記	《新聲》	1921年第5期
《三十年來上海劇界見聞錄》：孫菊仙力敦古處	海上漱石生	筆記	《新聲》	1921年第5期
《三十年來上海劇界見聞錄》：孟六孟七兄弟濟美	海上漱石生	筆記	《新聲》	1921年第5期
《三十年來上海劇界見聞錄》：想九香與小想九香	海上漱石生	筆記	《新聲》	1921年第5期
《三十年來上海劇界見聞錄》：汪桂芬之歷史、周春奎鐵嗓子……	海上漱石生	筆記	《新聲》	1921年第4期
《三十年來上海劇界見聞錄》：李春來	海上漱石生	筆記	《新聲》	1922年第7期

《三十年來上海劇界見聞錄》：張黑棋	海上漱石生	筆記	《新聲》	1922年第8期
《三十年來上海劇界見聞錄》：周來全 小金生	海上漱石生	筆記	《新聲》	1922年第9期
《三十年來上海劇界見聞錄》：小金虎 小金寶	海上漱石生	筆記	《新聲》	1922年第10期
《鈔票恨》	海上漱石生	小說	說部精英甲子花	1924年·1
《新聞報三十年來之回顧》	海上漱石生	文	《新聞報館三十年紀念》	1923年
《鳴社二十年話舊集題辭》	孫玉聲	詩	《鳴社二十年話舊集》	1935年6月
樂天集一周紀念芻言	海上漱石生	文	樂天集特刊	1937年1集
京劇：退醒廬戲考	漱石生	文	《戲雜誌》	1923年（8）
天目山遊記	漱石生	文	《俱樂部》	1935年創刊號
古人冠服之發明	漱石	文	《七天》	1卷8期
中國器用之發明	漱石	文	《七天》	1卷7期
中國器用之發明	漱石	文	《七天》	1卷6期
中國器用之發明	漱石	文	《七天》	1卷5期
中國器用之發明	漱石	文	《七天》	1卷4期

別字郎中	漱石	文	《七天》	1卷7期
搭橋郎中	漱石	文	《七天》	1卷7期
妙語解紛	漱石	文	《七天》	1卷6期
北京花事	漱石	文	《七天》	1卷6期
別體小說	漱石	文	《七天》	1卷5期
滑頭大書	漱石	文	《七天》	1卷5期
上海花界沿革考	漱石	文	《七天》	1卷4期
吃素	漱石	文	《七天》	1卷4期
快活	漱石	文	《七天》	1卷4期
上海花界沿革考	漱石	文	《七天》	1卷3期
中國音樂之發明	漱石	文	《七天》	1卷3期
死馬當活馬醫	漱石	文	《七天》	1卷3期
饅頭	漱石	文	《七天》	1卷3期
上海花界沿革考	漱石	文	《七天》	1卷2期
野花船	漱石	文	《七天》	1卷2期
中國音樂之發明	漱石	文	《七天》	1卷2期
俚曲雅謔	漱石	文	《七天》	1卷2期
葡萄	漱石	文	《七天》	1卷2期
上海花界沿革考	漱石	文	《七天》	1卷1期
中國之建築	漱石	文	《七天》	1卷1期
一字笑話	漱石	文	《七天》	1卷1期
二字笑話	漱石	文	《七天》	1卷1期
呀呀乎	漱石	文	《七天》	1卷1期
《七天》序	漱石	文	《七天》	1卷1期

海上百名伶傳（一）	漱石	文	《梨園公報》[3]	1929年2月
海上百名伶傳（二）	漱石	文	《梨園公報》	
海上百名伶傳（三）	漱石	文	《梨園公報》	
海上百名伶傳（四）	漱石	文	《梨園公報》	
海上百名伶傳（五）	漱石	文	《梨園公報》	1929年3月2日
海上百名伶傳（六）	漱石	文	《梨園公報》	
海上百名伶傳（七）	漱石	文	《梨園公報》	
海上百名伶傳（八）	漱石	書	《梨園公報》	
海上百名伶傳（九）	漱石	文	《梨園公報》	
海上百名伶傳（十）	漱石	文	《梨園公報》	
海上百名伶傳（十一）	漱石	文	《梨園公報》	

---

[3] 《梨園公報》，戲曲報紙。上海伶界聯合會機關報，三日刊。1928年9月5日創刊於上海，四開八版。海上漱石生（孫玉聲）、王雪塵、張超先後任主編。1931年12月29日停刊，共出390期（參閱《中國戲曲志・上海卷》，第749-750頁，編纂單位：中國戲曲志編輯委員會，《中國戲曲志・上海卷》編輯委員會。

編纂人員：孫濱，章力揮，秦德超，湯草元，1996年12月。）其中所刊《海上百名伶傳》，具體刊載篇數、日期及終止時間待查。

海上百名伶傳（十二）	漱石	文	《梨園公報》	
海上百名伶傳（十三）	漱石	文	《梨園公報》	
海上百名伶傳（十四）	漱石	文	《梨園公報》	
海上百名伶傳（十五）	漱石	文	《梨園公報》	
海上百名伶傳（十六）	漱石	文	《梨園公報》	
海上百名伶傳（十七）	漱石	文	《梨園公報》	
海上百名伶傳（十八）	漱石	文	《梨園公報》	
海上百名伶傳（十九）	漱石	文	《梨園公報》	
海上百名伶傳（二十）	漱石	文	《梨園公報》	
海上百名伶傳（二十一）	漱石	文	《梨園公報》	
海上百名伶傳（二十二）	漱石	文	《梨園公報》	
海上百名伶傳（二十三）	漱石	文	《梨園公報》	
海上百名伶傳（二十四）	漱石	文	《梨園公報》	
海上百名伶傳（二十五）	漱石	文	《梨園公報》	

海上百名伶傳（二十六）	漱石	文	《梨園公報》	
海上百名伶傳（二十七）	漱石	文	《梨園公報》	
海上百名伶傳（二十八）	漱石	文	《梨園公報》	
海上百名伶傳（二十九）	漱石	文	《梨園公報》	
海上百名伶傳（三十）	漱石	文	《梨園公報》	
海上百名伶傳（三十一）	漱石	文	《梨園公報》	
海上百名伶傳（三十二）	漱石	文	《梨園公報》	
海上百名伶傳（三十三）	漱石	文	《梨園公報》	
海上百名伶傳（三十四）	漱石	文	《梨園公報》	
海上百名伶傳（三十五）	漱石	文	《梨園公報》	
海上百名伶傳（三十六）	漱石	文	《梨園公報》	
海上百名伶傳（三十七）	漱石	文	《梨園公報》	
海上百名伶傳（三十八）	漱石	文	《梨園公報》	
海上百名伶傳（三十九）	漱石	文	《梨園公報》	

海上百名伶傳（四十）	漱石	文	《梨園公報》	
海上百名伶傳（四十一）	漱石	文	《梨園公報》	1929年6月25日（第2版）
海上百名伶傳（四十二）	漱石	文	《梨園公報》	
海上百名伶傳（四十三）	漱石	文	《梨園公報》	
海上百名伶傳（四十四）	漱石	文	《梨園公報》	
海上百名伶傳（四十五）	漱石	文	《梨園公報》	
海上百名伶傳（四十六）	漱石	文	《梨園公報》	
海上百名伶傳（四十七）	漱石	文	《梨園公報》	
海上百名伶傳（四十八）	漱石	文	《梨園公報》	
海上百名伶傳（四十九）	漱石	文	《梨園公報》	
海上百名伶傳（五十）	漱石	文	《梨園公報》	
海上百名伶傳（五十一）	漱石	文	《梨園公報》	
海上百名伶傳（五十二）	漱石	文	《梨園公報》	
海上百名伶傳（五十三）	漱石	文	《梨園公報》	

海上百名伶傳（五十四）	漱石	文	《梨園公報》	
海上百名伶傳（五十五）	漱石	文	《梨園公報》	
海上百名伶傳（五十六）	漱石	文	《梨園公報》	
海上百名伶傳（五十七）	漱石	文	《梨園公報》	
海上百名伶傳（五十八）	漱石	文	《梨園公報》	
海上百名伶傳（五十九）	漱石	文	《梨園公報》	
海上百名伶傳（六十）	漱石	文	《梨園公報》	
海上百名伶傳（六十一）	漱石	文	《梨園公報》	
海上百名伶傳（六十二）	漱石	文	《梨園公報》	
海上百名伶傳（六十三）	漱石	文	《梨園公報》	
海上百名伶傳（六十四）	漱石	文	《梨園公報》	1929年9月2日
海上百名伶傳（六十五）	漱石	文	《梨園公報》	
海上百名伶傳（六十六）	漱石	文	《梨園公報》	
海上百名伶傳（六十七）	漱石	文	《梨園公報》	

探母戲詞與時令之關係	漱石	文	《梨園公報》	1930年8月11日
三十年來伶界之拿手戲（一）：孫春恆之請宋靈	漱	短文（配圖）	《圖畫日報》	第228號第8頁
三十年來伶界之拿手戲（二）：楊月樓之八大鎚	漱	短文（配圖）	《圖畫日報》	第229號第8頁
三十年來伶界之拿手戲（三）：小叫天之當鐧賣馬	漱	短文（配圖）	《圖畫日報》	第230號第8頁
三十年來伶界之拿手戲（四）：黃山月之伐子都	漱	短文（配圖）	《圖畫日報》	第231號第8頁
三十年來伶界之拿手戲（五）：周春奎之五雷陣	漱	短文（配圖）	《圖畫日報》	第232號第8頁
三十年來伶界之拿手戲（六）：想九霄之鬥牛宮	漱	短文（配圖）	《圖畫日報》	第234號第8頁
三十年來伶界之拿手戲（七）：大奎官之蘆花蕩	漱	短文（配圖）	《圖畫日報》	第235號第8頁

三十年來伶界之拿手戲（八）：任七之翠屏山	漱	短文（配圖）	《圖畫日報》	第236號第8頁
三十年來伶界之拿手戲（九）：張八之冥判	漱	短文（配圖）	《圖畫日報》	第237號第8頁
三十年來伶界之拿手戲（十）：葛芷香之跳著	漱	短文（配圖）	《圖畫日報》	第238號第8頁
三十年來伶界之拿手戲（十一）：孫瑞堂之落花園	漱	短文（配圖）	《圖畫日報》	第239號第8頁
三十年來伶界之拿手戲（十二）：汪桂芳之子胥投江	漱	短文（配圖）	《圖畫日報》	第240號第8頁
三十年來伶界之拿手戲（十三）：孟七之獅子樓	漱	短文（配圖）	《圖畫日報》	第241號第8頁
三十年來伶界之拿手戲（十四）：四麻子之生死板	漱	短文（配圖）	《圖畫日報》	第242號第8頁

三十年來伶界之拿手戲（十五）：孫菊仙之罵楊廣	漱	短文（配圖）	《圖畫日報》	第243號第8頁
三十年來伶界之拿手戲（十六）：王松之刀會	漱	短文（配圖）	《圖畫日報》	第244號第8頁
三十年來伶界之拿手戲（十七）：周鳳林之笑笑笑	漱	短文（配圖）	《圖畫日報》	第245號第8頁
三十年來伶界之拿手戲（十八）：吳蘭仙之雙搖會	漱	短文（配圖）	《圖畫日報》	第246號第8頁
三十年來伶界之拿手戲（十九）：景四寶之桑園寄子	漱	短文（配圖）	《圖畫日報》	第247號第8頁
三十年來伶界之拿手戲（廿）：李毛兒之送親演禮	漱	短文（配圖）	《圖畫日報》	第248號第8頁
三十年來伶界之拿手戲（廿一）：沈韻秋之薛家窩	漱	短文（配圖）	《圖畫日報》	第249號第8頁

三十年來伶界之拿手戲（廿二）：常子和之別宮祭江	漱	短文（配圖）	《圖畫日報》	第250號第8頁
三十年來伶界之拿手戲（廿三）：黑兒之泗州城	漱	短文（配圖）	《圖畫日報》	第251號第8頁
三十年來伶界之拿手戲（廿四）：景元福之雪擁蘭關	漱	短文（配圖）	《圖畫日報》	第252號第8頁
三十年來伶界之拿手戲（廿五）：陳吉太李對兒之跑馬賣藝	漱	短文（配圖）	《圖畫日報》	第253號第8頁
三十年來伶界之拿手戲（廿六）：金景福之描容別墳	漱	短文（配圖）	《圖畫日報》	第254號第8頁
三十年來伶界之拿手戲（廿七）：龐啓瑞之端午門	漱	短文（配圖）	《圖畫日報》	第255號第8頁
三十年來伶界之拿手戲（廿八）：陳孟珩之乾坤帶	漱	短文（配圖）	《圖畫日報》	第256號第8頁

三十年來伶界之拿手戲（廿九）：朱湘其之快活嶺	漱	短文（配圖）	《圖畫日報》	第257號第8頁
三十年來伶界之拿手戲（三十）：高寶生之描金鳳	漱	短文（配圖）	《圖畫日報》	第258號第8頁
三十年來伶界之拿手戲（三一）：張大四之丁甲山	漱	短文（配圖）	《圖畫日報》	第259號第8頁
三十年來伶界之拿手戲（三十二）：孫彩珠之慶頂珠	漱	短文（配圖）	《圖畫日報》	第260號第8頁
三十年來伶界之拿手戲（三十三）：陳富貴之李陵碑	漱	短文（配圖）	《圖畫日報》	第261號第8頁
三十年來伶界之拿手戲（三十四）：小桂壽小金生之大別妻	漱	短文（配圖）	《圖畫日報》	第262號第8頁
三十年來伶界之拿手戲（三十五）：夏奎章之審頭	漱	短文（配圖）	《圖畫日報》	第263號第8頁

三十年來伶界之拿手戲（三十六）：周釗泉之玉簪記	漱	短文（配圖）	《圖畫日報》	第264號第8頁
三十年來伶界之拿手戲（三十七）：韓桂喜之演火棍	漱	短文（配圖）	《圖畫日報》	第265號第8頁
三十年來伶界之拿手戲（三十八）：陸阿全之問探	漱	短文（配圖）	《圖畫日報》	第266號第8頁
三十年來伶界之拿手戲（三十九）：謝寶林之拾玉鐲	漱	短文（配圖）	《圖畫日報》	第267號第8頁
三十年來伶界之拿手戲（四十）：金景福之開朝捕犬	漱	短文（配圖）	《圖畫日報》	第268號第8頁
三十年來伶界之拿手戲（四十一）：雲裡飛之三上吊	漱	短文（配圖）	《圖畫日報》	第269號第8頁
三十年來伶界之拿手戲（四十二）：董三雄之下河東	漱	短文（配圖）	《圖畫日報》	第270號第8頁

三十年來伶界之拿手戲（四十三）：周來全之鴻鸞喜	漱	短文（配圖）	《圖畫日報》	第271號第8頁
三十年來伶界之拿手戲（四十四）：蔡桂喜之蝴蝶夢	漱	短文（配圖）	《圖畫日報》	第272號第8頁
三十年來伶界之拿手戲（四十五）：劉筠喜之烏盆記	漱	短文（配圖）	《圖畫日報》	第273號第8頁
三十年來伶界之拿手戲（四十六）：蓋山西之縫搭膊	漱	短文（配圖）	《圖畫日報》	第274號第8頁
三十年來伶界之拿手戲（四十七）：龍長勝之九更天	漱	短文（配圖）	《圖畫日報》	第275號第8頁
三十年來伶界之拿手戲（四十八）：姜善珍之借靴	漱	短文（配圖）	《圖畫日報》	第276號第8頁
三十年來伶界之拿手戲（四十九）：王九齡之定軍山	漱	短文（配圖）	《圖畫日報》	第277號第8頁

三十年來伶界之拿手戲（五十）：劉鳳林朱二小之雙釘記	漱	短文（配圖）	《圖畫日報》	第278號第8頁
三十年來伶界之拿手戲（五十一）：大腳籃之羅夢	漱	短文（配圖）	《圖畫日報》	第279號第8頁
三十年來伶界之拿手戲（五十二）：薛貴喜之連營寨	漱	短文（配圖）	《圖畫日報》	第280號第8頁
三十年來伶界之拿手戲（五十三）：楊文玉之伏石猴	漱	短文（配圖）	《圖畫日報》	第281號第8頁
三十年來伶界之拿手戲（五十四）：徐雲標之八達嶺	漱	短文（配圖）	《圖畫日報》	第282號第8頁
三十年來伶界之拿手戲（五十五）：童雙喜之大補缸	漱	短文（配圖）	《圖畫日報》	第283號第8頁
三十年來伶界之拿手戲（五十六）：王兆奎之焚綿山	漱	短文（配圖）	《圖畫日報》	第284號第8頁

三十年來伶界之拿手戲（五十七）：郭秀華之宇宙瘋	漱	短文（配圖）	《圖畫日報》	第285號第8頁
三十年來伶界之拿手戲（五十八）：十三旦之新安驛	漱	短文（配圖）	《圖畫日報》	第286號第6頁
三十年來伶界之拿手戲（五十九）：小庚弟小勝奎之二進宮	漱	短文（配圖）	《圖畫日報》	第287號第8頁
三十年來伶界之拿手戲（六十）：禿扁兒之煙鬼歎	漱	短文（配圖）	《圖畫日報》	第288號第8頁
三十年來伶界之拿手戲（六十）：杜蝶雲之黃鶴樓	漱	短文（配圖）	《圖畫日報》	第289號第8頁
三十年來伶界之拿手戲（六十一）：牡丹紅之池水驛	漱	短文（配圖）	《圖畫日報》	第290號第8頁
三十年來伶界之拿手戲（六十二）：九仙旦之雄黃陣	漱	短文（配圖）	《圖畫日報》	第291號第8頁

三十年來伶界之拿手戲（六十三）：仇雲奎之埽松	漱	短文（配圖）	《圖畫日報》	第292號第8號
三十年來伶界之拿手戲（六十四）：五月仙之紅梅閣	漱	短文（配圖）	《圖畫日報》	第293號第8頁
三十年來伶界之拿手戲（六十五）：李棣香之販馬記	漱	短文（配圖）	《圖畫日報》	第294號第6頁
三十年來伶界之拿手戲（六十六）：趙殿奎之審李七	漱	短文（配圖）	《圖畫日報》	第295號第6頁
三十年來伶界之拿手戲（六十七）：賽活猴之金刀陣	漱	短文（配圖）	《圖畫日報》	第296號第8頁
三十年來伶界之拿手戲（六十八）：小金虎之絮閣	漱	短文（配圖）	《圖畫日報》	第297號第8頁
三十年來伶界之拿手戲（六十九）：沈硯香之活擒孟覺海	漱	短文（配圖）	《圖畫日報》	第298號第8頁

三十年來伶界之拿手戲（七十）：顧九蘭之借茶	漱	短文（配圖）	《圖畫日報》	第299號第8頁
三十年來伶界之拿手戲（七十一）：小禿三之白虎堂	漱	短文（配圖）	《圖畫日報》	第300號第6頁
三十年來伶界之拿手戲（七十二）：貓貓旦之紫霞宮	漱	短文（配圖）	《圖畫日報》	第301號第8頁
三十年來伶界之拿手戲（七十三）：小金寶之挑簾裁衣	漱	短文（配圖）	《圖畫日報》	第302號第8頁
三十年來伶界之拿手戲（七十一四）：徐岱雲霄天吉之假金牌	漱	短文（配圖）	《圖畫日報》	第303第8頁
三十年來伶界之拿手戲（七十五）：小金鋼鑽之陰陽河	漱	短文（配圖）	《圖畫日報》	第304號第8頁
三十年來伶界之拿手戲（七十六）：孟菊奎之斬黃袍	漱	短文（配圖）	《圖畫日報》	第305號第8頁

三十年來伶界之拿手戲（七十七）：月月紅之貴妃醉酒	漱	短文（配圖）	《圖畫日報》	第306號第6頁
三十年來伶界之拿手戲（七十八）：文琴舫之取金陵	漱	短文（配圖）	《圖畫日報》	第307號第8頁
三十年來伶界之拿手戲（七十九）：童玉喜之餵香藥	漱	短文（配圖）	《圖畫日報》	第308號第8頁
三十年來伶界之拿手戲（八十）：崔靈芝之忠義俠	漱	短文（配圖）	《圖畫日報》	第309號第8頁
三十年來伶界之拿手戲（八十一）：小穆之黃金台	漱	短文（配圖）	《圖畫日報》	第310號第8頁
三十年來伶界之拿手戲（八十二）：張松亭之南天門	漱	短文（配圖）	《圖畫日報》	第311號第8頁
三十年來伶界之拿手戲（八十三）：余玉琴之醉仙樓	漱	短文（配圖）	《圖畫日報》	第312號第8頁

三十年來伶界之拿手戲（八十四）：王喜壽之轅門射戟	漱	短文（配圖）	《圖畫日報》	第313號第8頁
三十年來伶界之拿手戲（八十五）：小奎官之收關勝	漱	短文（配圖）	《圖畫日報》	第314號第8頁
三十年來伶界之拿手戲（八十六）：賈洪林之搜救救孤	漱	短文（配圖）	《圖畫日報》	第315號第8頁
三十年來伶界之拿手戲（八十七）：天鵝旦之燒骨記	漱	短文（配圖）	《圖畫日報》	第316號第8頁
三十年來伶界之拿手戲（八十八）：小腳籃之劉唐	漱	短文（配圖）	《圖畫日報》	第317號第8頁
三十年來伶界之拿手戲（八十九）：安靜芝之奪太倉	漱	短文（配圖）	《圖畫日報》	第318號第8頁
三十年來伶界之拿手戲（九十）：汪笑儂之馬嵬坡	漱	短文（配圖）	《圖畫日報》	第319號第8頁

三十年來伶界之拿手戲（九十一）：李季生之離魂	漱	短文（配圖）	《圖畫日報》	第320號第8頁
三十年來伶界之拿手戲（九十二）：杜文寶之四郎探母	漱	短文（配圖）	《圖畫日報》	第321號第8頁
三十年來伶界之拿手戲（九十三）：紀壽目之斷密澗	漱	短文（配圖）	《圖畫日報》	第322號第8頁
三十年來伶界之拿手戲（九十四）：談雅芳之盜令	漱	短文（配圖）	《圖畫日報》	第323號第8頁
三十年來伶界之拿手戲（九十五）：達子紅之柴桑口	漱	短文（配圖）	《圖畫日報》	第324號第8頁
三十年來伶界之拿手戲（九十六）：三麻子之水淹七軍	漱	短文（配圖）	《圖畫日報》	第325號第8頁
三十年來伶界之拿手戲（九十七）：呂昭慶之馬鞍山	漱	短文（配圖）	《圖畫日報》	第326號第8頁

三十年來伶界之拿手戲（九十八）：王桂芳之回令	漱	短文（配圖）	《圖畫日報》	第327號第8頁
三十年來伶界之拿手戲（九十九）：吳貴喜之武文華	漱	短文（配圖）	《圖畫日報》	第328號第8頁
三十年來伶界之拿手戲（第一百）：萬盞燈之珍珠旗	漱	短文（配圖）	《圖畫日報》	第329號第8頁
三十年來伶界之拿手戲（一百零一）：陳金官之伍員寄子	漱	短文（配圖）	《圖畫日報》	第330號第8頁
三十年來伶界之拿手戲（102）：日日紅之對銀盃	漱	短文（配圖）	《圖畫日報》	第331號第8頁
三十年來伶界之拿手戲（103）：蔡和祥之茂州廟	漱	短文（配圖）	《圖畫日報》	第332號第8頁
三十年來伶界之拿手戲（104）：王九芝之雷峰塔	漱	短文（配圖）	《圖畫日報》	第333號第8頁

三十年來伶界之拿手戲（105）：小七金子之懷杜關	漱	短文（配圖）	《圖畫日報》	第334號第8頁
三十年來伶界之拿手戲（106）：陸祥林之河套	漱	短文（配圖）	《圖畫日報》	第335號第8頁
三十年來伶界之拿手戲（107）：李桂芳慶奎官之父子圖	漱	短文（配圖）	《圖畫日報》	第336號第8頁
三十年來伶界之拿手戲（108）：牛皂兒之紫金樹	漱	短文（配圖）	《圖畫日報》	第337號第8頁
三十年來伶界之拿手戲（109）：吳鳳鳴之攔江救主	漱	短文（配圖）	《圖畫日報》	第338號第8也
三十年來伶界之拿手戲（110）：陳四之潑水	漱	短文（配圖）	《圖畫日報》	第339號第8頁
三十年來伶界之拿手戲（111）：左銅錘之焚煙墩	漱	短文（配圖）	《圖畫日報》	第340號第8頁

三十年來伶界之拿手戲（112）：浪雙喜之得意緣	漱	短文（配圖）	《圖畫日報》	第341號第8頁
三十年來伶界之拿手戲（113）：葉老永之搜山打車	漱	短文（配圖）	《圖畫日報》	第342號第8頁
三十年來伶界之拿手戲（114）：驢肉紅之掃秦	漱	短文（配圖）	《圖畫日報》	第343號第8頁
三十年來伶界之拿手戲（115）：劉斌奎之盟中義	漱	短文（配圖）	《圖畫日報》	第344號第8頁
三十年來伶界之拿手戲（116）：蓋天紅之臨潼山	漱	短文（配圖）	《圖畫日報》	第345號第8頁
三十年來伶界之拿手戲（117）：徐珍慶之呆大做親	漱	短文（配圖）	《圖畫日報》	第346號第8頁
三十年來伶界之拿手戲（118）：李連仲之忠孝全	漱	短文（配圖）	《圖畫日報》	第347號第8頁

三十年來伶界之拿手戲（119）：張和福之宮門帶	漱	短文（配圖）	《圖畫日報》	第348號第8頁
三十年來伶界之拿手戲（120）：陳大牛之老少換	漱	短文（配圖）	《圖畫日報》	第349號第8頁
三十年來伶界之拿手戲（121）：王小三之服毒顯魂	漱	短文（配圖）	《圖畫日報》	第350號第6頁
三十年來伶界之拿手戲（122）：賽貂蟬之鳳儀亭	漱	短文（配圖）	《圖畫日報》	第351號第6頁
三十年來伶界之拿手戲（123）：張玉奎之胡迪罵閻	漱	短文（配圖）	《圖畫日報》	第352號第6頁
三十年來伶界之拿手戲（124）：活天霸之獨虎營	漱	短文（配圖）	《圖畫日報》	第353號第6頁
三十年來伶界之拿手戲（125）：趙金寶之請師拜師	漱	短文（配圖）	《圖畫日報》	第354號第6頁

三十年來伶界之拿手戲（126）：孫大嘴之小磨坊	漱	短文（配圖）	《圖畫日報》	第355號第6頁
三十年來伶界之拿手戲（127）：許處之打鼓罵曹	漱	短文（配圖）	《圖畫日報》	第356號第6頁
三十年來伶界之拿手戲（128）：馮三喜之閨房樂	漱	短文（配圖）	《圖畫日報》	第357號第6頁
三十年來伶界之拿手戲（129）：大子紅之蝴蝶杯大審	漱	短文（配圖）	《圖畫日報》	第358號第6頁
三十年來伶界之拿手戲（130）：時慧寶之御碑亭	漱	短文（配圖）	《圖畫日報》	第359號第6頁
三十年來伶界之拿手戲（131）：瞎子京山之開眼上路	漱	短文（配圖）	《圖畫日報》	第360號第6頁
三十年來伶界之拿手戲（132）：趙祥玉之楊袞搶親	漱	短文（配圖）	《圖畫日報》	第361號第6頁

三十年來伶界之拿手戲（133）：小桃紅之大保國	漱	短文（配圖）	《圖畫日報》	第362號第6頁
三十年來伶界之拿手戲（134）：趙德虎之五方陣	漱	短文（配圖）	《圖畫日報》	第363號第6頁
三十年來伶界之拿手戲（135）：陸老四之說親回話	漱	短文（配圖）	《圖畫日報》	第364號第6頁
三十年來伶界之拿手戲（136）：謝雲奎之白蟒台	漱	短文（配圖）	《圖畫日報》	第365號第6頁
三十年來伶界之拿手戲（137）：周長山之鳳鳴關	漱	短文（配圖）	《圖畫日報》	第366號第6頁
三十年來伶界之拿手戲（138）：果同來之時遷偷雞	漱	短文（配圖）	《圖畫日報》	第367號第6頁
三十年來伶界之拿手戲（139）：丁子九之七星燈	漱	短文（配圖）	《圖畫日報》	第368號第6頁

三十年來伶界之拿手戲（140）：德郡如之羅成叫關	漱	短文（配圖）	《圖畫日報》	第369號第6頁
三十年來伶界之拿手戲（141）：張小桂芬之文昭關	漱	短文（配圖）	《圖畫日報》	第370號第6頁
三十年來伶界之拿手戲（142）：余紫雲之武家坡	漱	短文（配圖）	《圖畫日報》	第371號第6頁
三十年來伶界之拿手戲（143）：王玉芳之戰蒲關	漱	短文（配圖）	《圖畫日報》	第372號第6頁
三十年來伶界之拿手戲（144）：邱鳳翔之查潘斬勝	漱	短文（配圖）	《圖畫日報》	第373號第6頁
三十年來伶界之拿手戲（145）：高彩雲之游龍戲鳳	漱	短文（配圖）	《圖畫日報》	第374號第6頁
三十年來伶界之拿手戲（146）：小王四之羊肚湯	漱	短文（配圖）	《圖畫日報》	第375號第6頁

三十年來伶界之拿手戲（147）：徐世芳之摩天嶺	漱	短文（配圖）	《圖畫日報》	第376號第6頁
三十年來伶界之拿手戲（148）：路三寶之花田錯	漱	短文（配圖）	《圖畫日報》	第377號第6頁
三十年來伶界之拿手戲（149）：瑞德寶之太平橋	漱	短文（配圖）	《圖畫日報》	第378號第6頁
三十年來伶界之拿手戲（150）：邵寄舟之三字經	漱	短文（配圖）	《圖畫日報》	第379號第6頁
三十年來伶界之拿手戲（151）：林連桂之金蘭會	漱	短文（配圖）	《圖畫日報》	第380號第6頁
三十年來伶界之拿手戲（152）：朱紫雲之監酒令	漱	短文（配圖）	《圖畫日報》	第381號第6頁
三十年來伶界之拿手戲（153）：羊長喜之太君辭朝	漱	短文（配圖）	《圖畫日報》	第382號第6頁

三十年來伶界之拿手戲（154）：牛松山之鎮檀州	漱	短文（配圖）	《圖畫日報》	第383號第6頁
三十年來伶界之拿手戲（155）：小想九霄之海潮珠	漱	短文（配圖）	《圖畫日報》	第384號第6頁
三十年來伶界之拿手戲（156）：應凌雲之反武場	漱	短文（配圖）	《圖畫日報》	第385號第6頁
三十年來伶界之拿手戲（157）：王鶴鳴之獨佔	漱	短文（配圖）	《圖畫日報》	第386號第6頁
三十年來伶界之拿手戲（158）：張九桂之四平山	漱	短文（配圖）	《圖畫日報》	第387號第6頁
三十年來伶界之拿手戲（159）：金蘭卿之蘆花河	漱	短文（配圖）	《圖畫日報》	第388號第6頁
三十年來伶界之拿手戲（160）：郝福芝之洗浮山	漱	短文（配圖）	《圖畫日報》	第389號第6頁

三十年來伶界之拿手戲（161）：楊貴小之霸王莊	漱	短文（配圖）	《圖畫日報》	第390號第6頁
三十年來伶界之拿手戲（162）：雙處之取榮陽	漱	短文（配圖）	《圖畫日報》	第393號第7頁
三十年來伶界之拿手戲（162）：小拐子之大小騙	漱	短文（配圖）	《圖畫日報》	第393號第8頁
三十年來伶界之拿手戲（163）：陳蘭坡之撞鐘分宮	漱	短文（配圖）	《圖畫日報》	第395號第5頁
三十年來伶界之拿手戲（163）：小連生之鐵公雞	漱	短文（配圖）	《圖畫日報》	第395號第6頁
三十年來伶界之拿手戲（164）：劉永春之探陰山	漱	短文（配圖）	《圖畫日報》	第396號第5頁
三十年來伶界之拿手戲（164）：夏月珊之黑籍冤魂	漱	短文（配圖）	《圖畫日報》	第396號第6頁

三十年來伶界之拿手戲（165）：小喜鳳之虹霓關	漱	短文（配圖）	《圖畫日報》	第397號第5頁
三十年來伶界之拿手戲（165）：趙如泉之三門街	漱	短文（配圖）	《圖畫日報》	第397號第6頁
三十年來伶界之拿手戲（166）：馬飛珠之絨花針	漱	短文（配圖）	《圖畫日報》	第398號第5頁
三十年來伶界之拿手戲（166）：七盞燈之新茶花	漱	短文（配圖）	《圖畫日報》	第398號第6頁
三十年來伶界之拿手戲（167）：王俊卿之豔陽樓	漱	短文（配圖）	《圖畫日報》	第398號第5頁
三十年來伶界之拿手戲（167）：貴俊卿之打棍出箱	漱	短文（配圖）	《圖畫日報》	第399號第6頁
三十年來伶界之拿手戲（168）：何家聲之滾紅燈	漱	短文（配圖）	《圖畫日報》	第400號第5頁

三十年來伶界之拿手戲（168）：呂月樵之目連救母	漱	短文（配圖）	《圖畫日報》	第400號第6頁
三十年來伶界之拿手戲（169）：林步青周鳳文之賣橄欖	漱	短文（配圖）	《圖畫日報》	第401號第4頁
三十年來伶界之拿手戲（169）：張順來之四傑村	漱	短文（配圖）	《圖畫日報》	第401號第5頁
三十年來伶界之拿手戲（170）：小子和之百寶箱	漱	短文（配圖）	《圖畫日報》	第402號5頁
三十年來伶界之拿手戲（170）：夏月潤之花蝴蝶	漱	短文（配圖）	《圖畫日報》	第402號第6頁
三十年來伶界之拿手戲（171）：四盞燈之鎖雲囊	漱	短文（配圖）	《圖畫日報》	第403號第5頁
三十年來伶界之拿手戲（171）：高福安之鴛鴦樓	漱	短文（配圖）	《圖畫日報》	第403號第6頁

三十年來伶界之拿手戲（172）：李春來之白水灘	漱	短文（配圖）	《圖畫日報》	第404號第5頁
三十年來伶界之拿手戲（172）：小一盞之大鐵弓緣	漱	短文（配圖）	《圖畫日報》	第404號第6頁

海上漱石生交遊考

　　文人交遊，在一個社會資訊網路初步展開成形但依然有所局限的時代，無疑具有積極重要但又容易被忽略的意義與作用。作為一個幾乎一生與上海這座近代開埠都市「相依為命」的文人，[1]海上漱石生在其長達四十餘年的職業生涯與文學寫作及編輯生涯中，[2]交遊頗為廣泛，就其自身所提供的文獻資料看，清末民初上海社會之三教九流，幾乎無所不交[3]，不過基本上仍以文人群體為主[4]。若就代際關係而言，這些交遊大體上可分為前輩文人、同輩文人及晚輩文人。[5]在前輩文人中，尤以王韜（1828-1897）及《申報》館文人群

---

[1] 海上漱石生出生於滬上（至其出生，其祖上來滬已逾二百年），一生幾乎沒有在上海之外求職謀生的經歷（除了一次不成功的北闈經歷），晚年更是目睹日軍侵入滬上，國土淪喪，錐心哀痛。而其一生的職業生涯及寫作成就，更是與上海這座城市密不可分。

[2] 海上漱石生在多處文獻中提到，1893年進入《新聞報》，是其職業生涯的開始，也是他文字生涯的開始，是年他29歲。

[3] 海上漱石生主持《繁華雜誌》、《七天》、《俱樂部》、《采風報》等報刊之時，其資方則多為當時滬上聞達大亨，而其所採錄資訊文章，亦涉及社會各個階層。

[4] 《報海前塵錄》等文獻中，亦提到不少與其交遊者。不過這些滬上文人，多在報界文界。其實，海上漱石生一生交遊中，尚有不少越出報界文界，譬如伶界，亦為海上漱石生交遊所重。其在民初滬上伶界之影響力，並不輸於其在報界文界之影響力。

[5] 海上漱石生曾為滬上文人社團文虎萍社、鳴社等組織之中堅。有關文虎萍社（燈謎社），天臺山農和詩中有「紅搖燈影散輕煙」一句，自注云「乙卯寒食識君於文虎萍社」。有關海上漱石生與鳴社之關係，靜盦宋家龢奉和漱石生六十述懷詩中有「社鳴天籟詩稱霸，鏡仰群倫世執賢」一句，自注云「公為鳴社社長」。另四明朱友三奉和漱石生六十述懷詩有「滬濱詩社推前輩」一句。另歸陸氏女展雲奉和漱石生六十述懷詩中有「薄海文豪欽著作，盈門弟子沐裁成。轔轔問字車多少，仰望高山賦景行。」當年孫門文交往來之盛況，可見一斑。另當時孫門文友結社的境況，在此和詩中亦有所表現，「分韻拈題詩共詠，射燈結社酒微醺。」魯靈光奉和漱石生六十述懷詩中有

對其影響最大，這種影響涉及到個體與主流文人群體之關係形態、文人在清末民初上海都市化進程中的自我生存方式與生活方式之重新選擇、都市文人的與時俱進與自我文化價值轉型諸方面；而在同輩文人中，與鄒弢（1850-1931）、韓邦慶（1856-1894）、李伯元（1867-1906）、吳趼人（1866-1910）等，不僅持有相近的社會文學觀點，而且人生際遇亦大體相似，與李伯元、吳趼人等人，更是惺惺相惜、多有往來。而在與晚輩文人之關係方面，海上漱石生通過其門人弟子[6]，與滬上清末民初極為重要的一個文人群體「鴛鴦蝴蝶派」文人亦發生了人事交集，雖不能說海上漱石生毫無爭議地即為「鴛鴦蝴蝶派」中之一員，但也確有論者將其納入其中。[7]

站在民初小說著作界的角度看，海上漱石生的文學生涯「確是很老的了」。[8]而范煙橋在論述民初社會小說時，亦注意到海上漱石生在清末民初小說界這種特殊地位，「那時他的年事已高，過去和他相識的也先後去世，他便起了『承先啟後』的作用。」[9]如果這裡所謂「承先啟後」的作用屬實，應當既包括海上漱石生在文學

「香山結社推盟主，君是前生白樂天。」對於孫玉聲在當時滬上文人界中之地位及廣泛影響予以肯定。

[6] 據《蝸牛居士全集‧藝人小志》（黃鴻初主編、丁翔華編，《蝸牛居士全集》，上海，上海丁壽世草堂印，1940年1月，第21頁）中「孫玉聲」一條，稱「文藝界出其門下者甚眾，如汪仲賢、施濟群、朱瘦菊、倪古蓮筆，均為其高足。」而施濟群、朱瘦菊，則被認為是鴛鴦蝴蝶派文人群中比較重要的作家，前者編輯了《紅》等具有代表性的鴛鴦蝴蝶派刊物，後者則有《歇浦潮》這樣比較典型的鴛鴦蝴蝶派社會小說。

[7] 范煙橋《民國舊派小說史略》中「社會小說」一節，首推孫玉聲及其《海上繁華夢》（見《中國現代文學史資料叢書‧鴛鴦蝴蝶派研究資料‧史料部分》，魏紹昌編，上海，上海文藝出版社，1962年10月，第181-182頁）；另嚴芙孫等編輯之《民國舊派小說名家小史》中，海上漱石生排名第十二。（出處同前）

[8] 嚴芙孫等編輯之《民國舊派小說家小史》，見《中國現代文學史資料叢書‧鴛鴦蝴蝶派研究資料‧史料部分》，魏紹昌編，上海，上海文藝出版社，1962年10月，第462頁。

[9] 《中國現代文學史資料叢書‧鴛鴦蝴蝶派研究資料‧史料部分》，第181頁，魏紹昌編，上海，上海文藝出版社，1962年10月。

語言、題材以及文體等方面之試驗探索，[10]亦包括他在清末民初文人代際關係轉型傳承方面之特殊地位與貢獻。

　　鑒於海上漱石生一生並無科舉功名經歷，與士大夫階層往來不多（在這一點上與王韜不同），而且其基本生活空間，集中於上海，所以其所交結者，多為滬上職業化或半職業化的文人。這種交結方式，亦具有清末民初滬上文人社交的一般特點：以新興報刊傳媒為中心或平臺，以地域同鄉關係及代際師友關係為紐帶，以相近的情趣立場為支撐，以互有交集的生活與利益訴求為維護。在這個半隱半顯的文人圈或文學網路體系中，海上漱石生不僅完成了他從傳統文人向近代都市報人的文化與職業轉型，而且還完成了從都市報人向職業文人的文化與職業轉型。

一、前輩文人：王韜及《申報》《新聞報》文人群體

　　海上漱石生與《申報》之間的關係，是從作為《申報》讀者之經歷開始的。《退醒廬筆記》中云，「余幼時閱同治年老《申報》」[11]，亦即1875年前之《申報》，推測其時為十歲左右，亦即

10　海上漱石生在其《退醒廬著書譚》一文中云：「余作《仙俠五花劍》，彼時海上之武俠小說，尚只《七俠五義》及《小五義》、《七劍十三俠》等寥寥數部。」又云：「余作《海上繁華夢》，當時滬地猶無社會小說，我佛山人吳趼人君《廿年目睹之怪現狀》尚未成書。南亭亭長李伯元君之《官場現形記》，在《遊戲報》發刊，描摹官場種種情狀，可云妙到毫巔，然以限於官場一隅，不得為社會小說。惟大一山人韓太仙君之《海上花列傳》，則在同一時。」（見《金鋼鑽小說集》，施濟群、鄭逸梅編輯，上海，《金鋼鑽》報館，1932年9月，第31、32頁）而武俠小說和社會小說，恰為海上漱石生在清末年初滬上舊派小說（即章回小說）題材與體裁試驗開拓方面尤為突出之貢獻。

11　孫家振，《退醒廬筆記》，第90頁，上海書店出版社，1997年1月，上海。另孫家振《報海前塵錄》「白話報與夜報」一則中亦云：白話報之最初發起者，曰《民報》，系《申報》館出版，時在同治十年左右，……彼時余在童年，曾及見之。

開始關注報事新聞。此說若屬實，在其一代文人之中，海上漱石生的如此經歷，無疑是引人注目的。儘管《申報》確係為中國讀者辦的一份報紙，不同於當時滬上其他專為西人讀者所設者，但能如此年齡即閱讀《申報》，海上漱石生於新學、西學之態度，由此似可見一斑。或者說海上漱石生在新學、西學方面所受影響，亦由此開啟。

　　除了《申報》，與《申報》館的中國主筆們之間的交遊，無疑也成為海上漱石生後來事業學問乃至性情的重要因緣。

　　在《退醒廬筆記》及《報海前塵錄》等著述中，海上漱石生幾乎寫盡《申報》、《新聞報》館當年最主要的一批文人主筆及華人管理階層，而與這批文人之間的交遊，實際上成為海上漱石生與前輩文人群體交遊最值得關注的一種關係。《報海前塵錄》自「天南遁叟軼事」始，相繼記述了滬上報界當年一批名流文士，其中有霧裡看花客（錢昕伯）、高昌寒食生（何桂笙）、倉山舊主（袁祖志）、縷馨仙史（蔡爾康）、夢畹生（黃式權）、太癡生（高狔）、病鴛詞人（周品珊）、瘦鶴詞人（鄒弢）、我佛山人（吳趼人）、賦秋生（姚芷芳）、大一山人（韓邦慶）、胡鐵梅、席子梅、汪漢溪、姚伯欣、金柳䔥、南亭亭長（李伯元）、澹定室主（王險生）、狎鷗子（張錫藩））、瘦蝶詞人（程棣華）等。其中，錢昕伯、何桂笙、蔡爾康、黃式權、姚芷芳、鄒弢、韓子雲等，都曾先後在《申報》擔任過主筆乃至總編纂，而其餘諸人，或者與前述《申報》文人們有交遊，入門專習過新聞學這一類新學，或者為當時滬上另一大報《新聞報》主筆、經理、校對等，彼此之間亦多有往來。而這些文人身邊背後，又各有交集，譬如高狔，後來為滬上一文人社團希社之發起人及《希社叢編》主編。與上述文

人群體的交遊，一方面凸顯了海上漱石生與滬上從晚清官僚政治體制中逸出的一大批自由職業文人之間的交遊，另一方面，這種群體存在本身，亦逐漸凝聚成為價值認同、文化身份認同諸方面的一種集體意識。而這種意識的逐漸明晰成形，對於像海上漱石生這樣正處於文化轉型時期的青年文人來說，在其精神世界的發展塑造方面，無疑具有一定的引領、啟示乃至塑造促進作用。換言之，與《申報》、《新聞報》等當時滬上報界文人之間的交遊往來或所受薰染影響，對於啟發、形成並穩定海上漱石生從傳統文人到都市報人之思想價值與職業選擇，顯然具有不應忽略之作用。[12]

《退醒廬筆記》[13]「天南遁叟軼事」一條中云：「（天南遁叟）暮年總持《申報》筆政，時予主政《新聞報》，故得朝夕過從，極文酒流連之樂。」[14]其實，這則筆記轉引自海上漱石生當年一部報刊筆記輯錄《報海前塵錄》[15]。此書為一剪報輯錄，未曾公開出版。其中收錄有兩則與王韜有關的筆記，一則為「天南遁叟軼事」，另一則為「公餘逸趣」。對於與王韜這位晚清滬上文人群體中聲名退邇的前輩，孫玉聲的筆記中是這樣記載的：

> 余在新聞報申報與論時事報等，任職近二十年。其間主賓之款洽、待遇之優厚、起居之安適、時間之從容，以新聞報最為深愜我心。館主斐禮思君，雖係英人，而辦事殊水乳交融，深明大體。館穀彼時雖不甚豐，最多時月只百金，然在

---

[12] 《退醒廬著書譚》中云：「著書，談何容易，非胸羅經史、學貫中西者，不足道隻字。」如果說著書需要「胸羅經史」尚為舊時至言，而「學貫中西」之凸顯，無疑為一種新的學術標準。這種標準與王韜以來新型文人及其知識結構不無關係。

[13] 孫家振，《退醒廬筆記》，上海，上海書店出版社，1997年1月。

[14] 孫家振，《退醒廬筆記》，上海，上海書店出版社，1997年1月，第3頁。

[15] 海上漱石生，《報海前塵錄》，自印。

當日，已不為菲。居庭則公餘時息倡優優，從無人加以干涉。而尤好在日多暇晷，自朝至下午四時，無所事，晚則九時以後，更可任意遨遊。只須留一地點，有事由茶房走告，再行到館（此指初數年而言，逮庚子後亦不能矣）。以是迢迢良夜，余恆與二三知己，涉足與劇院歌場，極逸興瑞飛之趣。逮夫深夜歸來（余下榻報館時多），則燈下觀書，每至黎明始睡。殊為獲益不淺。畫則訪晤天南遁叟倉山舊主諸前輩，相與切磋文字，得以增進學識良多。而余之好為吟詠，亦自此始。

對於孫玉聲一代滬上文人而言，王韜無疑是一個巨大的文化思想存在——無論是舊學新學，還是作為一個文人在近代都市環境中如何安身立命或謀求日常衣食住行，王韜的嘗試探索甚至於人生道路等，無不具有極大的啟發作用或範式意義。而王韜所示範的近代都市文人的職業人生道路，儘管有時未必是以一種高度的自覺或明晰且強烈地自我認同的方式來實現的，但事實上仍通過《申報》、《新聞報》文人群體，不僅得以實踐普及，更重要的是，成為王韜之後直至海上漱石生等幾代滬上文人極為難得的真切人生與文化體驗。[16]近代都市文人與得到主流價值認同與維護的傳統文化、逐漸引發關注的新興文化、更為習慣所接受的體制化人生模式、無所不

---

[16] 對於《申報》與上海文藝之間的關係，魯迅在其《上海文藝之一瞥》中云，「上海過去的文藝，開始的是《申報》。要講《申報》，是必須追溯到六十年以前的，但這些事我不知道。我所能記得的，是三十年以前，那時的《申報》，還是用中國竹紙的，單面印，而在那裡做文章的，則多是從別處跑來的『才子』」。（轉引自魏紹昌編《鴛鴦蝴蝶派研究資料・史料部分》，第2頁，上海文藝出版社，1962年10月，上海）儘管魯迅此處意在諷刺「鴛鴦蝴蝶派」初期「才子佳人」式的小說模式及文人品行，不過亦指出了《申報》、《申報》文人群體與晚清滬上文藝之間確實存在的淵源關係。

在且不得不應對的都市日常生活等之間錯綜複雜糾結不清之關係，
也在上述經驗中得以體會並留存。

在「天南遁叟軼事」一文中，孫玉聲顯然是不無崇敬欣羨地描
述過王韜這位文界前輩的生平軼事以及與之交往之點滴：

> 申報館編纂主任王紫詮先生韜，吳之長洲人，別署天南遁
> 叟，讀書萬卷，行萬里路，胸羅經史，學貫中西，報界中不
> 世才也。嘗遊歷泰東西諸國，隨處流連詩酒，放浪形骸，故
> 其名刺之背，當時曾有朱字二行曰：泰東詩漁、歐西詞客、
> 天南遁叟、淞北逸民，以自紀東西南北之所之[17]。

王韜這種讀書萬卷、行路萬里、胸羅經史、學貫中西的不世經
歷，與其說是對傳統士子生活與生存方式的挑戰，還不如說對傳統
文人價值體系構成了挑戰。薛福成在《出使日記》中念及泰西商務
對中國意識及傳統價值觀念所構成的挑戰時，曾不無感慨地議論
道：西人則恃商為創國、造家、開物、成務之命脈，迭著神奇之效
者，何也？蓋有商，則士可行其所學而學益精，農可通其所植而植
益盛，工可售其所作而作益勤。是握四民之綱者，商也。此其理為
從前四海之內所未知，六經之內所未講；而外洋創此規模，實有可
操之券，不能執中國「崇本抑末」之舊說以難之。[18]

---

[17] 對於王韜自紀東西南北之所之，陳伯熙編著之《上海軼事大觀》（上海書店出版社，
2000年6月）中「王韜」一條云：（王韜）嘗刻印章云「天南遁叟」、「淞北逸民」、
「歐西經師」、「日東詩祖」。

[18] 薛福成，《薛福成選集》，丁鳳麟、王欣之編，上海，上海人民出版社，1987年9月，
第578-579頁。

薛福成注意到泰西因商而發達的事實，但他在闡述何以因商而能使「士可行其學而學益精」時，卻並沒有充分展開。儘管他已經頗為難得地肯定「此其理為從前四海之內所未知，六經之內所未講」，但他對於商與士、與學、與百業之間的內在關係之理，卻並沒有點破言明。其實，自由流動、自由流通與自由貿易的商業原則與文化價值精神，不僅是一種商業經營方式意義上的宣導與實踐，更是一種民間主體性的明晰、確立、捍衛，是這種民間主體性的日常化的生活實踐與行為實踐，是一種已經實踐化、生活化了的價值原理。

如果說王韜的道路最現實的啟示意義，其實正是這種自由原則與民間獨立精神的體現落實，而《申報》、《新聞報》文人群體，則既呼應了這種中西交匯時代之潮流，又以他們自己富有開創性實驗性的現實人生，實踐了上述原則與精神──海上漱石生終生於民間行走、服務與生活，最初或許尚有一些無奈，但這種自由意識在其後來的文學文本中漸趨明朗，無論是在《海上繁華夢》中那些滬上的自由職業之士子身上，還是《嵩山拳叟》中那位依靠自我價值原則獨立生存的拳叟身上。這些正是近代精神中尤為重要的基本要素：自由、民主與個人性。就此而言，海上漱石生的那些社會小說和武俠小說，一方面具有近代的文學意義（新的文學題材與表現領域之開拓），同時在想像、發現與塑造、建構近代都市市民社會與市民生活方面，亦有不應忽略的思想意義與社會意義。[19]

---

[19] 海上漱石生在其《退醒廬著書譚》一文中，闡明自己文學創作之宗旨，其一曰：余所作小說，始終抱定警世主義，值此風俗澆漓時代，惟恨不能多得作品，以期有裨於世道人心。（《金鋼鑽小說集》，第30頁）

二、同輩文人：鄒弢、李伯元、韓邦慶、吳趼人

　　與同王韜等前輩文人之間那種雖有詩酒交往但仍需仰視所不同者，海上漱石生與鄒弢、李伯元、韓邦慶、吳趼人等文人之間的交往，因多為同代人，彼此之間似並無明顯代溝，故能平心靜氣議論對方，且多涉及對方在文學方面成就貢獻，兼及現實人生處境。而恰恰從這兩個角度，亦可見海上漱石生自己對於文學與文人現實處境之關照立場與因應方式之一斑。

　　在上述同輩文人中，鄒弢最為年長。1880年代之後，鄒弢自無錫來滬上謀生，並曾先後在《申報》、徐家匯天主教背景的《益聞錄》等報館機構中擔任記室或總編纂，同時在詩詞文小說等方面，多有成就，亦為清末民初所謂報人－小說家之一典型。而鄒弢以不第文人自蘇來滬求職謀生的經歷，亦為清末民初眾多文人所共有。而海上漱石生與鄒弢之間的往來，當自後者來滬之後。值得注意的是，在海上漱石生有關鄒弢的極為有限的回憶性記述中，基本上集中於後者在文學上之貢獻，以及一個文人在當時滬上職業謀生之艱難：

　　　瘦鶴詞人鄒翰飛君弢，梁溪人，以讀《紅樓夢》醉心林黛玉，故又署名曰瀟湘館侍者，為徐家匯《益聞錄》總編纂，詩古文詞，各擅勝場，尤善筆記小說等作品，著有《三借廬集》、《澆愁集》、《斷腸花》等行世，並評慕真山人俞吟香所撰之《青樓夢》，卓具目光。惟是懷才不遇，藉酒消愁。醉則滿腹牢騷，時作灌夫罵座，以是恆開罪於人，醒後

亦深自知悔。然每飲必醉，醉後必有狂言驚座，致同飲者深
畏之。暮年不事生產，築一蒐裘曰守死樓，潦倒以終。嘗創
刊四開小報曰《趣報》，用五色紙印行，與余《采風報》可
謂無獨有偶，此外五色報紙，海上無第三張也。[20]

　　在海上漱石生的上述敘述中，鄒弢看起來被描述成為清末江南
開埠都市中之一過渡文人之典型：屢試不第之後赴滬謀生，從一江
南鄉鎮中之貧寒士紳，逐漸轉型為一都市職業文人；在舊學新學之
間折衝調適，直至重新建構確立知識、思想與價值自我；脫離傳統
文人現實謀生之途，在報紙期刊領域進出，但又不甘仕途無望，遂
屢有懷才不遇之歎；以詩詞文確立自己的傳統文人聲名，又以小說
創作彰顯應時才名。鄒弢的傳統性與近代性幾乎是同時存在或共同
成就了一個過渡時代轉型文人的基本特徵。

　　比較而言，海上漱石生在敘述我佛山人吳趼人時，突出了其思
想中更富有革命性的一面，「我佛山人……奇才橫溢，行文如長江
大河，多豪放氣。時投稿各日報，慨清政不綱，富於革命思想，下
筆千言，恆能道人所不敢道。」[21]在海上漱石生看來，無論是鄒弢
還是吳趼人，基本上已經脫離至少已經疏離傳統文人之主流價值體
系或陣營，他們以一種不僅在經濟生活上能夠自立且在思想價值上
亦能獨立自由的非主流文人之姿態，昭示了近代都市新型文人群體
之崛起，而海上漱石生無疑亦視己為其中之一員。

　　此外，海上漱石生亦充分肯定了我佛山人在小說創作方面的
成就：

---

[20]　海上漱石生，《報海前塵錄》，自印。
[21]　同上。

（我佛山人）亦嘗治小說家言，成《二十年目睹之怪現狀》
一書，針砭社會，得蘇長公嬉笑怒罵、皆成文章之趣。出版
後人手一篇，同深傾倒，至今猶再版未已。[22]

　　報人－小說家是清末民初滬上傳統文人轉型中一種極為突出之
類型，而當時報紙集新聞、言論、副刊及廣告於一體的嶄新實踐形
態，過渡性地將傳統文人參政議政、批評社會、培育風俗之使命責
任，與新型職業方式、現實商業利益訴求等因素結合起來，至少暫
時性地為相當部分都市新型文人提供了安身立命之所。而清末民初
小說中社會譴責小說尤為突出之現實，某種程度上與滬上不少小說
家之報人身份密不可分——將報紙上之批評言論及立場，延伸到小
說文本之中，更為酣暢淋漓地表達治國平天下的人文理想，同時亦
能及時獲得經濟上之回報。

　　與鄒弢、吳趼人相比，在海上漱石生眼中，韓邦慶、李伯元的
小說與人生無不具有「破天荒」的意味。而正是這些「破天荒」，
一點點累積著近代滬上都市文人自我轉型過程中的反叛性與開創
性。儘管海上漱石生最初尚視李伯元「長於小品文字，著作遊戲
語，突梯滑稽，有東方淳於之風」，並將其與中國歷史上非主流的
邊緣文人比附議論，但他很快注意到李伯元言與行中的「破天荒」
之處的「近代性」：

（李伯元）光緒中葉來滬，破天荒創辦一遊戲報，日出
一紙，所載者皆花叢事略，劇界新聞，為各大日報所無，堪
云獨樹一幟，且報中純粹作吳儂軟語，實開報界白話之先。

---

[22] 同上。

　　隨報作《官場現形記》小說，則痛罵官場利弊，刻盡
入微，讀之如見其人，足與《儒林外史》相埒，蓋《儒林外
史》無起訖呼應，自成一家，《官場現形記》其體例正同
也。為人沉靜寡言，遇新交更訥訥然不出諸其口，與行文之
尖刻峭屬大異。

　　對於李伯元在清末白話報方面的開創性貢獻，海上漱石生在其
《報海前塵錄》「白話報與夜報」一則中曾專門述及：

　　白話報之最初發起者，曰《民報》，係《申報》館出版，時
在同治十年左右，係用毛邊紙對開排印，每張售青蚨五文，
報館得其四，報販得一文，乃館主西人美查，與經理華人席
子梅君斟酌出此，專供文理淺近之人購閱，其前半皆為新
聞，後半亦略有廣告。彼時余在童年，曾及見之，第不久即
輟，以購者不多，故不能持久也。逮後李伯元君創辦遊戲小
報，異軍特起，報中純用吳語，亦曰白話體裁，以所記皆為
花叢事實，利於以吳儂軟語出之，而白話報始風行於時。

　　上述所記，大概可算清末滬上白話報之第一階段，即由西人主
持之報轉為華人自辦之報，更關鍵的是，報紙新聞內容，亦由時政
社會新聞延伸到花叢劇界此類更具有娛樂性的新聞——以一種更具
有娛樂精神的取悅於市民大眾的方式，喚醒並延續了民眾對於生存
環境的一定程度的好奇與關注。作為晚清滬上最初一度混跡於花
叢、後幡然悔悟的文人之一，海上漱石生對於李伯元創辦的此類娛
樂性白話小報，肯定有餘，檢討批評不足，其原因不辯自明。

對於撰有《海上花列傳》的韓邦慶，海上漱石生言其「嘗主《申報》筆政」。[23]儘管並不完全認同《海上花列傳》中人物對話悉操吳語之自我作古之安排，海上漱石生還是對這部小說獨樹一幟、別開生面之藝術成就欣賞有加。從寄意科場仕途，到絕意仕進、轉職報界，再到近乎專職的文學創作，韓邦慶在其生命中最後四五年中，快速完成了一個傳統文人到近代都市文人的生存方式轉型，至於在文化價值取向方面是否亦如此，海上漱石生並沒有刻意澄清說明。倒是在其有關自我與社會認知方面的一則說明文字中，海上漱石生曾談到1890年代前後，自己曾經歷過一次思想價值與精神心靈上之自我超越：

> 余自三十五歲後顏所居之室曰退醒廬，萬事都付達觀，蓋以世界傲擾，浮生若夢，余於是時已絕意進取，故願處處作退一步想，以期勿為物欲所蔽，隨時得以猛醒也。[24]

這段文字是就一般待人處世哲學而言，還是與海上漱石生一代文人在清末滬上華洋雜處、社會發展、個人生存空間亦隨之不斷擴張的時代環境有著更為密切之關聯，一時難以定論。不過，海上漱石生與滬上前輩文人與同輩文人之間的往來，耳聞目睹，所謂同聲相求，其對近代文人之文化身份與社會身份之重新認識與定位，當能藉此說明一二。

---

[23] 孫家振，《退醒廬筆記》，上海，上海書店出版社，1997年1月，第65頁。
[24] 孫家振，《退醒廬筆記》，上海，上海書店出版社，1997年1月，第67頁。

三、晚輩文人：朱瘦菊、施濟群及「鴛鴦蝴蝶派」文人群

　　對於海上漱石生的社會交遊而言，從時間上看，1910年代是一個重要節點。至此不僅王韜等海上漱石生所敬仰的前輩文人們多已作古，就連他的一些同輩文人不少也已紛紛辭世。事實上海上漱石生成了清末民初滬上文人代際交替過程中的一位「僅存者」：

> 我雖生於前清光緒二十一年，寫作亦早。在民初已載文於報刊，但報壇一些耆宿已不及奉謁，親其春風杖履，卻與玉聲有舊，訂為忘年交。我編《金鋼鑽報》時，他老人家備有私人包車，經常來報社閒談，身頎然瘦長，不蓄髭鬚，為人和藹可親，全無老作家架子，又復博聞廣見，和什麼人都談得來。[25]

　　鄭逸梅上述文字中的「老作家」，似乎可以作為晚年海上漱石生在「鴛鴦蝴蝶派」這一滬上新的文人群體眼中的形象定位。

　　不過，這種代際之間因為年齡、閱歷以及文化差異等所導致的所謂「代溝」，看起來並沒有成為海上漱石生與滬上後起文人們之間的嚴重障礙。至到晚年，海上漱石生與「鴛鴦蝴蝶派」文人之間的交遊往來，並沒有減弱，而是依然維持著順暢的關係——儘管他在包天笑、周瘦鵑、趙苕狂、徐卓呆等人主持的刊物上較少發表文稿，但在「鴛鴦蝴蝶派」中不那麼特別突出的作家所主持的刊物上，則經常刊文甚至是刊物最為核心的作者，譬如在施濟群所主持

---

[25] 鄭逸梅，《藝海一勺‧民初小說家孫玉聲》，天津，天津古籍出版社，1994年3月，第63頁。

的《新聲》及《紅》、朱瘦菊主編的《金鋼鑽月刊》、程小青主編的《新月》以及在顧懷冰所主持的《五雲日升樓》上。

在由嚴芙孫等編輯的《民國舊派小說名家小史》中,一共收錄66名舊派小說名家小傳。儘管海上漱石生「在著作界的資格,確是很老的了」,但仍被輯錄其中。關於這一點,可從人事關聯、鴛鴦蝴蝶派之文脈淵源以及海上漱石生自己的文學理論與小說實踐等角度予以澄清。

儘管「鴛鴦蝴蝶派」本身在概念上尚存異議,甚至像包天笑這樣被視為「鴛鴦蝴蝶派」之主流的作家,對所謂「鴛鴦蝴蝶派」亦不免心存非議[26],但有一點不容否認,即在清末民初的滬上,尤其是在新文學家崛起之前,舊派小說家曾一度佔據滬上文壇二十餘年之久。這些舊派小說家顯然不能以「鴛鴦蝴蝶派」一概而論,但彼此之間確又有著千絲萬縷之關連,其中在人事上之關連,即為不容忽視之存在。譬如在上述66位舊派小說名家中,海上漱石生曾與天臺山農合編《大世界報》,而同樣名列66人名單的朱大可,為天臺山農的外甥。海上漱石生一度在《紅》等具有比較典型的「鴛鴦蝴蝶派」特點之期刊上發表文稿,其中原因,應該說還是人事上之關係使然——施濟群、朱瘦菊等同樣列名66人之中的舊派小說名家,曾被視為海上漱石生「四大弟子」之一。

此外,魯迅在其《上海文藝之一瞥》中,曾將上海過去之文藝,歸溯於《申報》,以及從別處跑來滬上的「才子」。如果這一觀點成立,其實可見王韜、《申報》館文人群與後來的「鴛鴦蝴蝶派」文人群之間的文脈關聯。而在其中,海上漱石生恰恰扮演著

---

[26] 見包天笑《我與鴛鴦蝴蝶派》一文,收錄於魏紹昌編《鴛鴦蝴蝶派研究資料・史料部分》,上海,上海文藝出版社,1962年10月,第126-127頁。

「承上啟下」的薪傳作用——無論是「鴛鴦蝴蝶派」中的武俠小說還是社會小說，海上漱石生都是最初極為重要的開拓者。其在小說理論與實踐方面的探索，上承王韜及《申報》文人群之餘緒，下又關涉「鴛鴦蝴蝶派」初期之試驗，其作品中鮮明的市民性與大眾化、通俗化特色，與「鴛鴦蝴蝶派」的文藝訴求多有交集。

　　關於這一點，或許可以從海上漱石生晚年為《五雲日升樓》創刊所撰一文中窺見一斑。《五雲日升樓》具有清末民初以來滬上都市市民文學消閒刊物的典型特徵，甚至準確地體現了這種都市市民消閒刊物的文學趣味與文字內容特質。對此，海上漱石生在其創刊號上的《本報釋名》[27]一文中，有頗為貼切之闡釋：

> 繁華璀璨之上海市，自民國二十六年八一三遭劫後，人忽呼為孤島，成一特別之代名詞，殊為談輿地學者所創聞，而採風問俗之人，適足以蒐集資料，於此作種種之新紀錄。本週報爰於今歲誕生，與同人商取名詞，以作永遠之稱謂。因思孤島中心，公共租界南京路湖北路嘴角，昔有茶樓曰五雲日升樓，上海最著之大茶寮也。南京路東達黃埔灘，其西迤邐至靜安寺，湖北路南至法租界東新橋，而折入華界，北至京滬淞滬等火車站，康路八達，可謂交通便利異常，故茶樓中營業收入，每歲恆甲於全市。夫當其命名之初，上海固非孤島也。而讀昔人詩，雲近蓬萊常五色，又有句云：五雲樓閣參差是，又云：樓閣玲瓏五雲起，一若飄飄然，已有一仙島寫影其間，可謂大奇特奇。至於日升二字，參差葩經

如日之升，乃由五雲與日偕升之意，蓋云雖遇高而升，然若
為風阻，則未免猶有淹滯之虞，惟能與日偕升，則處處必達
頂巔，各有起然之概。故五雲日升樓後以股款關係，嘗一度
將雲字易為龍字，驟視之或不甚注意，實則龍為雨中之物，
既有雨虞，日何能升？其矛盾實無過於斯。故此茶樓旋即不
振，今並建築亦已改組，惟老於上海者，至今仍呼為五雲日
升樓，其進步一仍如囊昔。本報因決議引用斯名，惟願愛讀
本報、珍護本報者，設有指示，敬請時賜南針，以培植此孤
島上之藝苑，與五雲日升樓之名，同垂不朽焉。

而海上漱石生與《五雲日升樓》這樣一種市民氣極重的消閒刊
物之間的關係，顯然還是因為人際關係。在《悼孫玉聲先生》一文
中，該刊主編顧懷冰曾有說明，「此次下走創辦本報，在去年歲
抄。邀先生在大鴻運午餐，先生精神甚佳，且允為本報撰稿。」[28]
而顧懷冰與海上漱石生之間的交遊往來，殊非一兩年。「下走自從
在鳴社追隨先生，迄今十餘年。春風化雨，獲益良多。前數年間
於大世界中，幾於每日晤面。近來下走因勞於案牘，遂致蹟稍疏
耳。」[29]而對於海上漱石生在人際關係上的道德典範，顧懷冰更是
敬仰有加，「先生之道德學問，文章經濟，早已馳譽社會，名重雞
林，更不用下走贅言。但如先生之誠懇待人，獎掖後進，如此藹然
長者，現在社會，實已不可多得也。」[30]

---

[28] 顧懷冰，《悼孫玉聲先生》，刊《五雲日升樓》第1集2期，第1頁。
[29] 同上。
[30] 同上。

四、《漱石生六十唱和集》中的文友親友

　　海上漱石生一生交遊甚廣，在上述文人群體之外，尚有大量並沒有在清末民初文學史或思想言論史上留下醒目印記的文友親友，他們的存在，一定程度上形成了海上漱石生自我發展的社會環境基礎，成為了他日常往來與生活對話中最為親近的對象。

　　《漱石生六十唱和集》中輯錄唱和作者凡七十人，[31]其中既有像天臺山農、穎川秋水、徐枕亞等這樣較為有名者，更多則為具有一定詩文修養、從事各種社會職業謀生的一般市民。譬如其為錦章書局主持《繁華雜誌》期間，協助其襄理稿務並撰寫不少文稿的錢香如，即為一例。「香如生於滬，資秉穎異，讀書能解人所不及解，丁年習泰西語言文字，弱冠後就西商聘任書記兼會計事，因應綽有餘裕而國學仍不願廢棄。會錦章書局創辦《繁華雜誌》，延余

---

[31] 《漱石生六十唱和集》中輯錄唱和者名單如下：（1）天臺山農（劉青）；（2）穎川秋水（陳德清）；（3）蓉浦林鉞；（4）南匯狎鷗葉壽祺；（5）勁秋姚洪淦；（6）長沙楊逢辰；（7）南沙一廬胡詩佛；（8）南匯硯鋤胡洪湛；（9）淞南趙錫寶楚惟；（10）南沙傲叟顧少白；（11）海昌陳亦陶；（12）圖隱沈步瀛；（13）駿乎方嘉穗；（14）質庵鄭永詒；（15）甬東青青子王恩溥松堂；（16）寶山映禪黃元浩；（17）南國金諾；（18）靜庵宋家蛛；（19）四明朱友三；（20）顧藩；（21）武昌憲武張湘；（22）古香廖桂賢；（23）寶山履吉蘇守廉；（24）孫綺芬；（25）蘊初唐彥；（26）汪龍超；（27）郁葆青（女婿）；（28）陸孫展雲；（29）洪孫闓如；（30）郁元英（外孫）；（31）獻陵張是公；（32）松江雷璾；（33）海巫徐枕亞；（34）鐵民張在新；（35）紹陸楊逢辰；（36）魯靈光；（37）吳淞少卿馮鼎芬；（38）改廬鄒善揚；（39）石如郎良玉；（40）玉成席裕壽；（41）雲間映枕流閣主石；（42）張丹斧；（43）叔香賈豐雲；（44）彭彭山；（45）葆琳女士；（46）王之康；（47）郁無逸（外孫）；（48）袁禮敦；（49）劉筠；（50）雲生席堃；（51）許沅；（52）徐國樑；（53）關炯；（54）轟宗義；（55）虞和德；（56）林屋山人；（57）汪厚昌；（58）黃協塤；（59）吳宗玠；（60）周煜昌；（61）張頤；（62）徐行素；（63）王燮功；（64）捷音公所；（65）竇耀庭；（66）曹儒麟；（67）錢立瑠；（68）吳熙年；（69）陸蓮舫；（70）葛敬庭（譜任）。

主持稿務，錢為襄理一切，得其臂助殊多，時欲就學於余，執贄為詩弟子。……著有《香如叢刊》一卷、《遊戲科學》四卷、《魔術講義》四卷行世。」[32]《退醒廬筆記》中所記，尚有若干此種與海上漱石生有交遊且執弟子禮者。這些交遊者之間，有一點頗為相近，即多通泰西語言文字，尚不清楚這是與滬上近代以來西學盛行有關，還是從中亦可見海上漱石生對於西學、新學態度之一斑。[33]

　　海上漱石生日常交遊者中這種普遍存在的市民文化人特質，在其姻親郁屏翰（素癡）一門三代身上表現得尤為明顯。《退醒廬筆記》中有「素癡老人」一條，即敘述其長女親家、滬上實業家兼詩人郁屏翰（懷智，即其長女婿郁葆青之父）之生平[34]。文中所述，其實涉及郁門一家三代商賈詩文兼修的傳家之風。「郁屏翰親家初名懷智，後師郭汾陽之以字行，……而中西文並習，……丁年後輟學習商，慣用者為泰西語言文字，而華文仍不稍廢棄，且致力於詩、古文辭、書畫、金石之學，蔚然竟成一代通才。……子一，字葆青，即余長婿，幸有父風，經常商業之餘亦酷嗜詩，書畫差能免俗。孫元英，亦耽吟詠，且克承祖志。」[35]其實郁屏翰與清末民初滬上一文人社團希社亦多交往，而郁氏一門在商賈之餘，多行慈善，甚至還一定程度地支持過辛亥上海光復之役。此種往來親友，雖然不是職業革命家，甚至亦未曾留下引人注目之革命思想或主

[32] 孫家振，《退醒廬筆記》，上海，上海書店出版社，1997年1月，第88-89頁。

[33] 《退醒廬筆記》中尚有「王毓生」一條，此生亦「諳蟹行文，中年執業於《米勒》西報，時萍社移設大世界，君乃於處理諸務之暇，每夕與諸同志討論文字，雖風雨無間，學乃因是益進，同志緣會以博雅許之。」（第89頁）。

[34] 郁屏翰著有《素癡老人遺集》一卷（郁屏翰撰，民國八年鉛印本），《郁氏三世吟稿》三卷（郁屏翰輯，民國十七年鉛印本）；其子郁葆青著有《餐霞集》、輯有《滬瀆同聲集》等；其孫郁元英亦有詩文存世。

[35] 孫家振，《退醒廬筆記》，上海，上海書店出版社，1997年1月，第78頁。

張，但在當初歷史進程中，他們均扮演過歷史事件的積極推動者角色。而這些對海上漱石生而言，無疑成為他認識清末民初滬上社會與人性的另一基礎。《海上繁華夢》中自始至終一直存在著的謝幼安一班文人這條主線，其實基本上就是以海上漱石生日常交遊中的文友親友們為原型的。

海上劍癡為海上漱石生考

一

　　《仙俠五花劍》為清末滬上印行出版的一部長篇章回體白話武俠小說，作者署名海上劍癡。小說以宋代康王南渡之後宋、金對峙的歷史為背景，敘述前朝傳奇故事中仙俠人物公孫大娘練就五花寶劍，由虯髯公、聶隱娘、紅線女、黃衫客、空空兒分別各攜一把，到山東江南一帶尋找合適傳人，授之仙劍奇術，以圖劍俠真傳勿失。用小說敘述者的話說，此小說「單講宋朝高宗年間，有十位劍仙在太元境高會，煉得五花寶劍，下界收徒，傳授幾個劍俠正宗，要使天下後世企慕劍俠之人，不致有錯認門徑的一段故事。」[1]故事內容主題倘再稍微展開一點，亦即小說第一回中所撰絕句一首及其演繹文字：

　　　　三尺霜鋒神鬼驚，向人慣作不平鳴；世間只惜真傳少，正氣誰擔俠士名。

　　　　這一首七言絕句詩，乃海上劍癡慕古來劍俠一流人，俱秉天地正氣，能為人雪不平之事，霜鋒怒吼，雨血橫飛，最

---

[1]　海上劍癡，《仙俠五花劍》第一回，

> 是世間第一快人，第一快事，只是真傳甚少。世人偶然學得幾路拳，舞得幾路刀，便嚴然自命為俠客起來，不是貽禍身家，便是行同盜賊，卻把個俠字壞了，說來甚可慨然。這真正劍俠的一等人，世間雖少，卻也不能說他竟是沒有。

小說前有說部題詞二，一者署名歙縣周忠鋆病鴛[2]，二者署名鴛湖問業女弟子黃鞠貞[3]；另有序一，作者署名古滃洲狎鷗子。

至於小說中所涉及秦檜專權、迫害忠良、黨羽肆虐、荼毒百姓等情節內容，或可作小說另一條線索看，亦與仙俠故事虛實相間、彼此勾連，但並不同於稍後那種講史類武俠小說。就出版時間而言，《仙俠五花劍》恰介於清中葉武俠公案小說與清末民初武俠小說之間，乃武俠小說史上之一過渡。

《中國近代文學大辭典》有「仙俠五花劍」一條，云：章回小說，題「海上劍癡」，30回。據序知作者劍癡為上海人。[4]但海上劍癡究為何人，詞條中未明示。另《中國近代文學大辭典》「孫玉聲」一條，羅列孫玉聲小說作品凡四種，其中未提及《仙俠五花

---

[2] 周病鴛題詞為：遊戲人間小謫仙，幾回滄海變桑田，倉皇南渡渾如昨，何必春秋定記年？飛仙劍俠事茫茫，我輩從來有熱腸，敢說豐城饒寶氣，霎時銀海眩奇光。筆花飛處劍花飛，豪氣如虹信手揮，蓄得滿腔憂國淚，為傷時局屢沾衣。無劍原難斬佞臣，此情何日慰騷人，揮毫雪涕從容寫，橫掃陰霾大地春。傷心南宋舊衣冠，留到如今哭也難，忍淚含悲說何處，偏安安忍問長安？稗史奇觀太認真，盡堪持贈有心人，文章報國知何許，搦管還慚草莽臣。時事原難判五花，梁鴻應竄海之涯，孫登忽地發良嘯，不怕山靈齒冷耶。秋水凝霜不礙寒，願教留取斬樓蘭，世間巨眼知多少，漫作尋常筆墨看。

[3] 黃鞠貞題詞為：讀罷奇書詢大觀，筆花飛舞劍光寒，辟邪別有風霜旨，敢作尋常說部看。凜凜霜鋒三尺持，干霄正氣想當時，是真是假何須問，兒女英雄信有之。世事嶔崎鬱不平，誰將肝膽向人傾，兒家亦有鬚眉志，癡欲求仙叩玉清。熱腸一片托毫端，劍氣森森照膽寒，盡許借書消塊壘，豪情寫與後人看。

[4] 孫文光主編，《中國近代文學大辭典》（1840-1919），黃山書社，1995年11月，合肥，第237頁。

劍》。[5]儘管兩條目撰述人不同，但「孫玉聲」一條中羅列其先後曾用之別號，提及漱石生、海上漱石生、警夢癡仙，但未提及「海上劍癡」。據此可以推測，這兩個詞條撰述人當時並不清楚「海上劍癡」與「孫玉聲」或「海上漱石生」之間的關係。對於《仙俠五花劍》作者「海上劍癡」之真實姓名，當亦未知曉。

《晚清小說目錄》「單行本小說目錄」中，列《仙俠五花劍》三條[6]，分別為：

> 《仙俠五花劍》6卷30回，海上劍癡撰，笑林報館，1901年。
> 《仙俠五花劍》（繡像）4卷40回，上海書局，1904年。
> 《仙俠五花劍》4卷40回，無名氏著，文元書局，1910年。

但詞條中未注明上述三部《仙俠五花劍》究竟為同一作者之同一部小說，亦或不同作者之同名小說，或者同一作者之盜版濫印者，故暫存不論。另《中國近代小說編年》[7]中「近代小說作者及其作品一覽表」「海上劍癡」一條，列其作品為《仙俠五花劍》，但與後面「孫家振」一條無交集，孫家振作品欄中亦無《仙俠五花劍》。

不過，無論是《中國近代文學大辭典》，抑或《晚清小說目錄》，均未說明「海上劍癡」究為何人。故本文旨在對此予以考證說明。

---

[5]　孫文光主編，《中國近代文學大辭典》（1840-1919），黃山書社，1995年11月，合肥，第363頁。

[6]　劉永文編，《晚清小說目錄》，上海，上海古籍出版社，2008年11月，第349頁。

[7]　陳大康著，《中國近代小說編年》。上海，華東師範大學出版社，2002年12月，第319頁、346頁。

二

　　迄今所見最早一部《仙俠五花劍》單行本，為1901年由上海《笑林報》館印行出版的6冊4卷30回本。內題《繡像仙俠五花劍》，署「辛丑中秋狎鷗題」，辛丑八月仿聚珍版校印。而之前《仙俠五花劍》先在《笑林報》上每日登載一頁，脫稿後以單行本印行。

　　此外，市面上亦可見如下印本：（1）民國十八年冬月上海沈鶴記書局印行之《繪圖仙俠五花劍》，封內有怡雲題署《繡像仙俠五花劍》，內中亦署《飛仙劍俠奇緣》，4卷30回，為線裝竹紙石印，其回目與1901年《笑林報》館6卷30回本回目一致；（2）《繡像繪圖仙俠五花劍傳》（俠義小說），上海進步書局印行，4卷30回，印行時間不詳；（3）上海廣益書局線裝一函四冊《繪圖仙俠五花劍》（又名《飛仙劍俠奇緣》），民國七年冬月印行，4卷30回；另各種盜版翻印本眾多，多為4卷30回，無出版社，亦無印行時間。且書中插圖人物繪圖多不倫不類，與小說中之文字形象多有距離。不過，《仙俠五花劍》之作者海上劍癡究竟為何人，其實早已有文獻提及[8]。

　　嚴芙孫等人編撰《民國舊派小說名家小史》中「海上漱石生」一條，列舉其所著小說，即有《仙俠五花劍》，「他生平的著作，自以《海上繁華夢》一種，為最膾炙人口。此外，如《仙

---

[8]　除了民國時期舊派小說家們（尤其是像鄭逸梅這些鴛鴦蝴蝶派作家們）曾屢次提及海上漱石生的《仙俠五花劍》外，當下學人中亦有注意到兩者之間關係者，譬如何宏玲《傳媒、時尚與〈海上繁華夢〉》（《南京師範大學文學院學報》2010年12月第4期，第34頁）一文中即曾提及，但語焉不詳，亦未曾說明觀點出處。

俠五花劍》、《十姊妹》、《指迷鍼》、《一粒珠》等作，亦得嘉
譽。」[9]另漱石生著《如此官場》第十三回「三岔口縣宰施威，十
字坡都司耀武」中有一女俠名花木蘭者，練得一身好本領，「善使
一柄仙俠五花劍，有神出鬼沒之奇。」[10]

而有關《仙俠五花劍》說部題詞者周病鴛，在海上漱石生所撰
《報海前塵錄》中，有「病鴛詞人軼事」專條述及，其云：

> 病鴛詞人周品珊君忠鎜，皖之歙縣人，一署韞寶樓主。初習
> 錢肆業，以不慣持籌握算、日與市儈為伍，毅然從師研習
> 詩文，謂雖不欲獵取科名，期不失為風雅士，乃執習於《申
> 報》館何桂笙先生之門，與高太癡君同筆硯，時為其師裏理
> 館務。嗣太癡入《同文滬報》，即攜之往，為《同文消閒
> 錄》主任。……後應余《笑林報》之招，為編輯主任……余
> 與之為肝膽交……[11]

可見周病鴛與海上漱石生不僅為舊交，且為《笑林報》同事。
而《仙俠五花劍》最初正是在《笑林報》以日登一頁的方式首刊，周
病鴛自然亦當為該小說最早的讀者之一。後《仙俠五花劍》由《笑
林報》館印行單行本，由周病鴛題詞，與公與私，皆在情理之中。

而有關小說序之作者張康甫（狎鷗子），在《報海前塵錄》中
亦有「澹定室主狎鷗子瘦蝶詞人軼事」一條述及。其中有關狎鷗子
者云：

---

[9] 魏紹昌編，《鴛鴦蝴蝶派研究資料‧史料部分》，上海，上海文藝出版社，1962年10
月，第462頁。

[10] 漱石生著，《如此官場》，北京，寶文堂書店，1989年12月，第168頁。

[11] 海上漱石生，《報海前塵錄》，自印。

　　狎鷗子張康甫君錫藩，古瀚人，為《新聞報》校對，博學多
能，胸中書卷甚富，且工書善畫。書饒金石氣，畫則長於山
水，筆意蒼古，以氣運勝，非沾沾於輕描淡寫一派者。且善
弈棋，暇時輒與同事梅幼泉君一秤相對，勝則不以為喜，敗
亦處之泰然，足徵涵養功深。余創辦《笑林報》時，嘗屢蒙
作稿貽贈，頗多未經人道之語，為篇幅增光不少。[12]

　　從海上漱石生所述與狎鷗子之間的關係看，兩人不僅曾同事於
《新聞報》時期，而且後來海上漱石生主編《笑林報》之時，亦
曾向狎鷗子約稿，而後者亦屢有貽贈。至於為什麼海上漱石生出
《仙俠五花劍》單行本之時未曾邀請《申報》、《新聞報》館中聲
名更為顯赫者為之題詞作序，推測大概與當時白話小說之社會地位
及文化價值認同等因素有關。儘管當時《申報》、《新聞報》等報
館已經開始有文學副刊，《申報》館叢書中亦有古代小說之重印，
且亦頗為關注時人之文學著述，但總體上《仙俠五花劍》印行時
期，滬上文人對於白話小說的認識，依然存在著矛盾糾結，他們對
於白話小說的認知，亦不是一種具有高度認同度的不可逆轉的正面
肯定。這一點其實從《仙俠五花劍》作者自己不署真名之行為方式
即可明瞭。

　　如果說《仙俠五花劍》題詞作者及序作者與海上漱石生之間的
關係，已將海上劍癡直指海上漱石生，狎鷗子在《仙俠五花劍》序
中，其實已經暗示過海上劍癡與海上漱石生之間的關係，其序曰，
「僕友劍癡，閉戶滬濱，枕流海上。胸羅星宿，身到嫏嬛，下筆成

文，聲協金石，拔劍斮地，氣薄雲霄。」文中不僅將海上漱石生名字之典故來歷予以說明，而且也對海上劍癡與海上漱石生實為同一人之事實作了說明。

三

　　當然，最能說明《仙俠五花劍》為海上漱石生所作者，為其《退醒廬著書談》中一段文字：

　　余所作小說，始終抱定警世主義，值此風俗澆漓時代，惟恨不能多得作品，以期有俾於世道人心。故迄今猶手不停揮，未若崔君苗之欲焚筆硯，惟是日設遇不愜意事，或覺精神萎頓、則寧不著一字，蓋慮勉強而成，必至疵病百出也。余作《仙俠五花劍》，彼時海上之武俠小說，尚只《七俠五義》及《小五義》、《七劍十三俠》等寥寥數部。而間有思想鄙陋、筆墨蕪雜，誤以好勇鬥狠，竟為武俠正宗之人，亦居然搦管行文，續續出版不已。余因欲力而糾正之，乃作是書。以虯髯公黃衫客轟隱娘紅線空空兒等授徒為經、以雷一鳴文雲龍白素雲薛飛霞花珊珊從師為緯，而故設一似俠非俠之燕子飛，因空空兒誤授劍術，橫行於時，以彰盜賊之於俠義，失之毫釐、謬以千里。[13]

---

[13] 海上漱石生，《退醒廬著書譚》，刊《金鋼鑽小說集》（全一冊），施濟群、鄭逸梅編輯，上海，《金鋼鑽報館》發行，1932年9月，第31頁。

　　上述文字不僅提及海上漱石生創作小說之宗旨——抱定警世主義——這與《仙俠五花劍》的主題亦大體一致，更關鍵的是，其中直接提到了《仙俠五花劍》，包括創作這部小說之時滬上武俠小說創作與發行的一般狀況。這段說明不僅澄清了海上漱石生就是《仙俠五花劍》的作者，也就是海上劍癡，同時亦指出，《仙俠五花劍》創作出版之時，滬上武俠小說不過《七俠五義》、《七劍十三俠》等寥寥數部俠義小說，且另有其他若干濫竽充數之作，而這些作品「思想鄙陋、筆墨蕪雜，誤以好勇鬥狠，竟為武俠正宗之人，亦居然搦管行文，續續出版不已。」由此觀之，《仙俠五花劍》之創作，既是對傳統俠義小說寫作的一種延續，寄託了作者對於俠義精神的理解、認同與傳承發揚之情感與理想，亦是對清末滬上此種小說寥落慘澹、濫竽充數者卻大行於世現狀的一種批判性回應。

　　那麼，《仙俠五花劍》刊行情況又如何呢？海上漱石生在其《退醒廬著書譚》一文中亦有交代：

> 初在大新街迎春坊，余創辦之《笑林報》上，每日出版一頁，脫稿後即在《笑林報》館出版，風行於時。然以初次試筆，竊慮貽譏大雅，故署名曰海上劍癡。初版印三千部，未三月而即罄。[14]

　　既然《仙俠五花劍》以單行本形式印行出版之後受到如此歡迎，為什麼海上漱石生又放棄了海上劍癡這樣一個剛剛建立起來的「作者品牌」，後來改以警夢仙癡、漱石生或海上漱石生甚至直署

---

[14] 海上漱石生，《退醒廬著書譚》，刊《金鋼鑽小說集》（全一冊），施濟群、鄭逸梅編輯，上海，《金鋼鑽報館》發行，1932年9月，第31頁。

孫玉聲的方式來重新發表出版作品呢？對此，海上漱石生聲言此乃
與《仙俠五花劍》印行之後即遭盜版且翻印盛行的「慘況」有關：

> （《仙俠五花劍》）正欲再版，而市中已有翻版書出現，查
> 印青蓮閣小書販所為。乃以原本之鉛印照成石印。經余向
> 之交涉，其人匍匐求宥，自願悉獻其未售之書，請免控辦，
> 並求理文軒書房主戎君文彬向余緩頰，並言此書外間尚有翻
> 版。廣東多至二家。余向戎君索閱，果然又得一書，乃思
> 究不勝究，不如放棄版權，使此書得以暢行。爰徇戎君之
> 請，釋放小販，且講交出之各書發還，惟訂以後余再有他書
> 出版，不得復萌故智。經戎君力保改過，此小販再三稱謝而
> 去。其事乃寢。此書翻版而見其多，石印鉛板，滿街皆是。
> 而余則反終止再版，不與若輩爭蠅頭之利焉。《仙俠五花
> 劍》既放棄版權，余乃不復置意，改作社會小說，從事於
> 《海上繁華夢》，亦在《笑林報》按日出書，是書篇軼較
> 繁，多至七十萬字，故刊至二年餘始竣。然全書共凡三集。
> 初集為三十回，作一結束，二集又三十回，再結束之；三集
> 則四十回，乃作一總結束。蓋初意僅作一集，嗣以閱者贊
> 許，紛紛函請續著，乃又一再續成，故每集皆經收結，非故
> 弄狡獪也。然余仍為藏拙計，署名著者為海上警夢癡仙。逮
> 至全書告成，在《笑林報》館印行，因鑒於《仙俠五花劍》
> 翻版故，始於警夢癡仙下署入孫漱石三字，而余之真名，乃
> 自此披露矣。[15]

---

[15] 海上漱石生，《退醒廬著書譚》，刊《金鋼鑽小說集》（全一冊），施濟群、鄭逸梅
編輯，上海，《金鋼鑽報館》發行，1932年9月，第32頁。

上述文字既可以作為前述文字之補充，進一步說明為什麼《仙俠五花劍》出版之後會有那麼多不同版本的原因所在，同時也合理地解釋了為什麼海上漱石生在《仙俠五花劍》之後，放棄使用海上劍癡這一筆名，甚至暫時性地停止武俠小說寫作，轉而改寫社會小說。不僅如此，上述說明亦初略勾勒出清末民初滬上小說出版業在一片繁榮的表像之下，社會市民著作權版權意識薄弱、盜版翻印甚囂塵上、政府疏於管理的真實圖景。

此外，在《退醒廬著書譚》一文中，還曾提到多年後有關《仙俠五花劍》一書被改頭換面盜版印行的一段故事：

> 不謂十餘年後，忽發生一奇事，緣有裝訂美麗之《飛仙劍俠大觀》一書，由海左書局出版，登報發行。時大世界尚未翻造，大世界報社設於二層樓之對梯，兼售各種新書。一日，有以此書托社中寄售者，余固無暇審視，由至友徐君行素檢閱之。設書中無淫邪筆墨及離經背道之談，不妨允予代售。徐君閱而大笑，則是書赫然為《仙俠五花劍》化名也，而著者之署名，則已為孫某（姑隱），且首頁有一序文，竟將全書竊為己作，滿紙狂言，見而欲嘔。徐君告之於余，余憤然曰：《仙俠五花劍》余放棄版權，未嘗放棄作者之名。今何來傖夫，膽敢竊取他人著作，易以己名，其卑劣行為，堪謂達於極點。著作界有此斯文敗類，是宜有以懲之……海左書局大懼，急請余友俞幼甫君解圍，陳述此書非局中出版，乃某學徒出資一百元，向孫某購得是稿，托局印行。原稿係孫某親筆繕寫，故不疑其為《仙俠五花劍》。今事已若此，當由局中設法轉圜，一方面向孫交涉，索還原洋，並議罰懲。

一方面請勿涉訟公庭，願備價五百元，購此《仙俠五花劍》
版權，易名《飛仙劍俠大觀》出書，登報聲明事實，並將未
經售出之書拆釘，撕去第一頁之孫序，懇請余作一序補入，
證明易名原委，再將書中之首尾兩頁署列作者姓名之處，重
新排印一過，改正為海上漱石生云云。余初猶豫未允，且以
學徒無此大膽，疑為書局飾詞……（後）余始勉諾其請，登
報申明收回《仙俠五花劍》版權，移讓於海左書局，並為特
作一序，載明此事崖略，弁諸簡端，其事始寢。……而得暇
擬撰《九仙劍》之念，因是以起，夫以放棄十數年之《仙俠
五花劍》，卒以被人易名出版，憤而收回。斯事殊諸意外。
至於孫某之膽敢易名據為己作，則因原書署名海上劍癡，並
非漱石，以為事越多年，其人已死之故。不知海外東坡，固
猶健在，乃致圖冒不成，徒留奇恥，是誠著作界之笑談，亦
足予剿襲者以棒喝也。[16]

上述引文，不僅再次說明了《仙俠五花劍》的作者海上劍癡即
為海上漱石生，亦即孫家振（玉聲），而且還揭開了圍繞著《仙俠
五花劍》所發生的那段冒名著作抄襲公案的前前後後所有細節，包
括因為署名海上劍癡而後放棄此別號不用所帶來的又一煩惱。

此外，海上漱石生還在其他一些地方提及自己這部早年的武俠
小說。在「《笑林報》館之回憶」一文中，他有這樣一段相關文字：

余創設《笑林報》，為趲期促成小說及晚間會友起見，故於
數年之中，先後成《五花劍》三十回、《海上繁華夢》一

---

[16] 海上漱石生，《退醒廬著書譚》，刊《金鋼鑽小說集》（全一冊），施濟群、鄭逸梅
編輯，上海，《金鋼鑽報館》發行，1932年9月，第45-46頁。

百回、《優孟衣冠》三十回（後改名《如此官場》）。蓋苟無日報以督促之，則此各小說必致有頭無尾，今日工作，可至來日，今則日報中每日需用，不得不逐日下筆，以底於成也。[17]

上文中所述及《五花劍》，即《仙俠五花劍》之別稱。

繁華雜誌：報人－小說家
海上漱石生研究

大報主筆海上漱石生考論

　　海上漱石生的報人生涯，起於晚清，迄於民初；起於大報，終止於小報。大報逐漸明確的崇論閎議、經世昌言[1]的辦報宗旨，事實上將傳統文人從科舉體制及其相應思維方式與言論方式中分離出來，成為近代都市市民社會中一種具有相對獨立與自由意識的群體存在。經過努力甚至艱難，他們實驗性地塑造了近現代之交公共知識份子的社會言論空間，奠定了關注國民道德社會經濟、蔚成輿論匡輔當世的新聞與輿論地位。

　　在上述歷史背景之下，海上漱石生作為文人的自我身份定位與認同，形式上至少經歷了兩次轉換：從傳統文人到大報報人，從大報報人到小報報人。每一次身份轉換，都意味著自我價值取向、知識結構乃至道德倫理訴求的深刻調整和改變。這一過程，與外部社會的歷史性改變基本上保持著互動呼應關係，見證了傳統文人的近代轉型，以及傳統社會在都市化進程語境中的種種遭遇。

　　如果說從傳統文人到大報報人，側重的是文人的傳統體制性存在向體制邊緣甚至體制外的逸出的話，大報報人到小報報人的過程，則見證了近代都市文人自我民間化、自我市民化乃至自我娛樂化或去神聖崇高化的糾結掙扎。這一過程，事實上也是近代都市文

---

[1]　康有為祝《新聞報》三十年題詞，見《新聞報館三十年紀念》，新聞報館編，1923年新聞報館鉛印本，上海。

人重新建構與思想、社會、歷史、道德、文化、文學乃至人性等關係的過程。在此過程中，文人的自我身份與社會身份並非是不可逆的，事實是依然有一些已經報人化的傳統文人，穿越於近代的報界與官場之間，[2]這種行為背後，既有傳統文人家國天下的價值觀念殘留，亦可見近現代知識份子對於服務社會方式多樣化的一種探索嘗試。而海上漱石生對於自己無意官場、專心民間的價值選擇所給予的解釋是：只以涉足宦海，平生視為畏途。[3]事實上原因恐未必如此之簡單。

一、海上漱石生先後主持之大報考

據海上漱石生自述，從1893年入職《新聞報》，到20世紀頭十年中主持《輿論時事報》及其附屬圖畫報，此間其先後所經手的滬上大報，計有《新聞報》、《申報》、《輿論時事報》。此外短暫入職主持或參與籌辦的大報還有《上海日報》[4]、《南方報》[5]等報。而此間先後拒絕任職的大報，據《報海前塵錄》記載，尚有上海短暫存在的《亞洲日報》、天津有袁世凱背景的《津報》等。按照海上漱石生自己的說法，即「余自年二十有九，主任新聞報筆政後，悠悠四十餘載，今已年逾七十矣。羈棲報海，老我歲華，雖自

---

[2]　參閱海上漱石生《報海前塵錄》中「報界多政治人才」一文。其中云：在報界主持筆政，所言多革故鼎新、興利除弊，一切與政界固甚切近，故坐言起行，一旦破壁飛去者，先後殊不乏人。

[3]　海上漱石生著，《報海前塵錄・報界多政治人才》，自印，無頁碼。

[4]　海上漱石生著，《報海前塵錄・上海報之困難》，自印，無頁碼。

[5]　有關海上漱石生與《南方報》之間糾葛，《報海前塵錄・南方報之糾葛》一文有所記述。此事發生於海上漱石生在《申報》館任職第二年，因前上海道、內閣中書蔡和甫邀請，又經汪漢溪、席乃佩等《新聞報》、《申報》當事者從中接洽斡旋，海上漱石生曾短暫到《南方報》就職，但到職後竟無所事事，後遂辭職而去。

四十八齡後，曾一度棄職，操觚撰小說行世，志在提撕社會，針砭末俗者數年」。[6]

但在海上漱石生五十年的新聞職業生涯中，[7]據其所云曾在新聞報主持本埠編輯者二年，總持全報編輯者九年，任申報本埠編輯者二年餘，總持時事報及輿論時事報、圖畫日報、圖畫旬報各全報編纂者五年有奇，主編時事報上海附刊者二年。[8]具體而言，1893年至1904年左右，海上漱石生先後擔任《新聞報》「本埠編輯」[9]及「全報編輯」[10]；之後有兩年餘在《申報》任職，時間上在1904-1907年間，此後他又進入滬上另一大報《時事報》，《時事報》與《輿論報》合併成《輿論時事報》後，他又轉入後者，並先後主持過附屬該報的《圖畫旬報》、《圖畫日報》，時間長達7年，也就是一直到1914年左右。在此20餘年間，海上漱石生還曾主辦過《采風報》[11]、《笑林報》[12]等文藝性小報，但總體而言，這段時間可謂海上漱石生的「大報時代」。

如上所述，海上漱石生的大報生涯，是從《新聞報》開始的。關於他與《新聞報》之間的關係，上文中已有涉及，但明顯過於簡略。按照海上漱石生自己的說法，他在《新聞報》曾供職過相當一

6　海上漱石生著，《報海前塵錄・緒言》，自印，無頁碼。
7　有關海上漱石生新聞生涯，其子孫志栩在《退醒廬詩抄・跋》中云：「先君服務新聞界者，垂五十年。」而海上漱石生自己在《報海前塵錄・緒言》中云：「余自年二十有九，主任新聞報筆政後，悠悠四十餘載今已年逾七十矣。」
8　海上漱石生著，《報海前塵錄・緒言》，自印，無頁碼。
9　據《報海前塵錄》，當時滬上日報編輯職務設置情形，「報中編輯職務，由一人為總編纂，主持全報大成，餘人分司其事，為外埠編輯員，本埠編輯員，及譯報員等」。據此可知，海上漱石生入《新聞報》最初兩年，當為編輯滬上新聞者。
10　「全報編輯」當為總編輯。
11　《采風報》1898年7月10日（光緒二十四年五月二十二日）創辦於上海，創辦人為海上漱石生，歷任主筆尚有吳趼人、湯鄰石等，1911年夏秋因故停刊。
12　《笑林報》1901年3月14日（光緒二十七年一月二十四日）創辦於上海，創辦人為海上漱石生，1906年後先後由夏月珊等主之。1911年因故停刊。

個時期。但有關這一時期更詳細的資訊，無論是此間《新聞報》的資訊還是海上漱石生與《新聞報》之間關係的資訊，都顯得稀少單薄。

1923年，是《新聞報》創辦三十周年。《新聞報》館曾編輯刊印過一部《新聞報館三十年紀念》冊，其中收錄有海上漱石生《新聞報館三十年來之回顧》一文，這是一篇有關他與《新聞報》之淵源關係的比較重要的回憶文獻，另「紀念文」中還收錄有福開森、汪漢溪等人的回憶文章，可以與海上漱石生之文相互參照。

有關《新聞報》創辦之初主筆等人員的相關情況，據《新聞報館三十年來之回顧》一文，「新聞報創始於清光緒癸巳年，主筆政者為縷馨仙史蔡紫黻先生。半載後，倉山舊主袁翔甫先生繼之。余於是歲之冬入社，主任本埠新聞。越三年，倉山舊主以年邁辭職，余乃總其成。時上海報館僅申報及同文滬報鼎足而立。」[13]也就是說，1893-1896年間，海上漱石生在《新聞報》擔任本埠編輯，之後直至1904年，擔任該報總編纂。[14]而有關《新聞報》本埠編輯及總編纂的職責分工，前已有述，此不贅言。

---

[13] 《新聞報館三十年紀念》，「紀念文」，新聞報館編，上海，1923年新聞報館鉛印本，第6頁。

[14] 有關海上漱石生任職《新聞報》的經歷，《新聞報三十年之事實》一文云：「宣統二年（1910年），總理汪漢溪因事告假一年，⋯⋯旋汪君銷假，復任總理。起初總編輯為金煦生君，另延姚君伯欣、孫君玉聲、葉君吟石為編輯。」如果這段文字屬實，那麼，1904年前後海上漱石生離開《新聞報》後，又一度回到該報擔任編輯。另，該文中提到《新聞報》初期總編輯為金煦生，亦非蔡爾康、袁祖志（翔甫）。之所以出現海上漱石生的敘述與《新聞報》館敘事之間的「差異」，推測是海上漱石生將專撰論說的編輯、本埠編輯主任等職務，視作「總主筆」，因為最初《新聞報》並沒有設總主筆一職，而本埠編輯主任和論說編輯應該就是當時報館中最為重要的兩個職務——在電報開通之前，《新聞報》只能依賴本埠新聞和論說。這種推測得到了《新聞報三十年紀念》之應證。在該館編輯人員照片中，有「前總主筆孫玉聲先生」照片。

另據《新聞報三十年之事實》一文，[15]對於該報創辦之初編輯人員的分工情況亦有介紹：

> 郁君岱生以收支而兼主筆、總校對，蔡君紫黻專撰論說⋯⋯
> 旋郁君因事告退，另延袁君翔甫為主筆，孫君玉聲為本埠編
> 輯主任。

如果《新聞報》館所提供的本館歷史敘述屬實，可知海上漱石生最初擔任的是《新聞報》「本埠主任」。本埠主任與本埠編輯在職責上有何差別，推測是前者負責所有與本埠新聞有關的事務——海上漱石生一生撰述與上海這座城市有關的筆記、小說、竹枝詞等著述甚多，是一個地道的「上海通」。這或許與當初長期擔任負責滬上新聞輿論的職務不無關係。

但無論是《新聞報》還是當時滬上其他各報，其實就經營狀況以及報人的收入及生活狀況等現實處境而言，並不像一般想像中那麼風光無限。此處不言海上漱石生自己在其回憶錄《報海前塵錄》中「招登廣告之難」「對待報販之難」「歲除艱窘」等文所述，單就作為《新聞報》總理的汪漢溪就當初報館經營舉步維艱之窘迫所作描述略為說明。

清末滬上新興之大報——除了那些有教會背景、主要面向在華西人及教民的中英文報紙——其經營模式，在經濟上主要依賴廣告收入，而報紙初創時期，華人讀者對於廣告認識尚淺。「報館開支浩大，欲圖牟利甚艱。其賴以維持基礎、得資發展者，實以報中所

登廣告之收入為大宗。然當風氣未開之時，商界不知登報之益，一若此種銀錢，不啻擲之虛牝。」[16]而報館開辦之後，一旦啟動資金用罄，而營業收入又不敷日用，報館就面臨關門之危。事實上，無論是70年代初開辦的《申報》，還是90年代初開辦之《新聞報》，其外方啟動資金都極為有限，一旦開辦之後對外融資不暢或內部經營收入不足，結局與當時此後滬上大量出現又很快關張的華資報館並無二致。[17]

而《新聞報》等媒體之所以在經營模式上如此，其實不過是復製西方媒體的經營運營模式而已。但在西方19世紀以來經濟商業快速發展、廣告業亦應運而生且方興未艾之時，媒體儘管競爭激烈，但因為廣告營業收入尚能維持報館資金鏈不致斷裂，故仍能圖謀發展。而當時中國百業凋敝，儘管上海商業發達，但中方商人對於廣告尤其是報紙上刊登廣告之利益尚缺乏認識，故最初只有一些在華西商利用報紙刊登廣告。

而報館經濟上運營是否成功，是報館能否真正實現其言論自由與獨立之關鍵。作為當時滬上除《申報》外最為重要的一家面向中國讀者的大報之總理，自1899年底接手並擔任《新聞報》總理以來，汪漢溪已清醒認識到，「鑒於國勢之衰弱，政治之腐敗，外患之逼迫，民俗之澆漓，謂欲喚醒同胞，改良政治社會，非藉報紙大

---

[16] 海上漱石生著，《報海前塵錄·招登廣告之難》，自印，無頁碼。

[17] 對此，汪漢溪亦有清醒認識，「即上海一埠，自通商互市以來，旋起旋僕，不下三四百家。惟其致敗之由，半由於黨派關係，立言偏私，不能示人以公；半由創辦之始，股本不足。招集股本一二萬，勉強開辦，其招足十萬八萬為基金者，殊不多見。股未齊而先從事於賃屋……以滬市物用昂貴，開支浩大，恐在籌備期內，基金業已耗盡，及至出版，銷數自難通暢，廣告收入甚微，報館人才徵求尚難入選。」（汪漢溪，《新聞事業困難之原因》，刊《新聞報館三十年紀念》冊「紀念文」，新聞報館編，上海，1923年新聞報館鉛印本，第3頁）

聲疾呼不可。」[18]這也是當時滬上大報的自我言論定位，但如何才能保證上述宗旨得以落實呢？或許一般會認為這需要政治社會言論環境的改善，而在汪漢溪看來，實現上述目標最重要的保證，並不是所謂政治以及社會輿論環境的「改善」，而是報館經濟上的真正獨立。「辦報之第一難關，即經濟自立。」[19]而自接受《新聞報》經營管理之責始，汪漢溪亦即「抱定經濟自立宗旨，無黨無偏，力崇正義，不為威脅，不為利誘。」[20]也就是說，至少在汪漢溪這樣的華人報人認識中，報館要做到無黨無偏、力崇正義，經濟上的獨立實際上為其基礎，只有「經濟已足自立，基業鞏固」，報館才能夠真正實現其服務於社會、提供真正意義上之新聞與言論的目標。這種認識，其實有其超越於時代的價值。而一旦報館「股本既難添招，收入亦無把握，進退維谷之時，不得不仰給於外界，受人豢養，立言必多袒庇，甚至顛倒黑白、混亂視聽，閱者必致相率鄙棄，銷數目必日少，廣告刊費更無收入，此辦報困難之一大原因也。」[21]

而據《新聞報三十年之事實》一文，宣統元年，新聞報館搬遷至漢口路十九號。廣告一項，己亥收費歲僅萬元，「自本報銷行日廣，各商業知廣告效力至偉，紛紛送稿囑登。近來廣告，幾占報幅十之六七。本報則自三張起，漸增至五六張，歲入刊費幾及百萬元。此項收入，除本館一切開支暨股東官紅利外，所有盈餘，館員

---

18 新聞報館編，1923年新聞報館鉛印本，第2頁。
19 同上。
20 汪漢溪，《新聞事業困難之原因》，刊《新聞報館三十年紀念》冊「紀念文」，上海，新聞報館編，1923年新聞報館鉛印本，第2頁。
21 汪漢溪，《新聞事業困難之原因》，刊《新聞報館三十年紀念》冊「紀念文」，上海，新聞報館編，1923年新聞報館鉛印本，第3頁。

皆得分潤。」[22]可見至20世紀初，滬上大報，尤其是像《新聞報》這樣卓有聲譽者，其經營收益狀況已經大大改善，在此基礎之上，報紙遂亦能進一步實踐其服務社會之初衷。「本報有一始終不變之方針，是為主張明達之輿論，而又長持此明達之輿論於不衰。凡一切事業，足以助中國智識界道德界商務界工業界之進步者，本報無不助其張目。……本報服務，以領導輿論為志。」[23]而報紙要實現上述志向與方針，沒有必要之經濟基礎，顯然是難以為繼的。

　　海上漱石生的相關回憶描述，亦呼應了《新聞報》總理汪漢溪、股東福開森等人對於清末滬上報館經營情狀之說明。不過，除了經濟方面的原因，尤其是報館營業模式的本土化並迅速能夠在中國適應生存和發展壯大，另外還有一點，同樣會影響到報業以及報人的「近代化」乃至「現代化」，那就是傳統文人如何「報人化」，以及與此相適應，傳統文人的言論方式如何與近代報人的公共言論方式成功實現對接——傳統文人的言政議政方式，與近現代報人公共言論方式，存在著顯而易見的差別。而正是這一點，與海上漱石生這些主筆報人自我身份的轉型關係更為緊密。

　　關於這一點，福開森的體會似乎更為深切，「本報自辦理以來，最大難處即為缺乏熟於新聞事業之人才。故於所延人員，輒由本館自為誘掖，以期養成專才。凡任職本報者，欲圖自進，本報輒力謀方便焉。」[24]儘管在《新聞報》前，《申報》開辦已二十年，但《申報》華人主筆們的編輯及言論經驗，很大程度上是在摸索中

---

[22] 《新聞報三十年之事實》，刊《新聞報館三十年紀念》「歷史」，上海，新聞報館編，1923年新聞報館鉛印本，第3頁。

[23] 福開森，《新聞報之回顧與前途》，刊《新聞報館三十年紀念》「紀念文」，上海，新聞報館編，1923年新聞報館鉛印本，第1頁。

[24] 同上。

不斷改進的。王韜的《循環日報》經驗，並不能夠直接照搬到《申報》和上海，原因很簡單，儘管《申報》在租界，但它時時可能會因為言論觸犯當政而招致麻煩。這種言論環境，多少會對報人們的現實處境構成風險。「各國對於報紙，多方維護。而中國政府……摧殘輿論，至於此極，良深浩歎。此辦報艱難之又一原因也。」[25]福開森所謂報界人才難得，只是就其專業素養而言，這並不奇怪，因為報業在中國——尤其是近代意義上的報業——才剛剛開始而已。而汪漢溪所謂報界人才難得，則是就中國傳統文人的報人化轉型而言的。這一轉型顯然不是一蹴而就的。更關鍵的是，在這一轉型過程中，還牽涉到報業所面臨輿論環境之挑戰，「各省軍閥專權，每假戒嚴之名，檢查郵電，對於訪員，威脅利誘，甚至借案誣陷，無惡不作。故報館延聘訪員人才，難若登天。」[26]

　　就此而言，中國近代報業之興起及發展進步，是與近代以來的社會輿論環境之逐步改善密切相關的。換言之，近代報業本身，就是推動社會輿論環境改善的重要力量之一。而海上漱石生的大報報人生涯，就是在這樣的歷史環境中開始的。

　　而對於當年在《新聞報》館任職期間的情形，海上漱石生亦曾撰文描述過：

　　　　余初至新聞報任編纂事，在清光緒十九年秋。當日中國報
　　　　界，尚在幼稚時代，日報只申報滬報，及新聞報三家。報用
　　　　毛邊紙印刷，日出一張，版口作長方形，或加附刊半張，謂

---

[25] 汪漢溪，《新聞事業困難之原因》，刊《新聞報館三十年紀念》冊「紀念文」，上海，新聞報館編，1923年新聞報館鉛印本，第5頁。
[26] 同上。

之附張。鉛字只四五二號，惟申報則有頭號，篇幅不多，故
編纂尚不甚費事。其大綱可羅舉如下：一為論說，二為外埠
新聞，三為本埠新聞，四為譯報，以西文之字林文匯二報選
要譯之，五為詩詞補白，間選廣東循環日報、香港日報等，
改纂登錄，以粵省報紙成立較早，頗足以資取材也。余為
北平來之論旨、奏摺，及宮門抄。論旨必列入首幅，奏摺殿
之。又江浙等省之轅門抄，記錄官場升遷降調，詳細無遺。
若夫新聞之有要電，上諭之有電傳，則自光緒末葉開始，然
以晚間十點鐘為限，過時於明日譯登，以是編纂時間，每日
達晚九時以後，必須當日加入，略將報版更動，則須至十二
時，顧亦僅記大略，其詳情必俟翌日續刊，並不過費手續。
蓋源彼時印報紙平面機，其形滯遲，故一至十二時，即需趕
速上板，不能再延，至明日出版延時，慮其無從應購也。[27]

　　上述描述，頗為周詳，基本上將郵電暢通之前一個總主筆的日
常工作悉數羅列了出來。至於海上漱石生稍後在《申報》兩年余之
短暫工作，當為本埠編輯，因為這也是他在《新聞報》長期主持的
崗位。而合併後的《輿論時事報》，報業環境已經發生相當大之改
變，最初由《申報》、《新聞報》筆路藍縷之開拓之功，已經逐漸
轉化成為整個國內報業的共識或公共經驗。

---

[27] 海上漱石生著，《報海前塵錄‧編纂大綱》，自印，無頁碼。

二、「目上於天，目下於泉」

　　《報海前塵錄·報界多政治人才》一則云，「在報界主持筆政，所言多革故鼎新、興利除弊，一切與政界固甚切近。」[28]這裡所言，自然是就大報論說而言。

　　而晚清大報創辦之初，其實均重論說。「報紙昔時注重論說，閱報之人亦然。故論說每日比列首篇，如開門見山，令人非常豁目。」[29]而論說的字數，每篇大概以千餘字為准，最少亦有七八百字。這是與當時報紙版面分配相關的。論說之所以重要，固然與知識份子在體制外另行開闢一個民間公共言論空間並切實履行輿論監督、參政議論的熱情和勇氣有關，但亦不能排除當時新聞難覓，尤其是因為郵電不暢，外埠新聞基本上都是過時「舊聞」，論說也就成了本埠新聞、外埠過時舊聞以及摘譯國際舊聞之外，尤能吸引知識讀者群體的欄目。對此，海上漱石生曾提及過甲午前後，滬上大報論說欄目取材行文的一般狀況：

> 取材主要在於官場行政、外交策略、社會新聞、商業建設、與夫本外埠重大事實，發為文章，藉資討論。有時亦騈四儷六、閒談風月一切，另閱者略換眼光。直至甲午以後，國家多事之秋，始專注於國事一途。[30]

---

[28]　海上漱石生著，《報海前塵錄·報界多政治人才》，自印，無頁碼。

[29]　海上漱石生著，《報海前塵錄·論說及新聞之取材》，自印，無頁碼。

[30]　同上。

在論說文中駢四儷六、閒談風月，放在「五四」新文學運動之後的大報上，自然會讓人不免生發今夕何夕一類的感慨甚至疑惑。但在甲午前後，科舉體制尚未廢止，文人傳統依然能夠以一種相對完整的形態存在。即便有了報紙，但報人還是可以來回穿越於傳統文人與近代報人兩種不同身份之間，或兼而有之。

參照海上漱石生的說法，1900年前後，應該正是他負責《新聞報》總編時期。此間論說文部分，亦當最能體現他作為一個大報報人之公共言論興趣、風格及具體內容關懷。此處不妨就1899-1900年度以及1900-1901年度《新聞報》上刊載雜著論說文予以圖表說明：

《新聞報》雜著論說文舉例（1899-1900年間）：

官場行政類（11篇）	外交策略類（5篇）	社會新聞類（4篇）	商業建設類（7篇）	重大事件類（0篇）	其他（7篇）
1.恭讀十月十五日上論謹注 2.書倉場議復摺漕片稿後 3.論廣設武備學堂 4.裁宦官議 5.論工藝局改辦 6.論提前還款 7.論南市城內火政	1.論俄約有比例 2.論平羅教案 3.論更定商約 4.論各國應還天津 5.記各省攤還賠償款減成始末	1.書昨報太守新猷後 2.舊案憤言 3.論民心維繫之大 4.上海青年會大會記	1.論各國國債 2.續論各國國債 3.日本明年度支預算表 4.續日本明年度支預算表 5.再續日本明年度支預算表		1.論宜編定課程書 2.論教養為善後之策 3.論意氣與計較之非 4.論文字之禍 5.論是非當由自主 6.正名定分論 7.美國大總統麥荊傳略

			6.分年償還賠款本利表	
8.力主剿匪辨 9.論銓選 10.論秦皇島為緊要港口 11.勸解棉衣說			7.分年攤還新舊洋款表	

　　上述圖表中，論說文中「行政官場類」有11篇之多，這從一個側面反映出清末《新聞報》對於參政議政的「積極性」。這些論說文，涉及到中央政府的行政，亦涉及到滬上地方政府的行政，同時還涉及到政府對外、對內諸多重大政策，甚至包括政府在經濟上的判斷決定等。《新聞報》所表現出來的上述「積極性」，大致勾勒出晚清報人對於參政議政的「興趣」所在。他們在此方面所表現出來的勇氣、自信與參與意識，實際上正在為一個呼之欲出的以知識份子為主體、以開埠都市為中心的「公民社會」的想像與建構提供探索性的經驗。

　　在「官場行政類」之外，外交策略類論說文亦佔據相當部分。這一方面反映出晚清外交環境和形勢的急迫險惡和艱難，另一方面亦反映出報人關心國事、先天下之憂而憂的言士傳統。而「社會新聞」和「商業建設」類論說文，表明晚清報人隨時關注社會動態、務實地為政府獻計獻策的時代精神。而「重大事件類」的「缺失」，並非是報人們缺少「重大事件」意識，而是與當時郵電不暢、重大事件資訊獲得不是很便捷，[31]同時晚清輿論環境依然存在

31　據海上漱石生《新聞報三十年來之回顧》一文，「第當日猶輪軌為通，交通遲滯，各埠訪函之來，遠道者十數日或數十日不等。即近如蘇杭，亦須二三日始達。電報則僅

相當風險等事實有關。事實上，無論是《申報》還是《新聞報》，其外資形式某種意義上就是對本土報人所面臨的輿論風險的一種保護。「其他」類論說中所提到的「論文字之禍」以及「論是非當由自主」等文，實際上就是對良好健康的公共輿論環境的呼籲倡議。這些論說，與其他參政議政類的論說一道，共同呈現出晚清報人銳意開拓言論空間、積極主動參政議政、培育國民自主意識、建構上下互通互動之良性社會的諸多努力。

比較之下，1900-1901年度《新聞報》論說文在繼續保持上一年度論說文的風格特徵的同時，其更廣泛地參與到各種時事政策、外交事務、社會事件等之中的主動性和積極性更為明顯。

《新聞報》發表的論說文舉例（1900-1901年間）：

官場行政類 （25篇）	外交策略類 （13篇）	社會新聞類 （5篇）	商業建設類 （7篇）	重大事件類 （5篇）	其他 （5篇）
1.增益官俸說 2.論厘金有將裁之勢 3.論昨報建宮條陳 4.論天津屯兵 5.論鄂省將弁學堂	1.甄別教民說 2.讀合約全文感言 3.論中國宜求自立 4.交涉爭讓辨 5.論中俄交涉	1.浮言不可輕信說 2.辟邪篇 3.恭記醇親王遊覽南洋公學 4.回教追薦穆罕默德聖恩頌並序	1.節錄二十六年關冊上海貿易情形 2.續節錄二十六年關冊上海貿易情形	1.論維新黨 2.論開濬黃浦事 3.英俄形戰說 4.英俄形戰說（續） 5.聖母萬壽停止典禮恭記	1.雪恥辱說 2.論存恥在不忘其本 3.論中國之人心 4.滬俗難返說

上諭可傳。故主政者於每日報中材料，頗感困難。一屆冬令封河，京津各道消息不通，歲除各官署封印以後，未至開印，公牘俱無，致巧婦難為無米之炊。不得已，乃以論說充篇幅，間及詩詞雜稿。嘔盡心血，然費經營。」（《新聞報館三十年紀念》，「紀念文」，上海，新聞報館編，1923年新聞報館鉛印本，第6頁）

6.論國家彩票	6.論合約外兩大患	5.第一冊京話報跋	3.再續節錄二十六年關冊上海貿易情形		5.書李文忠公事略後
7.停捐納贅言	7.論俄約暫緩畫押		4.三續節錄二十六年關冊上海貿易情形		
8.停捐納餘論	8.論俄國不還牛莊鐵路		5.四續節錄二十六年關冊上海貿易情形		
9.推廣銀元銷路議	9.論將來外交		6.五續節錄二十六年關冊上海貿易情形		
10.論踔路近事	10.教案則例亟宜編輯		7.閱廿六年關冊感言		
11.再論踔路近事	11.紀華英獻章並敘				
12.三論踔路近事	12.續紀華英獻章並敘				
13.論大臣隨鑾	13.再續紀華英獻章並敘				
14.君臣各盡其道論					
15.論廷臣報復事					
16.優待國民說					
17.續優待國民說					
18.論張制軍陛見之關係					
19.論漕費抽半歸公					
20.論鄂省公務總匯局					

21.刑部主事李希聖政務處條例明辨：論中西之分					
22.刑部主事李希聖政務處條例明辨：論用人					
23.刑部主事李希聖政務處條例明辨：論理財					
24.刑部主事李希聖政務處條例明辨：論變法					
25.書鄂督進呈圖書館摺稿後					

　　上述年度論說文選中，「官場政策類」「外交策略類」及「商業建設類」論說文選占到絕大部分，這進一步說明，以《新聞報》為代表的滬上大報社論在對內、對外以及商業社會的建設三個領域

中的格外關注。此外，論說文中還有若干篇涉及到國民性批判建設
問題，可見當時報人們並沒有將所有關注都集中於對內對外的政策
方面。

　　鑒於當時論說文一般不署作者姓名，要辨析考察那些論說文出
自海上漱石生之手並非易事。不過，依照慣例，總編纂負責整個報
紙的編纂業務，包括統稿發稿，所以這些論說文即便不是都出自海
上漱石生之手，其中亦不乏其因素在。對於擔任報館總編纂所面臨
諸多之挑戰，海上漱石生並沒有現成的經驗可供直接參照，只能是
在摸索中一點點累積，但這並不意味著華人在此領域完全一片空
白。「每與前輩主筆天南遁叟王丈紫詮等，道及筆政之主持不易。
余在新聞報十有一年，泰半度此歲月也。」[32]

　　對於以論說為主導的報紙輿論之力量及社會影響，海上漱石生
顯然一直給予正面肯定和期待，認為報紙要能夠在晚清中國的社會
政治環境中「主持公道，不為威脅，不為利誘，成報界之巨擘，作
黑暗世界之明星」[33]這當然是一種比較高調而且理想的自我認知和
定位。其實，相較於報業的近代化，整個口岸社會的近代化並不遜
色。「中國自與泰西交接後，漸喜破除成見，利賴並興。」[34]換言
之，如果將報業的近代化，是作為一種一枝獨秀式的近代化，而與
整個社會的發展改良脫節，甚至將近代化的報業與依然處於傳統形
態之中的社會以及政治體制，置於完全對立的處境，未必符合晚清
歷史之真實。事實上，為建構近代公共輿論空間而努力的報業，確
實不時遭遇到來自於政府以及黑暗社會或惡勢力的威脅利誘，但清

---

[32] 海上漱石生，《新聞報三十年來之回顧》，《新聞報館三十年紀念》，「紀念文」，
　　新聞報館編，1923年新聞報館鉛印本，第6頁。
[33] 同上。
[34] 黃式權，《淞南夢影錄》，上海，上海古籍出版社1989年5月，第132頁。

末民初報業不斷興盛發展的事實，揭示出報業與社會共同進步的歷史真實。

而歷史地看，近代報人的崛起或從傳統文人中的分離，其實並不是以一種傳統的直接批判者、叛逆者或分離者的身份訴求來完成這一過程的。有時候恰恰相反，近代報人是以一種積極參與時政社會輿論、為當政當局獻言獻策的合作方式而使得他們逐漸成為現有秩序的「局外人」的。也就是說，他們以一種積極參與局內秩序改良的方式，完成了他們成為現有體制的局外人的時代任務，當然他們仍然是在現有秩序下生活，因為一種新的秩序尚未真正建立起來。這或許正是近代報人不得不面對的命運和處境的悖論，或者一種需要相當強度的精神力量和心理力量才能夠自我安頓而不至於自我迷惘和自我放縱的身份宿命。而在逐漸疏離出現有體制與秩序、彙聚成為開埠口岸相對特殊的一個知識群體乃至階層之後，這些局外人與原有文化、精神和道德秩序之間的關係亦隨之變得尷尬起來：他們或者反對明顯阻礙著更大自由與更多獨立的現有秩序和文化，要麼對現有秩序和文化置若罔聞、採取一種無所謂的熟視無睹的我行我素態度。前者促使他們走上一條與現有文化與秩序更為公開的對立和批判之路，而後者則讓他們混跡沉湎於口岸都市的種種亞文化之中以自我逍遙或自我釋放。這兩種方式，前者推進強化了近代以來反主流體制文化和秩序的思想批判力量，而後者則對近代以來都市市民休閒享樂文化的興起，起到了一定程度的引導和推動作用。但無論是前者還是後者，他們可以稱之為現有秩序的局外人，但很難將他們視為現有秩序的文化革命者。原因很簡單，他們存在的歷史結果，並不是從他們的意願中直接引導主來的，更多是一種緩慢的漸進改良的自然產物。之所以會這樣，或許是因為這

些報人並不具有那類與現有秩序和主流正統文化劃清界限的歷史意識，其中相當一部分報人一度沉迷於頹廢迷亂的煙花青樓之間，是否可以作為上述推斷之一注腳，或可再討論，但在一種高調的政治話語和混亂不堪的自我享樂行為之間，晚清報人們究竟是如何獲得一種自我平衡的，其中顯然還有進一步探究的空間及必要。

　　而海上漱石生就是在這樣一個時代環境中，開始並完成了自己的「大報時代」，直到新一代報人取而代之，「針砭薄俗，提倡實業，維持道德，輔助慈善之事」，[35]似乎依然是在沿襲著清末報人們殫精竭慮開拓出來的事業，「目上於天，目下於泉」。[36]在所謂「天」與「泉」之間，近代報人為自己亦為時代社會，開闢出來一個逐漸明晰起來的公共言論空間。在此過程中，傳統文人通過真正意義上的知識自我的當地語系化、全國化和世界化，通過報紙這一全新的言論平臺，積極關注甚至參與地方事務、國家事務以及世界事務，初步實現了自我轉型。

---

[35] 海上漱石生，《新聞報三十年來之回顧》，《新聞報館三十年紀念》，「紀念文」，新聞報館編，1923年新聞報館鉛印本，第6頁。
[36] 黎元洪《新聞報館三十年紀念》「題詞」。

小報主編海上漱石生考論

在海上漱石生的自我敘述中，其小報生涯幾乎與他的大報生涯一樣長[1]：

> 余自年二十有九，主任新聞報筆政後，悠悠四十餘載，今已
> 年逾七十矣。羈棲報海，老我歲華，雖自四十八齡後，曾
> 一度棄職，操觚撰小說行世，志在提撕社會，針砭末俗者數
> 年，旋又創辦小報，以著述自娛，其間在新聞報主持本埠編
> 輯者二年，總持全報編輯者九年，任申報本埠編輯者二年
> 餘，總持時事報，及輿論時事報，圖書日報，圖畫旬報，各
> 全報編纂者五年有奇，主編時事報上海附刊者二年，今在小
> 報界，又將二十年。[2]

海上漱石生的小報生涯，實際上與其大報生涯在時間上存在交叉。就在他先後在《新聞報》、《申報》任職期間，他的小報生涯，也已經從《采風報》、《笑林報》開始。[3]

---

[1] 有關海上漱石生的報人生涯，其子孫志翀在《退醒廬詩鈔》跋中亦云：先君服務新聞界者，垂五十年。（《退醒廬詩鈔》，自印，第24頁）

[2] 海上漱石生，《報海前塵錄·緒言》，自印，無頁碼。

[3] 海上漱石生在《新聞報》的職業生涯，自1893年始，先為編輯（2年），後擔任總編輯（9年），之後曾在《申報》短暫任職（2年餘）。之後又擔任《時事報》及《輿論時

　　海上漱石生的大報生涯，據其所述，始自《新聞報》——他先是在其中擔任編輯，後「總持全報編輯」，也就是所謂總編纂。[4]與一般看重大報而輕視小報的文人不同的是，海上漱石生似乎從一開始就不迴避自己的「小報家」身份，而且一直到晚年，他依然對市民通俗類報刊讀物保持著足夠興趣。在所謂洋場才子與小報文人之間，海上漱石生的個人經驗，似乎無庸置辯地將兩者關聯在了一起。但與一般洋場才子和小報文人又有所不同的是，海上漱石生的報人職業生涯，卻是從大報主筆開始的。知識份子傳統意義上的社會擔當意識與族群家國意識，顯然在近代滬上大報主筆身份中仍有相當殘留，不過亦有一定程度之轉換或遺失，這是與小報主編所凸出強調的新興都市市民趣味有所區隔和差別的——在傳統經典意識與近代都市市民趣味之間，作為小報主編的海上漱石生，究竟是如何在這兩者之間折衝糾纏的，其實恐怕並非只是一種觀念意識的轉變調整那麼簡單，其本身就是近代文人逸出種種制度的、社會的、文化的、心理的藩籬，塑造新的時代與社會文化身份的曲折而艱難歷程。

事報》（包括《圖畫旬報》及《圖畫日報》）（5年餘）。而他在小報界的生涯，則自《采風報》始。

[4]　有關當時滬上大報中編輯職務及分工，海上漱石生在其《報海前塵錄·編輯分工》一則中云：由一人為總編纂，主持全報大成，餘人分司其事，為外埠編輯員，本埠編輯員，及譯報員等，與今日同。惟電報通力合作，初無專司之人，譯出後由總編纂校正付刊。選報則由總編纂任之。外埠本埠函稿，凡關於新聞者，概由總編纂拆閱，酌定刊與不刊。當刊者交編輯員刪潤之，故各稿件如與刊載後發生糾紛，概由總編纂負責，編輯員了不任其咎。本埠訪事員之各稿，亦每日匯交總編纂先行閱看，然後分授於編輯員發刊。有文字欠適者，刪易之。惟事實不能改竄，故須將原稿存留，以備考查。諭旨奏摺等，由總編纂酌登，詩詞補白稿亦然。排版時如篇幅不敷（當時報中材料枯窘，排版時每有不敷之慮），則由總編纂另行撰稿添補，或於新聞後增加按語，伸出行數，以彌其缺。若是日稿件較多，則抽去數稿，以備次日續用，是皆總編纂之職，其餘編輯員無與也。

一、大報文學副刊與文藝小報：《采風報》與《笑林報》

海上漱石生的《報海前塵錄》「編纂大綱」一文，曾對晚清滬上大報編輯體例有所說明：

> 余初至新聞報任編纂事，在清光緒十九年秋。當日中國報界，尚在幼稚時代，日報只申報滬報及新聞報三家。報用毛邊紙印刷，日出一張，版口作長方形，或加附刊半張，謂之附張。鉛字只四五二號，惟申報則有頭號，篇幅不多，故編纂尚不甚費事。其大綱可羅舉如下：一為論說，二為外埠新聞，三為本埠新聞，四為譯報，以西文之字林文匯二報選要譯之，五為詩詞補白，間選廣東循環日報、香港日報等，改纂登錄，以粵省報紙成立較早，頗足以資取材也。[5]

其中「詩詞補白」，大概可謂晚清大報文學副刊之濫觴。而在海上漱石生的敘述中，清末民初滬上小報之興，多與作為報人編輯的文學之士發表自己的詩詞文及小說之需有關。依照海上漱石生自己的說法，他創辦《笑林報》，不過是為了刊載自己不能在《新聞報》上連載之小說而已。「余創設笑林報，為赶期促成小說及晚間會友起見。」[6]此說不假。文人情趣與藝能向時評社論的滲透，從而催生出一種文藝性傾向或痕跡較為明顯之社評以及一種文藝性小報，以有別於《申報》、《新聞報》這種更強調時政、社會、商業經濟的綜合新聞性的大報，這也是近代滬上所興起之大報、報人與

---

[5] 海上漱石生，《報海前塵錄·編纂大綱》，自印，無頁碼。
[6] 海上漱石生，《報海前塵錄·笑林報館之回憶》，自印，無頁碼。

中國文人傳統之間的一種「中和」。事實上，清末滬上文藝性小報主
編，像蔡爾康、鄒弢、李伯元、孫玉聲等，基本上都有《申報》、
《新聞報》這兩家大報的報人經驗或職業背景。[7]而與《申報》、
《新聞報》這些大報相比，滬上新興小報最初多為文藝性小報，且報
社資本背景亦多為本地、非為外資。這一方面與報紙這種近代傳播形
式已漸為本土文人所認識接受有關，另外大報所需要的資本、新聞網
路以及可能享受的言論自由之權利等，又均非本土報紙所能比擬，
故選擇啟動資本所需相對較少、言論惹禍的可能性又相對較低的文
藝性小報，可以適當滿足都市文人對於新聞與文藝的雙重需要。

　　不過，即便如此，其實在對報紙功能的認識上，本土文人的觀
點依然帶有鮮明的中國特色。李伯元在《遊戲報》上《論本報多寓
言》一文中闡明對於報紙之命意宗旨的認識時指出，「中西報紙通
行已久，顧其命意要旨，參稽掌故、考證風俗，所見所聞精所抉
擇，以上備朝政之採納，下維世道之變遷。」[8]這種認識，無疑是
將大報、小報的功能結合在一起方能實現。事實上，李伯元創設文
藝性小報之初衷，即為統合中西，並圖新舉：

> 本報自丁酉五月創設以迄於今，亦越二稔矣。其始事之心，
> 不過以西報報例有遊戲一種，而吾國中風氣寖開，各家日
> 報、旬報、月報接踵而興，炳炳琳琳，未嘗不一新耳目，屢
> 海內之人心，獨於此例無聞，未免闕如猶憾。主人積習，未
> 忘雅好遊藝，爰以餘力創為是報。[9]

7　參閱本書附錄《晚清「小說入報」考》一文。

8　李伯元，《論本報多寓言》，原載1899年7月14日《遊戲報》，轉錄於《李伯元全集》
　　卷五，王學鈞輯，南京，江蘇古籍出版社，1997年12月，第32頁。

9　李伯元，《本報添印附張緣起》，原載1899年6月8日《遊戲報》，轉錄於《李伯元全

　　李伯元將文藝雅好，視為一種個人「積習」。這種積習，其實不過是本土文士的一種傳統而已。所不同者，在李伯元這裡，即便是小報，依然承擔有對上和對下的雙重責任。相比之下，海上漱石生後來對於自己當初創設《采風報》[10]、《笑林報》[11]之緣由使命，看得就清淡得多，「《海上繁華夢》即成，《笑林報》又需小說稿，余乃作《如此官場》。痛揭官僚弊害，惟以南亭亭長之《官場現形記》方風行於時，不得不別開蹊徑，見昔人有草木春秋說部，以藥名貫串成書，余以官場如戲，乃純用戲名構成之，無論一人一物，一地一器，皆惟戲名是名，即通體之回目亦然，堪示煞費剪裁。」[12]「《繁華夢》成書之後，皆在《笑林報》館出版。初印各三千部，每部售價洋一元，各書局七折現批，概不記帳。外埠空函不復，逮第三集出書，初集已轉第四版、二集亦轉三版，銷書已及萬餘。嗣以《笑林報》出盤與人，此書無發行之處，乃致中輟。」[13]「余作《仙俠五花劍》，……初在大新街迎春坊，余創辦之《笑林報》上，每日出版一頁，脫稿後即在《笑林報》館出版，風行於時。」[14]

　　在海上漱石生上述敘述中，《采風報》、《遊戲報》不過是為了連載自己創作的小說之方便而已，「故於數年之中，先後成

　　集》卷五，南京，王學鈞輯，江蘇古籍出版社，1997年12月，第31頁。

[10]《采風報》1898年7月10日（光緒二十四年五月二十二日）創辦於上海，創辦人為海上漱石生，歷任主筆尚有吳趼人、湯鄰石等，1911年夏秋因故停刊。

[11]《笑林報》1901年3月14日（光緒二十七年一月二十四日）創辦於上海，創辦人為海上漱石生，1906年後先後由夏月珊等主之。1911年因故停刊。

[12] 海上漱石生，《退醒廬著書譚》，《金鋼鑽小說集》，施濟群、鄭逸梅編輯，上海，《金鋼鑽報館》發行，1932年9月，第37頁。

[13] 海上漱石生，《退醒廬著書譚》，《金鋼鑽小說集》，施濟群、鄭逸梅編輯，上海，《金鋼鑽報館》發行，1932年9月，第36-37頁。

[14] 海上漱石生，《退醒廬著書譚》，《金鋼鑽小說集》，施濟群、鄭逸梅編輯，上海，《金鋼鑽報館》發行，1932年9月，第31頁。

《五花劍》三十回，《海上繁華夢》一百回，《優孟衣冠》三十回」，[15]其中並沒有過於彰顯李伯元筆下那種或許只有大報才需要明確承擔的社會道義與文化責任。[16]

相比於李伯元一再強調小報類同於大報的責任使命，[17]海上漱石生對於小報的認識似乎更現實亦更率性隨意。在海上漱石生看來，無論是大報還是小報，其相對固定的工作方式，對於督促矯正文人們疏懶的生活習性並促使其有所作為，似乎頗為有效，他也從不諱言從此角度來審視評估滬上新興報界對於傳統文人的近代職業化所提供的前所未有之機緣：

> 蓋苟無日報以督促之，則此各小報必致有頭無尾，今日工
> 作，可至來日。今則日報中每日需用，不得不逐日下筆，以

[15] 海上漱石生，《報海前塵錄‧笑林報館之回憶》，自印，無頁碼。

[16] 有關滬上小報之興起及創辦歷史，胡道靜有《小報的成長》一文，其中內容，多徵引海上漱石生的《報海前塵錄》中「先後勃興之各小報」一文。胡道靜文中云：上海最早的小報是著《官場現行記》的李伯元創辦的《遊戲報》，出版於1897年6月24日（光緒二十三年五月二十五日）。同年十二月三日（十一月十日）又有德國人羅普斯發辦的《奇聞報》出版（見《申報》1897年11月26日）。次年前《蘇報》主筆鄒弢發辦《趣報》，前《新聞報》主筆孫玉聲辦《采風報》。這兩種都用五色紙印行（見《報海前塵錄》）。《字林滬報》亦出小報名《消閒錄》（見《申報》1898年12月1日）。後李伯元以《遊戲報》讓與他人，復自辦《世界繁華報》；孫玉聲亦以《采風報》讓與俞達夫，復自辦《笑林報》（見《上海最早小報談》及《報海前塵錄》）。同時繼起者，有《寓言》、《時新》、《獨立便覽》、《奇新》、《海上文社》、《暢言》、《趣聞》、《娛閒》、《通俗》、《時聞》、《花月》、《陽秋》等報，都是旋起旋僕，為日無多。只有《遊戲》、《笑林》、《繁華》三家支撐最久（見《中國報學史》，第262頁，《報海前塵錄》）。在此時期中的小報，均按日報發行，「性質大都為專記妓女起居、嫖客生活、戲館京角等等」（見《上海最早小報談》），所以這是上海小報的「花報」時代。（《上海市通志館期刊‧上海新聞事業史的發展》第二年第三期，第1005-1007頁，胡道靜撰；1934年10月，上海，上海市通志館編）

[17] 李伯元在其發表於《指南報》（1896年6月6日，轉引自《李伯元全集》卷五，南京，王學鈞輯，江蘇古籍出版社，1997年12月，第26-27頁）的《謹獻報忱》一文中，對於報紙功能有六條鑒定：採萬國之精彩；贈朝廷之閒見；擴官場之耳目；開商民之利路；寄裹海之文墨；寓斯民之風化。

底於成也。至於晚間會友，則九十句鐘以後，吳趼人、周病
鴛、高太癡、李伯元、沈習之、俞達夫、劉子儀、夏蘭生君
等諸友，無不飄然而來。每夕高朋滿座，興至則酌酒賦詩、
彈絲竹品各隨所好，不啻一同文俱樂部。[18]

　　這樣一幅文人會友、其樂融融的場面，固然得益於文人之間的
同聲相應、同氣相求，但大報、小報之迭次出現，無疑為這種文人
雅集提供了現實保障。借助於大報、小報這樣一種新興言論平臺，
都市文人逐漸聚集成一個個不大不小的熟人小圈子，凝聚著原本散
漫的思想與言論力量，形成一個由民間文人主導的相對獨立、自
由、開放的都市民間言論世界。這是從海上漱石生的大報、小報相
關言論中透射出來的資訊。這些資訊看上去都在指向一個正在不斷
都市化、職業化、民間化的近代文人生存空間。

　　其實，通過對國事朝政的審慎議論甚至一定程度的批評、對社
會現實中種種現象的揭露針砭，以求報紙言論有合於時，這是當時
滬上報人近乎一致的認識。問題是小報如果將其定位完全與大報一
致或兩者之間毫無差別，顯然難以與其競爭並找尋到足夠的生存空
間。因此，更加積極地向市民階層讀者靠攏，開闢符合這類讀者閱
讀興趣的欄目內容和語言形式──像《笑林報》嘗試的「詼諧新
聞」和「譏諷筆墨」──事實上就是將小報真正「小報化」的不斷
試驗。

　　《笑林報》1905年前由海上漱石生主持其間，其報體版式一般
首列一文，「或時事論著，或散文，或韻語詩詞」，中間為「社會

---

[18] 海上漱石生，《報海前塵錄·笑林報館之回憶》，自印，無頁碼。

新聞，里巷趣事」，最後附有「文人詩詞」。[19]這種版式設計，在兼顧國家世界的同時，突出了小報所在地的地域化、市民化與生活化特點，並保持了文人詩情畫意的情韻雅好。至於舉辦燈會、廣徵燈謎聯語、組織花榜選舉、隨報附送單頁連載小說等，既是小報進一步「小報化」的具體試驗方式，也是海上漱石生一直以來引領滬上小報風尚的行之有效的經營途徑。

二、更加貼近市民日常生活：《圖畫日報》

《輿論時事報》是海上漱石生擔任主編的最後一份大報，但他與該報更密切且更為引人注目的關係，似乎並不在《輿論時事報》本身，而是在該報附屬畫報《圖畫旬報》及《圖畫日報》上。《退醒廬著書譚》中曾述及偵探小說《一粒珠》在《圖畫日報》、《新聲》上刊載的經過：

> 偵探小說《一粒珠》，始於時事報所辦之圖畫日報，而成於施濟群君主輯之《新聲》雜誌。《圖畫日報》每頁有圖，小說亦然。苟作章回體裁，安有如許之圖可繪。因特作章節體，每日出書一節，約四五百字，而畫師乃得如題作畫，不致有無從著筆之虞，嗣以《輿論日報》歸併於《時事報》，易名曰《輿論時事報》，余仍任總主纂職，筆政紛繁，無暇再主事畫報，始告中輟。而《一粒珠》亦戛然而止。僅出至二十餘節。逮《新聲》雜誌中索稿，乃續成之。雖已相隔有

年，然是書無時間性，故續成時奮筆疾書，得以不感艱澀。
且幸全書告成為快。惟書中措詞古樸，每多牙之句。則固
另一體格，施之於章節書，竊謂未為不可，非若章回書之文
言，須求平正通達，令人不假思索也。」[20]

▲《新聲》創刊號照片

　　而海上漱石生對於《圖畫日報》的看重，顯然並非僅止於在其
上刊載自己創作的小說。在滬上報人中，海上漱石生似乎一直以銳
意開拓創新、引領報界先鋒著稱——不僅在小報時代繼蔡爾康、鄒
弢、李伯元等人之後脫穎而出，而且還積極推動畫報、開創遊戲場
小報、主持像《梨園公報》這樣「專記梨園新聞典實」「獨樹一
幟」的行業性報紙。
　　對於滬上畫報史以及自己與畫報之間的淵源，海上漱石生曾有
「畫報」一文專門述及：

[20] 海上漱石生，《退醒廬著書譚》，《金鋼鑽小說集》，施濟群、鄭逸梅編輯，上海，
　　《金鋼鑽報館》發行，1932年9月，第42頁。

> 畫報始於飛影閣吳友如君。擅繪事者，當時有吳及周慕橋
> 金蟾香諸君。石印之精、筆法之細，殊足邀閱者之欣賞。
> 取材以新聞為多，然亦兼及故事。以是耐人展玩，風行於
> 時。……余任《新聞報》時，亦嘗出一種生香館畫報，月凡
> 二冊，由余選稿，作畫者為孫蘭蓀一人。時丹桂茶園正排查
> 潘開勝新戲，觀者大為激賞。乃於每期報尾，將此戲特繪一
> 幕，余為作開篇一支集花名、蟲名、鳥名、藥名、曲牌名等
> 以成，深荷社會贊許。[21]

　　借重畫報這種更形象、更直觀的藝術形式，來表現往常需要文
字才能表達的新聞故事等社會內容，一方面反映出海上漱石生在辦
報思想方面的銳意創新、不拘一格，另一方面亦顯示出當時滬上報
人辦報思想之活躍與自由。[22]

　　其實，《圖畫日報》1908年創刊，1909年8月即停刊，存世不過
一年而已，但在海上漱石生的報人經驗與記憶中，印象卻極為深刻
非同凡響。其原因究竟何在？僅僅是因為畫報這種新穎形式而已？
一定程度上，《圖畫日報》這種介乎晚清滬上像《申報》、《新聞
報》這種大報到小報之間的新型傳播形式，記錄見證了晚清報界如
何從關注時政要聞、國家天下、商業經濟以及文人情懷等，進一步
向市民階層、日常生活、民生百態乃至都市時尚等領域空間的滲透
擴展。其中所表現出來的傳統文人以家國天下為中心的價值觀向民

---

[21] 海上漱石生，《報海前塵錄·畫報》，自印，無頁碼。
[22] 有關清末辦報與民初辦報之社會政治環境之差異，海上漱石生在其《報海前塵錄·民
　　業日報》一文中曾專門述及，認為「斯一役也，殊令余慨晚近辦報之難，而於余生平
　　辦報之過程中，足添一頁新記載也。」此乃就1930年在南京申請《民業日報》這樣一
　　份小報備案時遭遇而生發的「今非昔比」之感慨。

間市民本位的價值觀的「移動」，恰好反映出清末民初報人——知識份子如何一點點自我民間化、市民化和都市化的歷史進程。或許海上漱石生對於《圖畫日報》之類的畫報之看重，亦可由此得到一些解釋。

關於這一點，可以從《圖畫日報》所設欄目及所刊載的內容中窺見一斑。一年之間，《圖畫日報》先後開設有大陸之景物、上海之建築、當代名人紀略、世界名人歷史畫、中外新列女傳、社會小說續海上繁華夢、中國偵探羅師福、警世短篇小說、世界新劇、上海著名之商場、營業寫真、新智識之雜貨店、上海社會之現象、時事新聞畫、雜俎等欄目。儘管《圖畫日報》先後有社會小說海上繁華夢、中國偵探羅師福、警世短篇小說以及世界新劇等文學類內容，但這份圖畫日報給讀者留下更深刻印象者，恐怕並非是這些文學連載，而是像上海著名之商場、營業寫真、上海社會之現象、時事新聞畫等更貼近市民大眾日常生活的圖畫內容及文字說明。而其中《大陸之景物》、《社會小說》、《新智識之雜貨店》、《外埠新聞畫》、《本埠新聞畫》等幾個欄目貫徹始終。《營業寫真》（即《三百六十行》）欄目一直出至228期，後為《三十年來伶界之拿手戲》替代。後期新闢而連續刊載時間較長的欄目有《庚子國恥紀念畫》、《上海曲院之現象》、《上海煙毒之現象》、《俗語畫》、《一筆劃》等。基本上都是圍繞著時事新聞以及上海都市社會的人生百態。

曾有論者肯定《圖畫日報》的時事性、社會性、史料性以及進步性，亦不避諱其未免媚俗之處。[23]其實，如果單從《圖畫日報》

23　《圖畫日報》影印本，第一冊，環球社編輯部編，上海，上海古籍出版社，1999年6月，第4頁。

第一號上所刊登「本館徵求廣告」內容而言，《圖畫日報》宗旨亦
屬純正，並無低俗媚俗之惡習：

> 本報之設，為開通社會風氣，增加國民智識，並無貿利之
> 心。惟小說一門，最易發人警醒，動人觀感。故本報逐日圖
> 繪社會小說《續海上繁華夢》及偵探小說《羅師福》二種，
> 以餉閱者。惟逐日出版，著作需時，本館同人除著述編輯調
> 查外，惟日孳孳，大有日不暇給之勢。伏念海內不乏通人，
> 如蒙以有裨社會有益人心世道之小說見貽，不拘體裁，長短
> 咸宜，特備潤資，以酬著作之勞。譯本請勿見惠。務祈不吝
> 珠玉，無任盼切！本館著述部同人公佈。[24]

《圖畫日報》對於小說之態度，與其「開通社會風氣，增加國
民智識」的總體目標是一致的。這一目標的實現，即可以從其徵求
小說的廣告中體現出來，亦可以從該報其他欄目開設廣告中窺見一
斑。在「本館徵求名人小影」廣告中，其所關注者，顯然並非只是
為了嘩眾取寵：

> 泰西各國，凡君主總統、內外各大臣，以及紳商學各界有名
> 人物，均有肖像並詳載政績事實，蓋以備社會之矜式，發國
> 人之敬禮之觀念。用意誠遠且大也。吾國現屆九年預備立憲
> 時代。凡一切新學問新事物勃興未已，而獨於政界學界商界實
> 業界各名人，概無記載，致盛德勿彰，識荊無術。即異國人之

來遊者，欲悉此邦人物，亦難以按圖而求，殊不足資觀感。[25]

很難說上述徵求名人小影之立意，僅僅是為了表彰宣傳當局者或當權者。實際情況是《圖畫日報》上刊登介紹了不少世界各國偉人英雄之圖片，這既是一種新知識，亦是一種對於英雄偉人的肯定與表彰，其立意所在，仍在於鼓動讀者見賢思齊、樹立高遠人生理想。

如果說上述文獻，尚且限於廣告，《圖畫日報》實際內容又當如何，或另當別論。其實，就《圖畫日報》先後刊載之小說來說，在連載社會小說《續海上繁華夢》（海上漱石生著）、偵探小說《中國偵探羅師福》（南風亭長著）、苦情小說《秭歸聲》（景著）外，另載近50篇短篇小說。[26]這些短篇小說或迻譯、或創作，題材各異，但立意仍不出醒世啟蒙和社會批判。個別篇目涉及滑稽幽默，亦不外休閒娛樂，殊非「誨淫誨盜」之類。

---

25 《圖畫日報》影印本，第一冊第三號，環球社編輯部編，上海，上海古籍出版社，1999年6月。

26 這些短篇小說包括：《碧玉獅》（香）、《趙三娘》（夢）、《東越某生》（寓言，香）、《惡姻緣》（奇情小說，香）、《愛里斯》（格致小說，香）、《沈鴛娘》（哀情小說，香）、《梅太史》（奇情短篇小說，笑庵）、《申母》（警世小說，夏三郎）、《牛八》（野蠻小說，餘子）、《福如海》（如意小說，三郎）、《王福》（醒世小說，三郎）、《龍官》（寫情小說，香）、《楊三》（滑稽小說，天公）、《魏葆英》（醒世小說，經天略）、《高生》（破密小說，解虛）、《金鵝》（短篇小說，鏡中人）、《猶太人》（短篇小說，鏡中人）、《金山大王》（天方小說，穆罕）、《狐》（天方小說，穆罕）、《賊伯伯》（義俠小說，夏三浪）、《二與夫》（醒世小說，天略）、《青衣節》（短篇小說）、《自由針》（滑稽短篇小說）、《黑籍魂》（社會小說）、《亡國志士》（短篇小說）、《駱駝偵探》（短篇小說）、《遊春》（社會小說）、《馬義士》（義烈小說）、《斯文劫》（短篇小說）、《乞人傳》（滑稽小說）、《二千貫》（社會小說）、《博徒指》（醒世小說）、《煙識壯士》（短篇小說）、《秘密運動》（怪像小說）、《智賊》（短篇小說）、《河南某氏傳》（短篇小說）、《林召棠》（短篇小說）、《義犬》（短篇小說）、《玉蝶梅》（短篇小說）、《詩人苦》（短篇小說）、《審奸案》（短篇小說）、《野田草露》（怪像小說）、《求雨》（寫真小說）、《童瘋子傳》（短篇小說）、《化骨草》（短篇小說）、《迷信之學校》（短篇小說）、《入虎穴》（短篇寓言小說）、《清理積案》（短篇怪像小說）、《女馬賊》（短篇小說）。

其實，對於低俗讀物，《圖畫日報》的態度一直非常清晰而堅決，那就是批評並拒絕。其第78號第8頁（2-332）中刊載有「賣朝報」和「賣山歌書」兩則。前者云：

> 小鑼敲得格朗當，肩上招牌插一方。新出新聞賣朝報，三文二文便可買一張。此等朝報向來有，瞎三話四難根究。如今世界開通報紙多，還向街頭出怎醜。

後者云：

> 山歌句子真粗俗，大半不通難入目。何況男女私情多，最是姦淫最齷齪。撥蘭花、趙聖開，十望郎、十勿攀。種種山歌安得買來付一焗，不許再把刻板翻。

可見海上漱石生對於真正意義上的低俗文字讀物，其態度是堅決反對並嚴肅制止的。

《圖畫日報》「新智識雜貨店」寓意畫（1-21）中，曾刊有「纏足不纏足之比較」畫。畫中兩位女子持傘在雨中前行，一天足者健行於前，一纏足者躃足於後，後者足痛幾不能行。前行者回首視裹足不能行者。其寓意不言自明。這種宣傳天足的方式，對於普通讀者一目了然。另第一冊第三十三號「寓意畫」有「吃煙不吃煙之比較」畫，畫中一貫吃煙者瘦骨削立，門外一健康壯碩男子，顯然不曾吃煙。兩人相比，誰健康誰不健康，誰生活艱難誰獨立自如亦不用言明。《圖畫日報》中還有不少此類旨在宣揚健康生活、抵制社會惡習惡俗的通俗圖畫文字，其旨意均一清二楚。

　　《圖畫日報》的上述批判精神，並不限於這種軟性善意的提醒警示，也有一針見血式的嘲諷。這種嘲諷，多數表現在對於晚清官場時局顢頇腐敗昏庸的批判方面。其「新智識之雜貨店」（1-93頁）中有「官場之變態」畫，圖畫中有官員對上司、對屬員、對報紙、對外人、對民、對嬖妾、對朋友各種不同之態度，無疑是對官員多副面孔之諷刺。另有「對外之態度」一圖（1-105頁），圖中有中方官員對待洋人之三種不同態度，一為洋在下，一為中外平等，一為洋在上。這些圖畫，都是對晚清官場恐洋畏洋崇洋乃至惟洋是舉的種種醜態之揭露，是對晚清官場種種腐敗現象的形象刻畫和譴責批評。由此亦可見，儘管《圖畫日報》的背後有官方資本，但經過1872年以來《申報》、《新聞報》等三十餘年之報業歷練，晚清滬上報人在言論自由、輿論監督及社會批判方面，已經顯示出相當力量及掌控技巧。即便是像《圖畫日報》這種比較軟性中性的報紙上，報人們的社會責任感與批判意識依然不曾喪失或缺失。而在官府、市民與洋人這樣一個近代都市的話語格局中，海上漱石生及其所主持的《圖畫日報》，一方面以盡可能貼近市民日常生活的態度與方式，來傳播時代進步思想與富有正能量的社會知識資訊，另一方面亦堅守著報人相對中立、公正的言論立場。《圖畫日報》具有小報相對輕鬆軟性、活潑生動的傳播方式，但又不缺乏大報應有的嚴肅與莊重。這種辦報宗旨與辦報形式之間的巧妙中和，體現出海上漱石生在從大報界淡出、全面涉足小報界之前的一次嘗試。

三、繁華過眼錄：《繁華雜誌》、《七天》、《俱樂部》

　　如果單就創刊時間而言，《俱樂部》[27]可能是海上漱石生晚年主持的最後一種帶有「孫氏風格」的消閒娛樂性的期刊讀物，同時亦是最短命的。[28]這裡所謂「孫氏風格」，除了在欄目設置及內容方面的風格特色之外，還有另外一點，那就是從版式、配圖、色彩乃至字體等諸方面，全方位地通過最新出版技術，設計開辦出一份更具有面向讀者的親和力、互動性的軟性文字讀物。期刊圖文並茂、色彩鮮豔、印刷精美，幾乎一直是海上漱石生所主辦的市民軟性文化讀物的刊物特色。對此，海上漱石生自己從不諱言。[29]這種通過文字之外的圖像、色彩與變體文字之間的搭配，創造出一個與文字世界相得益彰的色彩、圖像世界的努力，固然與海上漱石生自己早期在《申報》、《新聞報》的經驗有關，但亦與他自己對於如何在文字之外更有聲有色、更富有直接表現力和更豐富的資訊傳遞力的方式，來經營一個虛擬的圖像文本世界的設想不無關係——在海上漱石生的眼睛裡，現實世界或許是灰色黯淡的，令人沮喪失望

27　《俱樂部》，1935年2月1日創刊，僅出一期即遭查禁。主編為海上漱石生。

28　據《五雲日升樓》主編顧懷冰《悼孫玉聲先生》一文（《五雲日升樓》第一集第二期）及海上漱石生自己的《本報釋名》一文（《五雲日升樓》第一集第一期），海上漱石生去世之前對於這份休閒文藝類期刊的創辦亦曾給予過不少關注及聲援，甚至其最後一部未完成的小說《掌心劍》亦曾在該刊連載，但海上漱石生與《五雲日升樓》的關係，仍限於作者與投稿期刊之間的關係。而《俱樂部》創辦僅一期，據說即因為一副漫畫觸怒當局而遭查禁。這大概也是海上漱石生所主持的報刊中唯一一家因為「政治原因」而遭查禁者。

29　在《報海前塵錄・畫報》一則中，海上漱石生曾簡述滬上畫報興起變革之歷史，讚歎當時「飛影閣畫報」「石印之精、筆法之細。殊足邀閱者之欣賞，⋯⋯以是耐人展玩。」這種印象直接影響到他後來主持的《圖畫日報》，以及他所主持的《繁華雜誌》、《七天》以及《俱樂部》等期刊。

的，但也並非一個悲觀主義者印象中那麼無望。而在文人編輯們通過文字與色彩圖像所創造的一個文本世界裡，那個世界卻可以是色彩斑斕、絢爛綽約、悅人耳目的。或許在海上漱石生一類都市文人們眼中，現實世界本身就無所謂灰色黯淡這種過於主觀情緒化的色彩——繁華與過眼雲煙，才是更生活化也更都市化的生存感受。文藝性報刊，或許可以通過文字與色彩，盡可能更貼近生活面貌（哪怕是表像），傳遞一種並不那麼關切所謂生活與現實本質的軟性資訊。在此意義上，此類都市市民的軟新文藝——文化讀物，其主要關注考量，就是如何為生活世界點染增色、緩解來自於現實世界的壓力與煩擾並自我娛樂。

但在究竟如何為生活世界點染增色、緩解來自於現實世界的壓力與煩擾並自我娛樂方面，卻顯示出此類軟性文藝——文化讀物編輯方的文學與文化品位和趣味，以及實現上述品味與趣味的文字與文學能力。

換言之，在海上漱石生所主持的那些軟性文藝類讀物中，確實滲透出一種都市中產階級的文化生活品味與理想人生氣息。用《繁華雜誌》創刊號刊載祝詞中的話說，就是「繁華世界，繁華文章。勾輯雜誌，類別部詳。首列圖畫，美術闡揚。發明科學，具有專長。神州文藝，灌輸八荒，淵源國粹，賴此表彰。」[30]「六朝過眼，梁陳如夢。海上繁華，隨時趨重。風雲驚掣，嗟此沉酣。維君文采，有筆如椽。琳琅滿幅，陳言務去。突梯滑稽，盎然古趣。藉典麗辭，寓諷勸旨。卓哉君子，為世風紀。」[31]儘管上述賀詞中更多表現的是傳統文人的文化理想與社會責任感，但對於《繁華雜

---

[30] 《繁華雜誌》創刊號「賀詞」（二），署名古潤賀春珊。
[31] 《繁華雜誌》創刊號「賀詞」（一），署名王瘦月。

誌》即將展開的相容並包的社會世相人生百態、輕鬆幽默的語言文字風格以及色彩絢爛奪目的軟性讀物定位，雖未充分闡述說明，但多少還是有所涉及。

▲《繁華雜誌》封內題簽

　　或許讓人料想不到的是，《俱樂部》這樣一種典型的都市市民文藝刊物，竟然會因為所謂政治原因而遭查禁。[32]這似乎亦暗示著「政治」在那個時代的無處不在，以及都市文人們無法逃避的生存現實。《俱樂部》僅出一期，而就在這一期上，刊載有顧明道的長篇小說《黛痕劍影錄》、鄭逸梅的《南社遺韻志》、天虛我生的

《俱樂部之我見》、周瘦鵑的《可愛的神話》、范煙橋的《短篇小說的怒潮》、陳大悲的《王先生的一二八》、許月旦的《粵中花絮錄》、徐卓呆的《如影隨形》以及海上漱石生自己的《天目山遊記》等。這麼多「鴛鴦蝴蝶派」文人的作品刊登在《俱樂部》上，亦足以說明晚年的海上漱石生與「鴛鴦蝴蝶派」文人之間的往來交誼情況之不一般。無論從年齡上還是涉足文壇之輩分上，海上漱石生顯然都是「鴛鴦蝴蝶派」文人之長輩。事實上素被視為「鴛鴦蝴蝶派」重要作家的朱瘦菊、施濟群等，亦被公認為海上漱石生之弟子。如果就清末民初滬上文學傳統而言，海上漱石生又恰恰處於從王韜開始算起的近代滬上都市文人群到「鴛鴦蝴蝶派」之間的一個恰如其分的連結或過渡。

比較而言，創刊於20世紀10年代的《繁華雜誌》[33]和《七天》[34]，儘管存世時間均不長，但卻將海上漱石生對於一種面向都市市民階層的軟性文化讀物的設想，具體而真實地呈現在了讀者面前。這兩份刊物的編輯群基本不變，且均以海上漱石生為編輯主任，而投資方亦均為錦章圖書局。[35]如果單就刊物欄目設置而言，這兩份讀物的軟性文化消費色彩頗為濃厚。《繁華雜誌》設藝林、談藪、譯叢、香奩、魔術、滑稽魂、吟嘯欄、小說林、粉墨場、遊戲雜俎、翰墨緣。其中「香奩」明顯針對女性讀者或有相近趣味者；藝林、談藪、譯叢，則又有針對都市寫字樓裡的白領之考量；魔術、滑稽魂欄目，顯然是為那些喜歡在讀書看報時候喜歡動點腦

---

[33] 《繁華雜誌》，創刊於1914年9月，月刊，海上漱石生為編輯主任，1915年2月停刊，共出6期。

[34] 《七天》，創辦於1914年10月，週刊，上海漱石生為編輯主任，內容分七類，以小說為主，僅出5期。

[35] 在《繁華雜誌》第二期上，即出現有關《七天》創辦的廣告。廣告內容涉及《七天》擬設欄目及第一期內容。

筋愛好熱鬧的讀者；吟嘯欄、小說林欄目，無疑是為了滿足文人趣味的讀者並吸引同類作者；剩下幾個專欄，顯然是為了進一步放大該雜誌的讀者群。據此可以推斷，單就《繁華雜誌》欄目而言，海上漱石生及其同事們已經有對於一份公共文化刊物的市場目標定位及讀者分層考量涉及的新穎觀念及實踐途徑。

這一點可以從海上漱石生《繁華雜誌序》（訪蘭亭集序）中窺見一斑。在一一列舉了即將創刊的這份新刊物的所有欄目之後，海上漱石生這樣評價這份月刊：一字一句，皆足以令人怡情。是書也，五花八門、筆意酣暢，外觀裝訂之美，內察校讎之精，所以娛目賞心，足以為消遣之資，信可樂也。[36]上述文字，是對《繁華雜誌》市場定位的極好概括描述，亦是對《繁華雜誌》、《七天》這兩份軟性文化讀物宗旨及特色的共同宣示。相比之下，「容我著書消歲月，管他飛檄動兵戈。醉心權當中山酒，一冊編成一月過。」[37]此種感慨與態度，似乎已可顯示世局日壞，文化人無可奈何之間，也只能竟作神州袖手人時的尷尬與內心糾結。

而海上漱石生作為一個市民階層軟性文化讀物主編的辦刊宗旨及文化主張，不僅體現在刊物的讀者、市場與文化綜合定位上，體現在欄目的設置和稿子的選編上，還體現在他自己在刊物上發表的那些文稿上。

在《七天》上，海上漱石生先後發表過筆記《中國器用之發明》、《上海花界沿革考》，以及小說《野花船》等。這些文章，於事無補，於時無用，不過是讀書人聊以自慰歲月時光流逝的一種方式而已。而對於讀者，亦不過勾引起一種對於生活、時光的富於

---

[36] 《繁華雜誌》第一期《繁華雜誌序》，作者署名漱石。
[37] 《繁華雜誌》第一期《題辭》，作者署名海上漱石生。

某種情調的感喟與回味罷了。繁華過眼又散盡，一併消逝的是曾經的生命、理想、追求，或許亦有種種的不捨吧。

四、徹底的娛樂精神：《新世界》、《大世界》、《梨園公報》

對於民國初期滬上小報，曾有論者認為「那時候的小報內容，只刊些遊戲文章、滑稽專電、戲館新聞和幾條刻板式的花叢消息、幾則頌揚式的戲劇評語。」[38]這顯然是過於消極的描述，不過滬上小報原本就良莠不齊，而且隨著時勢改變，小報消長之間，不少淪落關張，亦為事實。如何在歷史、社會、文化諸維度中，綜合考察並評價清末民初滬上小報的歷史進步性——對於市民階級自我意識的建構和市民社會的文化建設而言——以及在擺脫傳統道統、正統觀念的禁錮束縛方面是否曾經起到過一定推動作用，是考察並評價海上漱石生的小報生涯所需要面對並予以回應的歷史與理論命題之一。

與一般印象中滬上小報多短命的「事實」相比，此間海上漱石生參與主辦的幾份小報，包括《新世界》[39]、《大世界》[40]及《梨園公報》，卻不僅長壽，而且在內容上亦尚能維持較高水準，一度被尊奉為「藝林中之別開生面者也。」[41]「劇談、花史、畫圖為各

---

[38] 郁慕俠著，《上海鱗爪》，上海，上海書店出版社，1998年3月，第67頁。

[39] 《新世界》報，1916年12月14日創辦於上海，中間一度更名為《藥風日報》，後恢復原名，1927年3月停刊。歷任主編有鄭正秋、奚燕子、楊塵因，助理編輯有姚鵷雛、周瘦鵑、聞野鶴、陳小蝶等。

[40] 《大世界》報，1917年7月1日創辦於上海，創辦人為黃楚九，社長為海上漱石生，總編為天臺山農，1931年終刊。

[41] 轉引自孫文光主編《近代文學大辭典》，合肥，黃山書社，1995年12月，第35頁。

小報冠」。[42]更有論者將《新世界》報的創辦及辦刊策略，置於清末民初滬上小報史中予以評議，以彰顯此報之歷史地位：

> 此報作為近代上海大型遊樂場所創辦的第一份文藝報紙，上接清末文藝報紙，後啟二十年代小報潮流，出版後影響很大。其首創的報式、編例，為後起的同類報紙《大世界》、《先施樂園日報》、《天韻日報》[43]等仿效，並促成了上海遊樂場所興辦報紙的小高潮。[44]

其實，就連海上漱石生自己，對於自己的小報生涯，不僅從不迴避，甚至還與其大報生涯相提並論，顯示出他對滬上小報歷史及自己的小報生涯，均有著不同於一般人之看法。「余創辦遊戲場報，雖始於《新世界》，而《大世界》為日最多，計自民國六年七月起，至去年止，竟歷十六載有奇之久，殊非初料所及。報中宗旨純正，筆墨簡淨，備案後曾歷得教育局疊次獎評。差堪自慰。」[45]這顯然是在肯定自己當初辦報態度宗旨之嚴肅純正，絲毫沒有因為所謂「小報」而心存遊戲懈怠。更關鍵的是，在海上漱石生身邊，似乎一直團結著一個鬆散的文人群體，其中相當一部分為江浙一帶旅居滬上的落拓文人。在一一列舉了當年《大世界報》老中青三代報人共襄盛舉之後，海上漱石生禁不住滿懷追憶之情地感歎道，「《大世界報》人才之盛，誠有足以自豪者在。……先後集此諸同

---

[42] 陳伯熙編著，《上海軼事大觀》，上海，上海書店出版社，2000年6月，第282頁。
[43] 《天韻日報》為上海永安公司出版的一種遊戲場報，日出一張，創辦於1922年4月15日，多載小說及筆記，報頭為包天笑所書寫。
[44] 孫文光主編，《近代文學大辭典》，合肥，黃山書社，1995年12月，第1026頁。
[45] 海上漱石生著，《報海前塵錄‧大世界報人才之盛》，自印，無頁碼。

文於一報，宜乎其花團錦簇，每日皆卓有可觀。」[46]如果單就海上漱石生所列舉的那些報人名單而言，這哪裡是在辦一份娛樂遊戲類小報，就是辦一份大報亦毫不遜色。[47]

海上漱石生與《新世界》報之間的關係，說法不一。有文獻在注釋《新世界》報時，對海上漱石生隻字不提，[48]但在陳伯熙《上海軼事大觀》「民國七年之各小報」、「續志海上各小報」等文中，相關資訊其實亦多有出入。[49]在「民國七年之各小報」之《大世界》一條中，將該報主編孫漱石誤寫為「沈漱石」，在《新世界》一條中亦隻字不提海上漱石生；而在《續志海上各小報》之《大世界》一條中，又云：

> 該報主任為孫玉聲，別署漱石生，曾著《海上繁華夢》說
> 部，風行一時，後為《繁華》雜誌主任。大世界未開幕以
> 前，為《新世界》報總編輯，後因黃楚九與新世界脫離關
> 係，別建大世界，孫君遂輔之，《大世界》報亦由此而胚胎
> 矣。[50]

---

[46] 同上。

[47] 有關海上漱石生所主持之《新世界報》、《大世界報》在市民讀者中的影響，平襟亞的長篇小說《人海潮》第十一回中寫蘇州青年初到滬上遊玩，首先就是從《新聞報》的廣告中，獲悉新世界中秋燈會的消息。而對於當年小報在滬上銷售傳播的情況，此回中這樣描述到，「你莫笑，他們一筆子都是海上文豪，每天小報上，沒一張沒他們的大著作。甚而至於混堂內拖腳的、老虎灶燒開水的、小皮匠、縫窮婆，哪一個不捧讀他們的俄大著作。」（《人海潮》，第197頁上海，上海古籍出版社，1991年5月，上海）

[48] 參閱孫文光主編《近代文學大辭典》之《新世界》詞條，合肥，黃山書社，1995年12月，第1026頁。詞條著述顯然受到陳伯熙編著《上海軼事大觀》中相關詞條之影響。

[49] 《上海軼事大觀》中的資訊訛誤隨處可見。在《捕房懲罰小報匯志》一則筆記中，曾述及《采風報》、《笑林報》，但亦隻字不提與這兩份小報關係極為密切的海上漱石生、吳趼人等。

[50] 陳伯熙編著，《上海軼事大觀》，上海，上海書店出版社，2000年6月，第281頁。

這則筆記中明確說明，海上漱石生在《大世界》報之前，曾經擔任《新世界》報總編輯。對此，海上漱石生自己亦曾言及。「嗣新世界開幕，余創辦《新世界》報，乃亦加入社中，而以萍社移設於新世界，每夕由人值社製謎，懸彩待射。翌日即以射出之謎擇優刊入報中。逮大世界落成，余主任《大世界》報，而萍社又遷入大世界。」[51]「若夫遊戲場開辦小報，鼓吹藝術，則自新世界始，由余主辦。」[52]

上述兩條文獻，似可證實海上漱石生曾一度主持過《新世界》報。[53]而之所以後來有關《新世界》報的記載敘述中又鮮見海上漱石生，主要原因是他在大世界開張之後，很快就離開了《新世界》報的緣故。

儘管如此，海上漱石生卻為《新世界》報的報式編例等，開創了一個以新興遊樂場為平臺的都市市民娛樂小報的小傳統[54]——

---

[51] 海上漱石生著，《報海前塵錄》，自印，無頁碼。

[52] 海上漱石生，《報海前塵錄・先後勃興之各小報》，自印，無頁碼。

[53] 有關海上漱石生與《新世界》報之間的關係，胡道靜在其「小報的成長」一文中云：民國初年，小報稍稍冷淡了一些時候。1916年11月25日，新世界遊藝場發行《新世界日刊》（見《新聞報》1916年11月24日），次年，《大世界報》、《勸業場日報》、《新舞臺日報》相繼而出，一時「戲報」大為盛行。上海的戲院和遊戲場，一向是有貼在壁上的戲報，即所謂《海報》者是也（見《報海前塵錄》）。但是，《海報》不過刊登戲目，並不載遊戲文字。自《新世界日報》聘孫玉聲主編，加入遊戲小品，很能風行一時，各戲場競相仿效。《大世界報》聘孫玉聲主編，而《新世界日報》則由鄭正秋繼之。《勸業場日報》聘苦海餘生主編，《新舞臺日報》聘郁慕俠主編，於是造成「戲報」式之小報時代（《上海市通志館期刊・上海新聞事業史的發展》（第二年第三期，P1005－1006－1007，胡道靜撰；1934年10月，上海，上海市通志館編）。儘管胡道靜上述文字，基本上以海上漱石生《報海前塵錄》中「先後勃興之各小報」一文為依託，但它不僅採用了海上漱石生所述先主持《新世界》報、後轉入《大世界》報之說法，而且對於民初混上這種遊戲場小報的內容風格亦有闡述說明。

[54] 另據《報海前塵錄》，1930年，南京民業公司曾創辦一小報名《民業日報》，邀海上漱石生主持。此報與《新世界》報、《大世界》報一樣，同為遊戲場報。其埠外發行依託《新聞報》分館。海上漱石生的武俠小說《金陵雙女俠》曾在該報按日蟬聯刊載，「頗受讀者歡迎，其訂購及門售之數，足以打破金陵各小報新紀錄」。後該報因為資本不充而停刊。此報似亦為海上漱石生於滬外主持唯一之小報。

《新世界》報最初開設的言論世界、郵電世界、滑稽世界、戲劇世界、小說世界、文藝世界等十幾個欄目，在《大世界報》基本上得以延續。對此，海上漱石生後來回憶中亦不無得意，「報中除提倡本場遊藝外，兼載有趣味之小品文字及文虎等。」[55]這裡所謂文虎，是因為原本在新世界中所設之萍社文虎，自大世界開幕、海上漱石生創辦《大世界報》，遂亦遷入大世界。[56]

如上所述，《大世界》報的報式體例，基本上沿襲《新世界》報：首版為遊樂場各種表演資訊及相關廣告，之後為「言論世界」、「滑稽世界」「十洲世界」、「香豔世界」、「寓言世界」、「未來世界」、「歡喜世界」、「黑暗世界」、「優孟世界」、「散花世界」、「珠玉世界」等專欄。而《大世界俱樂部一覽表》，無疑是居於首要位置的，那是進入到這個遊戲娛樂世界的觀賞指南，也是大世界娛樂精神最現實也最直觀的體現。

在海上漱石生擔任主編的小報中，《大世界》報應該算是存世時間較久者。而無論是之前的《新世界》報，還是緊隨其後的《大世界》報，與稍早時候主辦的《采風報》、《遊戲報》等有所不同者，除了二者都依託於一個新型遊戲場之外，另外一點，就是《新世界》報和《大世界》報與市民日常生活和休閒娛樂消費聯繫更為密切，而且背後還依託於一個商業投資群體。這種辦報經驗，單就其依託形式而言，對於海上漱石生而言無疑是新鮮的，同時亦具有一定挑戰性。那麼，小報所宣導的娛樂性、休閒性和趣味性精神，

---

[55] 海上漱石生，《報海前塵錄‧先後勃興之各小報》，自印，無頁碼。
[56] 對於《新世界》的銷數，有觀點認為：《新世界》、《大世界》兩報之銷數，多恃報尾之交換券，《新世界》報近兩月尚可售一千八九百張（前報云五六百張，誤），《大世界》報可售二千七八百張，蓋大世界遊客近來較新世界為多也（陳伯熙編著，《上海軼事大觀》，上海，上海書店出版社，2000年6月，第285頁）。

或者所謂尚能維持文化人獨立之滑稽精神與諧趣精神，是否會因為這兩份小報資方的私人利益以及遊戲場需要遷就的消費者趣味而逐漸喪失其應有的獨立性，從而陷入到低俗或過於媚俗的獵奇、獵豔式的庸俗娛樂泥沼之中呢？如果從這兩個小報之實際情況看，上述擔憂似乎有點杞人憂天。[57]

事實是，《大世界》在開辦之初，就毫不隱晦地亮出了它的有立場、有品格、有趣味的文人辦報的獨立追求：

> 徒生此世界，不能取黃金印，不能挾十萬毛瑟，不能掉三寸不爛舌，……遂將抑塞憤懣終耶，抑將別拓遊戲世界。

看上去即便是一份小報，甚至亦不為當局者所關注，但在小報主持者心目之中，依然不失為一個知識份子發表社會言論、評論時局的平臺。這種知識份子在時代社會壓力與挑戰前所選擇的自我釋放與減壓的特殊方式，儘管並非是從《大世界》報開始，但仍能顯示出自晚清以來滬上文人們重新尋找確定自我文化身份與社會身份過程之漫長與內心之糾結掙扎。如果說「黃金印」「毛瑟槍」與「不爛舌」所確立的傳統文人的文化身份與社會身份，已經因為20世紀初期中國政治、文化及社會所遭遇的體制性改變或崩潰而歷史性地喪失其現實意義與實踐性，對於長期深受傳統文化與思維方式影響之文人們而言，內心世界中的自我糾結與掙扎之過程，似乎要

---

[57] 滬上小報，確實有濫竽充數、低俗無聊者，但海上漱石生對此頗為不恥。「所不堪寓目者，為民國十九二十年間，曾一度有橫行排之各荒謬報，所載皆里巷猥褻之事，筆墨蕪離不通，且其命名之奇，大半匪夷所思，俗不可耐，為我儕所不屑道，故不必為之詳舉，以貽小報界之玷。幸此種出版物，如蜉蝣之朝生暮死，無一紙得以永久，且旋為官廳及捕房所見，以其有傷風化，嚴加查禁，若輩遂各偃旗息鼓，同歸於盡。然小報之名譽，幾因之受損失矣。」（《報海前塵錄‧先後勃興之各小報》）

比現實世界裡所發生的「巨劫奇變」更具有摧毀性和持久性，伴隨其間的那種自我迷失、自我拷問、自我嘲諷乃至自我不捨與掙扎所帶來的困擾苦痛與挫敗感，似乎也只能通過這種「遊戲文章」的方式得以實際性地扭轉。

值得注意的是，像海上漱石生這樣的滬上文人，不僅沒有看低小報的言論與社會文化意義，甚至還開創性地發現或塑造了清末民初那些小報獨特的歷史與時代角色。借用海上漱石生自己的話，一定程度上，這些小報甚至還成為了這些滬上文人標榜文化自我與思想言論立場的最後方式與陣地，「後雖報風丕變，崇尚新文化者，或以《大世界》報編制陳舊為病，抑知小報體裁，不妨盲從所好，斷無強人從同、削足就履之理。以是余始終不易其操。知我者謂非不能也，是不為也。不知我者謂我腦筋頑固，不求眉樣入時。余不予置辯，惟我行我素而已。」[58]

但有一點很清楚，那就是無論海上漱石生們如何堅持文人的文化自我，不遷就市民與商人投資者的趣味與利益，但小報畢竟是小報，不能像大報那樣，直接通過社論或其他途徑，來發揮文人民間議政或社會批判的渴望與意氣。如何在小報報人們自我認同的責任擔當與社會現實之間，創造性地拓展出來一條中和而非妥協的可行空間或方式，來為傳統文人的近代現實存在提供一種嘗試或可能，其中仍有不少需要探索試驗的地方。其中在這些小報上連載一些更具有社會內容與時代生活氣息、更貼近市民心理與閱讀習慣、同時一定程度上亦能兼顧文人的批判訴求的「社會小說」，就是海上漱石生所主持的《大世界》報落實上述考量的具體方式之一：

---

[58] 海上漱石生，《報海前塵錄‧大世界報人才之盛》，自印，無頁碼。

《指迷針》，初名《黑幕中之黑幕》，雖亦社會小說，而命義佈局，則又與《繁華夢》《十姊妹》等，各不相侔者也。……余思社會黑幕之多，有明知其為黑幕而入幕後尚有重重隱伏、不易圖窮而匕首見者，世道人心之險，堪云無過於此。苟有人作為小說，則如剝絲抽筍，使之層層透漏。在著者足供摹寫，不患無所取材。而讀者當興會淋漓，且可藉資警惕。於是搜集事實，乃成是書，發刊於創辦之《大世界報》中，都三十回，近二十萬字。[59]

上述敘述，既是對清末民初「社會小說」之所以繁盛發達的一種解釋，亦可作為此間小報文人如何通過小報獲得精神上社會責任感上與經濟上現實存在上的雙重實現的一個注腳。

與《新世界》報、《大世界》報相比，海上漱石生創辦並長期主持的另一份小報《梨園公報》[60]，則屬於一份行業性小報。而海上漱石生對之表現出某種程度之「偏愛」，似亦並不讓人訝異——尚在滬上小報的「花報」、「戲報」時期，他所主持的《采風報》、《笑林報》、《圖畫日報》以及其他小報上，就已經刊發過大量有關梨園伶人及戲曲之文章。所以，海上漱石生後來回憶在自

[59] 海上漱石生，《退醒廬著書譚》，《金鋼鑽小說集》，施濟群、鄭逸梅編輯，上海，《金鋼鑽報館》發行，1932年9月，第42頁。

[60] 《梨園公報》創辦於1928年9月5日，為上海伶界聯合會機關報，1931年12月29日休刊，共出396期，為三日刊。先後由海上漱石生、王雪塵、張超主編。「發刊詞中申明宗旨有三：一曰研究藝術，二曰宣傳事實，三日糾正謬妄；使『個人得以精益求精，局外人之關心藝術者，當亦為之欣賞』；並使『伶界今古軼聞不致堙沒，俾人人得廣見聞』。大體分『歷代名伶事蹟』、『梨園掌故』、『戲曲知識』、『各地劇訊』、『崑劇秘本』（金匱潁川氏藏本）等專欄。」（見《中國戲曲曲藝詞典》，上海藝術研究所、中國戲劇家協會上海分會編，上海，上海辭書出版社，1981年9月，第654頁。）

己所主持的小報中，肯定《梨園公報》為「獨樹一幟」者，「專記梨園新聞典實，不及他事，與各小報迥不相同」。[61]倒是透過依託於遊戲場的小報與背景為一個專門行業的小報，多少可以折射出一些清末民初滬上文人們重新尋找、探索自我實現與生存方式而富於文化想像及創意開拓的曲折艱辛，以及他們在此過程中並不怨天尤人地自我消沉、自我迷失與自我沉淪的堅守與奮鬥。

---

[61] 海上漱石生，《報海前塵錄‧先後勃興之各小報》，自印，無頁碼。

海上漱石生與《圖畫日報》

　　對於清末上海的圖畫報，海上漱石生不僅一直抱持著肯定乃至欣賞之態度，而且他自身就是清末以來滬上畫報的積極推動者和實踐者。在《報海前塵錄》「畫報」一則筆記中[1]，他曾專門談到自己與畫報之間的淵源：

> 畫報始於飛影閣吳友如君。擅繪事者，當時有吳及周慕橋金蟾香君。石印之精、筆法之細，殊足邀閱者之欣賞，取材以新聞為多，然亦兼及故事，以是耐人展玩，風行於時。今有藏其全報者，價值頗屬不貲，第已不獲多得。余任《新聞報》時，亦嘗出一種《生香畫報》，月凡二冊，由余選稿，作畫者為孫蘭蓀一人。時丹桂茶園正排查潘關勝新戲，觀者大為激賞，乃於每期報尾，將此戲特繪一幕，余為作開篇一支集花名、蟲名、鳥名、藥名、曲牌名等以成（深荷社會贊許）出至八期以後，以石印每至延期，不得已為之中輟。逮主任《輿論時事報》，又出《圖畫旬報》一種，延畫師劉伯良主持其事，而每期余撰畫謎待射，中者獎以彩物，銷數頗行暢旺。後又出《圖畫日報》，則以小說號召，訂報者亦紛至遝來。報中一切圖畫，雖較遜於飛影閣之精，而購閱

---

[1] 海上漱石生著，《報海前塵錄·畫報》，自印，無頁碼。

者之人殊眾，致飛影閣大受打擊。此二報至《輿論時事報》易主，始經停止。自是石印畫報不復見。越數年，乃有時報以攝影畫報贈閱之舉，不另售資，純為推廣銷售起見。《申報》、《新聞報》亦嘗仿行之，乃感報界競爭之烈，今昔懸殊，洵能不惜犧牲鉅資。

上述文字，幾乎可作為清末滬上畫報簡史來看，其中亦至少涉及到海上漱石生報人經歷中兩段頗為自得的畫報編輯生涯，一為《新聞報·生香畫報》時期，另一為《輿論時事報·圖畫旬報》和《圖畫日報》時期。[2]前者知之者寡，後者真正被研究者亦不多。究其緣由，一來可能與畫報這種相對於大報和典型文藝性小報而言比較尷尬的中間位置有關，二來可能與畫報這種介於報與畫之間的中間位置有關。換言之，當初為海上漱石生以及部分讀者所看重的畫報這種跨界特點，對於後來的研究者而言，可能恰恰容易被忽略。

海上漱石生並沒有系統地闡述畫報作為一種相對獨特的報紙媒體，其通過文字與圖畫這兩種媒介傳遞資訊的方式，與傳統意義上的文字媒體像報紙或期刊之間，究竟在媒體形式、資訊傳播方式以

---

2 《圖畫日報》其前身為1908年2月29日創刊的《輿論日報圖畫》，為《輿論日報》附送的「新聞畫」以及諷刺畫等。陳煒、陳子青繪畫。1909年3月1日，上海另一份日報《時事報》亦開始印送畫報，逢十出版，石印，十六開經折裝，封面雙色套印，底色印圖，中繪地球，由上海環球社印行，初名《時事報圖畫旬報》，後一度改名《時事畫報》。1909年4月21日，《輿論日報》、《時事報》合併為《輿論時事報》，附送的畫報亦改名為《輿論時事圖畫新聞》，每天兩頁四面，十六開。兩報合併後，《輿論時事報》館曾將原《圖畫旬報》按內容重新編排，印成三十六卷的《戊申全年畫報》出版，但內容以小說為主，其中圖畫新聞有十三卷。1909年夏，《圖畫旬報》停刊，是年八月十六日，環球社另行發刊《圖畫日報》，獨立發行。「《圖畫日報》的風格和內容完全承襲了《圖畫旬報》，只是將刊期由旬改為日，不過這一改，新聞性大大加強，信息量也大大增加了。《圖畫日報》的影響必同時期其他新聞類畫報要大得多。」（《圖畫日報》影印本第1冊，上海，上海古籍出版社，1999年6月，第3頁）。

及閱讀接受效果等方面有何本質上的差異，但他提到了這種媒介形式可以激發閱讀者的視覺反應，可以更為直觀且形象化地呈現通常需要文字形式傳遞的資訊，而且這種媒體形式一經推出即「風行於時」，甚至還提到了這種形式新穎富有創意的畫報的收藏價值。另外，海上漱石生也指出了這種媒體形式是如何與報紙所承擔的新聞傳播功能彼此相容的，「取材以新聞為多，然亦兼及故事」。[3]

儘管繡像文學期刊、畫報等此前已經屢見不鮮，但圖畫日報多少還是對文字報刊形式提出了一定程度之挑戰：文字與圖畫所占比例如何分配？文字與圖畫如何融會成一個具有內在一致性的整體？圖畫如何呈現新聞？日報的新聞性與畫報的形象直觀及生動趣味之間如何協調兼顧？凡此等等，都需要《圖畫日報》在具體辦報實踐中予以探索和落實。

▲《圖畫日報》連載《海上繁華夢》插圖

---

[3] 海上漱石生著，《報海前塵錄·畫報》，自印，無頁碼。

▲《圖畫日報》連載《海上繁華夢》之一

▲《圖畫日報》連載《三十年來伶界之拿手戲》

　　不過，在《圖畫日報》之前，海上漱石生已經有了十多年的大報經驗，而且亦主持過文藝性小報。如果將大報與小報結合起來，似乎就成了《圖畫日報》。當然其中的圖畫部分除外。

　　無論如何，儘管《圖畫日報》[4]存在時間並不長，在其存在的一年左右時間裡，卻以其比較獨特的新聞意識、濃厚的文化趣味、敏銳的世界眼光以及對都市世態萬象的文字圖像雙重結合的呈現方式，成為此間滬上一種具有特別風格的新聞畫報。[5]海上漱石生和他所主持的《圖畫日報》，發現並展示了馬路、弄堂、公園、茶

4　1909年8月16日創刊，1910年8月停刊，每日一刊，一共出版404期，出版方為《時事報‧輿論日報》，上海環球社印行，由上海道蔡乃煌控制。

5　1909年夏，《圖畫旬報》停刊，是年8月16日，環球社另行發刊《圖畫日報》，獨立發行。「《圖畫日報》的風格和內容完全承襲了《圖畫旬報》，只是將刊期由旬改為日，不過這一改，新聞性大大加強，信息量也大大增加了。《圖畫日報》的影響比同時期其他新聞類畫報要大得多。」（《圖畫日報》第1冊，上海，上海古籍出版社，1999年6月，第3頁）

館、餐館、遊樂場等的存在和正在彙聚增長的力量，正如他們發現並展示著畫報這種新興媒體形式及其力量一樣。他們將這些都市不斷出現的休閒娛樂場所或新空間，與市民階層亦在不斷改變之中的生活方式聯繫起來，共同塑造建構了一個文本形態的市民階層的全新生活空間。

而對《圖畫日報》的研究，亦可以窺一斑而知全豹，對於認識瞭解海上漱石生如何從傳統文人轉型到近代都市文化人，從具有強烈政治啟蒙與社會啟蒙意識和訴求的知識份子轉型到新興都市市民群體中之一員，從專力於文人文學轉型到著力試驗建構新興市民文學——文化讀物，無疑具有一定個案意義。依照有研究者之觀點，像《圖畫日報》這種新興市民階級的文學——文化讀物，或許不像經典純粹的文人讀物那麼高雅，甚至還難免「庸俗」或「低俗」，但這種讀物「最能表現創造活力與豐富才藝」「真正表現心性解放自由活潑之精神」，[6]是都市市民文化生活的文本體現。

一、跨文化接觸區的形成與都市市民階級的文學——文化讀物

如果不簡單移植西方意義上的啟蒙概念，其實，在中國本土語境中，傳統文人一直在擔負著傳道授業解惑的社會文化責任。[7]但

---

[6] 王爾敏著，《明清時代庶民文化生活》，臺北，臺灣中央研究院近代史研究所專刊（78），1996年3月初版，第143頁。

[7] 對於清末民初「舊派小說」中的這種啟蒙話語，有些批評者並不接受認同，認為他們「言政治言社會，不外慨歎人心日非世道淪夷的老調。」（沈雁冰，《自然主義與中國現代小說》，收《鴛鴦蝴蝶派研究資料‧史料部分》，魏紹昌編，上海，上海文藝出版社1962年10月，第13頁）。

是，傳統文人實施上述責任的方式，在晚清社會環境中發生了一些值得關注的變化。這些變化有社會環境方面的因素，亦有文人自身職責身份的重新確認和建構，當然還有其他一些相關因素。

但《圖畫日報》最引起今天的研究者之關注者，並不是其中或隱或顯的「啟蒙」話語，而是它如何通過一份市民階層的文學——文化讀物，成功地搭建起一個文本化的跨文化接觸區（transcultural contact zone），並在這一區域內，呈現出一個廣闊繁雜的清末都市社會景觀。在這一文本化的跨文化接觸區內，官僚文化、知識份子文化、市民文化、開埠口岸文化、內地文化、西方文化以及一些群落性的亞文化等（包括黑社會或幫會），在一種民間自然形態下相對自由地接觸交流。而在此接觸交流過程中，報人－小說家似乎又充當了一種文化中間人（cultural middleman）的角色。這種文化中間人，可以作為權貴精英、知識精英與底層社會之間的文化中間人，作為都市文化與鄉土文化之間的文化中間人，作為歷史文化與當下文化之間的文化中間人，甚至還可以作為東方文化與西方文化之間的文化中間人。文化中間人可以通過翻譯、引介、闡述、傳媒、文本創作等諸多途徑方式，將原本彼此隔絕甚至敵對的文化，具有了初步接觸、彼此認識的機緣平臺。

如果稍微對清末中國社會以及各階層之文化結構有所瞭解，就會發現中國社會的隔絕與分裂，與各階層文化之間的彼此排斥甚至敵視的事實之間存在著顯著的內在關聯。排斥與敵視既是文化隔絕與分離的原因，亦是其結果體現。類似情形，一直到民國初期，在「鴛鴦蝴蝶派」小說文本中俯拾即是。譬如《歇浦潮》中寫一新作家王漫遊與一女子「吊膀子」，約會前王在茶館裡無聊，叫買了幾張小報翻閱消遣：

> 漫遊並不在意，得意洋洋的獨坐啜茗，又喚了個賣報的過
> 來，揀了幾張小報隨意閱看，見滿紙琳琅，不是品花便是談
> 戲；要找遊戲文章和稍能雅俗共賞的著作，一篇都沒有。
> 暗說：「近來的小報也太容易了，自己不須動筆，只要東
> 抄抄西襲襲，便算是一張報，勿怪近來看的人是越弄越少
> 了。」[8]

　　小說中的王漫遊，很難說是一個知識精英或文學精英之代表，
但也難說完全屬於新興市民階層中之一員。但他期待甚至喜歡閱讀
「遊戲文章和雅俗共賞的著作」，卻傳遞出一種時代文化資訊，那
就是原本文化結構中彼此隔絕分裂敵對的「小眾」文化或階層文化
存在，應該為彼此之間的接觸交流所取代，甚至形成一種新的相容
性適應性的大眾文化。這種文化的消費服務對象，是新興的都市市
民階層，他們具有傳統文人階級的部分文化水準，又依託於都市新
興市民階層的世界觀、價值觀和審美觀。其實，儘管王漫遊還缺乏
一種自覺，甚至潛意識中還對正在逐漸成形的新興都市市民文化懷
有某種認同抵觸，但他自己實際上已經被他自以為屬於其中一員的
精英文化中更趨保守的一派排斥在外了。某種意義上，儘管王漫遊
還不是上文中所提到的那種為新興都市市民文化積極努力的文化中
間人中一份子，但他事實上正在從精英文化中疏離遊移出來的現
實，似乎預示著他將來亦可能成為那種「雅俗共賞」之文化的一個
建設者貢獻者。

---

[8]　海上說夢人著，《歇浦潮》，上卷，上海，上海古籍出版社，1991年5月，第244頁。

　　初略而言，《圖畫日報》是一份以新興都市市民為主要閱讀對象的軟性文化讀物，它將都市空間、市民立場、世界視野、地域特色、社會百業、人生百態、文學趣味、人文關懷等等因素「組合」在一起，形成一種具有相當強的文化粘合力、相容性和時代性的公共資訊平臺。具體而言，《圖畫日報》先後開設之欄目內容：大陸之景物、上海之建築、當代名人紀略、世界名人歷史畫、中外新列女傳、社會小說續海上繁華夢、中國偵探羅師福、警世短篇小說、世界新劇、上海著名之商場、營業寫真、新智識之雜貨店、上海社會之現象、時事新聞畫、雜俎等，一方面是對都市當下境況的正面書寫回應，另一方面，亦在通過這樣一種方式，想像並塑造一種具有時代進步性和一定理想色彩的新興市民文化。就此而言，《圖畫日報》並非是被動消極地報導反映都市市民的存在現狀，而是在積極主動地參與到市民文化的建設之中。這裡所謂「積極主動」，就還包括一種嚴肅的而非庸俗的善意批判態度。

　　一個例子可以說明這一點。

　　對於那種僅僅出於滿足讀者低俗興趣的街頭庸俗讀物，《圖畫日報》的態度一直是批評並拒絕的。其第78號第8頁（2-332）中有「賣朝報」和「賣山歌書」兩則，善意地批評了當時滬上街頭小販叫賣低俗讀物的行為，並勸解市民不要去購買閱讀這種沒有多少正能量、還有可能在不知不覺之間毒害閱讀者精神的文化垃圾。前者云：小鑼敲得格朗當，肩上招牌插一方。新出新聞賣朝報，三文二文便可買一張。此等朝報向來有，瞎三話四難根究。如今世界開通報紙多，還向街頭出怎醜。後者云：山歌句子真粗俗，大半不通難入目。何況男女私情多，最是姦淫最醜齪。撥蘭花、趙聖開，十望郎、十勿攀。種種山歌安得買來付一焗，不許再把刻板翻。

　　上述歌謠中所提到的街頭手本讀物，一度在上海街頭極為常見。而《圖畫日報》對叫買閱讀這種手本讀物提出規勸，可見海上漱石生對於公認的低俗文字讀物，尤其是對於市民階層的知識啟蒙、思想與道德情操提升並無裨益者，其態度是明確堅決並嚴肅拒絕制止的。

　　只要稍微翻檢《圖畫日報》就會發現，在文字內容與圖畫資訊之外，該報確立的寓娛樂、休閒、輕鬆、活潑、趣味於新聞資訊和輿論之中的辦報風格，其實並非毫無社會風險。因為這種風格或混合式的軟性文化讀物之定位，有可能被指責為缺乏嚴肅而堅定的立場與態度，喪失了文化人對於市民階級應該擔負的監督指導以及批評的責任。事實上，直到現在，類似批評依然不時聽到。[9]但是，過分苛求《圖畫日報》這種讀者對象確定為新興都市市民階層的報紙傳媒，顯然亦失公正公平。因為在清末一個尚且沒有言論制度化保障的時代環境中，圖畫報這種辦報形式本身，多少還帶有一點突破已有道統和正統一體格局的民間獨立自由力量和可能，為一個新時代的出現提供傳播意義上的探索努力。譬如為了介紹世界各國歷史地理人物，《圖畫日報》就沒有採取一般媒體那種知識性的介紹方式，而是採取了一種圖視化的直觀方式。這種方式，突破了文字性介紹那種刻板沉悶的習慣，將名人照片圖像這種相對輕鬆、休閒

---

[9]　在1999年《圖畫日報》影印本序言中，序者在肯定了滬上當年這份最早出版的畫報類日刊所具有的時事性、社會性、史料性以及進步性等特點之同時，亦對其作為一種早期通俗性刊物難免之媚俗傾向舉例說明並予以了批評。譬如在《本埠新聞畫》、《外埠新聞畫》等欄目中，該報經常津津樂道地報導姑嫂鬥法、翁媳通姦之類的「社會新聞」，用大量篇幅描繪妓院裡吃雙台、打茶圍等情景；對義和團運動亦存有偏見。此外，《圖畫日報》後期的內容不如前期充實，用一些「一筆劃」之類的文人畫來充篇幅，可能是稿源不足的緣故。其實，如果將上述所列舉「缺點」置於《圖畫日報》404期「海量」資訊之中，上述缺點並不突出，甚至顯得有些吹毛求疵。

的方式，融入到文字介紹當中。在其「本館徵求名人小影」廣告
中，有一樣一段文字：

> 泰西各國，凡君主總統、內外各大臣，以及紳商學各界有名
> 人物，均有肖像並詳載政績事實，蓋以備社會之矜式，發國
> 人之敬禮之觀念。用意誠遠且大也。吾國現屆九年預備立憲
> 時代。凡一切新學問新事物勃興未已，而獨於政界學界商界
> 實業界各名人，概無記載，致盛德勿彰，識荊無術。即異國
> 人之來遊者，欲悉此邦人物，亦難以按圖而求，殊不足資觀
> 感。[10]

　　這種圖片與文字相結合的傳播方式，某種程度上更加吸引了讀
者的閱讀興趣和瞭解慾望，提高了非新聞性資訊對於讀者的求知
需求。

　　當然，就《圖畫日報》的欄目設計及實際內容而言，它確實傳
播了不少相對而言比較中性的時代社會資訊。儘管其初創時期欄目
大多與時事新聞和社會問題有關，十分貼近時代，而且其中《大
陸之景物》、《社會小說》、《新智識之雜貨店》、《外埠新聞
畫》、《本埠新聞畫》等幾個欄目貫徹始終。但一直出至228期的
《營業寫真》（即《三百六十行》）欄目，以及後來替代該欄目的
《三十年來伶界之拿手戲》欄目，包括後期新闢而連續刊出時間較
長的欄目像《庚子國恥紀念畫》、《上海曲院之現象》、《上海煙
毒之現象》、《俗語畫》、《一筆劃》等，其中除了《庚子國恥紀

10　《圖畫日報》第1號第3頁。

念畫》，其他欄目所傳遞的資訊，均帶有一定娛樂、休閒、消遣色彩等。

　　在《圖畫日報》眾多欄目中，為後來的研究者略有微詞者，其中就有「庚子國恥紀念畫」中所表現出來的對於義和團運動的立場態度。不過，如果仔細檢查「庚子國恥紀念畫」中的內容，就會發現其立場態度與當時的清政府官方立場並不完全一致──儘管他們都對義和團運動持反對態度，但《圖畫日報》中所表現出來的態度是民間知識份子立場的、理性的、批判性的。這些批評並非集中於義和團運動最初表現出來的反官方（包括後來的所謂扶清滅洋立場）、反西方立場與行為，而是批評義和團運動中所表現出來的愚昧迷信和荒誕無知。在第151號第2頁（4-2）中，為「庚子國恥紀念畫」（三），其內容為「紅燈照女子之荒謬」，就紅燈照女子所謂飛升術蠱惑人心之舉予以揭露批判。其內容（五）為「拳匪毀豐台鐵軌」──或許義和團毀豐台鐵軌有戰術方面的考慮，但在《圖畫日報》看來，這種以毀壞公共建築設施為方式的所謂抵抗，是一種盲目偏激的破壞性的抵抗。儘管《圖畫日報》刊載「庚子國恥紀念畫」的時期，距離庚子國變已經有年，但如何反思這場發生在中西以及官府和民間之間的暴力運動，在審視其中的反官府腐敗壓迫、反西方侵略蠻橫的合理性之同時，檢討普通民眾盲目發起的暴力事變的非文明甚至反文明傾向。儘管《圖畫日報》未能夠在這一言論空間中組織發表以北方農民為主體的義和團民及其同情者的言論意見，多少有些偏離其建構一個近代中國的文本化的跨文化接觸區、讓不同聲音言論都有機會得以表達傳播的理想設計，但在多年之後以文字圖畫形式來總結這一事變之歷史文化意義與教訓的行為本身，一定程度上昭示出晚清知識階級自我思想解放和言論解放的

蓬勃氣勢與發展方向。儘管它並沒有借此提出旗幟鮮明的思想解放的所謂總綱領，也沒有像稍後的「五四」新文化運動那樣提出一些諸如自由民主一類的口號，但其在言論思想、思想自由以及宣導民權、人權方面的實實在在的努力與具體實踐，卻為近代中國破解中國社會封閉、封建威權的傳統體制與意識形態，積累了不斷豐厚起來的遺產和能量。

儘管是一份主要面向都市新興市民階層的報紙，不同於一般政論性報紙，但《圖畫日報》的政治立場與社會意識並不淡漠或軟弱。在辛亥革命前兩年，它不僅曾經公開報導過剪辮子的「傳聞」，甚至還以「窮凶極惡之旗人」的標題，圖畫報導過福建駐防旗兵以詭計謀財騙色的新聞。這些「故事」，在晚清「譴責小說」中儘管已屢見不鮮，但在公開的報紙傳媒中報導此類「新聞」，依然是需要承擔相當政治風險的。

籠統而言，《圖畫日報》既不是傳遞清末所謂資產階級改良派主張的報紙，亦不是傳遞所謂資產階級革命派主張的報紙，它的立場和主張，基本上就是新興都市市民階層的。這就使得它的立場和主張既不那麼激進和革命，也絕不落後和保守。

二、面向都市市民性之批判性建構的軟性文化讀物

作為一種日報，《圖畫日報》不可能迴避對於社會種種落後、蒙昧、鄙陋、黑暗以及醜惡現象的揭露與批判，也不可能迴避對於當權者的輿論監督與議論批判。但是，它既不那麼激進和革命，也不那麼保守與落後。總體上看，它就是一份具有那個時代另一種特性的軟性政治批判與軟性文化讀物。

這裡所謂「另一種特性」，就是指都市新興市民階層的出現這一現實，而所謂「軟性」，主要是就其立場與言論的堅定、激烈與革命色彩之強度而言的。

就《圖畫日報》中的那些新聞畫而言，既有政治性新聞畫，也有社會性新聞畫，還有各種歷史的以及風俗的圖畫。

在政治性新聞畫中，第51號第10頁（2-10）中有「英庭審訊運動革命之印童」一則，第51號第11頁（2-11）中有「秀才扯毀選舉榜」一則，兩則新聞畫是對國際與國內政治性新聞的通俗化（圖像化）傳播。另第103號第10-11頁（3-34、35）中，有「蘇鄉盜劫何多」和「桂省常備軍兇暴之一斑」兩則政治社會新聞畫。此種揭露批判社會治安糜爛、軍紀渙散一類的新聞畫，顯示出海上漱石生所主持的《圖畫日報》在注重民生以及社會秩序重建方面所付諸之心力。

在上述政治色彩相對突出的報導之外，《圖畫日報》也對都市社會中底層民眾所存在著的艱難困苦的生存處境予以了關注及報導。不過，儘管報紙同情底層民眾之民生勞苦——無論是三百六十行之營業艱辛，還是滬上特殊職業女子之辛酸苦楚——但同時亦能夠理性對待底層民眾中所存在著的藏污納垢之類的人性齷齪與卑劣。這種態度，並沒有廉價的勞工主義思想中對於勞動者的過於理想化的讚譽與頌揚，而是能夠在同情遭遇的同時，關注國民性的改造與批判，即所謂哀其不幸、怒其不爭。

《圖畫日報》所載更多者為社會性新聞，其新聞在地域空間上並不僅限於上海範圍，周邊江浙地區以及更廣範圍內的廣東、湖北、江西、安徽、四川、、福建、山東、河北、東北等地，亦有新聞報導出現在《圖畫日報》之上。儘管這些「新聞」的新聞性在報導之時已經大打折扣，但在當時普通民眾獲取外埠資訊依然不大暢

通的情況下，《圖畫日報》上的這些「新聞」，往往經過事後遴選，其新聞性或許有所下降，但其批判針對性卻可能更為突出。

譬如《圖畫日報》中不時讀到對於市民心理中一些不健康存在以及齷齪社會之新聞報導，但很難說這些內容都是編者出於媚俗之需要而特意編輯的。因為這些報導並不是簡單地暴露社會種種醜陋現象，其背後應該有一種更富於建設性的市民性想像與都市社會秩序建構方面的設計考量。換言之，對於清末民初上海都市社會的快速發展、人口數量急劇增長、城市硬體設施與日常城市管理水準低下、市民公共秩序意識淡漠等「缺陷」，《圖畫日報》並沒有以一種「怨天尤人」或「恨鐵不成鋼」的消極態度指責批評，而是在報導揭示之中，有所警示勸誠和批評。譬如其第82號上有「妓院內之猾僧」及「飯店中之騙子」二則新聞故事畫，其中對比意圖明顯，在傳播坑蒙拐騙之類的社會資訊同時，亦有警示市民對於這種損人利己、卑劣齷齪行徑之防範。另第83號有「花酒店」一則故事新聞，就其介紹一種地方風俗新聞角度而言，畫圖亦未見不堪，文字亦甚雅順。

對於都市社會中唯利是圖、自私自利的種種根深蒂固之病態現象，《圖畫日報》中其實多有報導。第84號中有兩則故事新聞畫，一為「棄病客鄒順金忍心」，一為「逐瘋妻王少卿負義」，前者批評的是滬上一家客棧老闆將有病棧客棄之道旁後致病斃之新聞，後者報導的是滬上虹橋附近一錫箔店主另娶新婦，致自己年僅29歲的髮妻氣鬱成癲，後又棄之不顧的新聞故事，並均配有圖畫。這種故事類似社會新聞，其實直到今天仍有所耳聞。這些看上去不過是在暴露都市社會及人性冷漠黑暗的新聞，其背後應該都有對於都市市民性之道德倫理意識和文明修養的關注。

　　如果說上述報導多少還是從負面角度來報導都市社會和人性之現實表現的話，《圖畫日報》借助對於西方世界或文明世界中符合人道和人性風俗與行為之報導，張揚了一種積極健康的理想價值觀與市民行為模範。其第119號上有「球上成婚」一則報導，是有關美國一對中年男女在氣球上成婚之新聞。而第141號上有「女界風尚之變遷」一則報導並配圖，其中指出過去女子之間無非攀比穿著，現在女子之間開始共同看書識字，將來女子則有可能扛槍上戰場。這種對於女子權力、社會地位與人生價值正在悄然發生改變的報導，儘管其中亦不乏偏頗，但有一點是可以肯定的，那就是在1909年代，《圖畫日報》的女子觀和婚姻觀既不保守亦不迂腐。而第165號「新智識之雜貨店」中「不自由之結婚」「半自由之結婚」和「真自由之結婚」三種戀愛婚姻的介紹，進一步證實了上述判斷。

　　作為面向市民階層的文化讀物，《圖畫日報》對於日常生活內容與方式的「文明化」宣導，給予了顯而易見的重視。

　　《圖畫日報‧上海社會之現象》中曾客觀報導過滬上不少時髦女子的打扮，並配文說明。如《婦女冬令喜用圍巾之飄逸》一則配文：「女界之用圍巾禦寒自西女始，近則中國婦女紛紛效之。」《寒天婦女俱用臂籠之嬌惰》一則配文：「自泰西婦女於辦事之暇，每屆冬令，或以皮製臂籠禦寒，後中國婦女仿而效之，於是臂籠之製亦月異而歲不同。」《婦女上街手攜皮袋之輕便》一則配文：「皮袋（即坤包）之製，狀如洋錢皮夾而大，東西洋皆有之，以便旅行人所用。近來滬上各行號收賬夥友，亦樂用之，以其便於儲藏洋券一切也。」另外還有「婦女亦乘腳踏車之敏捷」一則，並配文：「自腳踏車風行滬地，初唯一二矯健男子取其便捷，互相乘坐，近則閨閣中人，亦有酷喜乘此者。每當那個馬路人跡略

稀之地，時有女郎三五，試車飛行，燕掠鶯梢，釵飛鬢顫，頗堪入畫。」上述報導，儘管是從女界時尚角度切入的，但其中既沒有守舊派的「萬惡淫為首」或「女子不守婦道」一類的指責詛咒，也不像革命派那樣就將這些生活層面人性自然的行為過分革命道德化，將這些都市時尚女性的時髦行為，上升到女子解放或者推翻男權統治的政治語境之中，而是在一種生活真實與人性自然的更接近市民日常生活的語境中，對上述都市新事物與新現象進行報導，其背後潛在的語境，應該是都市生活的文明進步。

類似的都市時尚風情，不僅表現在良家女子生活之中，更表現在當時引領都市時尚的特殊行業的青樓煙花的時尚追逐之中，對此，《圖畫日報》亦未作風俗奢靡淫穢一類的衛道士般的道德指責。在「上海社會之現象」欄目中，刊登過「妓女在張園拍照之高興」的繪畫，畫中的兩位女子身處樓臺之中，一坐一立，神色怡然，面對她們的照相師卻是頭頂罩布，忙著擺弄被三腳架支起的相機。圖畫的上部有署名為「解虛」的一段說明文字，先將照相機的來歷、特性等作一簡要說明，指出其「無不鬚眉畢肖」；接著又談到「滬上之業照相者，依最近調查，竟達四五十家，可謂盛矣」；然後描繪了妓女在張園拍照的情景。上述報導，無論是文字還是圖畫，都是中性的、客觀的，並沒有因為照相者的特殊行業背景而引發空洞虛偽的「人心不古」「世風日下」一類的感歎。

如何在面向市民階層的文化讀物中，將傳統文人自高自大的文化意識進行改造調整，嘗試著從新市民的角度去理解體驗市民階層的日常生活的喜悅與愁苦，同時又不失時機地對新市民的市民性改造與建構提供來自於新興報人視角的觀點意見，這不僅是新興報人的自我責任意識使然，亦是報紙在清末民初所處特殊言論及傳播地位使然。

新聞滿紙，縱覽皆時事。莫怪風行中外，不但在春申市，神
州朝旭始。莫放時光逝，盛會竟言勸業，有圖畫傳神似。[11]

這一首詞，既是對當時滬上報業發達景象的一種客觀描述，亦
是對報人文化使命和責任意識的一種提示。其中似乎亦滲透著對於
都市與新中國未來前景的某種樂觀期待。而作為這種樂觀情緒基礎
的，既不是屢見不鮮的知識份子自以為是的文化自大，也不是革命
派對於革命未來的大聲疾呼，而是新興市民階層坦然面對生活、熱
愛生活並逐漸自我文明化的自覺努力。

三、都市市民文學的一種探索嘗試

《圖畫日報》並不是一種專門的文學報刊，甚至亦難說是一種
以文學為主的綜合性期刊。但文學連載──無論是長篇章回體小說
連載，還是短篇小說或者戲劇連載──卻又是《圖畫日報》中極有
特色和引人注目的存在，甚至說在其中佔據重要地位亦不為過。日
報的形式，讓文學寫作具有了與讀者更緊密聯繫和更突出對話性及
閱讀回饋這些新的時代特性。而文學參與到都市市民性的想像與建
構之中的可能性，亦由此而前所未有地表現出來，並對作家們的文
學觀和寫作提出了新的要求甚至挑戰。

《圖畫日報》第75號第8頁（2-296）中有「營業寫真──賣報
人」和「營業寫真──賣小說」兩則。「賣報人」一則中云：各式

---

[11] 《圖畫日報》第163號第7頁（4-151）「上海社會之現象」一欄中，有「報館晨起賣
報之擁擠」一則，雖然是就滬上晨起賣報之普遍現象而言，但其中特別提到賣報之好
賣：滬上自風行報紙後，以各報出版皆在侵晨，故破曉後賣報者聚集於報館之門，恐
後爭先，甚有門尚未啟而賣報人已在門外守候者。足徵各報銷暢之廣。

各種新聞紙，買張看看天下事。近來報紙喜漸多，越多越是開民智。圖畫日報圖畫精，分門別類眉目清，三個銅板買一本，翻翻看看真得情。另「賣小說」一則中云：小說書，真好看。開豁心思此為最。只恨書多買不盡，汗牛充棟何能算。昔人著書多迷信，今人著書無此病。著書之人已改良，看書之人可猛醒。

類似的認識或觀點表述，在《圖畫日報》其他欄目中同樣存在。這些觀點有一個共同之處，那就是將文學、作家、文學寫作與都市市民的日常閱讀聯繫起來，與市民階層的文化啟蒙聯繫起來，與都市市民社會的文明進步聯繫起來。這種觀點或主張，在中國歷史和文學史上儘管曾有過類似表述和實踐，但似乎從沒有像清末民初之中國這樣明確、迫切和廣闊。

作為對於上述社會現實的一種積極回應，《圖畫日報》上專門闢有多個文學作品連載欄目。這些欄目涉及到社會小說、偵探小說、戲曲、短篇小說等多種類型。其中前面三種類型都帶有適應市民讀者的閱讀趣味和習慣的明顯特徵。

在那些刊載的文學文本中，《續海上繁華夢》無疑居於特殊位置。《續海上繁華夢》由此連載，一方面固然是因為編輯者為了招攬吸引讀者而借用海上漱石生以及《海上繁華夢》這兩張「文化名片」，另一方面亦可以看出，海上漱石生對於《圖畫日報》這份圖畫報的看重。就「繡像」插圖之分量而言，《續海上繁華夢》比《海上繁華夢》有明顯增加。這種「新技術」的加盟，顯然大大擴展了原來文本中單純依靠文字表現的社會空間與人物形象，增加了空間、器物、人物、環境乃至整個文本的直觀性和可感受性。

《圖畫日報》創刊伊始，就把小說刊載作為刊物極為重要的一項內容。在其第1號第2頁「本館徵求小說」廣告欄中，不僅昭示讀

者本刊之小說觀，亦呼籲作者積極寫稿投稿：

> 本報之設，為開通社會風氣，增加國民智識，並無貿利之
> 心。惟小說一門，最易發人警醒，動人觀感。故本報逐日圖
> 繪社會小說《續海上繁華夢》及偵探小說《羅師福》二種，
> 以飫閱者。惟逐日出版，著作需時，本館同人除著述編輯調
> 查外，惟日孳孳，大有日不暇給之勢。伏念海內不乏通人，
> 如蒙以有裨社會有益人心世道之小說見貽，不拘體裁，長短
> 鹹宜，特備潤資，以酬著作之勞。譯本請勿見惠。務祈不吝
> 珠玉，無任盼切！本館著述部同人公佈。[12]

　　無論是新小說作者還是「舊派小說家」，似乎沒有一位小說家
會說自己的小說是有害於讀者和社會的——儘管小說出版之後有可
能會招致類似批評，指責其誨淫誨盜、毒害社會風氣等——一般而
言，即便是「舊派小說家」，亦公開宣稱自己的小說不是出於金錢
主義的目的，而是為了「開通社會」、「增加國民智識」等，這在
晚清以來的小說熱中早已司空見慣。但與梁啟超《新小說》中更為
強調小說的社會政治功能以及形式上的探索創新相比，「舊派小說
家」們似乎更傾向於追隨討好市民階層讀者的閱讀習慣和趣味偏
好。如果將這種小說寫作態度理解為一種「媚俗」，似亦不無道
理。但在這些小說中，又顯然包含著一些或許有助於讀者進一步認
識都市、社會、人性以及時代等等的知識資訊或社會資訊。

---

[12] 《圖畫日報》第1號第2頁。

《圖畫日報》所刊載之長篇章回體小說

小說標題	作者	類型	其他
《續海上繁華夢》	海上警夢癡仙	社會小說	
《中國偵探羅師福》	南風亭長	偵探小說	
《秭歸聲》	景	中國苦情小說	

　　《圖畫日報》上所連載的長篇章回體小說最為重要者，無疑是海上漱石生的《續海上繁華夢》。與《海上繁華夢》相比，《續海上繁華夢》具有更明顯的報刊連載小說的特點，包括即時性，讀者閱讀接受狀況對於寫作者之回饋影響等。《續海上繁華夢》連載過程中曾經不止一次出現過「開天窗」的現象，表明當時作者來不及跟上每天一刊的需要而不得不在版面上出現空白或僅留一章回題目的尷尬應付。而「社會小說」、「偵探小說」，顯然依然是市民閱讀的主要趣味所在。

　　《圖畫日報》所載短篇小說選列：

小說標題	作者	類型	其他
《碧玉獅》	香		
《辟穀》	奇奇	警世短篇小說	
《大王》	奇奇	警世短篇小說	
《趙三娘》	夢		
《東越某生》	香	寓言	
《惡姻緣》	香	奇情小說	

《愛里斯》	香	格致小說	
《沈鶯娘》	香	哀情小說	
《梅太史》	笑庵	奇情短篇小說	
《申母》	夏三郎	警世小說	
《牛八》	餘子	野蠻小說	
《福如海》	三郎	如意小說	
《王福》	三郎	醒世小說	
《龍官》	香	寫情小說	
《楊三》	天公	滑稽小說	
《魏葆英》	經天略	醒世小說	
《高生》	解虛	破密小說	
《金鵝》	鏡中人	短篇小說	
《猶太人》	鏡中人	短篇小說	
《金山大王》	穆罕	天方小說	
《狐》	穆罕	天方小說	
《賊伯伯》	夏三郎	義俠小說	
《二輿夫》	天略	醒世小說	
《青衣節》		短篇小說	
《自由針》		滑稽短篇小說	
《黑籍魂》		社會小說	
《亡國志士》		短篇小說	
《駱駝偵探》		短篇小說	
《遊春》		社會小說	
《馬義士》		義烈小說	

《斯文劫》		短篇小說	
《乞人傳》		滑稽小說	
《二千貫》		社會小說	
《博徒指》		醒世小說	
《煙識壯士》		短篇小說	
《秘密運動》		怪像小說	
《智賊》		短篇小說	
《河南某氏傳》		短篇小說	
《林召棠》		短篇小說	
《義犬》		短篇小說	
《玉蝶梅》		短篇小說	
《詩人苦》		短篇小說	
《審奸案》		短篇小說	
《野田草露》		怪像小說	
《求雨》		寫真小說	
《童瘋子傳》		短篇小說	
《化骨草》		短篇小說	
《迷信之學校》		短篇小說	
《入虎穴》		短篇寓言小說	
《清理積案》		短篇怪像小說	
《女馬賊》		短篇小說	

　　如果僅僅初略對上述短篇小說作一概括描述的話，其實這些小說在體裁上有人物列傳、寓言故事、話本故事、筆記、傳奇等，多為傳統短篇小說文體形式或略有變形。而在故事題材類型上，則有

古代佛經故事、域外翻譯故事、民間故事傳奇以及新創造的故事等。另外，這些短篇小說有些署有作者（筆名別號），而多數則未署名，可見當時作者對於在報刊上發表短篇小說的認識和著作權意識都還比較淡漠，這大概也與這些短篇小說故事的「原創性」不高多少亦有些關係。而在小說類型的署明上，亦各種各樣不盡統一，則亦可見當時編者對於短篇小說的類型分類並沒有明確而堅定的判斷。其中所出現的「野蠻小說」、「如意小說」「天方小說」等概念，都顯得比較隨意，據此可推斷，20世紀初期（1900年代）「舊派小說家」們對於短篇小說的理論認識，尚不能與長篇小說相提並論，而對於短篇小說，儘管已經有了梁啟超在《新小說》發刊詞中所列舉的十餘種「新小說」，尤其強調了中國傳統小說中所缺乏的「政治小說」、「科幻小說」、「偵探小說」等，以冀啟蒙提振國民政治意識和社會變革意識、開啟國民心智等，但1900年代短篇小說創作領域明顯呈現出新舊交錯雜陳的格局：新小說的探索性與舊小說的自在性依然共存。

《圖畫日報》所連載世界新劇列舉：

戲劇標題	作者	類型	其他
《新茶花》	願		
《嫖界現形記》	願		
《刑律改良》	家譚		
《拿魚殼》	憶		
《賭徒造化》	榮		
《明末遺恨》	珮		

　　與《圖畫日報》所刊短篇小說相比，其所連載戲劇作品，其探索創新的意識和試驗努力更趨強烈明顯。這些作品儘管仍然不出清末民初「舊派小說家」們習慣範圍，但其改良社會、影響並改造市民性的意識顯而易見。

　　不需要對《圖畫日報》中所有刊載的各種類型的小說作文本細讀分析，即可斷定其中並沒有當時一些小報中常見的庸俗低劣乃至淫穢色情的文字描寫，這不僅是《圖畫日報》的辦刊宗旨，更是海上漱石生一生謹守的文學原則。《圖畫日報》第101號第1頁（3-1）有「醒世新小說出版」之廣告一則，其中介紹了兩部新小說《新杏花天》和《桃花新夢》二書。廣告中宣稱兩書「清詞麗句、往復纏綿」，「思想之新奇，宗旨之醇正，較市上流行之淫靡之本迥不相同」。此兩小說為滬上鴻文書局改良小說社刊印。而海上漱石生自己對於改良小說之態度，由此亦可見一斑。儘管讀者可以不同意海上漱石生的小說觀，甚至認為他的小說觀某種程度上仍未脫「載道」說之舊輒烙印，但在都市相對比較混亂的文化環境之中，海上漱石生式的文學謹慎與嚴正，不僅是必要的，也是值得尊重和肯定的，尤其是這種通俗讀物最初面對的還是數量眾多缺乏一定的文化與文學鑒別判斷意識與能力的大眾讀者。

　　在《圖畫日報》中，海上漱石生的身份是雙重的——他既是總編纂，又是多個重要欄目之作者。在《圖畫日報》開辦一年間，海上漱石生先後曾主持過社會小說《續海上繁華夢》連載欄目、「三十年來伶界之拿手戲」欄目、部分「上海社會之現象」、「雜俎」[13]等欄目。這種按部就班式的常態化寫作，對於「三十年來伶

---

[13]　《圖畫日報》「雜俎」欄目曾連載海上漱石生的《退醒廬筆記》中若干則。

界之拿手戲」、「上海社會之現象」、「雜俎」這類欄目或許還能
適應，對於《海上繁華夢》這種長篇小說寫作，有時就顯得難免促
迫。《圖畫日報》第131號第4頁（3-364）中以「新智識之雜貨店」
諷刺畫，來替補當日應刊登之《海上繁華夢》，邊署「繁華夢暫停
一天，明日續登」字樣，可見作者不及撰寫，只能以資補白。

　　或許與這種趕寫狀況有關，《圖畫日報》第46號第1頁
（1-541）「本社特別廣告」中，有一則關乎徵集長篇小說，「海內
外如有鴻篇巨製見貽者，當定格酬謝，願任著述者，當函訂，來稿
不合，庶不作復」；另一則是有關小說出版的，「本社自八月起，
每逢初一日初十日二十日隨報附贈十日小說一冊，一月三冊」。這
裡隨報附贈的十日小說，當為《續海上繁華夢》、《中國偵探羅師
福》等。

　　《圖畫日報》中欄目相對固定，但亦非一成不變。原本「中外
新列女傳」，後來就為「現世紀之活劇亡國淚」所替代。這至少顯
示出，像「烈女」這種比較傳統甚至帶有一定守舊色彩的稱呼方
式，在新的時代已經不得不面臨調整的語境現實。同時，連載「亡
國淚」之類的戲劇，亦顯示出像《圖畫日報》這樣帶有明顯市民階
級的知識資訊需求與文化消費趣味的休閒娛樂性傳媒，有時也需要
借用愛國與民族危亡這樣更偏於政治色彩的主題內容來提振自己的
文化消費定位。這一事實存在，亦從一個角度顯示出，政治與文化
市場之間，並非一直處於完全隔離敵對狀態，也不是一方簡單地排
斥壓制另一方，有時候兩者之間還可能妥協，至少表面上看上去還
能夠彼此相容。不過，即便如此，《圖畫日報》為我們提供的啟示
是，這種政治與文化市場之間的「妥協」與「相容」，也只能在那
種軟性的市民階層的文學——文化讀物這一平臺上方能實現。

夢影錄：海上漱石生小說研究

論海上漱石生的社會小說

　　清末小說改良家們對於小說的認知，其實並非僅集中於政治啟蒙與社會改良一途，而是存在著多種多樣的聲音。不過，就在梁啟超在《論小說與群治之關係》以及《新小說》發刊詞中鼓吹小說改良以帶動社會政治改良進步，並列舉了多達十餘種需要提倡的類型小說之時，其實他心目中的新小說，仍然是「專在借小說家言，以發起國民政治思想，激勵其愛國精神。」[1]或許與此種理念主張相關，在梁啟超的《新小說》中，會極力提倡中國傳統小說中所沒有的政治小說、偵探小說和哲理科學小說，因為在他看來這類小說更有益於開啟民智，而對於另外一種為後來的小說家們所青睞熱衷的「社會小說」，梁啟超則未曾提及。

　　值得關注的是，《新小說》創刊之後，即在不斷突破梁啟超上述對於「新小說」的類型界定。第一號上開設的小說類型有歷史小說、政治小說、科學小說、哲理小說、冒險小說、偵探小說等，第二期增設了語怪小說，第三、第四、第五期仍保持了上述小說類型，第六期則增加了法律小說、外交小說類型，第七期增加了寫情小說，而到了第八期，則增加了社會小說，所載社會小說為我佛山人的《二十年目睹之怪現狀》。自此，我佛山上和他的歷史小說

---

[1]　梁啟超，《〈中國唯一之文學報〉新小說》，轉引自《飲冰室合集集外文》，上卷，第121頁，梁啟超著，夏曉紅輯，北京，北京大學出版社，2005年1月。

《痛史》、社會小說《二十年目睹之怪現狀》，就成為《新小說》上最為重要的連載小說，而當初為梁啟超頗為看重的政治小說甚至哲理科學小說、偵探小說等，或者因為沒有好的稿子，或者中國讀者一時還不能適應在傳統觀念和閱讀習慣中尚顯陌生隔閡的這些非本土的小說類型而漸趨冷落凋零。

　　不僅如此，在小說創造實踐中的不斷「創新」，亦得到了小說理論上的呼應跟進——梁啟超當初過於強調小說的政治啟蒙性的理念，似乎亦在《新小說》的實踐中不斷被豐富乃至修正。《新小說》第七號「論說」欄目發表了楚卿的《論文學上小說之位置》。此文是繼梁啟超的《（中國唯一之文學報）新小說》之後另一篇重要的小說理論文章。相較於前文，此文進一步強調了小說的重要地位，將其視為「文學上之最上乘」，之所以如此，在於小說具有所謂「二種德四種力」「足以支配人道左右群治」。[2]儘管這裡仍然強調的是小說的社會功能，尤其是其社會影響力與教育功能，但顯然比最初言小說與群治之關係時更為具體。

　　在《文學上小說之位置》一文中，對於小說的認識顯然已更接近小說審美與大眾接受心理。其中闡述到：小說者，專取目前人人共解之理，人人習聞之事，而挑剔之，指點之。[3]並將讀小說與讀他書進行對比論述：讀他書如戰，讀小說如遊；讀他書如算，讀小說如語；讀他書如書，讀小說如畫；讀他書如作客，讀小說如家居；讀他書如訪新知，讀小說如逢故人。[4]這裡實際上已經將小說之崇

---

[2]　楚卿，《論文學上小說之位置》，刊《新小說》第1號第1頁，東京，光緒二十九年七月十五日。

[3]　楚卿，《論文學上小說之位置》，刊《新小說》第1號第3頁，東京，光緒二十九年七月十五日。

[4]　楚卿，《論文學上小說之位置》，刊《新小說》第1號第3-4頁，東京，光緒二十九年七月十五日。

高地位和轉換人心風俗的巨大能力想像，與小說「專取目前人人共
解之理，人人習聞之事，而挑剔之，指點之」的時代特性結合了起
來，這一理念上的調整乃至換換，對於清末小說創作實踐的影響是
顯而易見的，其中最為突出者，就是這種理念是對「社會小說」的
直接呼喚。

　　而在論述到所謂蓄泄、繁簡這兩組語言文體風格時，《文學上
小說之位置》一文提出了「小說者，社會之X光線也」[5]的論斷，這
是《新小說》就小說與社會之關係，對小說深刻、透徹、洞幽入微
地反映表現社會之方式的一種值得注意的論斷闡述。這也是《新小
說》對於「社會小說」認知的一種理論基礎。

　　梁啟超以及《新小說》上對於小說之理論闡述，無疑對同時代
人產生了影響。李伯元主持的《繡像小說》第3號上，刊載署名別
士的《小說原理》一篇理論文章，其中突出的小說與人之天性之間
的關係──「人之處事，有有所為而為之事，有無所為而為之之
事，非其所樂為也，特非此不足以致其樂為者，不得不勉強而為
之。無所為而為之事，則本之於天性，不待告教而為者也。」[6]──
顯然是對《文學上小說之位置》一文中相關論述之引發。而所謂
「看畫」「看小說」「讀史」「讀科學書」之間的樂趣比較，則更
是直接延續了《文學上小說之位置》一文的論述思路。比較之下，
包天笑主持的《小說大觀》「宣言短引」一文中，則直接從梁啟超
的《論小說與群治之關係》及《新小說》那裡借用了相關理念觀
點，「時彥之論小說也，其言亦多矣。任公之四種力，曰薰，曰

5　楚卿，《論文學上小說之位置》，刊《新小說》第1號第5頁，東京，光緒二十九年七
　月十五日。
6　別士，《小說原理》，刊《繡像小說》第3號第1頁，上海，商務印書館印行，光緒癸
　卯年五月初一日。

浸，曰刺，曰提，謂可以盧牟一世，亨壽群倫。」[7]總之，梁啟超《論小說與群治之關係》等文，不僅是對新小說之呼籲，更是對小說的時代使命與地位的辯護。這樣的認知與宣導，影響甚遠。

但後來的小說創作實踐，顯然並沒有也不可能簡單地沿著梁啟超為近代小說「創新」或傳統小說轉型所規劃設計的路徑發展。不僅在小說的類型上大大超越了梁啟超當初所一一列舉的種類，而更關鍵的是在對小說作用功能地位的認知上，似乎亦沒有當初梁啟超那種片面的過高估計與樂觀想像。這不是純粹理論上的「超越」，更多是因為小說創作實踐以及出版市場的現狀使然。

在包天笑上述「宣言短引」中，一方面仍借用梁啟超等時彥有關小說功能地位之論述，另一方面亦對小說家、小說與讀者社會之間的關係進行了辯證闡述：

> 向之期望過高者（指對於小說之功用地位期望過高者——著者），以為小說之力至偉，莫可倫比，乃其結果至於如此，寧不可悲也？客曰否。子將以小說能轉移人心風俗耶，抑知人心風俗亦足以轉移小說。有此卑劣浮薄輕佻媟蕩之社會，安得而不產出卑劣浮薄輕佻媟蕩之小說。供求有相需之道也。[8]

包天笑的上述論述，是對清末民初都市市民小說不斷走向「卑劣、浮薄、輕佻、媟蕩」現實的一種直面回應，也是對此的一個極好解釋，還從一個角度闡明了在清末民初小說、小說家與讀者、出

---

[7] 天笑生，《小說大觀宣言短引》，刊《小說大觀》第1集，第1頁，上海，1915年。
[8] 同上。

版市場之間的關係博弈之中，並非一直都是小說和小說家處於主導地位——小說和小說家的作用和影響力是相對的而不是絕對的。當小說家足以左右出版市場和讀者的時候，小說的作用可能會單方面地釋放出來；倘若小說家不足以左右出版市場和讀者，則極有可能為出版市場和讀者所左右，那時候，小說就有可能淪入到包天笑上文中所描述的那種「卑劣、浮薄、輕佻、媟蕩」式的誨淫誨盜之中。中國古已有之的所謂「誨淫誨盜」，並非是抹殺事實的一派胡言，其實是對小說、小說家與出版市場及讀者關係的一種負面描述和評價。而這種描述和評價，在清末民初小說發展繁盛的喧囂聲中，並非完全喪失了警示意義。當小說家與市民社會走得太近，當出版商足以左右小說家，當物質利益足以誘惑小說寫作，當讀者的好惡對小說的影響越來越大之時，顯然以小說和小說家為中心的一切啟蒙意圖和改良訴求，都消磨在了滾滾紅塵的慾望喧囂之中。

歷史地看，中國小說史上有兩個時期小說與受眾距離最近，一是宋話本時期，一是清末民初通俗小說繁盛時期。在這兩個時期中，存在著若干相同之處：作者（無論是話本表演家還是小說家）與受眾（話本聽眾和小說讀者）幾乎直接面對；二是在作者和讀者之間的商業力量突出；三是作者逐漸喪失掉了自在性和自主性，對於受眾喜好的追逐滿足，成為作者物質利益實現和社會聲譽獲得的左右性因素。市場與商業化，一方面促進了話本與小說的繁榮，另一方面亦給話本和小說的藝術性與道德獨立性帶來了前所未有的壓力與挑戰。而清末民初的社會小說，就是在這種矛盾糾結之中快速發展起來一度極為繁榮，最終又因為良莠不齊而失去當初啟蒙思想者們對於新小說的種種期待。

一

　　像海上漱石生這樣的清末民初的小說家，其文本閱讀經驗基本上是在中國文學世界中形成的，近代逐漸出現乃至興盛的翻譯小說，就其個人後來所提供的自述文獻看，基本上沒有進入到他的閱讀視野當中，也就沒有變成他的小說文本經驗。[9]而從其一生著述的類型及文本情況看，海上漱石生亦不是一個習慣於用理論文本形式來表達思想的寫作者。這就意味著，海上漱石生的文學觀念包括小說觀念，基本上是建立在他的小說文本閱讀經驗之上的，更進一步地說，是建立在中國小說文本閱讀經驗之上的。但這並非是說，海上漱石生的小說觀念，是在一種完全封閉的中國小說文本世界中被塑造並確立的，也不是說海上漱石生對近代小說領域所發生的那些變化全然無知。事實是，1890年代及稍後一個時期，當海上漱石生在《新聞報》及《申報》開始其報人生涯的時候，他的小說創作生涯亦隨之開始了。[10]而就在這一時期，恰恰是海上漱石生與清末滬上兩三代小說家們交往最為頻繁密切的時候。如果依據《報海前塵錄》中專門回憶敘述的那些當年以文章小說而風靡滬上的文人名單，就會發現王韜、鄒弢、韓邦慶、李伯元、吳趼人等與海上漱石生都有過不同程度的往來。而這些小說家，又恰恰是晚清小說改良或變革的文本實踐者和思想推動者。海上漱石生自己此間最有代表性的小說文本《海上繁華夢》，無論就其形式還是就其題材主旨而言，其創新努力並不遜色於對於傳統小說經驗的借鑒。

9　海上漱石生，《余之古今小說觀》，載《新月》第一卷第一號，程小青、錢釋雲主編，1925年。
10　參閱《退醒廬著書譚》及《報海前塵錄》等文獻。

　　比較而言，「社會小說」是海上漱石生頗為看重並經常使用的一個概念術語，這與其說表現出他的理論興趣，還不如說是他受到清末民初文壇以概念「炒作」小說風氣的影響。[11]梁啟超在《（中國唯一之文學報）新小說》發刊詞中所羅列的十餘種小說類型，無疑是對中國傳統小說類型的一種挑戰和衝擊。借助於那些真正清楚又具有中國小說深厚傳統的小說類型概念，來表現自己對於探索、試驗、創新甚至文學時尚的某種程度的認同或肯定，似乎成為海上漱石生這種類型的滬上小說家們最有可能的文學選擇。

　　　　余作《海上繁華夢》，當時滬地猶無社會小說，我佛山人吳趼人君《廿年目睹之怪現狀》尚未成書。南亭亭長李伯元君之《官場現形記》，在《遊戲報》發刊，描摹官場種種情狀，可云妙到毫巔，然以限於官場一隅，不得為社會小說。惟大一山人韓太仙君之《海上花列傳》，則在同一時。韓君字子雲，茸城人。當清光緒辛卯年秋，余應試北闈，遇之於大蔣家胡同雲間會館。後復同乘海定輪返申。途次談及小說，余正欲作繁華夢，而韓君擬作海上花。余已成書目三十回，書一回餘；韓則已成書四回……迨後余就職新聞報，韓亦就職申報，彼此筆墨勞勞，無暇兼作小說，故越三年後，始得各自成書，而出版後分道揚鑣。[12]

　　這是海上漱石生多年之後對於《海上繁華夢》開筆之時滬上小說界狀況的一種描述，在這裡他提到了「社會小說」這一術語。而

---

[11] 海上漱石生不僅在自己一些小說最初在報刊上連載時標明「社會小說」，而且在後來的《退醒廬著書譚》等回憶性文獻中，仍將自己的一些小說冠以「社會小說」的標記。

[12] 漱石生著，《退醒廬著書譚》，載《金鋼鑽小說集》，施濟群、鄭逸梅編，《金鋼鑽》報館藏印，1932年9月，上海，第32頁。

在《海上繁華夢續夢》初集第一回中,他再次強調閱者將其「作社會小說觀可,作警世小說觀亦無不可也」。[13]可見在海上漱石生這裡,不僅「社會小說」這一概念他極為看重,而且將《海上繁華夢》這一小說界定為警世小說他也同樣看重。

那麼,清末民初所謂「社會小說」究竟何指?1904年12月6日《申報》刊載「上海商務印書館徵文」啟事,擬廣徵藝文,其中小說為三類徵文之一。而小說又細分為四種,即教育小說、社會小說、歷史小說和實業小說——這種分類相較於《新小說》、《繡像小說》等時新小說期刊——其因應時代所需的考量似乎亦同樣明顯迫切。不過,其對「社會小說」的具體描述要求,卻與一般對清末民初「社會小說」的印象認知頗有偏差,「述風水、算命、燒香、求籤及一切禁忌之事,形容其愚惑,以發明格致真理為主,然不可牽涉各宗教。」[14]這裡所謂的「社會小說」,主要是指中國蒙昧落後封建迷信的種種社會現象,並希望「社會小說」能夠通過科學解釋,對中國民間社會中普遍存在著的那些諸多愚昧迷信現象予以破解,以達到開啟民智、破除愚惑、弘揚科學真理的啟世目的。這種「社會小說」理念,恰恰反映出此間小說界、出版界以及讀者受眾對於所謂「社會小說」,尚無一相對接近統一之理解認知。

即便如此,似乎並沒有妨礙小說界出版界對於「社會小說」這一概念以及在此概念之下的種種文學炒作的衝動。

在晚清以上海為中心的「小說運動」中,《小說林》創刊號上(光緒三十三年,1907年)刊登出來的「募集小說」廣告中宣示:

---

[13] 海上漱石生,《海上繁華夢》(附續夢)之《續海上繁華夢》初集,上海,上海古籍出版社,1991年5月,第1157頁。
[14] 《申報》1904年12月6日「上海商務印書館徵文啟事」。

本社募集各種著譯，家庭、社會、教育、科學、理想、偵探、軍事小說，篇幅不論長短，詞句不論文言白話，格式不論章回筆記傳奇。並聲明支付的小說稿費，甲等千字5元，乙等千字3元，丙等千字2元。[15]而在《小說林》第一期上實際開設的欄目中，在「論說」之外，小說有「社會小說」、「科學小說」、「偵探小說」、「寫情小說」和「歷史小說」。其中「社會小說」排在諸類型小說之首。而刊載的社會小說是東亞病夫的《孽海花》連載。

稍晚創刊的《小說大觀》，並沒有照搬《新小說》以來按照小說類型分欄目的辦刊套路，而是在短篇小說、長篇小說之欄目設計中，刊載不同類型之小說，其中亦有「社會小說」類型。而對於小說的選擇標準，《小說大觀》第一期例言中特別說明：所載小說，均選擇精嚴，宗旨純正，有益於社會，有功於道德，無時下浮薄狂蕩誨盜誨淫之風。[16]這樣的說明，相應於清末民初小說之實際狀況而言，最容易引發讀者之聯想者，當為社會小說。

其實，早就有論者提出，「社會小說」可能是清末民初小說類型中最具有包容性同時其類型色彩亦最單薄的一種小說。「社會小說，範圍既廣，全社會的事蹟，皆可寫入。不限於某種社會也。惟社會小說一名詞，實未甚妥切，因世人皆如是說，一時尚無他名可易，姑仍之而已。」[17]

可見一直到30年代，儘管社會小說在創作實踐中早已是蔚為大觀、閱之者眾，但「社會小說」中的「社會」之邊界極限，依然是莫衷一是。而對於表現題材領域之廣度與寬度的不斷追求，實際上

---

[15] 《小說林》第一期，上海，光緒三十三年六月（1907年）。

[16] 《小說大觀》第一期，1915年。

[17] 王淄康編著，《國學講話》，上海，世界書局，1935年8月，第220頁。

將「社會小說」的書寫引入到對於沒有邊際的所謂社會現實的追逐摹寫之中，時間上與空間上的無所顧忌無所羈絆，又將社會小說與歷史小說、譴責小說、伶妓小說、家庭小說這些在清末民初的類型小說中佔有重要地位的小說類型，似可一併納入到「社會小說」的無邊網路之中。

其實，海上漱石生自己即作如是觀。他將《海上繁華夢》這樣典型的「狹邪小說」、《如此官場》這樣典型的「譴責小說」，統統稱之為「社會小說」，除了說明他對「社會小說」這一概念的特殊感情，亦可見「社會」及「社會小說」這樣的概念術語在清末民初小說界和讀者界之影響力。

不過，如果考慮到《海上繁華夢》以及《如此官場》這兩部小說的創作時間，可以發現海上漱石生的「社會小說」試驗在清末此類小說書寫中之先鋒地位。作為清末「譴責小說」之續及民初「鴛鴦蝴蝶派」社會小說之開啟，海上漱石生的「社會小說」，具有「承先啟後」的歷史地位。其在對於社會的描寫表現上，大大拓展了「譴責小說」偏於政治官場或文人雅士一隅的局限，融傳統才子佳人小說之才情逸趣與市民小說之日常生活諸因素於一爐，動態地、整體性地展示了清末民初上海全景式的都市社會的日常生活畫卷。這些「社會小說」既有新聞報導體的時代感時事感，包括對人性淪落與社會奢靡敗壞的批判警示，又有小說藝術在人物塑造、故事敘述以及結構想像方面的探索試驗匠心獨運，儘管依然未能超越民國舊派小說的窠臼，卻亦在一定程度上「為五四文學張本」。

二

但在「五四」新文學興起過程中，「社會小說」以及社會小說家遭到了猛烈抨擊批判。批判並不僅僅來自於新文學陣營，甚至還來自五四新文學的反對方即傳統保守文學陣營。

「五四」新文學陣營中對社會小說批評最為集中且激烈中，當為茅盾。茅盾對改版前《小說月報》刊載小說之熟悉，以及對於清末民初滬上通俗文藝之瞭解，似乎都讓他的批評具有他人所不能的視角與一陣見血式的犀利精準。儘管茅盾對社會小說的批評，是混雜在他對現代舊派小說的批評之中的，但可以肯定的是，所謂現代舊派小說，其中相當部分即為「社會小說」。

茅盾所謂現代舊派小說——就「內容與形式或思想與結構」而言——其實就是指現代章回體小說（當然也包括一部分非章回體的舊小說）。

在茅盾看來，現代章回體小說有兩種，一是舊式章回體的長篇小說，二是有兩種類型，其中一類完全剿襲了舊章回體小說的腔調和意境，又完全模仿舊章回體小說的描寫法，另一類既剿襲舊章回體小說的腔調和結構法，又剿襲西洋小說的腔調和結構法，兩者雜湊而成的混合品，姑且稱之為「中西混合的舊式小說」。[18]其中剿襲西洋小說者，在茅盾看來，確實有對於舊章回體小說佈局法的革命的方法，這是「從譯本西洋小說裡看出來的」。對於舊章回體小說作家可資借鑒的藝術資源，茅盾有這樣一段文字描述：「這些辦

---

[18] 沈雁冰，《自然主義與中國現代小說》，轉引自《鴛鴦蝴蝶派研究資料·史料部分》，魏紹昌編，上海，上海文藝出版社，1962年10月，第12-13頁。

法，中國舊小說裡本來不行，也不是『第三種』小說的作者所能創造，當然是從西洋短篇小說學來的，能夠學到這一層的，比起一頭死鑽在舊章回體小說的圈子裡的人，自然要高出幾倍；只可惜他們既然會看原文的西洋小說，卻不去看研究小說作法與原理的西洋書籍，僅憑著遺傳下來的一點中國的小說舊觀念，只往粗處摸索，採取西洋短篇小說裡顯而易見的一點特別佈局法而已。」[19]

　　但是「小說之所以為小說不單靠佈局，描寫也是很要緊的」。[20]而在茅盾看來，幾乎所有的現代章回體小說家都不清楚小說的描寫法——一種完全不同於記帳式的記述法的自覺的小說敘事手法。

　　佈局法和描寫法，是茅盾批評舊體章回小說和新體章回小說在藝術手段上陳舊不堪甚至背離現代小說藝術原則的突出兩點。此外，茅盾還批評了現代舊派小說在思想和內容上的「守舊落後，即思想的「文以載道」和寫作上的「遊戲」觀念心態。對於「中了前一種毒」的中國小說家，茅盾認為他們「拋棄真正的人生不去觀察不去描寫，只知把聖經賢傳上腐朽了的格言作為全篇『注意』，憑空去想像出些人事，來附會他『因文以見道』」，而對於「中了後一種毒」的小說家，則認為他們「本著『吟風弄月文人風流』的素志，遊戲其筆墨來，結果也拋棄了真實的人生不察不寫，只寫了些佯啼假笑的不自然的惡札；其甚者，竟憑空撰寫男女淫慾之事，創為『黑幕小說』，以自快其『文字上的手淫』」。[21]故此茅盾斷然否定了這種現代舊派小說在思想上的意義和價值。

---

[19] 沈雁冰，《自然主義與中國現代小說》，轉引自《鴛鴦蝴蝶派研究資料‧史料部分》，魏紹昌編，上海，上海文藝出版社，1962年10月，第14頁。

[20] 沈雁冰，《自然主義與中國現代小說》，轉引自《鴛鴦蝴蝶派研究資料‧史料部分》，魏紹昌編，上海，上海文藝出版社，1962年10月，第13頁。

[21] 沈雁冰，《自然主義與中國現代小說》，轉引自《鴛鴦蝴蝶派研究資料‧史料部分》，魏紹昌編，上海，上海文藝出版社，1962年10月，第10-11頁。

　　其實，這裡所謂的「文以載道」及「遊戲」觀念，無異於揭示出了中國文學的「原罪」。而對其藝術手段（描寫手段）方面的檢討批評——章回體的格式太呆板，過於陳式化的形式；現代章回體小說依然將傳統章回體小說的形式奉為小說「義法」，「不自量力定要模仿，以致醜態百出」[22]；不能夠辨析清楚小說手法中「記述」與「描寫」之間本質性的差別：描寫是有選擇、有目的的藝術形式，記述是機械的、無分辨的、無目的的生活「記帳」；「現代的章回體派小說，根本錯誤即在把能受暗示能聯想的人類的頭腦，看作只是撥一撥方動一動的算盤珠。」[23]——凡此種種，似乎都將為海上漱石生所看重並一直專力實踐的「社會小說」無論在思想內容上還是形式結構上的「創新」或「獨立性」，置於一種頗為尷尬的境地。如果遵循上述批評意見，那麼，無論是海上漱石生還是晚清以來在「譴責小說」、「狹邪小說」、「社會小說」等等名目之下所取得的小說成就，顯然是值得懷疑甚至是不值一提的。

　　令人關注的是，對於清末民初的「社會小說」的批評，除了新文學陣營，還有來自於所謂國粹派或保守派。吳宓在其《寫實小說之流弊》一文中，借「寫實主義」這一概念，實際上對「五四」以來的現代新文學和舊派文學各打了五十大板，認為他們都是「以不健全之人生觀示人也」[24]「惟以抄襲實境為能事」[25]。而在對現代

---

[22] 沈雁冰，《自然主義與中國現代小說》，轉引自《鴛鴦蝴蝶派研究資料‧史料部分》，魏紹昌編，上海，上海文藝出版社，1962年10月，第11-12頁。

[23] 同上。

[24] 吳宓，《寫實小說之流弊》，刊1922年10月22日《中華新報》，轉引自沈雁冰，《「寫實小說之流弊」》，刊《鴛鴦蝴蝶派研究資料‧史料部分》，魏紹昌編，上海，上海文藝出版社，1962年10月，第19頁。

[25] 宓，《寫實小說之流弊》，刊1922年10月22日《中華新報》，轉引自沈雁冰，《「寫實小說之流弊」》，刊《鴛鴦蝴蝶派研究資料‧史料部分》，魏紹昌編，上海，上海文藝出版社，1962年10月，第19-20頁。

舊派小說的批評中，吳宓毫不客氣地點明批評了「黑幕大觀」以及
「禮拜六派」的期刊小說：

> 吾國今日所最盛行者，寫實小說也。細分之可得三派：……
> （二）則上海風行之各種黑幕大觀及《廣陵潮》《留東外
> 史》之類，……（三）則為少年人所最愛讀之各種小雜誌，
> 如《禮拜六》《快活》《星期》《半月》《紫羅蘭》《紅雜
> 誌》之類。惟敘男女戀愛之事，然皆淫蕩狎褻之意，遊冶歡
> 宴之樂，飲食徵逐之豪，裝飾衣裳之美，可謂之好色而無
> 情，縱慾而忘德。[26]

　　吳宓的批評，除了在情緒上有些過於偏激，立場上亦稍顯保守
外，其對於清末民初以「社會小說」為代表的寫實小說在不斷放低
作者及敘事者的批判立場、極力向生活現實開放、呆板不變地照錄
「生活」、在描寫表現之內容素材選擇方面過分集中及媚俗讀者等
種種文學或非文學現象方面的揭示與批評，並非全無道理。而且這
些批評其實在茅盾對於現代舊派小說的批評中亦有所涉及。所不同
者，吳宓的批評，其旨歸是返本歸宗，希望現代小說文本中的道德
迷失偏離，仍然能夠回歸到原有正統之軌。與吳宓不同的是，茅盾
的批評將現代所謂自然主義與現實主義的寫作方法進行了區分，並
將超越了機械地、不做任何辨別地輯錄日常生活現象的自然主義
（kitchen-sense naturalism），與那種帶有理想和設計自覺的批判的現

---

[26] 吳宓，《寫實小說之流弊》，刊1922年10月22日《中華新報》，轉引自沈雁冰，
《「寫實小說之流弊」》，刊《鴛鴦蝴蝶派研究資料‧史料部分》，魏紹昌編，上
海，上海文藝出版社，1962年10月，第17頁。

實主義聯繫起來，在「過似則媚俗，不似則欺世」的藝術實踐原則之間，尋求著現代小說在生活與文本之間的一種平衡。

如果稍微留意，就會發現文化保守派對於現代舊派小說的批評，主要是就所謂文人的自我墮落而言，似乎指向現代舊派小說家放棄了傳統知識精英的文化矜持和道德信念，轉而成為所謂的「末路鬼」這一判斷。而五四新文學家對於現代舊派小說的批評，一定程度上亦從小說文本中所反映出來的思想內容展開，所不同者，新文學家所批評的，是現代舊派小說家對於傳統道德觀念的剿襲，而不是所謂背離。而提示矯正這種剿襲背離的正途，並不是所謂的道德回歸，而是重建現代的新道德。這不僅是現代小說家的使命，亦是現代小說的任務之一。

三

《海上繁華夢》在寫作時間上與《優孟衣冠傳》（又名《如此官場》、《戲迷傳》）[27]相近——這主要是就《海上繁華夢》初集而言。這一點至少標明，在海上漱石生構想他的「社會小說」之時，一方面，他的眼睛裡並非只有上海一隅（外省題材也可以成為海上漱石生這位主要以上海都市為描寫對象的清末民初小說家之描寫對象），哪怕他已經將近代都市作為中國近代都市化、商業化進

---

[27] 關於《優孟衣冠傳》、《如此官場》和《戲迷傳》之間的關係，《退醒廬著書譚》中有說明：「當時名《優孟衣冠傳》，成書後版權為錦章圖書館所購，易名曰《戲迷傳》，由天虛我生陳蝶仙君逐回加以評語。於是此書益增聲價。逮余在四馬路自設上海圖書館，始向錦章購回版權，復易名《如此官場》，重行出版。」（漱石生著，《退醒廬著書譚》，載《金鋼鑽小說集》，施濟群、鄭逸梅編，上海，《金鋼鑽》報館藏印，1932年9月，第38頁）

程中人性與社會性描寫表現的主要對象；另一方面，海上漱石生的
「社會小說」，也並非局限於時尚繁華一面。在燈紅酒綠、車水馬
龍還有青樓煙花之外，晚清官場的荒誕腐敗與官僚的顢頇貪婪、草
菅人命、官箴敗壞，亦是其社會小說中揭露批判的重要內容。

如果從其一生之小說寫作經歷觀察，海上漱石生的「社會小
說」寫作不僅開始時間早，而且數量上亦頗為可觀：

> 《海上繁華夢》即成，《笑林報》又需小說稿，余乃作《如
> 此官場》。痛揭官僚弊害，惟以南亭亭長之《官場現形記》
> 方風行於時，不得不別開蹊徑，見昔人有草木春秋說部，以
> 藥名貫串成書，余以官場如戲，乃純用戲名構成之，無論一
> 人一物，一地一器，皆惟戲名是名，即通體之回目亦然，堪
> 示煞費剪裁。[28]

無論是《海上繁華夢》還是《如此官場》，印行之時滬上無論
是所謂狹邪小說亦或譴責小說，均尚在初創階段。而這兩部作品，
亦當為初創階段的具有一定標誌性的作品。

> 默觀新舊小說，採用此種作法者，殊寥寥無幾。雖草木春秋
> 創體於前，余不得謂非葫蘆依樣，然彼係藥名，余係戲名，
> 夫固截然不同也。[29]

---

[28] 漱石生著，《退醒廬著書譚》，載《金鋼鑽小說集》，施濟群、鄭逸梅編，上海，
《金鋼鑽》報館藏印，1932年9月，第37頁。

[29] 漱石生著，《退醒廬著書譚》，載《金鋼鑽小說集》，施濟群、鄭逸梅編，上海，
《金鋼鑽》報館藏印，1932年9月，第38頁。

　　對於在《海上繁華夢》之外此一階段最為重要的一部「社會小說」，海上漱石生直到暮年，回憶起來依然記憶猶新，「集戲名作《如此官場》，固屬一時興之所至，下筆後慮戲名之不足以供驅使，或驅使而稍涉牽強，則滿篇皆現斧鑿痕，殊難副大雅之品題，以是撰至十餘回後，頗惴惴於全書之不易告成。幸余自幼酷嗜觀劇，記憶力亦尚不弱，於是遍搜今昔各戲，間亦摻入昆目，以足成之，惟純粹為老法體裁，故卷末有遊地府等回，雖天堂地獄之說，西哲亦嘗寓言及此，然在近日科學昌明時代，當不宜有此迷信之談，非惟意殊陳腐，抑且事涉虛無，下筆為憾也。」[30]

　　這段文字在追憶《如此官場》當初寫作時經過及曾經面臨之困難之外，還特別提到了文本末尾遊地府一段。其實傳統小說中描寫地府或遊地府者殊不少見。海上漱石生這裡特別對此予以說明，並言天堂地獄西哲亦嘗寓言及此，足見即便像海上漱石生這樣對西方文學及文本閱讀甚少的現代小說家，事實上亦面臨著現代小說及文學理念之壓力和挑戰。《如此官場》鮮明而純粹的「中國特色」和「傳統風格」，在海上漱石生這裡已經成為一種自覺的現代訴求，而不是漠然不及世界文學之潮流動向。

　　從《如此官場》[31]的開篇題詩看，小說似乎只是對富貴夢的揭露批判。「官場如戲。做官的好像不是在那裡做官，卻在那裡做戲。」[32]語言循著市民百姓之情思邏輯，基本上通俗而不庸俗，處於敘述者尚能把控得住的狀態。小說敘述金錢元（捐官）、宋錦詩

[30] 漱石生著，《退醒廬著書譚》，載《金鋼鑽小說集》，上海，施濟群、鄭逸梅編，《金鋼鑽》報館藏印，1932年9月，第38頁。

[31] 《如此官場》1926年由海上漱石生自己所創辦之上海圖書館印行時，作者署名玉玲瓏館主漱石生戲筆。

[32] 玉玲瓏館主漱石生，《如此官場》，上海，上海圖書館，1926年，第1頁。

（師爺）、任順福（門口二爺）三人結盟捐官、共圖將來。風波亭
上每日共同操練演戲——官場如戲的開始，每人各演一個其中角
色。而天虛我生對第一回的評語「飽暖思淫慾、饑寒起盜心」「盜
與官之名，雖有異，而其實則一也」[33]，不僅將此三人視若盜賊一
般，更關鍵的是，晚清文人們無所顧忌的政治批判言論風格，由此
亦可見一斑。而《如此官場》也就在今天讀者看來極為荒誕的如此
一幕之中開場了。

　　《如此官場》以金錢元的仕途升遷為線索，以官場生態眾生相
為襯托，下至官場最底層的門衛大爺，上至中堂宰相，小說試圖將
一個現實中人極難完成的升官圖，通過文本化的想像和虛構予以落
實。儘管小說中亦有個別清官——兩榜出身的中牟縣令石中玉，極
為鄙視捐官出身的金錢元，認為後者不過是來任上作生意的[34]——
整部小說卻是對晚清官場的一種辛辣否定和犀利批判。

　　不過，與《官場現形記》相比，《如此官場》對晚清官場及官
員的嘲諷挪揄有過之而無不及，而在寫實方面，尤其是在小說的
敘述方式上，卻有其相對獨特之處。[35]小說第十五回翠屏山山民抵

---

[33]　玉玲瓏館主漱石生，《如此官場》，上海，上海圖書館，1926年，第12頁。
[34]　玉玲瓏館主漱石生，《如此官場》，上海，上海圖書館，1926年，第132頁。
[35]　很容易在《如此官場》和李伯元的《官場現形記》之間發現諸多相似之處。譬如都是
晚清官場題材，又都是揭露官場黑暗腐敗、官箴敗壞，以及官吏賣官賣官、貪污弄
權、草管人命等。但就小說本身而言，兩者之間亦存在明顯差異，其中最明顯者，就
是小說的敘事方式上的不同——《官場現形記》基本上是採取由若干短篇小說連綴而
成一部長篇的形式，其中故事人物是關聯更迭式的，一個人的故事講完了，緊接著講
另外一個人的故事，一個地方的故事敘述完了，接下來又轉到另外一個地方，從底層
官吏到中高層官員、從地方官到京官、從北方到南方、從省城到開埠口岸城市，通過
這種「轉場」方式，在空間和官吏群落上，形成一個真正意義上的「官場」，從而有
說服力地揭示出晚清官場的整體性黑暗、腐敗、墮落與厚顏無恥。而《如此官場》在
敘事方式上，則採取主人公「從一而終」式的敘事方式，即從金錢元幾個人買官入場
開始，故事始終圍繞著這個晚清官場底層人物的升遷之途展開，通過其經營、升遷途
中所接觸之官場種種，來展示晚清官場的整體性黑暗、腐敗與墮落無恥，尤其是買官

制洋人在此開礦，其中七莊八洞之中，七莊裡竟有「祝家莊霍家莊」，而八洞中亦竟有「水簾洞盤絲洞」之類[36]。如此列名，無疑將小說的寫實性大大降低，而其想像虛構之色彩，亦由此得以提升。第十六回中出現了杜十娘、玉堂春等妓女名，中國社會的輪迴不變或黑暗腐敗，由此可見一斑。而如此書寫，看似戲謔，實則將此小說文本與中國歷史文本及傳統戲曲小說文本之間的互文性關係牽引昭示出來，讓讀者在這種會心一笑式的閱讀體驗中，擴展對於小說文本的閱讀聯想和關聯思考。

　　《如此官場》前十五回故事中所反映的種種官場弊端，充分顯示出敘述者對於中國社會弊病及國民性的深刻洞悉與透徹瞭解，亦可視作晚清報人－小說家們參政議政熱情和批判意識在報章文和小說文本中的虛擬表現。讓人特別關注的是，《如此官場》前十五回故事情節基本上集中於內地鄉村社會，這也顯示出敘述者並沒有因為長久寄居滬上而對鄉村社會生活喪失基本體驗和小說的想像表現能力。而十五回之後故事線索轉向官員的花天酒地、女子淪落之類的題材，顯見為海上漱石生所擅長。

▲《戲迷傳》（即《如此官場》）廣告

賣官的種種醜行。也就是說，在揭露晚清官場的黑暗腐敗這一點上，《如此官場》與《官場現形記》相一致，但在實現上述目標的方式上，兩者又有所不同。

[36] 玉玲瓏館主漱石生，《如此官場》，上海，上海圖書館，1926年，第191頁。

事實上，晚清滬上出版界和讀者對於所謂「社會小說」的炒作及熱衷，與晚清中國社會官與民之間的社會分裂和相互不承擔責任的關係現實多有關聯。而出版商及讀者的推動，成為了海上漱石生的「社會小說」這一文學生產勞動最重要的力量：

> 續《海上繁華夢》出書，初版在民國五年二月，而至五月間即已再版，可知銷數之宏。沈駿聲君爰續訂另撰一社會小說，以饗讀者。余乃成《十姊妹》三十回，是書為慨女界風俗澆漓而作，以是真淫對照，反正相生，處處皆從女界落墨，與《繁華夢》另一體裁，意在使女同胞超出情天，勿墮孽障。然而證之今日所謂摩登化女子，則江河日下，狂奢極欲、寡廉鮮恥，設欲再作一書，以資棒喝，余幾擲筆三歎，而不屑辭費焉。[37]

僅由此觀之，海上漱石生的「社會小說」，其實已經在不知不覺間滑向「黑幕小說」——黑幕小說在海上漱石生這裡出現，一方面固然有出版商及寫作——閱讀環境的因素，但更關鍵的，恐怕還是海上漱石生自己的報人－小說家情結使然。報人的揭露批判意識和小說家的描寫刻畫慾望，共同催生了具有海上漱石生個人風格的「黑幕小說」式的「社會小說」。

這一點從他另一部「社會小說」《指迷針》的創作緣起中窺見一斑：

---

[37] 漱石生著，《退醒廬著書譚》，載《金鋼鑽小說集》，施濟群、鄭逸梅編，上海，《金鋼鑽》報館藏印，1932年9月，第41頁。

> 《指迷針》，初名《黑幕中之黑幕》，雖亦社會小說，而命
> 義佈局，則又與《繁華夢》《十姊妹》等，各不相侔者也。
> 時有著述家錢生可君者，悲江湖黑幕之害人，受惑者每不知
> 其底蘊，爰作黑幕大觀一書，為之揭露其隱，出版後爭相傳
> 誦。」[38]

　　顯而易見，《黑幕中之黑幕》是海上漱石生回應出版市場和閱讀市場合力效應的一種具體表現。而他似乎也很快發現了這種與出版市場和閱讀市場過於接近對於小說創作可能造成的反衝力──很多時候，這種力量是具有破壞性的，也是具有腐蝕性的，它破壞和腐蝕掉的，是一個小說家的文學獨立性、自主性。而顯然正是這些在維繫著一個小說家的文學個性和藝術良知。

　　海上漱石生並非沒有注意到這一現實，但揭露社會黑幕和人性黑暗的衝動與深諳此道的「江湖修煉」，讓他似乎欲罷不能：

> 所謂能發人之所未發，第係達體記載，並非小說。余思社會
> 黑幕之多，有明知其為黑幕而入幕後尚有重重隱伏，不易
> 圖窮而匕首見者，世道人心之險，堪云無過於此。苟有人作
> 為小說，則如剝絲抽筍，使之層層透漏。在著者足供摹寫，
> 不患無所取材。而讀者當興會淋漓，且可藉資警惕。於是搜
> 集事實，乃成是書，發刊於創辦之《大世界報》中，都三十
> 回，近二十萬字。書中開宗明義之第一回，為四人共叉麻
> 雀，一人勝算獨操，永無輸錢之患。此法彼時有人實行，受

---

[38] 同上。

愚者不知凡幾。且打牌時絕無弊病，故無覺悟之人。然而此
輩奸徒，賭博尚其初幕，逮至誘惑日久，入彼彀中，施其種
種欺騙伎倆，小之足以使人傾家蕩產，大之抑且生命可危，
以是全書所述各節，罔不注意黑幕落筆，而此黑幕又往往幕
中有幕，令人覺察甚難，與錢君之黑幕大觀截然判為兩途，
各不相繫。成書後出版問世，頗獲風行於時。嗣余在福州路
設上海圖書館，此書適售罄再版，以原名不甚雅馴，乃改今
名焉。[39]

正是因為海上漱石生的報人－小說家身份，讓他一方面主持著
滬上的大報或小報，頗為便捷地獲得整個城市的各個方位角落的即
時資訊新聞，另一方面又讓他對現實社會及市民階層的日常生活有
著極為敏感的描寫敘述衝動。他的「上海通」這一特殊身份，進一
步強化提升了他書寫上海這座不斷變化中的都市的意志。事實上，
這種旨在暴露都市社會各種所謂黑幕的小說時寫不完的：

《海上燃犀錄》，亦社會小說，似與《指迷針》相類。余豈
不畏下筆雷同。然而燃犀錄中之材料，自與《指迷針》各
異，則焉有雷同之是慮。可知小說一道，只患取材不易，不
患落筆之窮。今試以構屋比喻。其屋外表有相似者，而室中
之陳列一切，則固各不相同，遂令入此室者，足以遊目騁
懷，謂一室有一室之結構，必欲一窺其異，《燃犀錄》中之
事實，第一回有官家妄託名普陀避暑，實則其人未往，構成

---

[39] 漱石生著，《退醒廬著書譚》，載《金鋼鑽小說集》，施濟群、鄭逸梅編，上海，
《金鋼鑽》報館藏印，1932年9月，第42頁。

> 種種孽果及（掘墳山鬼哭啾啾）（分家產人言唧唧）等書，
> 摘採當時隱事，並非悉出子虛，善讀者玩索得之，則於《燃
> 犀錄》燃犀二字，可以思過半矣。青浦席子佩君，在滬創
> 辦《新申報》，需一長篇說部，徵之於余，謂能作新海上繁
> 華夢最佳。余曩在老《申報》操筆政，與席君交頗水乳，情
> 不能卻。因勉允之，訂定稿資每千字三元，版權歸余。他日
> 或自行出書，或將版權轉售與人均可。惟時余已絕跡花叢，
> 且續海上繁華夢脫稿之期已遠，星移物換，風景與昔日迥
> 殊。……余生平不完之書，屈指惟此。[40]

　　正是在上述巨大的幾乎難以抵禦的寫作誘惑和寫作慣性的雙重
合力作用下，海上漱石生在《海上繁華夢》和《如此官場》之後，
又創作了若干部以上海都市社會為材料的所謂「黑幕小說」。坦率
地講，所謂都市黑幕小說並非19世紀末、20世紀初中國文學之獨特
現象。19世紀法國《巴黎的秘密》一書之後，在法國通俗小說界，
亦掀起一股所謂揭示都市秘密、黑幕的小說書寫熱潮。這種現象背
後，當然有市場和商業利益這一看不見的手，但隨著近代都市的快
速發展和急劇膨脹，個人在都市社會中的處境日益窘迫——都市的
日漸膨脹和無限擴張，與個人受到種種約束的都市存在現狀之間，
形成了越來越巨大的反差。個人也越來越想瞭解在自我之外的其他
存在，包括對整個城市的瞭解認識慾望等。[41]正是在這樣的近現代
大眾心理氛圍之中，所謂都市黑幕小說或社會小說層出不窮。

---

[40] 漱石生著，《退醒廬著書譚》，載《金鋼鑽小說集》，施濟群、鄭逸梅編，上海，
　　《金鋼鑽》報館藏印，1932年9月，第44頁。
[41] 一般認為，清末民初上海社會小說的興起乃至繁盛，除了出版市場等方面的因素，另
　　外還與都市中人對於個人之外他人及都市生活的認識瞭解上的「好奇」有關，更與寫

在《海上繁華夢》「自序」中，海上漱石生言其小說「欲警醒世人癡夢也」。他曾列舉世人對於上海這座近代都市繁華的種種癡夢，並聲言，「因作是書，如釋氏之現身說法，冀當世閱者或有所悟。……是則《繁華夢》之成，殆亦有功於世道人心，而不僅摹寫花天酒地，快一時之意、博過眼之歡。」[42]但從寫夢到揭黑，海上漱石生不知不覺之間，實際上已經喪失了對於上海這座城市的想像衝動，更多地為這座城市的現狀和人性真實所困擾牽扯。他似乎已經沒有了對於都市及都市人未來的預言設計，只是不斷地在都市黑暗與人性醜惡的書寫中，耗盡他對這座城市曾經有過的理想之夢。

四

一般而言，西方意義上的社會小說，是19世紀30年代從浪漫主義文學思潮當中逐漸演化而來的一種小說理論與創作實踐。這種小說在理論上與創作實踐上不同於浪漫主義那種追求神秘場景、將人物形象過於理想化、突出曲折離奇的故事情節和情感強度等，也不同於所謂為藝術而藝術的文藝思潮那種把小說視為與現實無關的純藝術的主張，而是以客觀現實生活尤其是當下之客觀現實生活為其基礎，著力反映社會存在的問題，其中既有社會方面問題，亦有人性方面的問題，甚至於歷史文化以及國民性等方面的問題，同時亦

作者對於都市社會與都市中人之存在狀態、方式及品質之深切關注有關，也與他們從中所發現的日趨嚴重的社會問題與人性問題的深切焦慮有關。這種問題意識之焦慮處境不斷放大，就是對整個民族國家的時代處境與未來狀況的焦慮與關切。在此意義上，社會小說與社會問題及人的問題——人性問題與人的都市化、社會化問題——密切相關，同時亦與時代和生活密切相關。

[42] 海上漱石生，《海上繁華夢》「自序」，上海，上海古籍出版社，1991年5月，第4頁。

通過藝術敘事來提出作者對於上述問題之見解主張。而現代意義上的社會小說，尤其是30年代以茅盾的《子夜》為代表的現代都市社會小說，相較之下更為注重人物活動的社會背景的敘述交代，注重廣闊的社會畫面和複雜的社會矛盾的描繪，從而揭示社會關係和社會發展的必然規律，並分析社會結構和社會走向。某種意義上，後者受社會學尤其是馬克思主義政治經濟學理論影響明顯。

在這種現代意義上的社會小說語境中，人物、故事、主題、情節、結構、語言等小說的形式要素，都服務於對於社會潛在的本質性存在及社會發展規律的解剖揭示這一社會目的而不是藝術目的。這一點，其實與清末民初的「黑幕小說」其目的亦在「黑幕」而不一定在小說似不謀而合。所不同者，現代意義上的社會小說認為自己能夠揭示社會結構和社會發展的內在本質與規律，而海上漱石生等人的「社會小說」，恐怕在不少批評家那裡，認為不過描寫刻畫了社會生活中部分人物現象，並沒有也不可能揭示社會存在與發展的所謂本質規律。

也因此，清末民初「社會小說」所謂人性描寫和人性批判，在有些批評者看來，不過是掩飾其對社會存在和發展本質規律認識和批判方面的軟弱不足而已。而之所以如此，並不是因為小說作者們的批判意識不夠強烈，而是因為他們的批判能力有限或不夠。

清末民初的「社會小說」相較於古代社會小說的一個突出特點，就是強化了社會小說的地域性、更為鮮明的問題意識與批判意識，尤其是社會小說所描寫表現的地域空間相對集中於都市，譬如上海等新興沿海都市。換言之，近代中國的社會小說，與中國近代社會的都市化、商業化等進程密不可分，也可以說是中國近代都市化、商業化社會及其歷史進程的一種文學表現形態。因為近代都市

化與商業化的歷史進程時間更短、速度更快、強度更大、造成的社會震盪與人性衝突更為劇烈，傳統社會秩序與政治文化結構遭遇到的衝擊更大，也因此，這種社會小說所揭示出來的社會的劇烈震盪與人性之矛盾衝突，無論在廣度上還是深度上都要超過中國歷史上之社會小說。[43]

　　對於社會小說在清末民初小說發展史上的地位，曾有論者認為，「它是舊派小說中相當繁茂的一枝，給予讀者的影響也相當大。」[44]這應該是符合實際的中肯之論。

---

[43] 對於晚清社會小說之發生來源，范煙橋的解釋是：「社會小說近的從《文明小史》、《二十年目睹之怪現狀》那裡繼承了傳統，遠的則師法《儒林外史》。不過以前那些書只是描述社會的某一部分，而民國初年的社會小說，範圍更為擴大，包括了黨、軍、政、警、學、商等各階層的人物和動態，有時也涉及工農。由於作者都生活在上海和北京等幾個繁華都市，便就地取材，特別是上海，五花八門，更是產生社會小說的源泉。社會小說還有一個不同於言情小說的特點，就是文字採用白話，使知識份子依戀文言的觀念，逐漸改變。」（范煙橋，《民國舊派小說史略》，刊《鴛鴦蝴蝶派研究資料・史料部分》，魏紹昌編，上海，上海文藝出版社，1962年，第181頁）

[44] 范煙橋，《民國舊派小說史略》，刊《鴛鴦蝴蝶派研究資料・史料部分》，魏紹昌編，上海，上海文藝出版社，1962年，第181頁。

論海上漱石生的武俠小說

在清末民初的武俠小說作家中，海上漱石生似乎顯得並不特別突出，但相較之下他有兩點引人關注，一是他的資歷。早在1890年代，也就是後來的「鴛鴦蝴蝶派」作家們還沒有登上滬上文壇之時，海上漱石生的武俠小說《仙俠五花劍》就已經撰寫完成，這在當時滬上原創性武俠小說還一片沉寂的境況中可謂鳳毛麟角；[1] 二是他的作品多。儘管與陸士諤、向愷然（平江不肖生）、李壽民（還珠樓主）、馮玉奇、顧明道等相比，在武俠小說數量上可能稍微遜色，但海上漱石生先後完成並出版了《仙俠五花劍》（笑林報館，1901年）[2]、《九仙劍全集》（上海錦文堂書局）[3]、《呆俠》（上

---

[1] 據《退醒廬著書譚》，「余作《仙俠五花劍》，彼時海上之武俠小說，尚只《七俠五義》及《小五義》、《七劍十三俠》等寥寥數部。」（海上漱石生，《退醒廬著書譚》，刊《金鋼鑽小說集》，施濟群、鄭逸梅編，上海，《金鋼鑽》報館藏印，1932年9月，第30頁）

[2] 《仙俠五花劍》另有上海書局1904年4卷40回本、文元書局1910年4卷40回本。笑林報館本前有歙縣周忠鏊病駕、鴛湖問業女弟子黃鞠貞之「說部題詞」，另有下浣古瀛洲狎鷗子辛丑七月於海上語新樓之序。周病駕和張康甫（狎鷗子）均曾與海上漱石生共事於《新聞報》。另據《退醒廬著書譚》，該書曾被上海海左書局一員工盜印，後版權售于海左書局，由其更名《飛仙劍俠大觀》出版（參閱《金鋼鑽小說集》，第45頁）。另《如此官場》第十三回「三岔口縣宰施威，十字坡都司耀武」中有一女俠名花木蘭者，練得一身好本領，「善使一柄仙俠五花劍，有神出鬼沒之奇。」（《如此官場》，第168頁）

[3] 《九仙劍全集》、《夫妻俠》、《呆俠》等書，在上海九州書局亦曾出版，所不同者，各部售價略高於上海錦文堂書局。另，《九仙劍全集》亦曾以《九仙劍正集》書名1936年10月由上海時遠書局再版，封面署「新奇劍俠《九仙劍正集》，海上漱石生先生著」。

海錦文堂書局）[4]、《夫妻俠》（上海錦文堂書局）、《金陵雙女
俠》（九州書局）、《嵩山拳叟》（上海時還書局）[5]、《金鐘罩》
七部武俠小說，另《掌心劍》直到其去世，仍在《五雲日升樓》上
連載，終未完成。[6]

▲《九仙劍正集》封面

4　據《退醒廬著書譚》，《夫妻俠》為《呆俠》續集，前者三十回，後者亦三十回。另
　　海上漱石生尚擬續寫第三集《雜俠》四十回，後因為《民業日報》撰寫《金陵雙女
　　俠》而耽擱。

5　有關《嵩山拳叟》出版情況，《退醒廬著書譚》一文中云：亦單行本。成於丁卯秋
　　間，在《新聞報》之快活林發刊，而在時還書局出版，凡三十六章。（第50頁）約七
　　萬餘字。全書作叟與客問答，自述其生平語，體裁異與說部，與筆記亦不同，雖不敢
　　謂自成一家，第前人似未嘗有此。（參閱《金鋼鑽小說集》，施濟群、鄭逸梅編，上
　　海，《金鋼鑽》報館藏印，1932年9月，第50頁）。

6　有關《掌心劍》，參閱《海上漱石生著述考》。

一、江湖正義或民間自然秩序的想像書寫

海上漱石生的小說寫作具有較為明顯的階段性特點，即一個時期相對集中地寫作某種類型的小說。這一現象在他的社會小說和武俠小說寫作中均存在。

> 余之處女作，為武俠小說《仙俠五花劍》三十回，成於二十九歲至三十歲。繼則為社會小說《海上繁華夢》都一百回，分三集。[7]

> 嗣又成《如此官場》三十回，至四十歲後，輟筆者數年。旋復作《續海上繁華夢》一百回、《十姊妹》三十回、《指迷針》三十回、《海上燃犀錄》三十回、《新海上繁華夢》三十回。自是而改趨武俠，成《九仙劍》二集、六十回，《呆俠》三十回，《夫妻俠》三十回，《金陵雙女俠》三十回。[8]

這種一種類型的小說集中寫作以及兩種不同類型的小說交叉寫作的方式或習慣，對於海上漱石生的武俠小說可能產生怎樣之影響，後文中將詳細解讀。

不過，海上漱石生的武俠小說，由此觀之亦可從三個層面予以考察分析，一是在海上漱石生的小說層面，二是在清末武俠小說層

---

[7] 海上漱石生，《退醒廬著書譚》，刊《金鋼鑽小說集》，施濟群、鄭逸梅編，上海，《金鋼鑽》報館藏印，1932年9月，第26頁。

[8] 海上漱石生，《退醒廬著書譚》，刊《金鋼鑽小說集》，施濟群、鄭逸梅編，上海，《金鋼鑽》報館藏印，1932年9月，第26頁。

面，三是在傳統武俠小說層面。所謂在海上漱石生的小說層面，主要是指如何在他曾經實踐嘗試過的社會小說、偵探小說、政治小說、探險小說、哀情小說、軍事小說、家庭小說、神怪小說等類型中，認識解讀其武俠小說的類型特徵以及具體實踐，尤其是在他主要嘗試的社會小說和武俠小說這兩種類型中考察其武俠小說；所謂在清末武俠小說層面，主要是指在清末武俠小說的歷史語境以及文本語境中，如何認識解讀海上漱石生的武俠小說的個性與創新；所謂在傳統武俠小說層面，主要是指傳奇、公案以及勇武俠義小說模式，對於海上漱石生的武俠小說創作產生了怎樣或隱或顯之「影響」。

王德威先生曾從主題來源、情節結構以及意識形態定位角度，對武俠小說與公案小說之間的關係及「差異」進行過分析，並考察出武俠小說與公案小說之間事實上存在著「持續的互動」，「俠義小說與公案小說佔據了同樣的道德場景：在這個世界裡，正義，不管是神聖的意志，社會的共識，朝廷的法令，還是個人的廉正，必須得以伸張。」[9]「當俠義小說中的正義得以伸張之時，官方的話語卻可能出現裂隙，因其用以懲治為非作歹者的措施如此暴烈，往往瀕於非法。俠義小說以懲惡揚善為名放縱的暴力與混亂，正是公案小說以同樣懲惡揚善的名義，所懼怕以及所欲平息的。」[10]

一般而言，相比於武俠小說，公案小說與社會現實之間顯然距離更近，實際上，公案小說在主題上的最終訴求，亦是指向社會現實，只不過這一社會現實在小說中可能一度被破壞或被挑戰，公案

---

[9] 王德威，《被壓抑的現代性──晚清小說新論》，宋偉傑譯，北京大學出版社，2005年5月，第139頁。
[10] 王德威，《被壓抑的現代性──晚清小說新論》，宋偉傑譯，北京大學出版社，2005年5月，第139頁。

小說的目標與社會現實恢復其原有秩序的訴求是一致的，或者兩者
之間具有一種同構關係。而這也大概是公案小說與武俠小說最大的
不同之處：武俠小說指向一種超越社會現實的更趨理想化的可能，
並沒有顯示出對於現存社會秩序的特殊好感或認同。

　　海上漱石生的武俠小說，一方面想像虛構了一個由仙俠主導維
護江湖正義、民間自然秩序的俠義世界，就此而言，他的武俠小
說是借助現實為背景，來書寫一個理想化的俠義世界，表彰俠義
精神；另一方面，他的武俠小說又或隱或現地呈現著對於現實世界
種種弊端、缺陷甚至醜惡黑暗的關注甚至焦慮，這種關注焦慮並非
停留於一般人性或浮泛之社會表像，亦滲透擴散到對於社會體制以
及官僚行政這些極易造成社會不公與不義的隱性領域或結構當中。
這就使得海上漱石生的武俠小說，又帶有同時期的「譴責小說」的
一些要素：現實感、暴露性、批判力等。在《九仙劍》續集中，海
上漱石生就刻意迴避當時流俗武俠小說的一般套路，將武俠世界與
現實世界之間的想像隔膜拆除掉，甚至將這兩個世界融為一體。
「（續集《九仙劍》）欲力避陳腐。凡尋常武俠書中習見之事，概
在擯棄之列，故注意於倒戈誤國、辦賑殃民、賣缺弄權、勒捐激
變、通匪恣惡、寵妾為非，一切皆從大處落墨，以期閱者眼界一
新。」[11]這裡所一一列舉之社會現象，儘管在中國歷史社會中早已
司空見慣，但無疑與晚清社會之關係更為密切——只要稍微熟悉一
點李伯元的《官場現形記》和海上漱石生自己的《如此官場》，就
會對此心照不宣。

---

[11] 海上漱石生，《退醒廬著書譚》，刊《金鋼鑽小說集》，施濟群、鄭逸梅編，上海，
《金鋼鑽》報館藏印，1932年9月，第47頁

　　海上漱石生的這種「實驗」，給他的武俠小說帶來了什麼變化或呈現出什麼新特點呢？首先，無疑加強了武俠世界與現實世界之間的互動，後者不再只是前者敘事的一道歷史的或現實的飄忽背景，一種僅僅為了呈現武俠英雄們的驚世武功和超越凡俗的道德理性的召之即來揮之即去的可有可無的存在。武俠哪怕是仙俠，也不是完全且真正可以脫離現實世界而存在的世外生命。就此而言，海上漱石生將現實世界對於武俠世界的意義大大提升了，儘管他或許並沒有一個詳盡完善的計畫，來設想兩者之間究竟該如何真正意義上互動而不只是簡單向讀者提示後者之存在。

　　如果要進一步追問考察海上漱石生在武俠世界之外對於現實世界的格外關注，似乎可以從理論與現實兩個層面予以分析。就現實層面而言，在清末民初的所謂「舊派小說家」中，海上漱石生是一個現實感特別強烈突出的小說家。儘管小說敘事離不開想像和虛構，但現實存在對於他的小說敘事的影響之大，似乎超出同期大多數小說家。此外，他的報人身份和長期通過報人、報紙與都市社會現實接觸所形成的感受認知都市社會的時間和空間的方式習慣，讓他不僅不屑將小說理解為向壁虛構，而且還可能喚醒他通過武俠行為來改善現實社會的想像，而不僅僅只是虛構一個虛無縹緲的理想化的俠義世界即完事大吉。而就理論層面而言，在「退醒廬小說十種」之前，換言之，也就是在20年代之前，海上漱石生的小說類型，基本上就是兩種，即社會小說和武俠小說。社會小說的「現實感與現實性」與武俠小說的「虛構性與理想化」，形成了一種異質化的互文關係。而作為敘事者的海上漱石生，實際上在這兩種文類之間，難免「聽憑」其彼此互動滲透，也就是適當將前者的「現實感與現實性」，滲透融會到後者的「虛構性與理想化」之中，從而

讓後者成為改造前者的一種「現實的力量」，哪怕這種「現實的力量」是通過文學想像的方式提出並實現的。

這就使得海上漱石生的武俠小說，呈現出上述之外的另外一些獨特之處。在他的武俠小說中，也描寫神器和神功，譬如在《九仙劍》正集中，甚至出現了為後來的武俠小說批評者所詬病的反科學的描寫，「借用哲學家預言法，創為仙劍可破火器奇談」──這在武俠小說中幾乎屢見不鮮──但總體而言，海上漱石生的武俠小說，在人、器、功三個層面，基本上都還維持著常識理性。也許有人會就此而批評海上漱石生缺乏想像力，不能突破對於人、器、功的想像極限，也可能會有人嘲笑海上漱石生對於小說虛構性的理解是片面的和僵化的，忽略了對於虛構的藝術效果的不斷探索的好奇和勇氣。這些說法或批評，多少都有些道理，但如果注意到海上漱石生長期的報人－小說家生涯，以及他深厚的社會小說創作經驗，也就不難理解為什麼其武俠小說會與現實社會和現實性有著如此難以擺脫的牽連。

這種牽連在海上漱石生的《嵩山拳叟》中落實成為一種小說的審美風格。這種審美風格既體現在人物形象的塑造上，也表現在小說的敘事方式和語言形式上。「全書作叟與客問答，自述其生平語，體裁異與說部，與筆記亦不同，雖不敢謂自成一家，第前人似未嘗有此。」[12]《嵩山拳叟》中那種歷盡世變滄桑之後的波瀾不驚與渾厚沉著，具有一種「極高明而道中庸」的自在與內在力量。在這裡，傳統的武俠小說範式或傳統的武俠形象模式，似乎都失去了其影響力或規範力，「嵩山拳叟」完全以其自身的自然的方式和力

---

[12] 海上漱石生，《退醒廬著書譚》，刊《金鋼鑽小說集》，施濟群、鄭逸梅編，上海，《金鋼鑽》報館藏印，1932年9月，第50頁

量，成就了一種自在英雄的風範與魅力。那種喧囂與繁華都塵埃落定之後的自我呈現，不僅閃耀著人性自然而真實的光輝，而且也將武俠小說和武俠形象的書寫塑造，推向到一種返璞歸真的本原。從這裡，我們發現了海上漱石生的武俠小說在經過一輪轉換之後——從對於神奇、奇異、魔幻的嚮往追逐，到平淡而近自然——還是在現實世界中找到了最為踏實的落腳點。

對於晚清武俠小說生成與繁榮的解釋，亦有從社會的歷史的現實的諸因素來予以分析考察者，且都能得出符合實際的一些結論。這些結論落實在海上漱石生的武俠小說文本實踐中，亦都具有一定的說服力。眾所周知，民國時期的通俗小說與出版市場、讀者偏好之間的關係頗為密切，彼此之間的拉扯影響亦甚為明顯。「寫武俠小說沒有事實根據而全憑幻想，題材終必陷於枯窘；寫法上也只能東扯西拉，七拼八湊，品質不會高，讀者看了，覺得千篇一律，就厭煩了。經過了十多年，畸形繁榮的武俠小說，也走下坡路了。」[13]這段文字，頗為清楚地描述了民國時期的武俠小說由繁榮走向衰落的客觀事實及影響因素：由出版市場影響甚至操縱的小說製作生產機制、巨大的數量產出、題材的枯竭、向壁虛構以及千篇一律無法超越的自我窠臼、閱讀興趣和偏好的轉移等等，不僅在當時的武俠小說實踐中客觀存在，而且也確實對武俠小說後來的走向產生了負面影響。

不過，相較之下，海上漱石生的武俠小說依然展示出其富於思想情感藝術之個性的自我走向與若干特點。他對於武俠行走其間的江湖以及自然秩序存在的民間，都不是用一種偏於虛構的想像來建

---

[13] 范煙橋，《民國舊派小說史略》，轉引自《鴛鴦蝴蝶派研究資料·史料部分》，魏紹昌編，上海，上海文藝出版社，1962年10月，第225頁。

構呈現，而是用一種看不見的手的力量，讓江湖和民間「真實」地存在著，從而使得其武俠小說，始終呈現出一種「真實」力量。

二、俠義：文人行動力的想像延伸與自然秩序之恢復維繫

海上漱石生的武俠小說中的這種「真實」力量，將他的武俠小說更多引向這一現實而不是想像虛構的那個武俠世界。而他所描寫刻畫的俠義人物、俠義行為和俠義精神，則成為在現實存在面前早已經萎縮甚至喪失掉行動力的文人的一種想像化的延伸或「虛張」實現，也是社會自然秩序遭到破毀之後恢復維繫之希望所在。

晚清小說，無論是被稱之為「譴責小說」的那部分社會小說，還是武俠小說，其創作動機某種意義上都可解釋成為文人們「苦悶之象徵」。文人在仕途不暢、社會上下不通並日趨隔膜、固態化為一種讓曾經的懷有理想者近於完全絕望的窘境之時，所能者，不過是憑藉「譴責小說」和武俠小說，來「虛張正義公平公正」──這種虛張，既是為社會全體，亦是為小說家們個人。這種情況在海上漱石生一代小說家身上尤為明顯。而在海上漱石生那一代小說家之後，武俠小說逐漸淪落成為一種消遣娛樂形式，一種作者和讀者皆依賴它來虛幻地放逐自我的精神鴉片而已，與現實及真實已經背道而馳，其原有的批判力也早已耗散殆盡。所謂俠所謂義，都不過是消遣娛樂當中的空洞符號而已。

但在在海上漱石生那裡，武俠小說實際上依然還可以作為他描寫社會、表現社會、批判社會和想像建構理想社會的一種途徑和方式，武俠小說在此意義上實際上也是其社會小說之一分支或一種。

但是，即便如此，這種表現力和批判力也是受到種種限制的，並非是他可以肆意揮霍的一筆資產。清末滬上「一市兩制」的政治權力格局、文人們因為這種格局不斷擴展的自主意識、脫離官方體制依然可以相對自由自在生存的文化市場環境，所有這些，成為鼓脹文人們上述批判力的一種新的時代力量或客觀存在。而武俠小說，則成為海上漱石生們與社會和現實對話的一種虛構文本方式，儘管他們對於這種小說的現實效應期待並不僅止於虛構文本。

> 夫傳奇述異，盡多充棟之書；說鬼搜神，不乏覆瓿之料。然朝報或嫌斷爛野語，又病荒蕪。若非博士買驢，文深義晦，即是賤工畫虎，貌合神離。求其得意直書，愜心貴富，鉛華洗盡，花樣翻新。燃溫犀以燭幽，鑄禹鼎以象物。神仙任俠兩傳，合成兒女英雄，雙管齊下，而又老嫗都解，如吟香山之詩，瘧鬼可驅，似讀孔璋之檄者，古人未作，後世無聞焉。[14]

這段文字，確實可以作為海上漱石生的武俠小說寫作動機之一種說明，也是他為自己的武俠小說所擬設的一個並不算低的目標定位。而作為海上漱石生武俠小說系列的開篇之作，《仙俠五花劍》虛構了一個為其後來的武俠小說沿襲的基本亦是核心關係圖：仙、俠、五花劍。武俠離不開兵器或功夫，而有了兵器或功夫的人，又將如何繼續成長，長成為一個超越凡夫俗子的更高生命，也就是俠士的自我成長之路——無論是外在的功夫修煉，還是內在的生命提

---

[14] 《仙俠五花劍》之狎鷗子「序」。

升，這是《仙俠五花劍》試圖直面回應的一個極為俠義世界所關注同樣亦為現實世界所在意的哲學命題。這種內外兼修的自我完善之路，幾乎在中國所有的哲學話語體系中都會涉及並強調，而在武俠小說中，這種內外兼修的自我提升和完善之修養功夫，得到進一步強化。之所以如此，推測與對於功夫及修煉成功夫者的複雜情感不無關係：功夫是一種中性存在，為善者所用則行善，為惡者所用則作惡。如何讓功夫只為善者所用，唯一的辦法，就是讓所有的修煉者都成為善者。而要如此，首先且最為可能者，就是要求修煉者通過內外兼修的方式，將自己修煉成為一個善者。因為外界是難以駕馭應對一個修煉出超高功夫而又對行善無所興趣的勇武之人的——這一點在《仙俠五花劍》中已有專門特別的描寫。也因此，俠實際上就是非俠者對於勇武之人的一種帶有道德理想期待的稱呼定位，也是對一種自我完滿者的標準認定。在這種定位或認定中，俠的外家功夫可以因為其具體修煉之套路功夫門派兵器等之不同而不同，但俠之內家功夫——俠之所以為俠者——卻基本一致。只是有的對俠之期待在於民間行俠仗義、打抱不平、鋤強扶弱、匡扶正義，有的對俠之期待在於為國家民族承擔使命責任，有的對俠之期待在於不斷突破生命自我之種種極限、真正實現生命自我的無限超越。凡此種種，無非是讀者將自己理想和渴望的一種轉移實現，而其中究竟又有多少是作者自我理想的一種曲折反映，一時還尚難斷定。

但武俠小說作為一種文學藝術形式，顯然並不僅僅是為了滿足上述心理期待。無論上述心理期待有多麼自然和強烈，它也不應該成為一部武俠小說的全部內容和目標所在，因為它還有其自身在小說藝術方面的關注。具體而言，在《仙俠五花劍》中，敘述者為讀者虛構了了一條以劍找人的故事線索——與其說是仙找俠，不如說

是劍找俠，這種由劍找人的故事敘述方式，與一般武俠故事中由人找劍的方式有所不同。所謂武俠的故事與名劍的故事並行不悖，劍可能為惡人所用，俠亦可能因為喪失了內在的精神自我而淪落為盜或奸。劍與俠的結合，不僅是器用之結合，其更關鍵者，乃是劍之內在精神生命與俠之內在精神生命的融會貫通，這既是劍術之最高境界，亦是武俠之最高境界。所謂人劍合一，應該是就此而言的。

這樣來解讀《仙俠五花劍》，並不是過度突出文本的哲學性。但海上漱石生的武俠小說與他的社會小說一樣，存在著濃烈的「問題意識」則是事實。所不同者，社會小說的問題意識是直接從社會層面生成的，而武俠小說的「問題意識」，表面上看是在一個虛擬的俠義世界之中，但其實又處處回饋到現實世界，實際上是對現實世界真實存在的一種小說類型化的曲折表現。

具有政治判斷力與制度懷疑能力的俠客，是《仙俠五花劍》無論是在武俠人物形象塑造還是主題表達方面一個引人注目的所在。不同於他在《退醒廬著書談》一文中所描述的清末滬上武俠小說的地方——那些小說更多是從武俠與現存政治體制之間的合作或最終合作角度來塑造人物、敘述故事，也就是通常所謂「公案小說」的人物及主題模式——《仙俠五花劍》塑造了現存政治體制中的清官，譬如山陰縣令方正，但他同時直接將小說中的基本主線：吏治腐敗、官民矛盾衝突等社會問題，不怎麼聲張地上升到一個政治高度，即中國政治歷史話語體系中的奸臣當道問題。奸臣當道問題究竟是一個政治運行或管理過程中實踐層面的問題，還是一個制度設計、構架與制度理論本身的問題，儘管在小說中並沒有就此展開敘述分析，但小說顯然沒有迴避這一問題。

也就是說，在自己的第一部武俠小說中，海上漱石生即沒有迴避武俠思想與現實行為中可能觸動的制度、政治權力等敏感話題。就此而言，《仙俠五花劍》並不是在一個相對封閉的孤立空間裡的敘事，而是將武俠的現實存在擴大到一個時代的政治與社會存在環境之中，將武俠與政治、制度、最高權力之間不可避免的接觸乃至衝突客觀地呈現出來。這固然與中國古代武俠小說中已有的傳統不無關係，即所謂俠之以武犯禁的問題，但最根本的，似乎還是與海上漱石生所處清末以及滬上這樣一個開埠口岸之環境關係更為密切。

不過，海上漱石生並沒有試圖將自己小說中的武俠，塑造描寫成為具有明確而強烈政治意圖或理想的政治俠客，武俠在現實生活中的行為，亦不能一概視之為一種泛政治的行為，其實背後還是滲透著一種中國式的超越了時代政治的更具有普遍意味的悲天憫人的好生博愛情懷和扶弱濟困、救死扶傷的人道主義精神。

> 紅羊劫急，白馬盟新；強暴跳樑，桀黠構扇，弱肉爭食，公道何存。言者煩鳴，聞之背裂。痛中原之板蕩，借箸誰籌；制南越之倡狂，請纓無路。人情洶洶，天意夢夢。蘭成無取樂之方，屈子有《離騷》之作，則欲消磨歲月，開拓心胸，代梁父之吟，下東坡之酒，捨是編其奚屬哉！[15]

在上述解讀中，無論是作為小說家的海上漱石生，還是他的武俠小說，都可以在歷史語境與政治文化語境中獲得合理性的詮釋。

---

[15] 《仙俠五花劍》之狎鷗子「序」。

而作為一個具體的武俠小說文本，《仙俠五花劍》對於海上漱石生
的意義顯然不止於此。

海上漱石生的武俠小說，文本之間互文性頗為明顯，尤其是在
人物形象以及主題來源上。而所有這些，似乎都可以追溯到《仙俠
五花劍》這一母文本或頂級文本這裡。在人物形象上，《九仙劍》
基本上保留了《仙俠五花劍》中的主要人物，而在故事主題上，則
延續了「剪除勢豪、掃蕩軍閥、懲剿盜匪」之類。[16]

> 《仙俠五花劍》一書，……其排雲而出，人下九天，入水不
> 濡，身經百煉，熔金成液。耀匣裡之芙蓉，切玉如泥；斬人
> 間之荊棘，無遠弗屆。則飛廉莫能追，靡堅不摧；則夏育失
> 其勇，雪來丹之。憤黑卵不得瓦全，抉詢美之危素娥，依然
> 壁返。能使奸雄膽落，義士眉伸，誠藝苑之別裁，稗官之傑
> 構也。至若精神團結，字挾風霜，藻彩紛披，語有根柢。[17]

一般認為，俠義小說與公案小說形成了傳統以俠義為中心的小
說敘事的兩條脈絡，將兩者聯繫起來的是「俠義」這一精神核心，
但兩者又有明顯不同，其中最大之不同，就在於小說中所建構的政
治體制、道德秩序與社會規範是以現存威權為旨歸，還是以理想化

---

[16] 《九仙劍》正集三十回、續集三十回。正集三十回「全書發源於《飛仙劍俠大觀》
（即《仙俠五花劍》），然純用借賓定主之法。書中表面之主人翁，仍為黃衫客蚖
蜚公等十劍仙，而所敘至一切事實，則為雷一鳴文雲龍薛飛霞白素雲花姍姍五劍俠，
與前書脈絡固通，筆墨各異。」續集三十回亦「體裁悉本前書」，「書中主要之人，
黃衫客蚖蜚公聶隱娘等男女十劍仙，雷一鳴文雲龍薛飛霞等男女八劍俠之外，又有鐵
鋼與耿玉蓮男女二俠，人數愈多，行文愈感不易。」（海上漱石生，《退醒廬著書
譚》，刊《金鋼鑽小說集》，施濟群、鄭逸梅編，上海，《金鋼鑽》報館藏印，1932
年9月，第47頁）
[17] 《仙俠五花劍》之狎鴨子「序」。

的理念訴求為旨歸。也正是從這裡，俠義小說對於現存威權秩序的不遵從、自我放逐與重新建構秩序的敘事方式，與公案小說在現存體制內服務效忠的敘事方式，形成了一種緊張關係。王德威先生將此稱之為兩者之間「肯定性敘事」與「批評性敘事」的張力。

三、俠客行：對於生命存在意義與自我實現方式的追問想像

海上漱石生的武俠小說在人物塑造和敘事結構上，有其特點。「至若精神團結，字挾風霜，藻彩紛披，語有根柢。曹將軍繪馬，骨肉停勻，孫武子論蛇，頭尾呼應」，這是就其武俠小說的敘事手法而言的。而在人物形象上，動筆之前已有統籌設計安排，且非常注意對於人物之性格特徵的揣摩把握：

> 著書譬諸演劇，須將生旦淨丑，聚於一劇之中，演來始能熱鬧。觀者亦全神貫注，為之采烈興高，作小說亦何莫不然，雖篇幅較短之單行本，猶之戲劇之並非連台大軸，固無需乎全體演員。若章回書則事蹟必多，人才自然不能缺乏，故書中之主人翁，即劇中之正角也。正角演劇，必須賣力，方能使此劇生色，書中之主人翁，亦須竭力摹寫，庶幾此書奕奕有神。然有主必然有賓，書中之賓，皆配角也。諺云：牡丹雖好，全憑綠葉扶持，則劇中之配角，不可草率登場。書中之配角，烏能冒昧下筆，演劇重節目，著書亦重節目；演劇尚表情，著書亦尚表情。余以生平嗜劇成癖，且嘗屢編整部新劇，頗受社會歡迎，以是於著書之時，每以編劇法行之，

> 先將書中之人，分列一表，酌定孰為正角，孰為配角，孰係
> 生旦，孰係淨丑，若者為主，若者為賓，於是逐幕登場，使
> 之演其本身各劇，逮劇畢而書告成。昔施耐庵作《水滸》，
> 相傳先繪一百八人於圖，審其人之面貌性情，然後下筆，以
> 期有所依據。余之立表行文，蓋亦猶此意也。[18]

　　或許有人認為這種寫法還比較保守甚至老套，接近經典小說的
寫作套路。事實上海上漱石生確實也頗為注重傳統小說作家的寫作
經驗。這種經驗不僅單方面地表現在人物形象的塑造上，還表現在
將主題、人物、故事、結構以及語言之間所形成的一個完整的文本
結構的看重上。而完整性與統一性，正是這種古典經驗在小說創作
方面的基本原則。

> 余所作小說，始終抱定警世主義，值此風俗澆漓時代，惟恨
> 不能多得作品，以期有俾於世道人心。故迄今猶手不停揮，
> 未若崔君苗之欲焚筆硯，惟是日設遇不愜意事，或覺精神萎
> 頓、則寧不著一字，蓋慮勉強而成，必至疵病百出也。余作
> 《仙俠五花劍》，彼時海上之武俠小說，尚只《七俠五義》
> 及《小五義》、《七劍十三俠》等寥寥數部。而間有思想鄙
> 陋、筆墨蕪雜，誤以好勇鬥狠，竟為武俠正宗之人，亦居然
> 搦管行文，續續出版不已。余因欲力而糾正之，乃作是書。
> 以虯髯公黃衫客轟隱娘紅線空空兒等授徒為經、以雷一鳴文
> 雲龍白素雲薛飛霞花珊珊從師為緯，而故設一似俠非俠之燕

---

[18] 海上漱石生，《退醒廬著書譚》，刊《金鋼鑽小說集》，施濟群、鄭逸梅編，上海，
　　《金鋼鑽》報館藏印，1932年9月，第29頁。

> 子飛，因空空兒誤授劍術，橫行於時，以彰盜賊之於俠義，
> 失之毫釐、謬以千里。[19]

這種類似的創作談，儘管未必與其文本完全一致，但無論是在武俠人物的想像塑造上，還是在文本之於社會讀者之閱讀影響上，海上漱石生似乎依然延續那種「文以載道」、正面服務社會的文學主張。實際上這種主張亦並非是海上漱石生一個人的選擇。同時期一位武俠小說家文公直在其《碧血丹心大俠傳》初集「自序」中敘及其寫作動機時，旁及當時滬上文藝之一般狀況：

> 是時，除因革命高潮之澎湃，社會、經濟之作，如雨後春
> 筍，蓬勃叢茁外，其餘雜誌小說漸趨入頹廢淫靡之途，論者
> 每慨歎為每下愈況，喪失我雄毅之國民性……志欲昌明忠
> 俠，挽頹唐之文藝，救民族之危亡，且正當對武俠之謬解，
> 更為民族英雄吐怨氣，遂有《碧血丹青》說部之作。[20]

武俠小說的書寫動機，往往以國民性羸弱、國民精神療治為訴求，或者寫作者不過以此為藉口，實際上偷渡自己在商業利益上的考量而已。但在海上漱石生這裡，結合他報人－小說家一生的文學實踐來看，應該可以肯定他是在比較嚴肅地對待其文學工作——他的社會小說和武俠小說中確實有娛樂性、消遣性方面的因素，但顯然並不是直接為娛樂性、消遣性服務。有人稱其《仙俠五花劍》

---

19 海上漱石生，《退醒廬著書譚》，刊《金鋼鑽小說集》，施濟群、鄭逸梅編，上海，
  《金鋼鑽》報館藏印，1932年9月，第31頁。
20 范煙橋，《民國舊派小說史略》，轉引自《鴛鴦蝴蝶派研究資料‧史料部分》，魏紹
  昌編，上海，上海文藝出版社，1962年10月，第219頁。

「筆墨酣暢，線索靈通，而摹寫義俠，栩栩如生。猶妙在奇而不詭於正，非時下劍俠各書之荒謬者比。」[21]這種說法結合他的武俠小說來看，亦不為過譽之詞。

這種藝術態度和文學風格，表現在在人物形象塑造方面，就是對於俠的「能」與「德」的關聯性想像和描寫上。《嵩山拳叟》中寫拳叟武技，「力能舉三四百斤物，環行三匝，氣不促，汗不溢，臂不稍顫，步不稍窣，精拳勇，兼長技擊，於刀劍尤有心得。」[22]這是一種頗為實在的描寫，既不虛張亦不輕浮。或許有人會批評海上漱石生的武俠小說在人物和故事敘述上輕靈飄逸瀟灑不夠，不免有些樸拙簡單。但這種樸拙簡單，未免不是作者歷盡繁華喧囂之後所心嚮往之的一種風格與境界。

《嵩山拳叟》採用三人對談問答的敘事方式：拳叟、友人仰之及弟子傳薪，於高山之巔、蒼松茅廬之中，當風座談，酕酒幾何！其中自有一種豪邁硬朗、超凡脫俗的瀟灑在。但故事敘述確實開闊有度、沉著簡樸。或許這與小說採用講故事的方式有關，過於繁雜的頭緒並不適宜這種敘事方式。

小說雖然自拳叟的身份家世打探始，但對談之中，起先卻迴避了對於身份家世的回答，轉而對拳叟故事經歷的講述，並在此敘述中，一一展示拳叟之為人處世之立場道德，以及社會人情的方方面面。這種方式，避免了開門見山式的平鋪直敘，讓讀者從一開始即對拳叟的身份家世產生興趣，卻又不能即刻獲悉，始終保持著一種好奇。而馬氏父子命案，是拳叟江湖道義與英雄豪氣的綜合體現，也是路見不平拔刀相助的俠義一種。故事的推進，則一方面借問者

---

[21] 1901年10月4日《新聞報》刊載《仙俠五花劍》廣告。

[22] 海上漱石生，《嵩山拳叟》，第1頁，黑龍江人民出版社，1985年12月，哈爾濱。

之問，另一方面，則循敘者之答。循序漸進、環環相扣。而故事主人公拳叟的俠客形象，由此亦一點點得以明晰完善。

《嵩山拳叟》這種不驚不乍的沉著簡樸風格，從開篇描寫拳叟武技時已顯端倪。而假借馬氏父子一案，小說在塑造了拳叟俠客形象之同時，也揭露了清末官場社會之腐敗墮落，在所謂的人情世故之後，實際上潛隱著法制制度的敗壞或形同虛設。其間一路上盜賊橫行，官府懈怠之種種，無一不是在「暴露」「譴責」。這種敘述結構，與《老殘遊記》中齊東村一案，有異曲同工之妙。押解一役及途中故事則更顯高明，不僅是前面故事之邏輯延伸，而且更重要的是，借此將晚清社會作更廣闊之場景呈現。徒手奪刃、林中斃虎，故事雖顯尋常，但正是在這種尋常之中，彰顯英雄本色，而小說之藝術風格亦由此得以體現。

在小說敘述方式上，《嵩山拳叟》還將傳統公案小說中的「偵探」因素，引入到武俠小說之中，但又不是《三俠五義》《小五義》之類的那種公案俠義小說之合流——即將武俠服務的對象體制化和主流化，或者將俠客塑造成為一種具有高度自覺的政治意識與體制意識的民間武裝人員——而是依循著民間正義的傳統古老方式，用江湖俠客英雄豪傑的自然正義的語言，來處理解決江湖上的種種恩怨情仇。

武俠小說中不乏神異故事，但如何在武俠小說結構中去描寫表現常態的、日常的、世俗的英雄之舉與英雄故事，這不僅是對武俠小說的敘述方式審美方式的一種挑戰，也是對讀者閱讀習慣的一種挑戰。在海上漱石生的武俠小說中，除了《仙俠五花劍》、《九仙劍》以仙、俠兩級世界的互動來建構故事之外，其他幾部作品基本上都是敘述一個凡俗世界裡的英雄故事。具有樸素而自然的世俗人

情與日常人性，並不依靠對於神異與神奇行為、故事、器物等的極致誇張的敘事來招徠讀者。

與導源於《仙俠五花劍》的其他幾部小說相比，《嵩山拳叟》顯得相對例外。在題材、背景、敘事方式、人物形象等方面，與海上漱石生的其他武俠小說亦存在明顯不同。《仙俠五花劍》亦有朝代時間背景，但這種背景是一種虛化的背景——宋、金之間的對峙以及朝廷官員的通敵賣國、營私舞弊、殘害忠良等，不過是為了平衡仙劍故事在讀者那裡所可能造成的「虛妄」感而已。因為在描寫劍俠故事時，肯定要寫劍仙的神技異能，因此人間社會色彩的有意識強化——主要在於時間空間上的強化——對於淡化劍仙故事的虛構性、增強讀者的時代感與具體的地域空間感以及對故事人物的信任感，多少是有些作用的。《嵩山拳叟》的旨歸，不在寫武功技擊，而是在於寫人，在於塑造人物及性格，在於書寫俠義精神。至於所謂武功技擊，在這部作品中只是為了凸顯人物性格及其精神世界，而且武功技擊，亦符合人物個性及對於武功技擊的理解，包括對於武德之理解。推而廣之，海上漱石生的武俠小說，是以塑造具有武德的俠義英雄並在具有現實性所指的文本語境中刻畫描寫其性格個性及精神世界為追求的，而不是為了純粹塑造一個虛幻的武俠世界。《嵩山拳叟》中的「壯遊」，其實西去不過是流放亡命而已，東歸則有秘而不宣的隱情，但一路上的行俠仗義，卻並非是一般意義上的路見不平，實際上在邏輯結構上具有為後來的禁宮行刺行為提供社會政治的鋪墊作用。

<h1 style="text-align:center">四</h1>

海上漱石生的小說寫作，是從武俠小說開始的。對於俠義精神、武俠之行動力之描寫表現及肯定讚美，成為海上漱石生的社會小說中對於人性及市民性批判警示的兩級，共同構成了海上漱石生在清末民初的都市市民文學想像與敘述中最富有內在自律性與外在社會建構性的文學審美特徵。

眾所周知，晚清武俠小說的創作出版繁榮，是與晚清通俗小說的創作出版繁榮同步的，前者是後者中的一部分，亦是後者中極為活躍、極有代表性的一部分。晚清的武俠小說與古已有之的傳奇俠義小說的淵源傳承關係，與近代中國國力孱弱、內外交迫而無力擺脫的現實困境，與政治腐敗吏治混亂所造成的主流價值的逐漸動搖喪失的社會文化局面，與都市市民階級自我消遣式的文化娛樂需求與消費習慣的日益形成等，均有一定關聯性。在此意義上，晚清武俠小說與近代社會的諸多矛盾、衝突及困境之間確實具有一定因果關係，但顯然武俠小說又不是簡單地受制於這種因果關係。在武俠小說和所謂種種矛盾、衝突與困境之間，還有作為創作主體的小說家──在這三者所構成的關聯式結構中，小說家並不是被動地描寫、反映和表現種種矛盾、衝突和困境的存在，更多時候，是通過自己的小說書寫等文學形式，來呈現自己與上述存在之間的一種關係形態。

武俠小說中的政治隱喻──對官場腐敗與政治昏暗的直接描寫與批判，同時亦直接說明俠客的存在或出現，正是與官場腐敗、政治昏暗的社會現實密切相關──似乎將武俠小說與政治小

說或歷史政治小說更直接地牽扯在了一起，儘管不少武俠小說家對於所謂政治或政治批判並沒有真正的興趣或意圖。但俠義小說中的「義」，無論如何首先還是指向這種政治大義，其次才是兄弟之間的江湖道義——譬如為江湖恩仇而實施的行為等。至於路見不平、拔刀相助之類見義勇為之舉，應該比上述政治大義要略微低一點。不過在有些武俠小說家那裡，並不承認所謂政治大義，更關注的恰恰是以路見不平、拔刀相助為主的民間自然正義的捍衛維護。在這一點上，事實上亦反映出武俠小說在主題歸屬上的內在緊張。基於民間的政治意識，與基於民間的自然正義理想，這兩者之間畢竟還是存在著一定差別。

這也從一個角度揭示出一個事實，即武俠小說的產生及繁盛，與社會環境之間存在著某種並不神秘的互動關係：倘若外族入侵，急需抗侮並振奮民族精神，或者倘若社會風氣頹唐萎靡，需要英雄豪氣，武俠小說就會應時而生。而這兩種社會現象，都是需要借用俠義英雄的天下心、英雄氣、行動力來消磨克服的。此外，在一個消閒娛樂風氣盛行的時代，武俠小說作為一種擺脫日常生活羈絆的極富幻想力娛樂性的文本類型，同樣亦可能成為一種暢銷不衰的小說類型。[23]

---

[23] 關於這一點——即讀者的閱讀趣味或習慣——還珠樓主小說的長盛不衰，似乎足以為證。「在『武俠』狂流已到了逐漸靜止的時候，他還寫了這麼多的大部頭作品，書賈還是繼續不斷地出版，這是由於讀者喜歡看熱鬧曲折而卷帙較多的小說，一集一集的追下去，可以『過癮』。」（范煙橋，《民國舊派小說史略》，刊《駕鴦蝴蝶派研究資料・史料部分》，魏紹昌編，上海，上海文藝出版社，1962年，第224-225頁）

海上漱石生之小說觀考論

　　在民國「舊派」小說家眼中，海上漱石生是「近今小說界的前輩」，「對於小說上種種的關係已經有卅餘年的經驗」。[1]如果從《仙俠五花劍》最初由《笑林報》館刊印並隨該報附送算起，[2]海上漱石生作為小說家的經歷，幾占其半生，而且長達四十餘年。[3]這期間，中國文學經歷了近代以來的不斷變革，包括清末白話小說的興起、翻譯小說的繁榮、「新」小說運動、五四新文學運動以及整個20世紀前30年通俗文學的持續發展等。凡此種種，無不與海上漱石生的文學經歷尤其是小說創作實踐生發著關係，並一定程度上影響著他的小說觀以及小說寫作實踐。而海上漱石生的小說觀與小說實踐，某種意義上亦見證和參與了這一時代中國文學尤其是都市市民文學領域所發生的種種變革，成為其中不可分離的一部分。

---

[1] 《新月》第1期，程小青、錢釋雲主編，上海，1925年10月2日出版。

[2] 據《退醒廬著書譚》，海上漱石生的《仙俠五花劍》三十回，成書於他29-30歲，也就是他初到《新聞報》就職時期。

[3] 其實，在小說之外，海上漱石生尚有《退醒廬詩鈔》、《退醒廬筆記》等詩詞文著述，不過，在由嚴昌堉輯錄的上海地區歷代詩人作品選《海藻》（28卷，1943年海上嚴氏淵雷室鉛印本）和馮金伯編次、黃協塤續輯的上海詩人詩選集《海曲詩鈔》（1918年，上海國光書局鉛印本）中，均未見收錄海上漱石生的詩。上述兩部詩集的選編者黃協塤和嚴昌堉，均與海上漱石生熟識。可見在同時代人心目中，海上漱石生主要是以小說見長。

　　作為近現代文學「轉型」階段一個過渡性文學人物，海上漱石生的文學生涯帶有那個時代都市作家的典型特徵，即報人－小說家的雙重社會文化身份。而其文學寫作的方式，在報刊連載——單行本這種同樣具有近現代都市文學的共同特徵之外，海上漱石生的文學寫作，在以小說尤其是長篇章回體小說之外，還嘗試了傳統的詩詞、駢文、筆記、札記、小品等。這就使得他的小說寫作實踐，在用白話小說文本這種文體形式描寫敘述不斷變化著的外部世界的繁雜多樣的樣相故事之外，同樣還有一個借用傳統文體形式來抒發個人內在情感與精神的文本世界。這兩者之間存在著怎樣關係？彼此之間是否生發出矛盾糾纏？它們的存在，是否昭示出海上漱石生以及他同時代的一些作家在文學理念與實踐方面存在著分裂，譬如一方面用顯然有所改良的白話章回體小說形式來回應外部世界的不斷變化，而用依然傳統的文體形式來反觀表現一個獨立於時代的文學懷舊者？如何認識理解海上漱石生這種看上去多少不免讓人產生疑問的文學觀和小說觀？這些疑問，都是本文需要面對並予以回應的。

一

　　海上漱石生最值得關注的文學生涯，集中於19世紀末至20世紀初的20年間，也就是他的以武俠小說《仙俠五花劍》和社會小說《海上繁華夢》為代表的一些作品完成並出版的階段。這一時期，他的武俠小說和社會小說的文本實踐，無不表現出那個時代的同類型文學的「先鋒性」[4]。換言之，海上漱石生在文學方面最具有時代

---

[4]　在《退醒廬著書譚》中，海上漱石生曾描述過《仙俠五花劍》的寫作背景：余作《仙俠五花劍》，彼時海上之武俠小說，尚只《七俠五義》及《小五》、《七劍十三

與文體先鋒意義的實踐和貢獻，亦相對集中於這一階段。隨著梁啟超等人所宣導的「新」小說的興起、五四新文學運動的發生以及以「鴛鴦蝴蝶派」作家群的全面崛起為標誌的現代都市市民文學的繁盛，海上漱石生儘管做出了種種「與時俱進」之努力，但作為這種努力標誌之一的「退醒廬小說十種」，[5]無論是其藝術性還是文學影響力，似乎均無法同他早期的武俠小說和社會小說相媲美。

海上漱石生小說觀的基礎，當然是他究竟如何看待小說以及如何進行小說文本實踐。不過，儘管海上漱石生的時代是中國文學處於重大轉變的一個時代，但這一轉變進程中所經歷的幾個既相互關聯又有所區隔差異的階段，與海上漱石生的小說觀及小說文本實踐之間存在著一定程度的互動，而這種互動既反映出近代文學不斷變動的歷史事實，亦折射出傳統文學在近代語境中如何自我調整和自我守護的歷史事實。

如果單從海上漱石生後來的自我表述看，他的小說觀幾乎完全是在中國文學及小說語境中生成發展起來的。就此而言，海上漱石生的小說觀具有強烈的本土色彩或傳統小說的印記。這種狀況之發生，與其說是源自海上漱石生文學觀念之保守，還不如說是與他不通西語西文、缺乏對於外國文學的基本認識素養這一客觀事實有關。[6]在《余之古今小說觀》中，儘管他強調自己「自幼嗜小說」，

俠》等寥寥數部。而間有思想鄙陋、筆墨蕪雜，誤以好勇鬥狠，竟為武俠正宗之人，亦居然搦管行文，續續出版不已。余因欲力而糾正之，乃作是書。（《退醒廬著書譚》，刊《金鋼鑽小說集》，施濟群、鄭逸梅編輯，上海，《金鋼鑽報館》發行，1932年9月，第31頁）

5　「退醒廬小說十種」包括《還魂茶》《二百五》《一線天》《孤鶯恨》《破蒲扇》《機關槍》《金鐘罩》《甌中人》《怪夫妻》《樟柳人》，均出版於1926年。這十種小說按體裁類型被分為社會、滑稽、探險、哀情、政治、軍事、武俠、偵探、家庭、神怪。

6　在此方面過分苛求海上漱石生是不合理的。與之相比，王韜與西語西文接觸的機會要

但只要稍微再審視一下他所一一列舉的那些小說文本，就會發現，他所謂「當十三四歲時，每晚獵取」的閱讀小說全部為中國舊有之小說的事實。[7]如果將其所列舉的這些舊有之小說稍作分類，在時間上大致可分為十三四歲時期所閱讀之小說、丁年以後所閱讀之小說和弱冠之年後所閱讀之小說，而這些小說亦因為閱讀者年齡閱歷等有所差別。依照海上漱石生的說法，十三四歲時閱讀小說，「娓娓不倦，至漏深猶未寢。蓋彼時知識薄弱，只知觀書中之事實若何，不能辨筆墨之高下也。」[8]因此，這一時期所閱讀的基本上為一些講史類小說，譬如《封神榜》、《東西漢》、《隋唐》、《岳傳》、《楊家將》，以及彈詞中之《來生福》、《再生緣》、《天雨花》、《安邦定國志》等。丁年之後，閱讀嗜好發生了明顯轉移，一些抒情類、日常生活類、男女故事類以及文人才情類小說更能夠吸引其閱讀興趣，所讀小說包括《紅樓夢》、《鏡花緣》、《儒林外史》、《文章遊戲》、《今古奇觀》以及《閱微草堂筆記》、《聊齋志異》、《六才子書》、《長生殿》、《牡丹亭》等，並在此時期開始閱讀一些「禁書」，包括《隔簾花影》、《國色天香》、《覺後禪》、《牡丹換錦》、《杏花天》等不下數十種。閱讀「禁書」，這對海上漱石生後來的小說文本實踐，尤其是《海上繁華夢》的寫作，應該說具有值得關注的影響與關聯。小說文本中所呈現出來的兩性關係形式，既有才子佳人文本中的理想與抒情，

比海上漱石生大得多，但王韜一生並沒有建立起基本的西方文學的文本素養。這種現象的出現，很難簡單得歸因於所謂文學觀念之保守。

7 海上漱石生，《余之古今小說觀》，刊《新月》第1卷第1號，第1頁，程小青、錢釋雲 主編，上海，1925年10月2日出版。

8 海上漱石生，《余之古今小說觀》，刊《新月》第1卷第1號，第2頁，程小青、錢釋雲 主編，上海，1925年10月2日出版。

亦有色情禁書中沉湎於情色享樂的追逐縱慾。[9]而這種看上去在兩性關係上的理想化浪漫化與現實化感官享樂化的雙重傾向，恰恰可以從中國舊有小說文本中呈現出來的兩種兩性關係形態的小說文本中找尋到答案。而對於小說等雜著的嗜好及貪讀，不僅影響到海上漱石生文學觀與小說觀的塑造形成，甚至延伸到他人生觀、世界觀和價值觀的塑造形成。

在海上漱石生所列舉的所有閱讀過的小說文本中，沒有見到一部外國小說或翻譯小說。或許其中有某種有意之遺漏，但籠統而言，海上漱石生的小說文本經驗，基本上由中國傳統小說所影響塑造構成的事實，是不辯自明的。

這一點其實從海上漱石生同時代的一些文學家的相關論述中亦可得到佐證。在海上漱石生第一部小說《仙俠五花劍》的序言中，狎鷗子周病鴛對於小說作者及其著述命意宗旨有一段闡述：

> 僕友劍癡，閉戶滬濱，枕流海上。胸羅星宿，身到嫏嬛，下筆成文，聲協金石，拔劍斫地，氣薄雲霄。閒嘗放眼古今，遊心竹素。謂：「夫傳奇述異，盡多充棟之書；說鬼搜神，不乏覆瓿之料。然朝報或嫌斷爛野語，又病荒蕪。若非博士買驢。文深義晦，即是賤工畫虎，貌合神離。求其得意直書，愜心貴富，鉛華洗盡，花樣翻新。燃溫犀以燭幽，鑄禹鼎以象物。神仙任俠兩傳，合成兒女英雄，雙管齊下，而又

---

9 對於清末民初「狹邪小說」生成緣由及其特徵，魯迅在《中國小說史略》及《上海文藝之一瞥》中，將這一過程在時間上切分為相互關聯的兩個階段，即才子佳人階段和才子＋流氓階段。其實，如果從海上漱石生所提供的個人閱讀經驗敘述來看，中國古代有關兩性關係之小說文本中已經存在著的才子佳人類型以及現實的感官享樂類型之事實，已經揭示出其實晚清的才子佳人小說與才子＋流氓小說並不是在時間上先後遞進生成的，而是從一開始就存在著一種共生共存的格局。

老嫗都解。如吟香山之詩，瘧鬼可驅，似讀孔璋之檄者，古
人未作，後世無聞焉。」[10]

上述文字中無論是對海上漱石生作為小說家才情之讚譽，還是
對《仙俠五花劍》命意主題乃至語言形式、讀者對象、社會功能訴
求等議論，無不折射出這位與早年海上漱石生關係密切的旅滬文人
對其評論者的熟悉瞭解。[11]在這篇寫成於辛丑年的短序中，無論是
序文作者還是被評論的小說作者，他們的語境，依然是一個純粹而
封閉的中國小說世界。而即將或正在發生著的中國小說的變革，至
少從這段文字中殊少能夠感受到。這也從一個角度說明，海上漱石
生早期小說文本實踐，其文本資源基本上就是中國舊有之小說敘事
傳統。

對此，海上漱石生自己亦予以了進一步闡發明示：

著書，談何容易，非胸羅經史、學貫中西者，不足道隻字。
余何人斯，敢貿然作著書譚。然虞初九百，不廢小說家言，
可知製小說者，亦可附於著書之列。惟為詹詹小言，而非洋
洋大文耳。余自年二十九，偶從事於小說一途，初僅遊戲之
作，藉此聊以自娛。[12]

---

[10] 《仙俠五花劍》「序」，古瀔洲狎鷗子撰，上海《笑林報》館，1901年。
[11] 海上漱石生曾在《報海前塵錄・濬定室主狎鷗子瘦蝶詞人軼事》一文中專門行文回憶
介紹狎鷗子張康甫（錫蕃）。其時張為《新聞報》校對，「博學多能，胸中書卷甚
富，且工書善畫。書饒金石氣，畫則長於山水，筆意蒼古，以氣運勝，非沾沾於輕描
淡寫一派者。」
[12] 海上漱石生著，《退醒廬著書譚》，刊《金鋼鑽小說集》，施濟群、鄭逸梅編輯，上
海，《金鋼鑽報館》發行，1932年9月，第26頁。

這段文字中儘管有「學貫中西」一語，但不過是一種語言修辭而已，並無真正意義上之含義。

但是，相比較那種持有正統與道統文學觀的真正保守者對於小說所持立場觀點，海上漱石生的文學觀和小說觀已經有過明顯修正或偏離。這不僅表現在他並不鄙棄小說為小道，已經注意到小說尤其是那些關注社會現實與實際人生處境的白話小說的現實功用，而且他還對小說文本實踐抱持一種嚴肅謹慎之態度，並不以遊戲筆墨之輕浮方式對待之：

> 余所作小說，始終抱定警世主義，值此風俗澆漓時代，惟恨不能多得作品，以期有俾於世道人心。故迄今猶手不停揮，未若崔君苗之欲焚筆硯，惟是日設遇不愜意事，或覺精神萎頓、則寧不著一字，蓋慮勉強而成，必至疵病百出也。[13]

當然這種小說觀與晚清文人們幾乎同時對於小說的社會能用之「發現」與肯定強調基本一致，這亦說明在晚清小說思想與文本實踐兩個層面的變革中，海上漱石生均有著與時俱進甚至引領先鋒的實際貢獻。

但與梁啟超那種具有更強烈的政治啟蒙意識和訴求的小說改良主張相比，海上漱石生的小說觀和文本實踐，看上去更具有相對純粹的文人氣質和特色，也有著一種與現實生活、都市生活和日常生活更直接亦更密切的聯繫。甚至可以說，海上漱石生的小說觀之形成，一方面關聯著中國傳統小說世界，另一方面則與他所生活的城市上海息息相關——這座近代都市華洋雜處、繁華多樣、燈紅酒綠

---

[13] 海上漱石生著，《退醒廬著書譚》，刊《金鋼鑽小說集》，施濟群、鄭逸梅編輯，上海，《金鋼鑽報館》發行，1932年9月，第31頁。

又良莠不齊的現實生活世界，一個既關聯著中國歷史社會的過去、又幾乎每時每刻都在發生著看得見看不見的變化的全新世界。也因此，對於海上漱石生的小說觀的考察分析，僅限於理論語境和小說文本實踐兩個層面實際上是不夠的，甚至不能夠真正抓住海上漱石生小說觀形成的最為重要的核心要素，那就是作為小說敘事者的海上漱石生，與作為他幾乎取之不盡用之不竭的生活於其中的上海這座城市之間無所不在、無始無終的緊密關係。考察分析海上漱石生的小說觀和文本實踐，離不開考察分析上海這座近代都市，離不開對海上漱石生在對上海這座都市的觀察、想像、敘述、塑造過程中所呈現出來的種種特點的再觀察和再解讀。甚至可以說，海上漱石生與上海這座城市之間的關係，就是通往他的小說觀和小說文本實踐的鑰匙。

二

海上漱石生不是一個小說理論家。他的有關小說論的理論觀點或闡述，多散見於他在自己小說的序跋或一些相關隨筆之中。像發表於程小青等主編的《新月》上的《余之古今小說觀》、《余之章節小說觀》等文，如果不是應前者所主持的「小說討論會」之約，最終是否會成文亦實在難說。

而如果我們想進一步瞭解海上漱石生的小說觀以及小說寫作實踐，可以分別從作家論、作品論和創作論對其予以考察分析。

海上漱石生究竟如何認識評價作家這一身份、職業及其成績？尤其是對於小說家這一相較於傳統文人而言難免有些尷尬異類的身份，海上漱石生又有何見解？《報海前塵錄》中回憶敘述了王韜

（1828-1897）、鄒弢（1850-1931）、韓邦慶（1856-1894）、李伯
元（1867-1906）、吳趼人（1866-1910）等晚清著名小說家的一些軼
事，其中參雜著海上漱石生對於他們的一些評價，或可資參考。

在《天南遁叟軼事》中，海上漱石生議論王韜的小說家身份及
創作成就：

> （王韜）晚年著作宏富，以《淞隱漫錄》尤為膾炙人口，有
> 《後聊齋志異》之目。他若《瀛壖瑣志》諸書，[14] 亦行文博
> 雅、記事精詳，非深於閱歷者不能言，亦非確曾考察者不能
> 道。生平風流自賞，雖老猶出入紅酒綠燈之場，惟夫婦之情
> 甚篤。其夫人深以臨老入花叢為慮也。[15]

這段敘述，涉及到一個小說家的才情、文體風格、敘事方式甚
至於家庭生活諸方面。總體而言，在海上漱石生眼中，作為前輩作
家的王韜，其形象是正面且值得敬仰的。

比較而言，海上漱石生與創作長篇章回體抒情小說《斷腸碑》
（亦名《海上塵天影》）的旅滬作家鄒弢和吳趼人之間，已經沒有
與王韜那樣的代溝。海上漱石生對於他們作為小說家的文學成就之
議論評價，應該也更趨客觀和理性。在追憶瘦鶴詞人鄒弢的文字
中，海上漱石生這樣敘述到：

---

14 海上漱石生此處顯然是將王韜的《瀛壖雜誌》和《甕牖餘談》兩書混記為《瀛寰瑣
  志》了。
15 海上漱石生著，《報海前塵錄‧天南遁叟軼事》，自印，無頁碼。

（鄒弢）尤善筆記小說等作品，著有《三借廬集》、《澆愁集》、《斷腸花》等行世。[16]並評慕真散人俞吟香君所撰之《青樓夢》[17]，卓具目光。惟是懷才不遇，借酒澆愁，醉則滿腹牢騷，時作灌夫罵座，以是恆開罪於人。[18]

而相對於鄒弢的懷才不遇、屢屢借酒澆愁、滿腹牢騷的落魄者形象相比，海上漱石生筆下的吳趼人，顯然要積極進取得多：

我佛山人吳趼人君沃堯，粵之佛山鎮人，奇才橫溢，行文如長江大河、多豪放氣……亦嘗治小說家言，成《二十年怪現狀》一書，[19]針砭社會，得蘇長公嬉笑怒罵皆成文章旨趣。出版後人手一冊，同深傾倒。[20]

海上漱石生對於李伯元的描述，尤其是對於其小說才能和成就的高度肯定，彰顯出海上漱石生對於中國舊有小說文本史的精熟以及對於小說審美特性的經驗素養：

（李伯元）隨報作《官場現形記》小說，則痛罵官場利弊，刻畫入微，讀之如見其人，足與《儒林外史》相埒。蓋《儒林外史》無起訖呼應，自成一家。《官場現形記》其體例正

同也。為人沉靜寡言，遇新交更訥訥然不出諸其口，與行文
之尖刻峭屬大異。[21]

　　海上漱石生對於韓邦慶及其《海上花列傳》的憶述，是現存有
關這位清末小說家的極為珍稀的文獻資料，亦為許多小說史家所重
視徵引。[22]不過，唯獨在追憶這位滬上小說名家裡手時，海上漱石
生在讚譽韓邦慶「博雅能文，自成一家言，不屑傍人門戶」的同
時，亦對《海上花列傳》中的方言使用表達了審慎保留意見。「惟
韓謂《花國春秋》之名不甚愜意，擬改為《海上花》，余則謂此書
通體皆操吳語，恐閱者不甚了了，且吳語中有音無字甚多，下筆時
殊費研考，不如改易通俗白話為佳。」[23]

　　上述五位小說家，都是晚清小說名家，更關鍵的是，海上漱石
生與他們均有工作及文學上之直接往來聯繫，其中與吳趼人、李伯
元更是有一定程度之私誼。因此上述議論評價，不可謂不準確。而
其中議論評價，多少亦可見出海上漱石生對於作家尤其是小說家的
一般觀點。儘管上述評價多為針對個案，且是在具體的歷史語境中
展開的，但這些議論評價的普遍意義是顯而易見的。

　　與上述作家論相比，海上漱石生有關作品論的意見觀點似乎散見
各處，撿拾審視，其中不僅可以看出他對一些具體作品的閱讀意見，
亦可見他對小說創作方法、小說審美特性等理論問題的若干思考。

　　在光緒乙巳年（1905年）為可能是第一部反映旅美華工艱難生
活的長篇章回體小說《苦社會》所撰寫的敘中，海上漱石生言簡意

---

[21] 海上漱石生著，《報海前塵錄・南亭亭長軼事》，自印，無頁碼。
[22] 參閱胡適《海上花列傳》「序」及蔣瑞藻《小說考證》。
[23] 孫家振著，《退醒廬筆記》，上海，上海古籍出版社，1997年1月，第65頁。

賅地表達了自己的小說觀、小說創作觀等思想：

> 小說之作，不難於詳敘事實，難於感發人心；不難於感
> 發人心，難於使感發之人讀其書不啻身歷其境，親見夫抑鬱
> 不平之事、流離無告之人，而為之掩卷長思，廢書浩歎也。
> 是則此《苦社會》一書可以傳矣。
>
> 夫是書作於旅美華工，以旅美之人，述旅美之事，固宜
> 情真語切，紙上躍然，非憑空結撰者比。故書都四十八回，
> 而自二十回以後，幾於有字皆淚、有淚皆血，令人不忍卒
> 讀，而又不可不讀。
>
> 良以稍有血氣，皆愛同胞；今同胞為貧所累，謀食重
> 洋。即使賓至如歸，已有家室仳離之慨；況復慘苦萬狀，禁
> 虐百端，思歸則遊子無從，欲留則楚囚飲泣。此中進退維
> 谷，在作者當有無量難言之隱，始能筆之於書，以為後來之
> 華工告，而更為欲來之華工警。是誠人人不忍卒讀之書而又
> 人人不可不讀之書也。[24]

對海上漱石生的小說觀及創作觀稍作審視，即可發現他所關注
強調的若干要素，譬如作者深入生活的重要性、小說宜重寫實、作
家對於自己所描寫敘述的內容當有真情實感、小說寫作命意立旨應
該端正、小說亦當有益於世道人心等等。這些觀點在晚清「新」小
說潮流中或許並不格外顯眼，但就海上漱石生周圍的小說家圈子而
言，譬如王韜、鄒弢等，他們的短篇小說中仍然有大量脫離現實生

---

[24] 漱石生撰，《苦社會》「敘」，上海圖書集成局，1905年。

活的狐狐鬼鬼一類的想像與虛構，相比之下，海上漱石生對於小說現實題材的強調關注，對於當下生活存在的直面回應，對於具有時代意義的重大社會題材進行文學描述的大膽嘗試等，都為清末民初小說變革試驗提供了非常重要的個人視角及相關意見。晚清小說總體上呈現出來的寫實主義的主流，應該說與海上漱石生的小說理論與文本實踐亦有著不可分解的關聯。

　　作為一位近現代之交的小說家，海上漱石生的小說以章回體為主，亦有個別採用章節體形式。對此，海上漱石生後來在敘述自己的創作生涯時有所涉及：

> 余所著小說，以章回者為多，每回字數，長者六七千，短者
> 五六千，取其信手揮來，恰如題位。設過長則糾纏乏味，過
> 短則竭蹶不敷也。[25]

　　對於章回體小說這種形式，海上漱石生似乎尤為青睞──如果因此而指責他在小說敘述形式上偏於保守似亦並不為過。海上漱石生曾在一篇創作心得談之類的文章中，就章回體與章節體小說進行過比較：大抵章回小說以煉局勝，章節小說以煉意勝。煉局者，取局勢開展，斯隨處有見長之地，煉意者，取意旨真摯，斯落筆無失當之詞。且章回小說少文言，而章節者以文言為多。[26]此種議論，為局內人經驗體會，局外人則讀之不免仍生困擾：如果離開了晚清以來小說連載這種對晚清小說發展繁榮起過重要推動作用的刊發方

---

[25]　海上漱石生，《退醒廬著書譚》，刊《金鋼鑽小說集》，施濟群、鄭逸梅編輯，上海，《金鋼鑽報館》發行，1932年9月，第26頁。

[26]　海上漱石生，《余之章節小說觀》，刊《新月》第2卷第4號，程小青、錢釋雲主編，上海，1925年10月2日出版。

式，章回體小說這種形式還會得到那麼多的小說家看重青睞麼？

對於章回體小說在敘事方面的特點，海上漱石生還有一些相關闡述：章回小說全書每不止一事；章回小說為放言體。[27]在海上漱石生看來，章節小說與章回小說各有章法，且體裁亦各有存在之價值，不可混淆。至於海上漱石生自己在小說創作方面，主要選擇章回體小說形式，除了上述連載以及商業上的考量外，是否還有白話語言方面的考量，或者因為都市文學敘述人物故事繁多，而章節體小說「於一事外每不涉及他事」的體例形式，對這種都市敘事可能有所局限，這其中的緣由還有待進一步考察。不過，這種因為寫作需要而對文體形式所作出的選擇，顯示出寫作者在文體意識方面的自覺，以及與時俱進的敏感。

作為一位具有豐富小說寫作經驗的作家，海上漱石生的創作論不少地方顯示出在小說立意命題、構思、結構設計以及表現形式探索等方面的銳意創新：

> 余著小說無它長，惟不喜襲前人窠白，且不喜如兵家之作野戰，致無可收束，更不喜言之過甚，以斯世決無之事，決無之人，任意構造入書，使閱者興盡信書不如無書之慨。至於社會諸作，則以攻發人之陰私為戒，故書中事實，皆為空中樓閣，書中人之姓名，每以諧聲或會意出之，或謂事實既虛，何必浪費筆墨，成此一無憑藉之作。[28]

---

[27] 同上。

[28] 海上漱石生，《退醒廬著書譚》，刊《金鋼鑽小說集》，第27頁，施濟群、鄭逸梅編輯，上海，《金鋼鑽報》館發行，1932年9月。

如何處理生活中的人物、事實、事件的小說化問題，其實也就是處理寫實與虛構兩者之間的關係問題，這不僅是一個小說文本實踐中的技術性問題，也是一個涉及到小說審美的理論問題。對此，海上漱石生有進一步之闡述總結：

> 人名取諧聲會意，亦病一經展卷，即知其人之賢不肖，無待深思，抑知事實雖虛，社會間盡多類此之事，何妨寓事實於虛，既與忠厚無傷，且可曲曲寫來，筆端無所顧忌，使全書情文並茂，人名取諧聲會意，固不無病其率直，然文家本有開門見山之法，雖一開門即為見山，而山中之林泉丘壑，須遍歷後始觀，必不能一望而知，是以余抱此本旨，期免有姓名適合之人，疑余有意與之惡謔也。[29]

即便是對上海漱石生的生平略有所知，已可聯想到《海上繁華夢》中所敘人物故事與他自己的經歷之間的關聯性。對此，海上漱石生自己亦從不諱言。更有甚者還會將《海上繁華夢》中謝幼安與桂天香的故事與海上漱石生及其如夫人的故事直接掛鉤。[30]這些都彰顯出《海上繁華夢》鮮明而強烈的寫實風格，但這種寫實並不是簡單機械地複製現實生活。

關於如何處理好寫實與虛構之間的關係，海上漱石生在晚年的寫作談中，格外強調了寫作前構思、命意、佈局等想像和虛構的重要：

---

[29] 海上漱石生，《退醒廬著書譚》，刊《金鋼鑽小說集》，施濟群、鄭逸梅編輯，上海，《金鋼鑽報》館發行，1932年9月，第28頁。

[30] 其實將這兩者掛鉤的始作俑者，大概就是海上漱石生自己。在其《退醒廬筆記》「退醒廬傷心史」以及《退醒廬著書譚》中，海上漱石生都坦言《海上繁華夢》中的人與事，有些是直接來源於自己的生活經歷。

著小說之八字訣，竊謂不外乎相題佈局、命意措詞。能相題
斯能摹寫真切，能佈局斯起訖分明、章法可以不亂。至命意
則以適合乎情，不背乎理，為唯一之準繩，措詞則求其筆曲
而達，毋浮泛，毋枝蔓，毋艱澀，毋躁率，俾恰切赴題，收
水到渠成之效，惟此八字之中，以佈局二字為最難，苟其稍
涉散漫，必致影響全書，故余作《仙俠五花劍》、《海上繁
華夢》及《如此官場》、《十姊妹》各書時，類皆將全書先
撰回目，然後逐回下筆，以冀如御者之六轡在手，得以馳騁
自如，免若大海行舟，有茫無涯涘之險。而結構亦可謹嚴，
情節亦較完密，逮至作稿既多，胸中得有成竹，始敢於回目
猶未酌定，下筆先自成書。至於伏筆反筆曲筆逆筆襯筆輔筆
諸法，則昔人於此等處最具匠心，余願仿之效之，惟慮有事
不逮耳。[31]

　　而對於寫作過程中是否嚴格地遵循執行最初之構思佈局，而全
然忽略不顧創作過程中的「靈感激情」與「臨時逸出」，或者說寫
作過程中如何處理理性與非理性、社會實踐中的自我與內在的「第
二自我」、表面真實與內在的真實等命題之間的關係，是進一步考
察海上漱石生的創作論時需要提出的追問：

迄今操觚逾四十年，出版達數十種。譽我者謂為斫輪老手，
毀我者亦安得無人！誰毀誰譽，當視各人之目光而定。而余
則畢生精力，半世光陰，竟太半消磨於此。思之良堪自嘻。

---

[31]　海上漱石生，《退醒廬著書譚》，刊《金鋼鑽小說集》，施濟群、鄭逸梅編輯，上
　　海，《金鋼鑽報》館發行，1932年9月，第28頁。

> 惟當一書甫竟，一書又成，舉人世間離奇怪誕之事，發為嬉
> 笑怒罵之文，縱筆所之，從心所欲，忽而香溫玉軟，摹來兒
> 女柔情，忽而劍影刀光，傳出英雄本色，忽厄官僚之造惡，
> 忽狀魑魅之現形，忽寫世態炎涼，忽掘人心險詐，忽如泣而
> 如訴，忽若諷而若嘲，忽褒忽貶，忽莊忽諧，忽樂忽哀，忽
> 迷忽悟，此中有頗足耐人尋味、動人回思者在。[32]

在上述敘述中，似乎確立了小說創作中客觀現實世界的第一性
及不可背離的中心地位，但只要稍加審視，又會發現海上漱石生在
肯定並尊重外部世界的啟發性的同時，亦同時肯定了寫作過程中
「隨心所欲」的重要性，強調了寫作過程應該是一種「創作」過
程。而在那種「忽而」「忽而」一類的表述中，實際上傳遞出有關
寫作過程中的「不確定性」或「不穩定性」、不是由客觀外部世界
主導和最初的冷靜理性構思所主宰的觀點。

其實，海上漱石生還有不少論述，涉及創作過程中對於敘述者
以及想像和虛構作用的突出地位的肯定，而不是對於客觀生活世界
的機械直接摹寫：

> 著書譬諸演劇，須將生旦淨丑，聚於一劇之中，演來始能熱
> 鬧。觀者亦全神貫注，為之采烈興高，作小說亦何莫不然，
> 雖篇幅較短之單行本，猶之戲劇之並非連台大軸，固無需乎
> 全體演員。若章回書則事蹟必多，人才自然不能缺乏，故書
> 中之主人翁，即劇中之正角也。正角演劇，必須賣力，方能

---

[32] 海上漱石生，《退醒廬著書譚》，刊《金鋼鑽小說集》，施濟群、鄭逸梅編輯，上
海，《金鋼鑽報》館發行，1932年9月，第26頁。

使此劇生色，書中之主人翁，亦須竭力摹寫，庶幾此書奕奕
有神。然有主必然有賓，書中之賓，皆配角也。諺云：牡丹
雖好，全憑綠葉扶持，則劇中之配角，不可草率登場。書中
之配角，烏能冒昧下筆，演劇重節目，著書亦重節目；演劇
尚表情，著書亦尚表情。余以生平嗜劇成癖，且嘗屢編整部
新劇，頗受社會歡迎，以是於著書之時，每以編劇法行之，
先將書中之人，分列一表，酌定孰為正角，孰為配角，孰係
生旦，孰係淨丑，若者為主，若者為賓，於是逐幕登場，使
之演其本身各劇，逮劇畢而書告成。昔施耐庵作《水滸》，
相傳先繪一百八人於圖，審其人之面貌性情，然後下筆，以
期有所依據。余之立表行文，蓋亦猶此意也。[33]

　　或許我們可以發現海上漱石生的小說理念及文本實踐中的諸多
中國傳統小說敘述方式的痕跡，尤其是對於客觀生活世界及其生活
規律（時間規律、空間規律等）的遵守，有此發現其實並不讓人感
到奇怪，相關原因在前面的論述中已有涉及。但是，簡單地將這兩
者等同起來又與事實不符。原因很簡單，海上漱石生的寫實主義，
並不是一種中國小說傳統中的寫實主義的近代翻版，而是一種在近
代文學語境中興起的帶有明顯創新意味和事實的都市寫實主義，是
敘事者面對近代都市這樣一個巨大而複雜的空間存在之時在文學上
進行書寫的試驗嘗試努力。在這種寫實主義中，都市並不是一個始
終被動的、最終亦完全可以被認識和把握的存在，而是一個介於把
握和不可把握之間的一種中間存在，是生活於其間又無可奈何的複

---

[33] 海上漱石生，《退醒廬著書譚》，刊《金鋼鑽小說集》，施濟群、鄭逸梅編輯，上
　　海，《金鋼鑽報》館發行，1932年9月，第29頁。

雜含混的存在感。其實在《海上繁華夢》中，就始終氤氳著一種過來人對於曾經的時間、空間以及生命存在形態的情感化的關注與表現，其中並不缺乏關於細節感覺、印象、不經意間的回憶以及潛隱著的情感、被裝飾或壓抑的慾望等等的表達試驗，只不過這些表達試驗被整部作品的寫實風格掩蓋了而已。

三

　　但是，近現代之交的社會文化環境，又使得那種選擇近於紀實的社會小說，以便能夠將作家們對於生活中的真善美假惡醜直接地呈獻到讀者面前的做法具有更為迫切的需要。一方面是直接將社會現實中的假惡醜揭露甚至暴露出來，以引起世人的關注和自省覺悟，一方面是作家如何在這樣的生活現實面前仍然去關注並描寫人所具備的本質和深在的一切，而不是僅僅滿足於描寫生活中的種種現象或表像，讀者的需要、出版商業利益的衝動、作家主體意識的衰弱及自我降低、藝術想像與表現手法的缺乏不足等等，確實影響到清末民初小說家們沿著寫實小說的「寫實」這一方向一步步滑向更遠更深的所在。文學創作逐漸為一種世相報導紀實所替代，對於「黑暗」、「醜惡」存在的文學表現，為黑幕小說甚至黑幕書所替代。在此過程中，海上漱石生亦曾有一定程度之「捲入」，對此，他亦並不諱言：

　　　　所謂能發人之所未發，第係達體記載，並非小說。余思社會黑幕之多，有明知其為黑幕而入幕後尚有重重隱伏，不易圖窮而匕首見者，世道人心之險，堪云無過於此。苟有人作為

小說，則如剝絲抽筍，使之層層透漏。在著者足供摹寫，不
患無所取材。而讀者當興會淋漓，且可藉資警惕。……書中
開宗明義之第一回，為四人共叉麻雀，一人勝算獨操，永無
輸錢之患。此法彼時有人實行，受愚者不知凡幾。且打牌時
絕無弊病，故無覺悟之人。然而此輩奸徒，賭博尚其初幕，
逮至誘惑日久，入彼彀中，施其種種欺騙伎倆，小之足以使
人傾家蕩產，大之抑且生命可危，以是全書所述各節，罔不
注意黑幕落筆，而此黑幕又往往幕中有幕，令人覺察甚難，
與錢君之黑幕大觀截然判為兩途，各不相繫。[34]

　　究竟該怎樣看待這一現象，尤其是當這一現象在海上漱石生這
樣的「老作家」身上亦有不同程度的存在和表現的時候。除了上
述論述中所提及的種種因素外，海上漱石生長期的報人生涯和報
人身份，是否亦將一種職業習慣或職業方式，通過一種表現偏好或
自我下意識的方式，影響到海上漱石生對於都市社會現實的認知與
藝術表現，這確實是一個值得進一步發掘的命題。報人－小說家的
小說文本實踐中，極易相伴而生的一些非文學現象：過於強烈的政
治與社會啟蒙意識、說教語言和說教方式、新聞報導與紀實性、追
求符合客觀現實的真實感等等，凡此種種，實際上都與清末民初舊
派小說中將「譴責」類型的社會小說，逐漸引到黑幕小說甚至黑幕
書境地的那種看不見的力量存在著一定歷史與邏輯上的關聯。還
是不妨來看一看海上漱石生自己究竟是如何在現實面前按捺不住
「入世」的衝動激情，又如何逐漸突破一個小說家應有的藝術邊

---

[34] 海上漱石生，《退醒廬著書譚》，刊《金鋼鑽小說集》，施濟群、鄭逸梅編輯，上
海，《金鋼鑽報》館發行，1932年9月，第42頁。

界底線，直接將自己塑造成為一個社會批判家和事實醜惡報導記者的吧：

> 續《海上繁華夢》出書，初版在民國五年二月，而至五月間即已再版，可知銷數之宏。沈駿聲君爰續訂另撰一社會小說，以饗讀者。余乃成《十姊妹》三十回，是書為慨女界風俗澆漓而作，以是真淫對照，反正相生，處處皆從女界落墨，與《繁華夢》另一體裁，意在使女同胞超出情天，勿墮孽障。然而證之今日所謂摩登化女子，則江河日下，狂奢極欲、寡廉鮮恥，設欲再作一書，以資棒喝，余幾擲筆三歎，而不屑辭費焉。[35]
>
> ……
>
> 《指迷針》，初名《黑幕中之黑幕》，雖亦社會小說，而命義佈局，則又與《繁華夢》《十姊妹》等，各不相侔者也。時有著述家錢生可君者，悲江湖黑幕之害人，受惑者每不知其底蘊，爰作黑幕大觀一書，為之揭露其隱，出版後爭相傳誦。[36]

上述文字中所提到的《十姊妹》、《指迷針》，基本上依然是沿著《海上繁華夢》所開闢的小說文本書寫道路：上海背景、市民生活、社會邊緣人（主要是指這些人在生活方式、道德倫理意識與法律觀念方面的自我邊緣化）、現實黑幕。事實上，報人－小說家

---

[35] 海上漱石生，《退醒廬著書譚》，刊《金鋼鑽小說集》，施濟群、鄭逸梅編輯，上海，《金鋼鑽報》館發行，1932年9月，第41頁。

[36] 海上漱石生，《退醒廬著書譚》，刊《金鋼鑽小說集》，施濟群、鄭逸梅編輯，上海，《金鋼鑽報》館發行，1932年9月，第41頁。

身份以及長期的報人觀察、接觸與報導社會的視角與習慣，讓作為小說家的海上漱石生在其漫長的寫作生涯中不時偏向「報人」身份及職業方式一點亦不困難。而報人與小說家身份之間的相互拉扯，亦從一個側面反映出清末民初中國都市市民小說興起發展過程中的一種存在現實－小說這種表達形式，並不僅僅是一種完全由小說家主導操控的文學表現形式，某種意義上，它要比詩歌散文等文學形式更容易受到時代與社會環境因素的干擾影響。而小說家的小說觀，亦更需要確立起一種與現實之間對話互動的關係形態，否則的話，這種小說的大眾化、通俗化特性就難以真正得以體現和實現。

四

如前所述，海上漱石生一生寫作生涯漫長，而且一直到他去世前之前，仍在《五雲日升樓》上連載長篇章回體小說《掌心劍》。而在這四十年間，中國的文學環境和小說環境已經發生了顯而易見的變化。海上漱石生的文學觀和小說觀亦不會簡單地固守延續19世紀末、20世紀初他在創作《仙俠五花劍》、《海上繁華夢》時期的立場主張。但他的小說觀究竟發生了怎樣的調整改變？為什麼會發生這樣的改變，以及這些改變與他的小說文本實踐之間存在怎樣之關係？

就在五四新文學運動前夕，海上漱石生在《繁華雜誌》題詞中面對世事變幻和自己的文字生涯，曾有幾句詩表達自己內心的感慨：莽莽神州世變多，繁華如夢感春婆。笑驅三寸毛錐子，忽惹千秋文字魔。容我著書消歲月，管他飛檄動兵戈。醉心權當中

山酒，一冊編成一月過。不志興亡志滑稽，仰天狂笑碧空低。阽危時局何堪憶，遊戲文章盡有題。[37]在這種感慨中，時局、政事、社會、道德、人心等文人和知識份子們習於觸動心事、引發議論的主題，似乎都可以被化解掉或自我消解掉──一句「不志興亡志滑稽」，似乎已經揭示出作為社會批判家和小說家的海上漱石生的「轉向」。這種轉向，其實依然可以從其報人生涯中找尋到蛛絲馬跡的來源，所不同的是，這一次的來源，不是從《新聞報》、《申報》和《輿論時事報》這些他曾經就職的滬上大報中尋找，而是從《采風報》、《笑林報》、《新世界報》、《大世界報》、《梨園公報》、《繁華雜誌》、《七天》和《俱樂部》這些先後由他主編、呼應都市市民閱讀需求的軟性文化讀物中尋找。作為報人的海上漱石生，其經歷也具有大報報人和小報報人之雙重性。大報報人的「家國天下」和小報報人的「雞飛狗跳」，不僅早已讓海上漱石生習慣於從「大處」與「小處」、嚴肅與滑稽這類雙重之立場、視角和方式來書寫都市、生活、人性，還有一個始終處於動盪變化之中的時代，而且亦早已參與塑造了他的文學觀和小說觀。

---

[37] 海上漱石生，《繁華雜誌·題詞》，《繁華雜誌》第一期。

海上漱石生與「鴛鴦蝴蝶派」

　　海上漱石生與「鴛鴦蝴蝶派」之間的關係，大體上可以從三個角度或層面予以關照考察。一是在王韜及早期《申報》文人群所開闢的近代都市市民文學這樣一條文脈或上海文學傳統向現代延續擴展過程中，「鴛鴦蝴蝶派」是否可視為這樣一個文脈或上海文學傳統的現代延續？如果是，海上漱石生在此過渡中所處地位與所起作用如何？二是海上漱石生與「鴛鴦蝴蝶派」作家群之間的廣泛而密切之交往；三是海上漱石生的小說，與典型的「鴛鴦蝴蝶派」小說在類型、主題、語言、敘事方式、結構、人物等方面有何交集或相近之處。上述三個角度或三個層面相互關聯，不可或缺偏廢。而考察海上漱石生與「鴛鴦蝴蝶派」之間的關係，並不是要得出一個海上漱石生亦為「鴛鴦蝴蝶派」作家的簡單結論，而是藉此釐清近現代上海都市文學興起發展變遷的歷史脈絡，以及在此過程中海上漱石生所起的過渡性作用及文學貢獻。

　　儘管對於「鴛鴦蝴蝶派」這一概念歷來說法不一，且不少當事人亦對自己被列入到所謂「鴛鴦蝴蝶派」作家群中表示疑惑、不解甚至不滿，但在這一廣泛使用的概念背後，還是有相對一致的核心特徵。魏紹昌主編的《鴛鴦蝴蝶派研究資料‧史料部分》「敘例」

中，[1]分別從「鴛鴦蝴蝶派」的產生發展及流變、「鴛鴦蝴蝶派」的文學特徵及流派性質、「鴛鴦蝴蝶派」的文體特色及主要成就三個方面對「鴛鴦蝴蝶派」予以闡述發明：

1. 「鴛鴦蝴蝶派」起源於清末民初，五四運動前後二十年是它的全盛期，它的衰落是和新文學的壯大互為消長的。1930年左聯成立之後，它在新聞界、出版界，以及電影、戲曲、廣播事業等方面所佔據的優勢才逐漸喪失；

2. 「鴛鴦蝴蝶派」是現代文學史中宣揚趣味主義的一種流派。他們將文學當作高興時的遊戲或失意時的消遣；並披著「超政治」的外衣，以閒書或娛樂品的面貌出現，一味投合小市民讀者的口味。鴛鴦蝴蝶派作者大都受的是封建社會的文學教養，而作品滋生繁殖的溫床卻植根在現代帝國主義侵蝕下的「十里洋場」（上海是它的大本營）；

3. 「鴛鴦蝴蝶派」的作品以小說（特別是長篇小說）為主，也最有代表性，內容則分社會、黑幕、娼門、哀情、言情、家庭、武俠、神怪、軍事、偵探、滑稽、歷史、宮闈、民間、反案等種種類別。作品的文字形式，早期多用文言，五四以後多用白話，這是他們迎合時代潮流必然的趨勢。

上述界定，並非是從流派內部的人事交往關係著眼，而是從流派所呈現出來的相近的文學特徵、審美傾向以及社會影響等角度予以概括描述。它不僅注意到了「鴛鴦蝴蝶派」在時間上起源於清末

---

[1] 《鴛鴦蝴蝶派研究資料‧史料部分》，第Ⅲ頁，魏紹昌編，上海，上海文藝出版社，1962年10月。

民初、地域上以上海為中心、影響領域還涉及到新聞出版電影戲曲等特點，而且還對「鴛鴦蝴蝶派」在文體形式、語言特徵、題材類型等方面的類型化特色予以說明。而如果對海上漱石生的職業生涯及文學著述有所瞭解，就會發現「鴛鴦蝴蝶派」的核心特徵，與海上漱石生有著高度的重疊或交集。

一

魯迅在《上海文藝之一瞥》中，明確指出「上海過去的文藝，開始的是《申報》」。[2]這大概也是第一位中國小說史研究專家首次如此肯定地將《申報》與上海文藝聯繫在一起。[3]而在這一篇完成於30年代初的演講中，魯迅還提到了與《申報》、上海文藝相關的若干關鍵詞：才子、洋場、《申報》館叢書、婊子、文社、燈謎、時務、新學、流氓、翻譯、鴛鴦蝴蝶式文學。如果我們將這些關鍵詞串聯起來，似乎可以大體上勾勒出自早期《申報》以來直到20世紀30年代上海文學之一瞥，亦初次在「上海文藝」這樣一個語境中，揭示出這種文藝的基本構成要素或結構形態。

在魯迅上述建立在外地來滬文人移民為中心的早期都市市民文學的敘述中，才子佳人和才子＋流氓式的文學書，成為了這一時期滬上通俗文學的時尚主流，「敘述這各種手段的小說就出現了，社

---

[2] 魯迅，《魯迅全集》第四卷《二心集》。

[3] 在瘦鶴詞人鄒弢《遊滬筆記》（1888年詠哦齋刻本）卷二「海上詩詞書畫鐵筆名家」一條中，第一位介紹者即為王韜，緊接著還先後介紹了錢徵、袁祖志、姚芷芳、蔡爾康、黃協塤等人。這些人基本上都是早期《申報》館主筆。儘管鄒弢這種介紹並沒有一個「上海文藝」的潛意識，但他將這些人作為近代以來滬上文藝名家且具有「群體」特徵予以介紹，某種意義上與魯迅後來的提法隔代呼應、相得益彰。

會上也很風行，因為可以做嫖學教科書去讀。這些書裡面的主人公，不再是才子＋（加）呆子，而是在婊子那裡得了勝利的英雄豪傑，是才子＋流氓。」[4]

魯迅對於《申報》以來的上海本地文學的總體評價，由此可見一斑。而作為五四新文學宣導者和先鋒實驗者的魯迅，對於所謂都市市民文學的態度，其實亦不辯自明。如果沿著魯迅的思路或語境，其實近代以來上海興起的、由外地來滬文人們所主導的都市市民文學，是作為五四新文學的批判及摒棄對象而頗為尷尬地存在著的。

但有一點是可以肯定的，那就是魯迅對於《申報》以來滬上市民文學的產生發展及變異，是從一種由果推因式的視角或思路來考察並評估議論的。換言之，在這種視角或思路中，《申報》以降上海市民文學最初的歷史合理性或進步性，極有可能被後來演變變異過程中所生成的一些殘渣餘孽、低俗齷齪的東西所掩蓋遮蔽，甚至改變這一文學原本相對合理的存在結構。這顯然不是魯迅刻意為之的結果——《中國小說史略》中對於清末「譴責小說」及「狹邪小說」的部分肯定，其實已經彰顯出魯迅對於此類小說或文學史是有著足夠的認識與清晰的判斷的。也就是說，在《中國小說史略》這樣一種更學術化的文本語境中，魯迅對於上海文藝的分析討論要平和得多，也理性得多。

對於魯迅提出的「上海文藝」這樣一個概念，其實它既是一個地域文學概念，亦為一個歷史文學和類型文學概念。至於這一概念是否可以用上海文學或近代都市市民文學這樣的概念去置換，當然

---

[4] 同上。

還要看彼此之間核心內涵的交集程度或一致性。無論怎樣，魯迅為近現代文學提出了一個前所未有之概念：上海文藝。

魯迅將「上海文藝」的傳統追溯到《申報》，這當然是就上海文學的近傳統而言。而《申報》文人涉及到兩個既有交叉又有分別的兩個文人群體，一是《申報》館文人群，一是《申報》作者文人群。這裡主要就前者也就是《申報》館文人群與「上海文藝」之淵源予以考察闡述。

一般認為，《申報》是近代滬上第一家以華人讀者為對象的中文報紙，儘管這一對近代中國影響巨大深遠的新聞機構的資本最初為外人所有，但它所雇傭的編輯人員則以本土文人為主。而且幾乎從一開始，這一報紙就不僅是一所新聞機構，而且也是一個重要的圖書出版機構和近代中國一個最早的文學期刊編輯出版機構。《申報》這種多重文化功能並存的格局，實際上使得它從誕生之日始，就對近代中國的新聞、出版、文學以及社會文化等產生了積極的推動作用，也使得魯迅所謂的「上海文藝」，從一開始就打上了報人－小說家的歷史烙印。

這當然是由《申報》開創的新傳統。而對於這一傳統的生成產生過深刻影響者，莫過於王韜。

有關王韜對於《申報》及《申報》館文人群的影響，至少可以從新聞與文學兩個角度來闡釋說明。眾所周知，《申報》最初的重要編纂錢昕伯為王韜女婿，而《申報》館最初為了嘗試面向中國讀者的中文報紙，還特意派遣錢昕伯前往香港，去考察王韜主持的《循環日報》——王韜在時務、西學、新學以及新聞傳播諸領域的先見之明與探索實踐，事實上成為後來中國本土文人在上述領域進一步拓展的重要參照資源。當然，王韜對於本土文人的影響力尤其

集中於上海。這當然與他1849-1862以及1883-1897這兩個時間段在上海的生活、工作經歷有關。

撇開新聞傳播領域，王韜在文學領域對後來的《申報》館文人群的影響同樣是巨大的。早期《申報》館重要編纂之一黃式權的《淞南夢影錄》曾有兩處記述王韜，一是有關王韜在滬上以稗官野史專記滬上風俗這一領域的先鋒地位，另一是全面介紹王韜生平及文學成就。

前者記述中云：稗官野史專記滬上風俗者，不下數家，而要以王紫詮廣文韜之《海陬冶遊錄》為最。永既去之芳情，摹已陳之豔跡。鴛鴦袖底，韻事爭傳；翡翠屏前，小名並錄。其於紅巾之擾亂，番舶之縱橫，往往低徊三致意，固不僅紀花月之新聞，補水天之閒話也。[5]這段文字的文學史意義在於，一方面它指出了王韜在清末上海題材的文本書寫實踐方面的開創性貢獻，而這正是晚清滬上都市市民文學的重要特徵之一。[6]而王韜的探索並不僅限於上海地域題材的發掘與書寫實踐，更關鍵的，發掘什麼內容的上海題材故事來進行描寫敘述，王韜進一步的貢獻同樣重要。在黃式權的記述中，王韜的上海風俗敘事，實際上為後來的「狹邪小說」及「鴛鴦蝴蝶派」小說開創了敘事的空間背景、故事類型、敘事方式、情感立場等路徑。所謂「鴛鴦袖底，韻事爭傳；翡翠屏前，小名並錄」，這與魯迅《上海文藝之一瞥》中所謂才子佳人小說或才子＋

---

[5] 黃式權著，《淞南夢影錄》，上海，上海古籍出版社，1989年5月，第126頁。
[6] 王韜上述題材的著述，除了他的文言短篇小說集《淞隱漫錄》、《遁窟讕言》、《淞濱瑣話》、《海陬冶遊錄》（附錄、餘錄）、《花國劇談》、《眉珠庵憶語》等，還有《瀛壖雜誌》、《甕牖餘談》這些以上海題材為主的隨筆札記，共同形成了王韜的上海題材的文學書寫文本系統。在這個系統中，上海題材、女性題材以及文士佳人故事、日常生活經驗、近代都市經驗以及底層生活經驗等，大規模地進入到文本書寫視域並呈現出多側面多樣化的存在形態。

流氓小說的滬上文學之最初形態及流變的描述，具有某種相似性。

如果說上述記述還只是涉及到王韜對上海文學影響之某一領域的話，黃式權的另一段有關王韜的文字敘述，則無疑將王韜敘述成為了晚清以來滬上文人的一個精神領袖：[7]

> 弢園先生姓王名韜，字仲弢，紫詮其號也。才氣橫逸，下筆輒數千言，尤熟於外洋時事。道光末年，英人麥都思設墨海書館於滬北，延先生主筆政。所交多海內知名士，與李壬叔、蔣劍人以詩酒徜徉於海上，時人目為「三異民」。……癸未孟夏，以養疴返申江。時予方假館蕭氏，入門一揖，歡若生平。自是荷院招風，茗樓話雨，班荊交訂，爾我俱忘。先生著作成林，《衡華館詩錄》尤為海內風行。[8]

王韜的巨大影響力，與其說來源於他在時務、西學、新學等方面的先鋒性，還不如說是王韜的職業道路與現實存在方式，為清末滬上都市文人之職業化與都市化，提供了更為難得的借鑒參照。如果說《申報》館文人的職業道路，可以簡化為所謂報人－小說家道路的話，王韜無疑亦是這一道路的開拓者。

---

[7] 王韜在生活方式上對於清末滬上文人的「潛移默化」的影響，在許多方面表現出來。《淞南夢影錄》記述《申報》館早期編纂蔡爾康及滬上文人萬其龍（龍湫舊隱）與滬上青樓煙花之間的往來，頗有王韜當年遺風：陳玉卿校書，綠楊城畔人。幼失怙恃，為惡叔所賣，遂隸平康籍。轉徙至申江，初不甚閒於時。一日龍湫舊隱偕縷馨仙史訪豔至此，見其秀骨姍姍，輕盈蘊藉。談詩剪燭，吐屬風流，而眉黛間時露怨色。詢之，知係大家閨秀，落籍後，遭鴇母所毒，幾乎柳研花摧。既又出其所作小詩相質。……龍湫惻然憫之，贈以七古一篇。縷馨時再《申報》館司筆札，亦為賦詩題唱。（《淞南夢影錄》，黃式權著，上海，上海古籍出版社，1989年5月，第146頁）。這裡所記述的滬上故事，大概尚屬於魯迅所謂「才子佳人」時期。

[8] 黃式權著，《淞南夢影錄》，第130-131頁，上海，上海古籍出版社，1989年5月。

對此，曾經短期在《申報》館擔任記室的無錫來滬文人鄒弢
（1850-1927），亦曾在時務、西學和新學方面有所用心。自與王韜
結識之後，即奉其為導師：

> （王韜）壬午春歸自香海，往訪之，一見如舊。相識時，先
> 生年五十餘，雖兩鬢已蒼，而談笑詼諧，猶有豪氣。余因
> 以東方朔比之。甲申（原文為「春」，擬為「申」之誤字）
> 春，先生養疴淞北，承賜《蘅華》詩兩冊，……先生深通西
> 學，日本人多師事之。交人則暖暖妹妹，雅俗無少忤，蓋亦
> 篤於情者。[9]

而在其撰寫的《王弢園師六十壽序丁亥》一文中，兩人之間的
關係，顯然已經是一種相當融洽的師徒關係了：

> 紫詮夫子以丁亥良月四日為花甲攬揆之辰，合海上之衣冠，
> 瞻天中之山門。聚銅十笏，奉酒一瓶，將以進祝弢園禮也。
> 時夫子儉德方修，虛心克受撤弟子之樂而弗奏其宮，卻仙人
> 之桃而弗張其會。[10]

地方歷史記憶、個人情感浪漫以及對於男女社會關係之理想想
像，其中摻雜著時空改變之中生發出來的物是人非之類的懷舊與無
法釋懷的失落感。這種難以換回的歲月感傷或生命懷舊，構成了王
韜式的都市書寫文本中的獨特情感與精神氣質。這種文人式的情感

---

[9]　《三借廬贅談》，卷十，鄒弢纂，清末申報館鉛印本，第21-22頁。
[10]　《三借廬剩稿‧駢文剩》，梁溪鄒翰飛撰，上海東方印刷所印刷，上海，上海中華圖
　　書館發行，1914年8月。

方式與文本表現形式，通過傳播，率先得到了那些與之接觸或通過
閱讀而走近他的文學世界與精神情感世界的文人們的認同，又放大
成為一代人的都市記憶，並逐漸沉澱凝聚成為上海這座城市市民集
體心理結構中比較獨特的要素。而打上了這種精神氣質烙印的都市
市民文學，亦逐漸呈現出一些基本特色，即都市書寫、市民趣味、
個體關懷、文化消費、自我娛樂、生活休閒等。這些特色，是在長
期的歷史進程與具體的社會文化環境中逐漸形成並顯現出來的。

　　王韜的影響，還蔓延到了像海上漱石生這樣年齡要小得多的
後輩文人身上。《退醒廬筆記》[11]「天南遯叟軼事」一條中云：
「（天南遯叟）暮年總持《申報》筆政，時予主政《新聞報》，
故得朝夕過從，極文酒流連之樂。」[12]其實，這則筆記轉引自海上
漱石生當年一部報刊筆記輯錄《報海前塵錄》[13]。其中收錄有兩則
與王韜相關筆記，一則為「天南遯叟軼事」，另一則為「公餘逸
趣」。對於與王韜這位晚清滬上文人群體中聲名遐邇的前輩，海上
漱石生的筆記中是這樣記載的：

> 余在新聞報申報輿論時事報等，任職近二十年。其間主賓之
> 款洽、待遇之優厚、起居之安適、時間之從容，以新聞報
> 最為深愜我心。館主斐禮思君，雖係英人，而辦事殊水乳交
> 融，深明大體。館穀彼時雖不甚豐，最多時月只百金，然在
> 當日，已不為菲。居庭則公餘時息偲優優，從無人加以干
> 涉。而尤好在日多暇晷，自朝至下午四時，無所事，晚則九

---

[11] 孫家振，《退醒廬筆記》，上海，上海書店出版社，1997年1月。
[12] 孫家振，《退醒廬筆記》，第3頁，上海，上海書店出版社，1997年1月。
[13] 海上漱石生，《報海前塵錄》，自印。

時以後，更可任意遨遊。只須留一地點，有事由茶房走告，再行到館（此指初數年而言，逮庚子後亦不能矣）。以是迢迢良夜，余恆與二三知己，涉足與劇院歌場，極逸興踹飛之趣。逮夫深夜歸來（余下榻報館時多），則燈下觀書，每至黎明始睡。殊為獲益不淺。晝則訪晤天南遁叟倉山舊主諸前輩，相與切磋文字，得以增進學識良多。而余之好為吟詠，亦自此始。

對於海上漱石生這一代滬上文人而言，王韜無疑仍然是一個巨大的文化思想存在──無論是舊學新學，還是作為一個文人在近代都市環境中如何安身立命或謀求日常衣食住行，王韜的嘗試探索甚至於人生道路等，無不具有極大的啟發作用或范式意義。而能夠在暮年的王韜身邊聆聽些許教誨，海上漱石生們顯然將此視為一種人生難得機遇。這種認同感所產生的持久影響力，後來事實上證明成為了海上漱石生將王韜與早期《申報》時代的文人傳統，傳承給後來者的信念與力量支撐。

二

在「鴛鴦蝴蝶派」作家眼裡，海上漱石生一直被視為清末以來滬上作家中的「碩果僅存者」。

范煙橋的《民國舊派小說史略》、鄭逸梅的《民國舊派文藝期刊叢話》和嚴芙孫等人輯撰的《民國舊派小說名家小史》這三份文獻，可視為有關「鴛鴦蝴蝶派」研究的基礎文獻。而在這三份文獻中，海上漱石生均佔據一席之地。

在范煙橋的《民國舊派小說史略》中，注重介紹了舊派小說家最為拿手且影響亦最廣的七種類型小說，即言情、社會、歷史、傳奇、武俠、翻譯、偵探。其中社會小說排在言情小說之後，作為舊派小說中「相當繁茂的一枝」「給予讀者的影響也相當大」而予以特別闡述。而在所謂舊派小說家的社會小說中，范煙橋率先介紹的，就是海上漱石生和他的《海上繁華夢》：

> 晚清時，孫玉聲以「警夢癡仙」為筆名（又名「海上漱石生」）寫《海上繁華夢》，內容以妓院為中心。辛亥革命後，他結束《海上繁華夢》，寫《續海上繁華夢》，正續有二百回。那時他的年事已高，過去和他相識的也先後去世，他便起了「承先啟後」的作用。[14]

在介紹了《海上繁華夢》之後，范文中還介紹了《海上十姊妹》，以及由海上漱石生主持但僅出一期即遭查禁的《俱樂部》雜誌。

比較之下，鄭逸梅的《民國舊派文藝期刊叢話》中，一共介紹了113種舊派文藝期刊，其中選擇介紹了海上漱石生主持的《繁華雜誌》、《七天》《俱樂部》三種。而嚴芙蓀等編纂的《民國舊派小說名家小史》中，一共介紹了66位小說名家，其中亦有海上漱石生：

> 孫君玉聲，別署海上漱石生。他在著作界的資格，確是很老的了。他在二十九歲那年，進《新聞報》主持筆政，後來又

---

[14] 轉引自《鴛鴦蝴蝶派研究資料·史料部分》，魏紹昌編，上海，上海文藝出版社，1962年10月，第462頁。

入《申報》及《輿論時事報》，先後共十九年。他辦的報，有《采風報》、《笑林報》多種，《新世界報》、《大世界報》等，都是他首創的。他生平的著作，自以《海上繁華夢》一種，為最膾炙人口。此外，如《仙俠五花劍》、《十姊妹》、《指迷針》、《一粒珠》等作，亦得佳譽。[15]

嚴芙蓀的介紹中注意到了一點，那就是在民國時期興起的「鴛鴦蝴蝶派」作家面前，海上漱石生的資格之老。

如果說上述三種文獻，尚限於對於民國舊派小說史的敘述，那麼，海上漱石生所主持的報刊上大量出現「鴛鴦蝴蝶派」作家及其作品，或者一般被視為「鴛鴦蝴蝶派」作家所主持的期刊上連續刊載海上漱石生的作品，無疑可以作為海上漱石生與「鴛鴦蝴蝶派」作家群往來密切或相互認同的證據。

創刊於1935年初的《俱樂部》，是海上漱石生去世之前主持的最後一份文藝期刊。就在這份僅出一起即遭查禁的刊物上，文字作者計有顧明道（長篇小說《黛痕劍影錄》）、鄭逸梅（長篇筆記《南社遺韻志》）、天虛我生（短篇小說《俱樂部之我見》）、周瘦鵑（短篇小說《可愛的神話》）、范煙橋（《短篇小說的怒潮》）、陳大悲（《王先生的一二八》）、許月旦（《粵中花絮錄》）、徐卓呆（《如影隨形》）等。而無論怎樣界定「鴛鴦蝴蝶派」，這些作者一般也被公認為這一流派的核心作家或代表作家。

而在更具有「鴛鴦蝴蝶派」色彩或傾向的文學期刊《紅》、《新月》、《金鋼鑽月刊》等上面，海上漱石生亦發表了大量小

---

[15] 轉引自《鴛鴦蝴蝶派研究資料·史料部分》，魏紹昌編，上海，上海文藝出版社，1962年10月，第462頁。

說、筆記等文字。有觀點認為,「鴛鴦蝴蝶派」作家施濟群、朱瘦菊為海上漱石生私淑弟子,[16]這似乎由海上漱石生在施濟群主持的《紅》、《金鋼鑽月刊》等刊物上發表大量作品的事實所證明,亦為朱瘦菊曾協助海上漱石生主持《繁華雜誌》、《七天》這兩份期刊,並在自己的長篇小說《歇浦潮》中出現不少與海上漱石生的《海上繁華夢》相關的人物、情節等事實所證明。

此外,海上漱石生還一直與潁川秋水、天虛我生、天臺山農等同輩或稍晚一點的文人們保持著密切交往,並且還與鄭逸梅這樣的後輩作家建有「忘年交」。

或許同樣能夠作為海上漱石生與「鴛鴦蝴蝶派」關係非同一般之例證者,就是在由無可爭辯的「鴛鴦蝴蝶派」作家編輯、基本上為「鴛鴦蝴蝶派」作家作品的文選中,海上漱石生亦列身其間。1924年由五洲書社印行出版的一部《說部精英甲子花》小說選本中,選擇了王西神、天臺山農、嚴獨鶴、畢倚虹、陳小蝶、徐卓呆、劉豁公、嚴芙蓀、程小青、施濟群、顧明道、許廑父、張舍我、姚民哀、鄭逸梅、貢少芹、王鈍根等「鴛鴦蝴蝶派」作家的作品,海上漱石生的短篇小說《鈔票恨》亦入選。這從選者及被選者兩個角度,似乎都至少默認了海上漱石生與「鴛鴦蝴蝶派」作家群之間的文脈血緣關係。

---

[16] 據《蝸牛居士全集・藝人小志》(黃鴻初主編、丁翔華編,《蝸牛居士全集》,上海,上海丁壽世草堂印,1940年1月,第21頁)中「孫玉聲」一條,稱「文藝界出其門下者甚眾,如汪仲賢、施濟群、朱瘦菊、倪古蓮筆,均為其高足。」而施濟群、朱瘦菊,則被認為是鴛鴦蝴蝶派文人群中比較重要的作家,前者編輯了《紅》等具有代表性的鴛鴦蝴蝶派刊物,後者則有《歇浦潮》這樣比較典型的鴛鴦蝴蝶派社會小說。

三

　　海上漱石生的文學類著作，以小說成就最為人稱道，影響也最廣泛。而在其小說著述中，又以長篇小說這種文體成就最大——這與一般「鴛鴦蝴蝶派」作家多以長篇小說成績突出的特徵相符。

　　而在小說中，又一直抱持採用章回體白話長篇小說的形式，而且尤其以社會小說和武俠小說見長。這兩種類型，也是「鴛鴦蝴蝶派」作家最為擅長且成績斐然者。

　　如果對海上漱石生自19世紀最後10年直到20世紀30年代的小說著述略作分類，就會發現其中社會小說和武俠小說佔據大半。其中武俠小說計有：《仙俠五花劍》（三十回）、《九仙劍》（二集、六十回），《呆俠》（三十回），《夫妻俠》（三十回），《金陵雙女俠》（三十回）、《嵩山拳叟》（三十六章）；社會小說《海上繁華夢》（含續夢，二百回）、《如此官場》（三十回）、《十姊妹》（三十回）、《指迷針》（三十回）、《海上燃犀錄》（三十回）。另「退醒廬小說十種」：《還魂茶》、《二百五》、《一線天》、《孤鸞恨》、《破蒲扇》、《機關槍》、《金鐘罩》、《甌中人》、《怪夫妻》、《樟柳人》，按體裁類型被分為社會、滑稽、探險、哀情、政治、軍事、武俠、偵探、家庭、神怪十種類型小說。[17]上述小說，尤其是「退醒廬小說十種」，是海上漱石生自己予以分類的。這種分類標準，與范煙橋《民國舊派小說史略》中所論述的「鴛鴦蝴蝶派」小說具有高度一致性，其中所缺者，不過翻譯小說而已。

---

[17]　有關海上漱石生著述，請參閱《海上漱石生著述考》。

　　海上漱石生不是專寫男歡女愛、才子佳人類小說的作家，他的
「退醒廬小說十種」中有哀情小說而無言情小說似可為一證。他的
《海上繁華夢》描寫了不少男女之間的情愛，但這種情愛描寫不是
在一種純粹的戀愛語境中展開的，而是在一種社會敘事語境中的插
曲。但是，海上漱石生的社會小說與武俠小說，包括「退醒廬小說
十種」，卻與廣義的「鴛鴦蝴蝶派」小說有著顯而易見的不應忽略
的關聯。海上漱石生嘗試的小說類型，基本上都是「鴛鴦蝴蝶派」
作家積極嘗試並取得一定成績的領域。其小說題材、主題、語言、
故事、情節、人物等，均帶有一定都市市民文學的特點。在由王韜
所開創的清末民初上海都市文學與市民文學傳統中，海上漱石生處
於由王韜及早期《申報》館文人群到「鴛鴦蝴蝶派」作家群之間的
過渡位置，這一點是可以肯定的。

　　但無論是海上漱石生積極主持文藝小報時期，還是努力創作
類型小說時期，正逢五四新文學興起並與傳統文學的堅守者們展
開論戰的時期。值得注意的是，無論是五四新文學派，還是傳統
舊文學派，都對王韜及早期《申報》以來的滬上都市市民文學傳
統及其流波餘緒給予了猛烈抨擊。五四新文學方面的批評暫且不
論，來自於傳統舊文學營壘的攻訐同樣毫不留情。吳宓在1922年10
月22日發表於《中華新報》上的《寫實小說之流弊》一文中，批評
「禮拜六派」的幾種代表刊物《禮拜六》、《快活》、《星期》、
《半月》、《紫羅蘭》、《紅雜誌》之類，「惟敘男女戀愛之事，
然皆淫蕩狎褻之意，遊冶歡宴之樂，飲食徵逐之豪，裝飾衣裳之
美，可謂好色而無情，縱欲而忘德。」這種批評，如果撇開前後定
性語句，單就「遊冶歡宴之樂，飲食徵逐之豪，裝飾衣裳之美」，
倒貼近他所批判的這種都市市民文學中的享樂主義傾向。只不過，

王韜及早期《申報》館文人的「游冶歡宴之樂，飲食徵逐之豪」之中，尚有舊學底子和西學、新學寄託，並有文人失意、流離江湖的無奈與悲憤。如果後來者只圖前者而後者盡失，則吳宓式的批評恐怕就不幸而言中了。好在無論是所謂「鴛鴦蝴蝶派」亦或「禮拜六派」，其主流尚非如此不堪。

《海上繁華夢》考論

一、《海上繁華夢》的寫作、刊載及出版

對於《海上繁華夢》的寫作時間，海上漱石生曾屢次提及。在《余之古今小說觀》一文中，他說「歲庚寅年，余二十有六，乃操觚作《海上繁華夢》，然不敢自信。半年後復棄置之。……越二年，而《海上繁華夢》初集乃成，自是投身小說界。」[1]在《退醒廬筆記·海上花列傳》中，他說，「辛卯秋應試北闈，……時余正撰《海上繁華夢》，初集已成二十一回。」[2]

參照上述兩種說法，海上漱石生最初試筆《海上繁華夢》，時間當在1890年。後因「不敢自信」，遂輟筆而改寫武俠小說《仙俠五花劍》（後更名為《飛仙劍俠大觀》），後者亦因此成了海上漱石生最早完成的一部長篇白話章回體小說。而《海上繁華夢》初集30回完成時間，據此亦可推定在1892年前後，據云1891年秋應試北闈之時，《海上繁華夢》初集已成21回，也就是說此時初集尚有9回仍未完成。

而在《退醒廬著書譚》中，海上漱石生亦曾提及《海上繁華夢》的寫作時間及背景。「余之處女作，為武俠小說《仙俠五花

---

[1]　《新月》「特載」，第1號第3頁，程小青、錢釋雲主編，上海，1925年10月2日出版。
[2]　孫家振，《退醒廬筆記》，第65頁，上海，上海書店出版社，1997年1月。

劍》三十回，成於二十九歲至三十歲。繼則為社會小說《海上繁
華夢》都一百回，分三集。」[3]不過，如果依照此說，《仙俠五花
劍》完成時間當在1893-1894年間。而該書初版一直到1901年方由
《笑林報》館仿聚珍版印行，從完成到初版，中間間隔亦近十年。

　　而對於《仙俠五花劍》及《海上繁華夢》的創作、刊載及印行
出版，海上漱石生之後尚有更詳細之說明：

> 《仙俠五花劍》既放棄版權，余乃不復置意，改作社會小
> 說，從事於《海上繁華夢》，亦在《笑林報》按日出書，是
> 書篇帙較繁，多至七十萬字，故刊至二年餘始竣。然全書共
> 凡三集。初集為三十回，作一結束，二集又三十回，再結束
> 之；三集則四十回，乃作一總結束。蓋初意僅作一集，嗣以
> 閱者贊許，紛紛函請續著，乃又一再續成，故每集皆經收
> 結，非故弄狡獪也。然余仍為藏拙計，署名著者為海上警夢
> 癡仙。逮至全書告成，在《笑林報》館印行，因鑒於《仙俠
> 五花劍》翻版故，始於警夢癡仙下署入孫漱石三字，而余之
> 真名，乃自此披露矣。[4]

　　《海上繁華夢》與《笑林報》之關係，至少表現在兩個方面，
一是《海上繁華夢》最初單頁隨該報附贈讀者，二是此書告成之後
由《笑林報》館印行。[5]而單日附贈與成書後印行之間，顯然是存

3　漱石生，《退醒廬著書譚》，刊《金鋼鑽小說集》，施濟群、鄭逸梅編輯，上海，
　　《金鋼鑽報館》發行，1932年9月，第26頁。
4　漱石生，《退醒廬著書譚》，刊《金鋼鑽小說集》，施濟群、鄭逸梅編輯，上海，
　　《金鋼鑽報館》發行，1932年9月，第32頁。
5　《海上繁華夢》由《笑林報》館印行出版時，書名為《繡像海上繁華夢》初集，著作
　　者署名「古滬警夢癡仙戲墨」，上海笑林報館校印。

在時間差的。《笑林報》創辦於1901年3月（光緒二十七年一月），日刊。這也就說明，《海上繁華夢》在《笑林報》的隨報附贈，時間上不會早於1901年。而這也就意味著──如果海上漱石生在其《余之古今小說觀》及《退醒廬筆記》中所言屬實的話──《海上繁華夢》從最初動筆甚至初集三十回完成，直至開始在《笑林報》「按日出書」，中間將近十年。而從「按日出書」到該書初集三十回1903年在《笑林報》館印行出版，中間又有兩年時間。換言之，僅就《海上繁華夢》初集的寫作、刊載及印行出版時間而言，其間就有十餘年之久。如果就《海上繁華夢》一百回及續夢一百回、合計二百回一百六十餘萬言的《海上繁華夢》（附續夢）的印行出版而言，[6]則延時更久。《民國時期總書目》所載《海上繁華夢》及「續夢」二百回出版資訊如下：

> （繡像）海上繁華夢（初、二、後集）[7]，孫家振（原
> 題　警夢癡仙）編著；其中包括上海商務印書館1908年2月
> 訂正初版，1917年5月該版已經出至第9版，該版3冊（分別有
> 265、283和390頁），共一百回，「書前有序，寫於1902年7
> 月」[8]。另有上海泰記樂群書局1915年10月出版之第8版，該
> 版一共3冊（分別有265、283和390頁）
>
> 續海上繁華夢（警世小說），（初、二、三級），孫家
> 振（原題：孫漱石）著；上海文明書局，1915年6月-1916年8

6　《續海上繁華夢》最初在由海上漱石生主筆的《圖畫日報》上連載396次，初集1909年
　　印行單行本。

7　《續海上繁華夢》曾於1909年8月16日在滬上創刊的《圖畫日報》刊載（第1號第4
　　頁），作者署名海上警夢癡仙，標「繪圖社會小說」。

8　《民國時期總書目》，北京圖書館編，北京，北京圖書館出版社，1992年11月，第
　　746頁。

月初版，4冊（910頁）；共一百回。並說明「初集另藏有再版本，刊於1916年5月，第三集分上下冊，各180頁，版權頁作者署名為海上警夢癡仙漱石」[9]。

而對於《續海上繁華夢》的出版，海上漱石生曾言，「《續海上繁華夢》出書，初版在民國五年二月，而至五月間即已再版，可知銷數之宏。」[10]據查，《續海上繁華夢》初集1915年6月1日初版，著作者署名「海上警夢癡仙漱石氏」，發行者為「民權出版部」（上海四馬路麥家圈東口），印刷者為益新公司印刷所（上海威海衛路309號）。《續海上繁華夢》初集6卷，每卷5回，一共30回，1916年5月由上海進步書局發行、文明書局印刷再版。《續海上繁華夢》2集6卷30回1915年6月初版，到1920年12月已經出至第5版。

概言之，上述有關《海上繁華夢》及續夢200回之寫作、刊載及印行出版時間，從1890年試筆、1892年成初集30回，至續夢1908年在《圖畫日報》連載、1916年初版，其間跨時近30年。這樣一種寫作、刊載及印行出版的情況，在清末民初小說史上應該是極為罕見的。這種現象究竟能夠說明什麼呢？至少有一點可以肯定，那就是近代報刊傳播形式、報刊文學副刊方式以及日漸職業化、市場化及消費化的文學寫作，共同成就了這部160萬言的近代都市小說巨著。而這200回的《海上繁華夢》，亦借鏡於清末民初滬上各種層級檔次的「堂子」這一極富時代地域特色的公共空間，折射出這一時期上海社會、歷史、文化、人性等的波衍變化。無論是作為「社會

---

[9]　《民國時期總書目》，北京圖書館編，北京，北京圖書館出版社，1992年11月，第746頁。

[10]　漱石生，《退醒廬著書譚》，刊《金鋼鑽小說集》，施濟群、鄭逸梅編輯，上海，《金鋼鑽報館》發行，1932年9月，第41頁。

小說」，還是作為「警世小說」，單就其時間跨度以及人物事件之
眾多繁雜而言，已堪符實。

而19世紀最後10年至20世紀頭10年，正是晚清白話章回體小說
繁盛之時。《海上繁華夢》及續夢不僅見證了這一繁盛時期，而且
也成為這一時期各種類型小說寫作中具有一定指標意義的存在：

> 余作《海上繁華夢》，當時滬地猶無社會小說，我佛山人吳
> 趼人君《廿年目睹之怪現狀》尚未成書。南亭亭長李伯元
> 君之《官場現形記》，在《遊戲報》發刊，描摹官場種種情
> 狀，可云妙到毫巔，然以限於官場一隅，不得為社會小說。
> 惟大一山人韓太仙君之《海上花列傳》，則在同一時。韓君
> 字子雲，茸城人。當清光緒辛卯年秋，余應試北闈，遇之於
> 大蔣家胡同雲間會館。後復同乘海定輪返申。途次談及小
> 說，余正欲作繁華夢，而韓君擬作海上花。余已成書目三十
> 回，書一回餘；韓則已成書四回……逮後余就職新聞報，韓
> 亦就職申報，彼此筆墨勞勞，無暇兼作小說，故越三年後，
> 始得各自成書，而出版後分道揚鑣。[11]

上述文字顯然為《海上繁華夢》的寫作出版，另行建構了一個
文學史時間：在由吳趼人的《廿年目睹之怪現狀》、李伯元的《官
場現形記》所代表的晚清滬上的「官場小說」或「社會小說」，以
及由韓子雲的《海上花列傳》等所代表的晚清滬上的「狹邪小說」
這兩個維度或坐標系中，《海上繁華夢》都可以找到其適當之位

---

[11] 漱石生著，《退醒廬著書譚》，載《金鋼鑽小說集》，施濟群、鄭逸梅編，上海，
《金鋼鑽》報館藏印，1932年9月，第32頁。

置。而在「社會小說」與「狹邪小說」之間的交集，亦恰恰顯示出《海上繁華夢》的跨類型寫作的相容性與超越性。

二、在新聞報導體與個人虛構性敘事之間

無論是就其生平自述還是其職業生涯之實際境況而言，海上漱石生作為報刊主筆的經歷[12]，與其作為小說家的經歷在時間上大體一致。[13]而通過其主持的報刊，報導敘述清末滬上曲院堂子裡的人和事，[14]與通過小說敘述的方式，來描寫敘述曲院堂子裡的人和事，對於海上漱石生來說，究竟只是職業身份的差異並因此而可以在兩種職業文化身份之間自由穿越而鮮有障礙或不適，還是身份雖然有所關聯、但究竟為本質上完全不同的兩種敘事方式？或者說，通過新聞報導的形式所呈現的堂子裡的故事，與通過小說文本方式呈現的堂子裡的故事，無論是對於敘事者還是讀者，又究竟有何差異？譬如說，報紙的語言習慣，是如何「弱化」甚至「窒息」讀者

---

[12] 需要說明的是，海上漱石生的報刊主筆經歷，包括了大報主筆和小報主筆兩種類型及兩個時期。同時在大報主筆及小報主筆職任上均有所成就影響，此亦為上海上漱石生職業生涯之一大特徵。

[13] 海上漱石生自述「余自年二十九，偶從事於小說一途，初僅遊戲之作，藉此聊以自娛。」（《退醒廬著書譚》，載《金鋼鑽小說集》，施濟群、鄭逸梅編，上海，《金鋼鑽》報館藏印，1932年9月，第26頁。），又云「余自年二十有九，主任新聞報筆政後，悠悠四十餘載今已年逾七十矣。」（海上漱石生，《報海前塵錄·緒言》，自印，上海，1934年1月）。

[14] 據海上漱石生自述，其「在新聞報主持本埠編輯者二年，總持全報編輯者九年，任申報本埠編輯者二年餘，總持時事報，及輿論時事報，圖畫日報，圖畫旬報，各全報編纂者五年有奇，主編時事報上海附刊者二年，今在小報界，又將二十年。」（海上漱石生，《報海前塵錄·緒言》，自印，上海，1934年1月），而其所主持的小報上，僅以《圖畫日報》為例，在其中「上海社會之現象」、「上海曲院之現象」、「上海新年之現象」、「時事新聞畫」等專題欄目中，就報導描寫了大量晚清滬上曲院堂子裡的各種新聞事件。

的想像的，而小說敘事方式，又在多大程度上釋放了作者及讀者的想像，並最終將這兩種方式分別開來？作為報刊主筆的海上漱石生，與作為小說家的海上漱石生，在面對共同對象堂子之時，其敘事人立場、敘事方式以及敘事訴求是否存在明確差異？與此同時，在晚清滬上各種傳媒對曲院堂子裡的所謂新聞故事大量持續報導的境況之下，小說文本中的堂子故事還有什麼存在的意義與價值？是否可以因此而將小說文本中的堂子故事，僅僅視為新聞報導中的堂子故事的擴展或延續？或者說，小說文本中的堂子裡的故事，倘若其新聞性——譬如突發性、時效性——已經大大弱化於報刊上的同類故事之報導，那麼，它又該如何另闢蹊徑或另起爐灶，方能避免步新聞報導之後塵並尋找到小說敘述自己的讀者群？

《海上繁華夢》之「續夢」，是在海上漱石生主持的《圖畫日報》上連載的。如果作一個簡單統計，將《圖畫日報》上有關曲院堂子的新聞報導之標題，與《海上繁華夢》之「續夢」中章回標題予以比對，不難發現其間存在著相當高程度的近似性——如果單就對於事件材料的定性描述而言，似乎確實難以簡單區分兩者之間的明顯差別。

但這應該只是虛構性文本《海上繁華夢》與《圖畫日報》上那些紀實性新聞報導文本之間最容易被發現的近似性。不過，《海上繁華夢》之「續夢」在《圖畫日報》上連載之時，每回還附有插圖，這就將小說文本通過語言文字所表達的可能更豐富的意思圖像化或平面化了。

另外，就在連載「續夢」之同時，《圖畫日報》上所開設的「上海社會之現象」、「上海曲院之現象」、「上海新年之現象」、「時事新聞畫」等專題欄目中，亦在同時報導描寫著大量晚

清滬上曲院堂子裡的各種新聞事件或相關資訊。這些新聞報導中的一部分故事，或許就成為了《海上繁華夢》的想像材料，同時亦反過來強化了小說文本中的堂子故事的現實性及真實感。而這種紀實性文本與虛構性文本同時出現共存的景象，無論是對讀者之閱讀，還是對於不斷連續寫作的作者之寫作來說，是否亦帶來某種程度或方式的影響，尚待考察分析。但有一點是可以肯定的，那就是《海上繁華夢》不僅在創作出版時間跨度上創造了晚清小說一個記錄，而且上述寫作及刊載方式，無論是對傳統小說還是對晚清小說而言，亦不多見。

這就使得《海上繁華夢》作為一部虛構性的文本，一方面通過日報中所配附的插圖，其視覺化效果得以凸顯，影響甚至部分改變了閱讀者僅僅通過文字獲取小說文本資訊的傳統途徑和想像空間，與此同時，其他欄目中所報導書寫的堂子裡的人與事，又與《海上繁華夢》的「想像」與「虛構」之間，構成一種同一平面上的不同文體資訊之間的映襯互動關係。此外，在《海上繁華夢》之「續夢」中，亦將一些具有時代意義或印記的公共事件，譬如上海光復等，引入到虛構性的故事書寫之中，造成一種寫實與虛構之間的有意「平衡」，從而使得《海上繁華夢》在新聞報導體的寫實文本與小說虛構文本之間，呈現出一種敘事策略上的中和性與相容性。此舉或許亦會招致對於其想像性或虛構性不足之類的非議批評——相較於李伯元的《官場現形記》、韓邦慶的《海上花列傳》，《海上繁華夢》受到新聞傳媒之手段、報導體文本之影響似乎更明顯亦更突出。至於《海上繁華夢》在敘事上所呈現出來的這種特性，究竟是海上漱石生的一種有意為之的敘事策略，還是與他長期的報人－小說家的復合身份以及《海上繁華夢》獨特的寫作出版經過客觀上

關係更為直接密切，則尚待進一步考察。

曾有論者專門就新聞報導與一種更文學化的故事敘述之間所存在的差別進行過辨析：

> 歷史地講，多種多樣的傳播模式是相互補充的。老式的敘事藝術由新聞報導代替，由訴諸感官的報導代替，這反映了經驗的日益萎縮。反過來，有種同所有這些形式和故事相對立的東西，它是傳播的最古老的方式之一。它不是由故事的對象來講述自己所發生的事情——這是新聞報導的目的；相反，它把自己嵌入講故事人的生活中去以便把它像經驗一樣傳達給聽故事的人。因而，它帶著敘述人特有的記號，一如陶罐帶著陶工的手的記號。[15]

冷靜克制與溫和理性，是海上漱石生的《海上繁華夢》在敘事方面一個令人印象深刻的特點——它顯然有意迴避的敘事上的那種尖刻銳利或令人震驚的閱讀體驗，是通過將個人經驗與敘述對象依據生活之常態化處理之後呈現出來的，這就使得《海上繁華夢》閱讀起來，一方面不至於陷入到一種未曾經驗的存在或想像敘事所帶來的震駭、驚訝與不知所措之中，又能在一種與所敘述的對象的不失溫和之反應的個人閱讀處境中，建立起一種又非新聞報導式的隔膜、事不關己以及司空見慣式的關係。《海上繁華夢》的這種敘事特性，似乎在海上漱石生都市虛構類敘事文本中都不同程度地存在並表現出來，也就是在新聞報導體與小說的想像與虛構之間，存在

15 《發達資本主義時代的抒情詩人》，本雅明著，張旭東、魏文生譯，北京，三聯書店，1989年3月，第129頁。

並維持著的一種自覺的、不失理性的平衡。也因此，《海上繁華夢》中的人物與故事，大多是在令人眼前一亮之後即就此打住，而不是將接近於陌生感、新奇感、興奮感的閱讀快感，進一步拖入到更深入的境地之中。進一步而言，海上漱石生似乎並無意對其敘述的對象作過分陌生化、個性化及戲劇化之處理，在對於故事中人物的處境化敘述中，在一種同情的理解之中及之後，敘述文本獲得了一種既區別於敘述的對象存在本身，又區別於那種新聞報導體的類同化敘述中的對象存在，以及那種極為個人化和個性化的側重於想像性、虛構性敘述的文學效果。

　　無論是海上漱石生報人身份與小說家身份的交疊之事實，還是《海上繁華夢》在報刊上連載且寫作出版時間跨度長達近30年之事實，顯然都為上述「事實」存在之說明提供了一定依據。不過，這些事實存在，並不能夠成為海上漱石生不是一個富有敘事個性的小說家之推論的全部堅實基礎。

> 余著小說無它長，惟不喜襲前人窠臼，且不喜如兵家之作野戰，致無可收束，更不喜言之過甚，以斯世決無之事，決無之人，任意構造入書，使閱者興盡信書不如無書之慨。至於社會諸作，則以攻發人之陰私為戒，故書中事實，皆為空中樓閣，書中人之姓名，每以諧聲或會意出之，或謂事實既虛，何必浪費筆墨，成此一無憑藉之作。[16]

　　報紙的新聞報導語言及敘事方式，與小說家「把自己嵌入講故事人的生活中去以便把它像經驗一樣傳達給聽故事的人」、並在這

---

[16] 漱石生著，《退醒廬著書譚》，載《金鋼鑽小說集》，施濟群、鄭逸梅編，上海，《金鋼鑽》報館藏印，1932年9月，第27頁。

種敘述中帶著「敘述人特有的記號」的小說語言與敘事方式之間，事實上揭示出小說藝術存在的本質特性。海上漱石生顯然清晰地注意到了這兩者之間所存在著的差異，並對小說自身之想像、虛構之特性，表現出一種超出一般小說家的在意甚至尊重。不過，這是否與他長期的報人身份、職業素養經驗有關，以作為對那種新聞報導體式的紀實之反彈，還是與他對從1890年代直至1910年代上海社會20年之變遷史的敘述保持著謹慎的興趣，而對於特定社會群體中的人與事、上海街道、堂子以及作為時尚的公共娛樂空間（公園、寺廟、塔林、娛樂場所、新興商場等）則念念不忘有關，還有待進一步考證分析。不妨參閱他自己對此所做的說明：

> 人名取諧聲會意，亦病一經展卷，即知其人之賢不肖，無待深思，抑知事實雖虛，社會間盡多類此之事，何妨寓事實於虛，既與忠厚無傷，且可曲曲寫來，筆端無所顧忌，使全書情文並茂，人名取諧聲會意，固不無病其率直，然文家本有開門見山之法，雖一開門即為見山，而山中之林泉丘壑，須遍歷後始觀，必不能一望而知，是以余抱此本旨，期免有姓名適合之人，疑余有意與之惡謔也。」[17]

《海上繁華夢》「自序」中，特別述及清末滬上所謂「繁華」的虛幻性，云：「海上繁華，甲於天下。則人之遊海上者，其人無一非夢中人，其境即無一非夢中境。」[18]但這種虛幻性，並不是就

---

[17] 漱石生著，《退醒廬著書譚》，載《金鋼鑽小說集》，施濟群、鄭逸梅編，上海，《金鋼鑽》報館藏印，1932年9月，第28頁。

[18] 海上漱石生，《海上繁華夢》，自序，第4頁，上海灘與上海人叢書第二輯，上海，上海古籍出版社，1991年5月。

小說敘述材料、對象的想像性與虛構性而言的，而是就存在對象之認識方法而言的。「是故燈紅酒綠，一夢幻也；車水馬龍，一夢遊也；張園豫園，戲館書館，一引人入夢之地也；長三書寓，么二野雞，一留人尋夢之鄉也。推之捌戰歡呼，酒肉狼藉，是為醉夢；一擲百萬，囊資立罄，是為豪夢；送客留，蕩心醉魄，是為綺夢；蜜語甜言，心心相印，是為囈夢；桃葉迎歸，傾家不惜，是為癡夢；楊花輕薄，捉住還飛，是為空夢。」[19]

經驗的「夢幻性」或「虛幻性」，與小說文本的想像性與虛構性之間，尤其是虛構性之間，雖然存在著一定關聯，但在藝術上又屬於不同範疇。

個人經驗與周圍世界的材料之間，是一種辯證關係。但是，當個人經驗依然能夠同化周圍世界的材料之時，換言之，個人依然可以憑藉其個人經驗來想像與消化周圍世界的材料時，就不需要所謂新聞報導——這種報導可能是個人經驗無法同化周圍世界材料之產物，或者說，是個人經驗失去了對周圍世界之應有興趣與能力之後的自然結果。新聞媒體式的報導書寫，究竟是一種個人經驗與周圍世界的材料之間存在著難以融會的隔閡，還是個人失去了對周圍世界的材料的想像融入興趣？亦或有意用一種分隔切割式的冷漠或所謂的新聞理性，來切斷敘事者與周圍世界的材料之間情感、經驗與想像意義上的諸多關係形態？海上漱石生的《海上繁華夢》，一方面為我們提供了一個相關實踐文本，同時亦將這種混雜著新聞報導色彩與小說想像虛構性書寫的探索性與實驗性姿態，刻印留存在了晚清上海都市文學書寫的歷史之中。

---

[19] 海上漱石生，《海上繁華夢》，自序，第4頁，上海灘與上海人叢書第二輯，上海，上海古籍出版社，1991年5月。

▲《海上繁華夢新書後集》

▲《繡像海上繁華夢》初集第一卷第一回

清末民初都市市民性的文學書寫
──再論《海上繁華夢》

一

　　社會小說，無疑是清末民初「舊派」小說中相當繁盛的一枝。范煙橋《民國舊派小說史略》在「言情小說」之後，即敘述「社會小說」，亦可見此種類型小說在晚清小說中之地位。魯迅《中國小說史略》未提社會小說，而名之曰「譴責小說」。在范煙橋看來，「魯迅稱清代反映社會現實的小說為『譴責小說』。民國時代的社會小說，則是譴責小說的墮落。」[1]魯迅所謂「譴責小說」，就其小說性而言，「則揭發伏藏，顯其弊惡，而於時政，嚴加糾彈，或更擴充，並及風俗。」這種小說，雖然就命意而言仍在匡世，「似與諷刺小說同倫」，但「辭氣浮露，筆無藏鋒，甚且過甚其辭，以合時人嗜好，則其度量技術之相去亦遠矣。」[2]在魯迅這裡，清代的諷刺小說、譴責小說直至黑幕小說，其在揭發伏藏、顯其弊惡方

---

[1]　范煙橋，《民國舊派小說史略》，收《鴛鴦蝴蝶派研究資料‧史料部分》，魏紹昌編，上海，上海文藝出版社1962年10月，第181頁。
[2]　魯迅，《中國小說史略》，上海，上海古籍出版社，1998年1月，第205頁。

面，三者有著某種程度上的內在一致性，但在小說的「度量技術」
方面則彼此相去甚遠，不可等量齊觀。[3]

范煙橋的清末民初之「社會小說」，亦上溯至李伯元之《官場
現形記》、吳趼人之《二十年目睹之怪現狀》，此與魯迅所謂「譴
責小說」有明顯交集，但范煙橋對於社會小說的評述，卻是從海上
漱石生的《海上繁華夢》開始的。[4]而海上漱石生在清末民初社會
小說創作方面的歷史地位，由此亦可見一斑。

但是，范煙橋文中所提及分析的海上漱石生的社會小說僅有兩
部，一為眾所周知之《海上繁華夢》，另一為知者不多的《海上十
姊妹》。[5]

對於自己的小說寫作生涯，海上漱石生曾有專文述及：

> 余之處女作，為武俠小說《仙俠五花劍》三十回，成於
> 二十九歲至三十歲。繼則為社會小說《海上繁華夢》都一百
> 回，分三集。[6]
>
> 嗣又成《如此官場》三十回，至四十歲後，輟筆者數
> 年。旋復作《續海上繁華夢》一百回、《十姊妹》三十回、

---

[3] 對於清末民初續《官場現形記》之餘緒一類小說，魯迅曾評述到：此外以抉摘社會弊
惡自命，撰作此類小說者尚多，顧什九學步前數書，而甚不逮，徒作譙呵之文，轉無
感人之力，旋生旋滅，亦多不完。其下者乃至醜詆私敵，等於謗書；又或有謾罵之志
而無抒寫之才，則遂墮落而為「黑幕小說」。（魯迅，《中國小說史略》上海，上海
古籍出版社，1998年1月，第215頁。）

[4] 范煙橋，《民國舊派小說史略》，收《鴛鴦蝴蝶派研究資料‧史料部分》，魏紹昌
編，上海，上海文藝出版社，1962年10月。

[5] 《十姊妹》書前弁言寫於1917年7月，卷首書名為《海上十姊妹》。（繪圖）十姊妹
（1-6冊），孫家振（原題 海上警夢癡仙）著；上海文明書局1920年12月已出至第3
版，6冊（686頁），30回，有插圖。

[6] 海上漱石生，《退醒廬著書譚》，刊《金鋼鑽小說集》（全一冊），施濟群、鄭逸梅
編輯，上海，《金鋼鑽報》館發行，1932年9月，第26頁。

《指迷針》三十回、《海上燃犀錄》三十回、《新海上繁華夢》三十回。自是而改趨武俠，成《九仙劍》二集、六十回，《呆俠》三十回，《夫妻俠》三十回，《金陵雙女俠》三十回；近又作社會小說《惡魔鏡》，全書尚未脫稿。至章節者亦有之，如曾刊《新聲》雜誌中之偵探小說《一粒珠》，曾刊《新聞報》「快活林」中之武俠別裁《嵩山拳叟》是，又有退醒廬十種小說，則為單行本體裁，文言白話俱有。其書目為《還魂茶》、《二百五》、《一線天》、《孤鷥恨》、《破蒲扇》、《機關槍》、《金鐘罩》、《區中人》、《怪夫妻》、《樟柳人》等，合社會、滑稽、探險、哀情、政治、軍事、武俠、偵探、家庭、神怪十種而成。是皆四十年來結撰所得，可以分詳著書時之一切經過者。[7]

其實，在海上漱石生上述小說中，除了范煙橋所提及的兩部小說外，由作者自己署明為社會小說者，尚有《如此官場》（又稱《戲迷傳》、《優孟衣冠傳》）、《海上指迷針》[8]、《惡魔鏡》[9]及「退醒廬小說十種」之《還魂茶》[10]。上述社會小說，除

---

[7] 海上漱石生，《退醒廬著書譚》，刊《金鋼鑽小說集》（全一冊），施濟群、鄭逸梅編輯，上海，《金鋼鑽報》館發行，1932年9月，第27頁。

[8] 有關《海上指迷針》一書，天臺山農在奉和漱石生六十述懷詩中注釋曰：君著有《黑幕中之黑幕》小說，今以名不雅馴，易為《指迷針》再版，風行於時。（見《漱石生六十唱和集》，自印）

[9] 《惡魔鏡》是海上漱石生的一部社會小說，先在《大世界日報》按日刊登，凡四十八回（參閱《退醒廬著書譚》，第55頁）。

[10] 「退醒廬小說」十種包括：《一線天》（探險小說，一冊），海上漱石生著，鐵沙徐行素校，潁川秋水　序於1926年9月元龍百尺樓，1926年11月15日出版，上海圖書館出版印行發行；《機關槍》（軍事小說，一冊），海上漱石生，鐵沙徐行素校，上海圖書館出版印行發行，1926年11月15日；《怪夫妻》（家庭小說，一冊），海上漱石生著，鐵沙徐行素校訂，上海圖書館出版印行發行，1926年11月15日；《二百五》（滑稽小說，一冊），海上漱石生著，鐵沙徐行素校正，上海圖書館出版印行發行，1926年11

了《如此官場》帶有李伯元《官場現形記》式的暴露晚清官場黑暗、吏治腐敗之印記外，其他諸部，基本上是沿襲《海上繁華夢》所開啟的都市社會敘述之風格。

對於社會小說在清末民初小說中的「進步作用」，范煙橋亦有涉及。「民國初年的社會小說，範圍更為擴大，包括了黨、軍、政、警、學、商等各階層的人物和動態，有時也涉及工農。由於作者都生活在上海和北京等幾個繁華都市，便就地取材，特別是上海，五花八門，更是產生社會小說的源泉。社會小說還有一個不同於言情小說的特點，就是文字採用白話，使知識份子依戀文言的觀念，逐漸改變。」

上述論述，雖未能就「社會小說」予以理論上清楚之闡釋說明，但其中卻歷史性地揭示出清末民初社會小說之進步性的兩個層面，一是就其題材、主題及敘事立場而言所表現出來的社會批判性，二是就其文體語言而言所表現出的文學變革性。

在社會性及市民性描寫、反思及批判方面，《海上繁華夢》與續夢之間，存在著一定程度上之「差異」。前者似乎尚「含蓄醞釀存其忠厚」，而非專意斥責，及後者已不留情面、酣暢淋漓，將滬上人心淪落、世風日下之現狀一一曝光戳穿。

具體而言，在《海上繁華夢》中，敘事者「如釋氏之現身說法，冀當世閱者或有所悟，勿負作者一片婆心。」這種現身說法，乃通過將都市中所謂世俗繁華喧囂之一切，統歸於夢幻，來說明

月15日；《樟柳人》（怪異小說，一冊），海上漱石生著，徐行素校，1926年11月15日出版，上海圖書館出版印行發行，70頁；《破蒲扇》（政治小說，一冊），海上漱石生著，徐行素校，上海圖書館出版印行發行，1926年11月15日出版，102頁；《孤鶯恨》（哀情小說，一冊），海上漱石生著，徐行素校，上海圖書館出版印行發行，1926年11月15日；《還魂茶》（社會小說，一冊），海上漱石生著；《甌中人》（偵探小說，一冊），海上漱石生著；《金鐘罩》（武俠小說，一冊），海上漱石生著。

「海上既無一非夢中境，則入是境者何一非夢中人！」[11]的「虛無」哲學。

這種否決都市生活現實真實，將其視作曇花一現之虛幻的敘事方式，將敘事者對於所謂「真實」的認知，投射引入到一種虛幻卻「更高真實」的存在，但又沒有試圖揭示現實世界的荒誕本質，其對社會及現實之批判，顯然是有所保留或不足的。比較而言，在《海上繁華夢》續夢中，海上漱石生明顯加強了對於小說中人物、故事以及種種社會現象的現實真實性之肯定。對於《海上繁華夢》之一百回，海上漱石生在續夢第一回中這樣評述：

> （《海上繁華夢》）摹寫社會上交際一切。凡人心之狡險，世態之炎涼，蕩子之癡迷，妓女之詐騙，類皆深入淺出，足使閱者增無限閱歷，發無限感觸，啟無限覺悟，實為有功世道之書。[12]

這種評價，與十年前《海上繁華夢》自序相比，對於現實、真實以及小說敘述等之認知，其間所存在之差異不難發現。這種「現實感」或「現實性」，亦不像當初僅用一種虛無的哲學說教來化解。而對於續夢，海上漱石生更是明確闡述到：

> 而此十年以來，社會上盡多可詫、可驚、可笑、可憐、可憤、可悲、可諷、可嘲之事，為前書所未及。……是故閱者

---

[11] 《海上繁華夢》「自序」，海上漱石生著，上海，上海古籍出版社，1991年5月，第4頁。
[12] 《海上繁華夢》續夢，第一回，海上漱石生著，上海，上海古籍出版社，1991年5月，第1157頁。

作社會小說觀可，作警世小說觀亦無不可也。[13]

　　這種論述，一方面突出了自《海上繁華夢》一百回出版以來滬上都市社會所經歷的種種「變遷」──一種江河日下的社會分裂與人性淪落──而作為敘事者的海上漱石生，亦對這種種「變遷」，表現出更為複雜同時亦更為明確的反思與批判。換言之，在《海上繁華夢》中以「虛幻」或「夢幻」名義所描寫呈現之形形色色的社會現象，在續夢中，則成為敘事者揭露批判的社會黑暗之切實現實與人性淪落之真實處境。而敘述者對此的批判立場、態度與力度，均明顯得以加強。

　　怎樣理解《海上繁華夢》中這種通過對社會現象的集中描寫，來揭示、暴露並批判都市市民性及國民性中的鄙陋、顢頇甚至蒙昧無知與落後的文學訴求呢？對此，被認為海上漱石生之弟子的錢香如，在其《遊戲科學》一書之自序中，就民族積弱、國民性反思與社會小說之間的關聯性，有過一段闡述：

　　　吾中國之所以積弱者，社會學之不講耳。社會學云何？凡人日常之所習染者，是近朱者赤近墨者黑。此中關係，豈淺顯哉！今吾國社會所習染者，煙耳賭耳！三尺孩童靡不酷嗜，口含紙煙，儼然自得。手玩賭具，欣然自得。習俗相沿，既尊長見之，亦不加責，吁可歎哉！偶一行之，猶且不可，況矚目皆是也。[14]

---

[13] 海上漱石生著，《海上繁華夢》續夢，第一回，上海，上海古籍出版社，1991年5月，第1157頁。

[14] 錢香如著，《香如叢刊》第一卷「文薈」，上海，中國圖書公司，1916年2月，第6頁。

　　換言之，其實，在清末民初社會小說家們那裡，儘管他們並沒有提出明確的國民性批判思想或理念，但卻已經將國家積弱之認知、國民性批判與改造之努力，以及通過社會小說的文學形式聯繫起來，從而使得晚清社會小說呈現出社會現實主義文學在批判社會與人性現實方面的突出特性：

> 小說為現社會之直觀描寫，即非僅限於現社會，而作者因觸受現社會之狀態，而以現社會為批評本位者也。……社會繁複，小說僅剪取一片斷……小說作者之個性，雖各不相侔，而有一普遍的相同之點，即對於現社會有不滿之感想是也。吾人試觀種種性質不同之小說，曾有十分讚美現社會者乎？……蓋小說作者理想中之社會，恆非現社會所能及。而所日常接觸之色聲香意味識，絕少與其理想相吻合。[15]

　　也就是說，在海上漱石生這裡，像《海上繁華夢》這些社會小說，並不僅僅是作為諸如《東京夢華錄》《洛陽伽藍記》《揚州畫舫錄》一類的歷史地理筆記來記錄或追憶曾經的都市繁華的，而是在一種顯然有所自覺的近代都市生活的集中描寫與更富有生命感與生活感的藝術表現中，穿插寄託敘事者對於近代都市社會與市民性特質、構成形態及現實表現的關照、思考以及揭露、批判的。

---

[15]　《新月》（1925年10月2日在上海創刊，1926年6月10日停刊，編輯為程小青和錢釋雲）第2卷第2號，「小說談話會」之「小說與個性」（作者為范煙橋）。

二

如何認識清末民初像海上漱石生的《海上繁華夢》等社會小說中的社會性與市民性之間的關係，及其對於近代以來歷史與社會進程中的新型市民性之生成表現所呈現出來的反思與批判？而對於市民性的反思批判，又是如何作為近代以來啟蒙知識份子對於國民性批判與改造話語中之一部分，而顯示出它的歷史進步性的？

與30年代以茅盾的《子夜》為代表的現代都市社會剖析小說所展現出來的更為系統先進的政治經濟學理論與資本主義批判理論相比，海上漱石生以近代上海為中心的都市社會小說，其書寫的思想背景，並沒有如此堅硬明確，而且還似乎經歷過一個遷移過程。這種遷移，與其說與清末民初上海乃至全國所經歷的政治思想變革有關，還不如說與都市社會在此間所發生的較為明顯的物質與文化生活變化之關係更為密切。

清末民初，毫無疑問是一個大變動的時代。但對於上海這樣一個國際商業貿易中心及開埠口岸的市民生活而言，日常生活內容與生活方式所發生的調整變化，或許更能夠折射出這個時代所發生經歷之種種震盪變動。而作為這種變動之一部分，上海時尚界的逐漸形成與令人眼花繚亂、標新立異的時尚生活方式，亦似更能夠反映出這種變化之真實存在與歷史過程。藝術地想像與描寫這種處於變化之中、刺激並引領過一個時代的都市生活時尚，其實也就是部分地想像與表現這座城市曾經的歷史以及生命的喧嘩與騷動。

在《海上繁華夢》中，上海這座城市是一座生產性不足而消費性畸形膨脹的都市。儘管小說所敘述之都市空間相對集中於租界，

尤其是英租界，文本中人物的活動空間，卻穿越於租界和華界，且文本已經或隱或顯地表現出這種「穿越」其中的都市中人的「越界感」：這是兩個不同的天地世界，而華界與租界的政治體制、法治文明與相對自由的生活環境和生活方式，亦在這種比對競爭之中，對清末民初都市市民的現代意識與都市意識產生潛移默化之影響。而這種現代意識、初步呈現出來的具有個人自我特性的差別另類意識、都市意識，實際上亦成為這一時期都市市民意識中不可分解之一部分。而小說中不遺餘力地描述之都市繁華，無論是日新月異之物質繁華，還是縱情沉湎之時尚娛樂，儘管是在都市人的慾望書寫語境中得以展示的，故此難免偏於人性警示與批判，但亦寫出了都市生活因為上述物質條件的改變進步而生成激發出來的對於新奇、愉悅、時尚以及休閒娛樂等未來生活方式的憧憬追求。上述種種，或許可以從《海上繁華夢》中對於足以作為上海這座近代都市物質繁華標誌的電燈、電話、洋式傢俱、電扇、冰箱、自行車等外洋生活對象出現之描寫中表現出來，亦可從都市市民對於上述作為富足舒適便捷之現代生活標誌的嚮往追求中表現出來。

華界與租界、華界晨啟晚閉的城門與租界徹夜喧闐的堂子、外省內地與沿海開埠都市……這種雙重世界的經驗存在，無疑在一點點地刺激並展延都市市民對於生活環境與方式的多樣性想像與期待之可能。

換言之，《海上繁華夢》在晚清娼門小說或狹邪小說興起並繁盛的歷史語境中，選擇青樓堂子作為其社會敘事之平臺，固然與當時上海社會之畸形存在有關，[16]與作者個人曾經的生活經驗有

---

16 海上漱石生主持之《圖畫日報》（第34號第20頁）雜俎中，刊載有「上海賣淫婦之種數」一則筆記，其中對於滬上賣淫女子數量以及與之相關人口數量等予以推測估計，

關，[17]同時亦與作者相對獨特的觀察晚清上海都市生活與都市人生的視角方式密不可分。

至少就《海上繁華夢》一百回而言，海上漱石生並非想揭示都市生活的全部本質，亦非片面暴露都市社會繁華背後的陰暗面甚至醜陋本質，而是試圖揭示在都市生活一片「繁華」背後的虛幻性——這種繁華並不僅僅是外地人對於都市生活之幻想，實際上生活在都市中的市民，大多亦作如是觀。簡言之，《海上繁華夢》確實描述揭示了這種都市生活中的種種畸形醜陋——在這一點上它與同時期的那些社會「譴責小說」具有明顯的同類性——但它並沒有一直將敘述的焦點或重心固定在酣暢淋漓地闡其隱微上。

在《海上繁華夢》中，不少地方比較客觀中性地描寫了都市生活相比於外地生活的便捷適宜，而且能夠滿足人們在日常勞動之外的休閒、娛樂等自我釋放甚至自我滿足式的享樂訴求，其中一部

人數約在六七萬之多，而當時滬上總人口，不過80萬人左右。「庸耳俗目，侈談滬上繁華，為小巴黎也，小倫敦也。噫，是皆井底之蛙之見。誠無足據。惟賣淫婦之多，或駕素號環球第一繁華之巴黎為甚。上等者曰書寓曰長三，築香巢於迎春、清河、西安、平安、福致、精勤、同春、安樂、兆富、兆貴、久安、日新、普慶、同慶、同安、公陽、尚仁、百花、廣福、吉慶、群玉、薈芳諸里。庚子前只數百家耳，今考工部局所收之燈捐樓面捐，而約計至千餘家。每家統扯以四妓計，得五千人。每房間內附屬品如房老打底大姐等約五千，帶房間跟局粗做娘姨等約一萬五千。及老旗昌之粵妓等，次為么二，群集於打狗橋北，俗名西棋盤街者是，計十一家。每家有數十人、二十餘人不等，約二百人，附屬品約三倍之。次為野雞，野雞之方向無定，昔只築巢於胡家宅西，今蔓延至法界美界，幾無地無之。據心理調查，約有三萬人。次為半開門及住家、碰和台私門頭，約數千人，次為煙花間約數千人（是處備下流社會尋歡之地），次為丁棚，約千人，價值甚廉。一度之值只二百文俗名跳老蟲，備車夫杠夫獵豔之所。余若小房子、烏龍院、旅館中人物，及似妓非妓似春非春似女學生非女學生似雜非雜不可勝數。更有引誘良家婦女之台基，雖懸厲禁，陽奉陰違者，尚有數十家。以上各種類，奚止六七萬人，合上海城廂內外戶口計，只八十萬左右，而賣淫者或十之一。青年子弟之來滬者，耗盡精力，幾無完璧。亦風俗之一害也。

17　在《退醒廬筆記》、《退醒廬著書譚》等文獻中，海上漱石生曾經多次談到自己早年混跡青樓堂子的「迷失」故事，甚至《海上繁華夢》中謝幼安、杜少牧二人，亦不過作者自己清醒與迷失之時的自我兩面。謝幼安與桂天香的故事，即為海上漱石生自己之縮影。

分，譬如逛公園、看戲等，確實屬於現代人正常的自我休閒、壓力釋放與自我滿足的訴求行為，並不具有一種先天的道德上的劣勢地位，至少也是都市中產階級正在興起的具有一定合理性的一種生活條件與生活方式。儘管《海上繁華夢》中比較集中地描寫了都市中那種奢靡耗費之小群落的燈紅酒綠、紙醉金迷、夜夜狂歡、無論魏晉的亞文化存在，但它似乎也沒有強制且生硬地將這種生活中的全部內容，皆置於一種道德劣勢或弱勢地位。具體而言，在敘事方式上，《海上繁華夢》一百回中，顯然有意識地對儘管有交集但基本上為正反二途的兩個都市小群落予以對比描述，一個是由謝幼安、杜少牧等為核心的外地來滬遊玩而形成的文士群落，另一個則為滬上舊家紈絝子弟、拆白黨、候補捐官、富商、買辦甚至混吃混喝之類的來歷不明者等嘯聚而成的揮霍團體。兩者之間又由杜少牧時清醒、時迷糊的自我搖擺處境而有所關聯。顯然，對於前一個小群落的都市生活方式，包括其娛樂方式與消閒方式，文本中的敘述立場與價值判斷基本上是肯定的，而對於後者，則基本上持否定和批判態度。

換言之，即便是在對於現實中之黑暗醜陋與罪惡之描寫，《海上繁華夢》亦有一定程度之保留：對於人物與行為的描寫，基本上能夠遵循並兼顧藝術真實與敘事節制，即便是對於反派人物的描寫，在酣暢淋漓闡其隱微之同時，敘述者並不直截了當地代替小說中之人物來對其展開「越界」斥責批判，而是借助於事件呈現與故事中人物的議論評述，來揭示反派人物在他（或她）所處的故事空間環境中的遭遇存在。

可以肯定的是，敘述者的上述敘事立場與敘事方式，除了遵循兼顧藝術真實與敘事節制外，還有一個重要原因，就在於敘事者將

當事人中部分自我迷失與淪落行為，理解成為一種人性自然在都市環境中因為時空混亂不清而極有可能發生的一種錯失偏差。

這種自然人性，除了指人性中的那些自然慾望本性外，還擴展到它的社會性中的一部分，譬如：遷移性（隨著時勢境遇會發生變化）、功利性（唯利是圖）、投機鑽營性（自私自利與損人利己）、虛榮性（追求虛假的榮耀與妄自尊大）、膚淺性（不求甚解甚至愚昧顢頇）、享樂性（追求自我愉悅滿足）等。

與那種試圖揭示都市資產階級的發家史以及都市中的階級矛盾與階級鬥爭等類作品相比，對於近代都市社會以及市民階級的市民性的想像書寫及反思批判，成為了海上漱石生《海上繁華夢》更明確的訴求。

在《海上繁華夢》中，上海不是一個產業城市，也不是一個具有強大的生產力的城市，基本上就是一個消費城市──它依靠著來自於國內外源源不斷的各種背景不同來源資金的注入，而維繫著這座城市的生存和發展需要。也因此，在海上漱石生的敘述中，上海基本上就是一個消費都市，裡面沒有產業工人，也沒有真正意義上的產業資本家；沒有像茅盾《子夜》中的那種典型意義上的生產過程中的勞資矛盾與衝突，它所有的，基本上就是在消費環節中的利益謀求爭奪。海上漱石生的上海，是一個近現代之交在生產型產業發展起來之前的那個幾乎完全為消費行為所控制的上海。而《海上繁華夢》所集中描寫表現的都市消費性（消費心理、消費行為與消費道德等），事實上亦就成為上海處於消費都市階段的一種最接近其城市本質之存在。換言之，海上漱石生對於城市的認識，一方面沿襲了中國傳統文人對於都市繁華的認知模式包括情感模式，其中略微參雜了些西學與新學常識，包括對於都市時尚消費內容的認

識。此外，在《海上繁華夢》中，都市不再是文人筆下肆意描寫的對象或被動地寄託文人作者記憶情感與人文理想的所在，而是開始具有一種自我生命和自我存在之意義。對於這種存在之描寫敘述，也不是再簡單沿襲那種單向度的情感與敘事，而是能夠在一種雙向流動的近於對話的語境中，來展現或塑造清末民初都市市民階層的生活存在與市民性存在。也因此，《海上繁華夢》在對於城市的認識方面，固然缺乏現代政治經濟學等領域的理論背景，但也幾乎自然地呈現出一種源遠流長的文人氣質與想像虛構氣息。

　　但是，在《海上繁華夢》中，堂子裡的那些似乎永遠不會停歇的聚飲碰和，日復一日不斷重複沒完沒了，但看上去實際上又極為單調乏味或空虛無聊。但是，為什麼小說中的那些男男女女，會被這種實際上極為單調無聊空洞乏味的生活方式所吸引，甚至沉湎其中而樂不思蜀呢？或者其中亦有欲罷不能者，但似乎又往往為一種更大的無法擺脫的力量所籠罩左右，或者陷於到這種不斷重複的近乎機械主義的生活方式之中呢？從這裡，《海上繁華夢》實際上已經接近它引而未發之另一主題，即小說中所描寫的那些消費行為，背後都缺乏一種實質性內涵。人物也像是被抽空的生活機器人一樣——正是從這個角度，《海上繁華夢》描寫並部分揭示了近代都市人生活之異化、人性之異化的事實。這些耽擱遊蕩在都市街道里弄巷子之間的男人們，甚至已經消滅了自己的記憶——個人的歷史與過去，被堂子裡表面上的繁華、熱鬧與狂歡所遮蔽，人完全淪陷於一種條件反射式的重複生活之中——在這裡，生活沒有未來，只有昏天黑地的聚飲、豪賭、狂歡。甚至就連尚與生命力多少有些相關的性能力，在小說中的人物那裡，似乎亦大大弱化，成為點綴著這種生活的一種裝飾而已。

在《海上繁華夢》中，大部分所謂都市繁華，都是一種虛張聲勢沒有底氣的「繁華」，是一種徒有其表敗絮其中的「繁華」，是依靠著來歷不明或不乾不淨的金錢財富虛張起來的「繁華」，是一種根本沒有可持續性可再生性的眼前「繁華」。因為這座城市本身就不具有生產性——這實際上亦成為《海上繁華夢》對於這座都市的一個時代文化隱喻。因此，這種缺乏生產性能力及未來的都市形象，亦就成為都市中人生存處境及人性的一種隱喻象徵。

三

相較於晚清被稱之為「譴責小說」的那些社會小說，海上漱石生的《海上繁華夢》等小說，在對社會腐敗黑暗的揭示暴露以及批判力度上，似乎都相對溫和。但這並不能否定海上漱石生的社會小說在這一階段的社會小說中的獨特性。具體而言，與四大「譴責小說」所確立起來的社會小說敘述模式相比，海上漱石生的社會小說更為集中地進行都市敘事——如果說四大「譴責小說」還是對中國傳統社會、制度與價值體系進行大範圍、全景觀式的描寫、反思與批判的話，海上漱石生的都市社會小說，則對作為近代進步文明之代表的都市存在與都市生活，尤其是讓人們追逐羨慕並沉湎其中的時尚繁華，進行了大規模的描寫展示。這種直面所謂都市繁華進步的立場與方式，及時而正面地回應並回擊了都市中人自我沉醉、自我享樂與自我放縱的虛榮性與墮落性。換言之，如果說四大「譴責小說」是寫眾所周知的黑暗與腐敗，而海上漱石生則是寫讓人羨慕追逐的都市時尚生活中的空虛無聊、黑暗墮落以及罪惡，其對時代生活的關注視角及表現方式，與典型的「譴責小說」均存在差異。

　　可以肯定的是，海上漱石生的社會小說，與後來所謂「黑幕小說」，儘管在描寫社會黑暗、揭示都市種種黑幕方面，確實有著某些相似性，甚至他的《海上指迷針》，亦曾經一度命名為《黑幕中之黑幕》，但無論是與所謂「黑幕小說」還是後來所謂「黑幕書」相比，海上漱石生的社會小說，依然是屬於「社會小說」性質的──它所關注並予以描寫表現者，依然是時代都市中的諸多社會情狀，「曲曲傳來，矯正習俗，莊諧雜見，洵有功於社會。」[18]而不是給予讀者鄙陋庸俗之內幕黑幕秘聞等之獵奇刺激。

　　同樣可以肯定的是，《海上繁華夢》這種晚清都市現實主義敘事方式，曾經為清末民初小說之發展，尤其是在擴大小說的表現領域、豐富敘述者對於當下「客觀世界」的認知與表現手段、揭示人與逐漸由物質所主宰的都市生活世界之間的本質性關係、包括想像並探究近代都市人精神世界之空虛無聊與生活之雜亂失序等方面，曾經作出過歷史性貢獻。但這種小說在文學消費，尤其是文學出版市場和讀者的雙重夾擊之下，迅速地淪落成為所謂黑幕小說甚至黑幕書。對於這一點，魯迅在討論晚清「譴責小說」之時已經有所明示。[19]

---

[18] 范煙橋，《民國舊派小說史略》，收《鴛鴦蝴蝶派研究資料・史料部分》，魏紹昌編，上海，上海文藝出版社1962年10月，第183頁。

[19] 參閱魯迅《中國小說史略》之「清末之譴責小說」。

 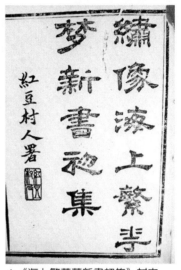

▲《海上繁華夢初集題詩》　▲《海上繁華夢新書初集》封內

▲《海上繁華夢新書初集》序

附錄

晚清「小說入報」考

　　晚清「小說入報」之例自何時而始？最初又是由誰主導並積極推動，從而使得報紙附送刊載小說及詩文集，逐漸發展演變成為後來的報紙文學副刊的呢？

　　一般認為，晚清滬上最早將讀者對象界定為中國本土知識份子的報紙，當為《申報》。那麼，《申報》是否即為晚清最早倡興「小說入報」的大報呢？《申報》當初又是如何嘗試「小說入報」的呢？在《申報》之後，「小說入報」之舉又是如何得以推廣踐行的呢？

一、「《申報》館叢書」、文學副刊與「小說入報」

　　晚清「小說入報」，一般認為始自《申報》。當然這是就面向中國本土讀者之報紙情況而言的。《申報》創辦伊始，翌月即連載《談瀛小錄》、《一睡七十年》等。[1]這兩部作品均為翻譯小說，前者原作者為英國作家斯威夫特，後者為美國作家華盛頓·歐文。據此可推斷，《申報》小說入報，始自刊載翻譯小說。

　　同年稍晚時候，《申報》文學副刊《瀛寰瑣記》創刊。《瀛寰瑣記》不是開闢在《申報》上的文學副刊，而是作為一種獨立編輯

---

[1] 參閱陳大康，《中國近代小說編年》，上海，華東師範大學出版社，2002年12月。

印刷的「文學月刊」形式發行銷售，但據《〈申報〉館書目》「提要」，《瀛寰瑣記》「是書皆近時諸同人惠投本館囑刊之作。本館延請名人詳加選擇。……其《尊聞閣同人詩選》，皆諸君先後三四年中所遙寄者也。」[2]可見《瀛寰瑣記》上所編選刊發之文稿，已經具有近代文學副刊之基本特徵：自由來稿、文學類型、編輯選編、按期刊行。

上述二者，均與晚清「小說入報」相關——前者是小說直接在報紙上刊載，後者是由報紙所屬之出版機構印行，且由報紙編輯選編。但是，前者所連載為翻譯小說，非中國本土作家直接創作之文學作品，後者雖然由報紙選編印行，但更接近後來之文學月刊，而不是一般意義上之報紙文學副刊。

《申報館書目・總目》[3]初收印行書籍，按類分為（1）古事紀實類（二種）；（2）近事紀實類（五種）；（3）近事雜誌類（四種）；（4）藝林珍賞類（五種）；（5）古今紀麗類（五種）；（6）投報尺牘類（三種）；（7）新奇說部類（十四種）；（8）章回小說類（七種）；（9）新排院本類（一種）；（10）叢殘彙刻類（四種）；（11）精印圖畫類（三種）；（12）附錄（一種）。[4]上述書籍，從體例篇幅等角度講，一般均不符合報紙文學副刊連載體例格式之要求。換言之，這些書籍，基本上是由《申報》館編輯選擇並專門用作單行本書籍印行的。也就是說，作為一種近代日

---

[2]　《申報館書目》，尊聞閣主手輯，光緒三年夏五月，申報館刊。

[3]　對於編輯印行《申報》館叢書，尊聞閣主（美查）與兩位重要當事人錢昕伯、蔡爾康的認知並非全然一致，不時亦偶生異見，但終尚能妥協。在《〈申報〉館書目》序中，蔡爾康曾云：歲丁丑，余假館於尊聞閣，暇日，主人請撰叢書之目。余謂凡書須手批口吟、涵詠數四，始可敘其要領。貴館之書，雖間予參定，偶作弁言，究未能盡識盧山真面，今貿貿然為之，恐不免蹈失言之咎。君盍見示大概乎？主人曰諾。（《申報》館書目「序」，光緒三年夏五月，《申報》館刊）

[4]　《申報館書目・總目》，第2頁，尊聞閣主手輯，光緒三年夏五月，申報館刊。

報，《申報》從創辦伊始，即承擔了報紙和書籍出版機構的雙重職能。而從上述《申報》館叢書文體類型看，多為雜著或文學類書籍。這些書籍，與《瀛寰瑣記》、《四溟瑣記》、《寰宇瑣記》等《申報》文學副刊以及《申報》初期所刊載之小說一道，共同構成了《申報》初期文學出版、刊載傳播的文學圖景。

依照尊聞閣主在《〈申報〉館書目·總目》「附志」中所言：本館印行之書，每月不下三四部，其書目頗難預定。故僅就光緒丁丑端午以前所出而問世者彙錄如左。[5]可見，「《申報》館叢書」在當時主編者眼中，是作為獨立出版的書籍行世的。[6]也就是說，當時的《申報》，一方面以報紙形式，在其上開始連載翻譯小說，另又依託報紙，廣徵文稿，其中部分詩文，選輯於《瀛寰瑣記》等《申報》初期所單獨出版之文學副刊，另外專書，則以「《申報》館叢書」形式印行出版。

不過，值得注意的是，儘管《瀛寰瑣記》作為一種文學副刊，從一開始即不排斥小說，但就其刊發文稿情況來看，錄自《香港新報》的「海外見聞雜誌」欄目以及科普論說文等，佔據了相當內容，且編排在月刊前部分，其所受重視程度可見一斑。比較而言，詩文詞等部分，則被安排在後半部分。這種文稿內容及安排體例，反映出1870年代的所謂「文學副刊」，其欄目安排及內容選擇的時代特色，同時亦宣示出，一份純粹的文學月刊，並沒有隨著文學傳播媒介的創新同時而誕生。但是，這種狀況在《瀛寰瑣記》第三卷

---

[5]　《申報館書目·總目》，第3頁，尊聞閣主手輯，光緒三年夏五月，申報館刊。

[6]　對於「《申報》館叢書」之印行原由，經濟上之考量不容回避。海上漱石生《報海前塵錄·席子梅汪漢溪二君軼事》中對此亦直言不諱：（席子梅）佐英商美查創辦申報，在日報風氣未開之際，固屬熬費經營，刻發明以鉛字排印書籍，曰袖珍版。出返魂香、林蘭香、小家語、小豆棚、蜀碧、何典等，大小諸說部，博取餘資，以補開支之不足。（《報海前塵錄》，海上漱石生著，自印，無頁碼）

（1873年1月，壬申十二月）即發生了變化。其中最明顯的改變，就是解除了海外新聞摘錄及科普論說這兩個明顯非文學欄目。從第三卷起，《瀛寰瑣記》幾乎已成為一份純粹的文學月刊。

儘管如此，《瀛寰瑣記》上的文稿之文體類型，仍以詩詞文為主，兼及論說、天文地理、筆記、傳記、史學、考據等。《瀛寰瑣記》第一卷曾刊載《程勿卿尋親記》、《魚樂國記》、《醉言十五則》等，或為新聞故事、或為筆記，還不是「真正」意義上之小說。其第二卷更是刊載葛其龍《寄庵隨筆》四則，可見在當時文人認識中，文言筆記、人物傳記與小說之間，或尚缺乏嚴格之文體分隔，或小說之形式及創作實踐，尚未被時人所廣泛認同。

就《申報》刊載本土創作小說而言，最早出現在《申報》上並明確標署「短篇小說」者，為《新年夢遊記》，發表於1907年2月17日，作者署名「僇」。之後，《申報》刊載小說成為一種固定體例，但所刊載小說中，翻譯小說依然佔據相當比例。1908年後，翻譯小說比例明顯減少，本土創作小說數量則大幅提高。《申報》此舉，固然在日報界依然具有引領風氣時尚之意義，但在《新小說》等專門性的小說月刊以及文藝小報等已經出現風行之際，《申報》此舉的創新意義，亦就大打折扣了。

二、蔡爾康與晚清「小說入報」

晚清小說的創作、印行出版及傳播，自報刊附送刊載小說之例肇始後即方興未艾。這種變化一直延續到五四新文學時期，並將報紙文學副刊或者報紙與文學之間的關係更緊密地聯繫在了一起。

海上漱石生《報海前塵錄》「小說入報」一則記載：

以小說入報，亦始於滬報之蔡紫黻先生，將《野叟曝言》全書，每日排成書版式之一頁，隨報送閱。蟬聯而下，從不間斷。是書，板軼甚巨，區分舊武癸文，天下無雙正士，溶經鑄史，人間第一奇書，凡二十卷。昔時雖有刊本，然外間絕少流傳。余曾於龍門書院中得見之，木板宋字，分訂二十厚冊。而中有缺字之空白頁。當時不明何故，逮後坊間出版，始知所缺者為十八姨奉先生烏龜臉面及兩丸丹藥，燈前掃卻花風等，淫蕩不堪寓目之文。故滬報所刊之《野叟曝言》，此等處亦大率節去，所有原版中所缺字之處，聞蔡先生煞費苦心，增綴字句以貫成之。是書隨報刊出之後，一時訂報者紛至遝來，不可數計。其未訂者偶缺一紙，均非補購不可。滬報銷數為之激增。又蔡先生嘗於每日報端，刊玉琯鑣新一書，所載悉為本日故事，等於月令萃編，而較月令萃編多而且詳，以是頗為考古家所珍賞。訂報者又絡繹而至。蔡先生洵當日報界中之人傑矣哉！厥後中外日報，亦曾有筆記體裁之莊偕錄一書，購閱者殊不乏人。[7]

上述文字，言明蔡爾康[8]與晚清小說入報之關係淵源。另《報海前塵錄》「縷馨仙史軼事」一則，對蔡與「小說入報」事亦有涉及：

7 海上漱石生，《報海前塵錄‧小說入報》，自印，無頁碼。
8 蔡爾康（1851-1921），上海人，別署鑄鐵庵主、縷馨仙史等。早年中秀才，後屢薦不售，遂入報界，曾先後供職《申報》、《字林滬報》、《新聞報》及《萬國公報》。有關蔡爾康著述，海上漱石生《報海前塵錄》中蔡爾康「生平著述甚富，惜絀於經費，類皆未及梓行。」據查，蔡爾康著述主要集中於《萬國公報》時期，且多與林樂知合撰，計有《中東戰紀本末》（八卷附續編四卷），（美）林樂知撰，蔡爾康纂輯，清光緒二十三年（1897年）圖書集局鉛印本；《文學興國策》（二卷），（美）林樂知撰，蔡爾康纂輯，清光緒二十三年（1897年）圖書集局鉛印本；《李傅相歷聘歐美記》（二卷），（美）林樂知彙譯，蔡爾康纂輯，清光緒二十四年（1898年）鉛

縷馨仙史蔡爾康先生……秋闈屢薦不售，不得已乃投身報
界，膺《字林滬報》館編纂總主任之職。報中多所設施，如
創刊《野叟曝言》小說，及花團錦簇樓詩集，又玉琯鐫新
等，前已略志其事，無俟贅言。

海上漱石生此處所言，當為蔡爾康主持《字林滬報》時期在
文藝副刊方面的貢獻，其中關涉兩條，一為隨報附送刊印小說，
計有附送《野叟曝言》、《七俠五義》、《蜃樓外史》、《異跡
仙蹤》、《老饕贅語》等[9]；二為隨報附送詩集，計有《花團錦簇
樓》、《通藝閣》、《霓裳同詠樓》、《漱芳齋》等。而《報海前
塵錄·小說入報》一則中所謂「滬報」，當為初辦時之《滬報》
（1882年5月18日-8月10日），而非後來改名之《滬報》（1908年4月
9日）。

如前所述，蔡爾康當初曾與錢昕伯等一道，主持編選印行過
「《申報》館叢書」，且對其中相當一部分文學類著述撰寫過序
跋。蔡爾康對於文藝著述或雜書印行出版之重視，此間亦已有所顯
現。在對於「屑玉叢談」輯錄之緣起的說明中，蔡爾康曾言：

印本；《泰西新史攬要》（24卷），（英）麥肯齊著，李提摩太／蔡爾康譯，上海廣
學會譯著，美華書館排印，清光緒二十八年（1902）；《萬國通史前編》，（英）李
思倫白約翰輯輯譯，蔡爾康筆述，清光緒二十九年（1903年）廣學會鉛印本；《富國
真理》，（英）嘉托瑪撰，蔡爾康譯，民國間上海廣學會鉛印本等。另有其主編之
「申報」館叢書」、書目及「屑玉叢談」等。

[9] 有關滬上當時小說刊印情況，海上漱石生《退醒廬著書譚》一文中云，「在於作《仙
俠五花劍》，彼時海上之武俠小說，尚只《七俠五義》及《小五義》、《七劍十三
俠》等寥寥數部。」（《金鋼鑽小說集》，全一冊，，編輯者：施濟群、鄭逸梅；
《金鋼鑽報館》1932年9月發行，第31頁。）

> 比年來與錢君昕伯寄居滬上，尊聞閣主人方廣羅群玉之儲永
> 壽聚珍之版，以故離林賈客龍威丈人出鄴架之所藏，比荊州
> 之暫借。僕與昕伯得乘清晝分勘奇書……排印既竟，主人囑
> 為弁言。僕既樂觀其成，亦復何吝於序。[10]

　　儘管蔡爾康序文中提到叢書編輯之意得自於尊聞閣主——他與
錢昕伯不過奉命行事而已。但對於輯錄文獻種類及其文化意義，蔡
爾康的認知並不低。

　　而作為《申報》之文學副刊的《瀛寰瑣記》等，蔡爾康亦為參
入編輯者。《申報》時期的文學編輯經驗，對於轉投《滬報》之
後擔任主筆的蔡爾康顯然不無裨益。他一方面仿「《申報》館叢
書」方式選印小說，另一方面又編輯文學副刊（詩集）。不過，與
「《申報》館叢書」不同者，蔡爾康在《滬報》選印的小說，並
不是用單行本的方式售賣給讀者，而是「排成書版式之一頁，隨報
送閱。蟬聯而下，從不間斷」。[11]這種做法，其實已經極為接近後
來的報紙連載長篇小說的做法，唯一之差別，就是排印小說是以單
頁附張形式附送，在版面格式上不與日報一體，一般旁署「隨報附
送，不取分文，不准另售」。

　　《滬報》自1882年6月12月刊載《野叟曝言》目錄，4日後刊載
第一回並隨報附送。[12]如果撇開翻譯小說，《野叟曝言》當屬晚清
小說入報連載附送之最早長篇小說之一。

---

[10]　《屑玉叢談初集》「序」，上海申報館仿聚珍版印，光緒四年，第2頁。
[11]　《滬報》隨報附送小說，一般會在《滬報》中大字廣告標示「今日附送《七俠五義
傳》分文不收」之類，以吸引提示讀者。
[12]　參閱劉永文編《晚清小說目錄》上海，上海古籍出版社2008年1月。

相對於小說讀者，晚清報紙閱讀者在文化水準與文學趣味方面，最初顯然依然較為傾向於傳統主流意識和文學觀念。與之相應，《滬報》及稍後更名之《字林滬報》，隨報附送經過報紙編輯選編的附張，更多亦為詩詞附張。

《滬報》及《字林滬報》之所以在蔡爾康主筆其間，積極推行小說及詩詞附張策略，其原因至少有三點，一是《滬報》及《字林滬報》在新聞來源尤其是北京新聞來源方面，不及《申報》，面臨在新聞報導方面的競爭壓力，隨報附送小說及詩詞之類的文學附張，其實是緩解新聞報導競爭壓力的一種手段；二是晚清滬上面向中國本地讀者的報紙，其內容主要有時事政治新聞、商業經濟資訊、社會新聞及廣告。而當時讀者的知識結構及閱讀偏好，顯然與這些讀者所接受的傳統文藝教育及訓練薰陶有關。隨報附送詩詞附張，既是對文化傳統與閱讀偏好的尊重或討好，同時亦是對當時日報過分關注時事政治、商業經濟以及社會而缺乏文藝趣味的一種平衡；三是隨著日報讀者群的進一步擴大，讀者知識結構及閱讀趣味亦有所改變，其中一些更偏重商業及時政資訊的讀者，相較於傳統詩詞文，他們可能更樂於閱讀小說一類輕鬆休閒一些的作品。所以，在1886、1887及1888年，蔡爾康相繼在《字林滬報》推出了《玉琯鐫新》、《花團錦簇樓詩稿》及《詞林畫報》副刊附張。其目的，除了實現上述三種考量，另外也可視其為拉攏作者為報紙讀者並借機擴大影響及報紙銷量的一種策略。也就是說，經營好報紙的文學副刊，也是擴大報紙銷路的有效手段之一。

對於文學副刊的輔助性作用，曾先後與蔡爾康在《申報》、《新聞報》同事的報人－小說家海上漱石生亦曾高度肯定：

> 新聞報則余嘗欲以所著《海上繁華夢》刊入，詎為股東張叔
> 和君所阻，致不獲果。後在余自辦之《笑林報》小報內出
> 版，訂報者亦數千份，可知小說力號召之宏。無怪後來各種
> 報中皆有小說刊登。近且一報內多至三四部者，足見其需要
> 之殷也。[13]

但是，正如所言，上述隨報附送文學副刊附張之舉，當時亦非
各家報社均樂於效仿。《新聞報》華商股東張叔和即不支持海上漱
石生擬隨報附送自己的長篇章回體小說《海上繁華夢》，而蔡爾康
由《字林滬報》轉入《新聞報》，半年之後即轉《萬國公報》，據
云原因為其辦報思想與《新聞報》館方不大一致。[14]這種不合的意
見衝突中，是否就包含有蔡爾康在《字林滬報》積極推行的文學副
刊策略，還尚待考證，不過亦顯示出晚清報界之文學副刊策略，在
當時尚未形成風氣。

三、《消閒錄》與晚清真正之文學副刊

蔡爾康在《字林滬報》的文學副刊實踐，似乎已為之奠定了一
個小傳統——在蔡爾康離開該報之後，《字林滬報》的文學副刊策
略並沒有因此而廢止。

1897年11月24日（光緒二十三年十一月一日），《字林滬報》
之附刊《消閒報》創刊，後該附刊報名更易為《同文消閒報》、

---

[13] 海上漱石生著，《報海前塵錄‧小說入報》，自印，無頁碼。
[14] 海上漱石生《報海前塵錄‧縷馨仙史軼事》中云：當《新聞報》初創時，嘗聘其主任
諸事。先生欣然往，歷半年許，以辦事上意見不合，怫然而去。

《消閒錄》。且編輯體例亦曾調整過，初「首例駢散文一篇」、「新聞若干則」，「殿以詩詞小品」，後該報按類設置專欄，譬如人物傳記、諧文、瀛海瑣聞、人物月旦、劇談、詞林、雜文、北裡志等。《〈滬報〉附送〈消閒報〉啟》中云：上自國政，下及民情，以至白社青談，青樓麗際，無一不備。而《消閒錄》亦因此被視為「近代第一份報紙副刊。」[15]而《消閒錄》中，亦曾刊載過小說。

對於《消閒錄》在晚清文學副刊及「小說入報」方面的先鋒作用，當時即有人給予過肯定性評價。海上漱石生在其《報海前塵錄》中云：

> 各日報發刊之始，其主體皆為新聞，附屬品則為詩古文詞，厥後始有小說。其他並無助人興趣之作。有之，則實自同文滬報始。滬報初為字林洋行創辦，故曰字林滬報。逮後售諸日人，乃易字林二字為同文，主任者為日本人井手三郎。……華編纂為高太癡君主任，周品珊君副之。以報材枯寂無味，不足動觀者之目，議另刊一種小品文字，俾得引起人之興趣，購報者源源而來。乃每日特出附刊一張曰《同文消閒錄》，由周品珊君獨當一面。出報後各界果爭先快睹，訂閱者殊不乏人。時遊戲笑林等各小報猶未出版，故欲觀小品文字者，只《消閒錄》有之，當時殊物罕見珍也。……然一經回溯從前，則大報中附刊小品，實創自同文滬報之同文消閒錄，為時尚在各小報之前，非快活林自由談等開其端也。[16]

15　《中國近代文學大辭典》，孫文光主編，合肥，黃山書社，1995年12月，第829頁。
16　海上漱石生著，《報海前塵錄·報尾溯源》，自印，無頁碼。

　　周品珊[17]與高太癡[18]進入《滬報》之時，該報尚未易主日本人手，所以《消閒報》乃為《字林滬報》所創。海上漱石生上文所述，疑將《消閒報》、《同文消閒報》及《消閒錄》三者時間上之先後混同。

　　這種由《消閒錄》一家獨佔風氣的局面，又是怎樣被打破的呢？在此背後，晚清文學副刊又是如何通過小報的形式，打破大報文學副刊之壟斷，而進一步推動了「小說入報」，並最終又反過來催生了20世紀中文大報上的文學副刊的呢？

> 逮毗陵李伯元君創辦遊戲報，余創辦采風及笑林二報，梁溪鄒翰飛君創趣報，吳門沈習之君創寓言報，李伯元君又續創繁華報，一時各小報如雨後春筍，日出日多，且報中俱振刷精神，絕無敷衍及潦草之作。銷數日增月盛，各大報幾暗受打擊。於是新聞報及申報，乃有快活林自由談等之附刊，亦專載小品文字，以與各小報競爭。讀者咸呼之曰報屁股，因其每日在報尾出版也。[19]

　　需要說明的是，如果單就創辦時間而言，《字林滬報》之《消閒報》，應該晚於李伯元的《遊戲報》。[20]後者創辦於1897年6月25

---

[17] 周品珊，字忠鏊，安徽歙縣人，一署韞寶樓主，初習錢肆業，後「棄錢從文」，與高鈿一道，從《申報》何桂笙為師，協助其襄理館務。後隨高鈿入《同文滬報》，為《消閒錄》主任。（參閱海上漱石生著《報海前塵錄・病鴛詞人軼事》）

[18] 高鈿（晚年字瑩玉，別署太癡，1863-1920），原籍蘇州，後落籍上海。曾先後在天津《時報》、上海《申報》、《字林滬報》、《同文滬報》等擔任編纂。「任同文滬報總編纂，作論說多精警語，為高昌寒食生何桂笙先生入室弟子，蓋得有師承也。」（海上漱石生《報海前塵錄・太癡生軼事》）後組織江南地區文人社團希社，並主編《希社叢編》。

[19] 海上漱石生著，《報海前塵錄・報尾溯源》，自印，無頁碼。

[20] 如果單就創辦時間而言，鄒弢創辦的文藝小報《趣報》，首發於1896年6月29日，比《遊戲報》早一年。

日，早於前者近半年。海上漱石生之所以有此「誤」，大概與蔡爾康先期在《字林滬報》中推行之文學副刊附張之舉不無關係。再者《消閒報》為大報文藝副刊，與《遊戲報》之類的文藝小報不同。

不過，正如海上漱石生所言，在《遊戲報》之後，《采風報》（1898）、《笑林報》（1901）、《寓言報》（1901）等休閒娛樂型文藝小報的出現，不僅將文學創作與報紙媒介更緊密地聯繫在了一起，更關鍵的是，這些小報的創辦及繁盛，進一步推動了「小說入報」——海上漱石生的《海上繁華夢》，就是在他供職《新聞報》其間不得允准在該報上連載，最終在其主持的《采風報》及後來的《笑林報》上連載附送的。[21]

從《申報》創辦之初即刊載翻譯小說，到「《申報》館叢書」中小說類著作的印行，再到《瀛寰瑣記》等文學副刊之創辦，《申報》對晚清報刊文學及「小說入報」所作出的貢獻有目共睹。從蔡爾康在《字林滬報》積極推行文學附刊附張，到《字林西報》之《消閒報》創辦，並在其上刊載小說，《字林滬報》開創了近代大報主辦文學副刊之先河。而自《消閒錄》之後繼起之繁多文藝類小報，不僅進一步推動並繁榮了晚清文學與報紙之結合的局面，同時亦因為連載小說等而反向影響到大報開闢真正意義上之文學副刊。[22]自此，中國文學在傳統的創作傳播形式之外，開闢了一條近現代借助於新型報刊（包括文學期刊）媒體而得以傳播的全新途徑，並亦由此而深受影響。

---

[21] 《采風報》創辦伊始，即每日隨報附送單頁石印繪圖長篇章回體小說《海上繁華夢》。

[22] 晚清大報刊載小說，在前述《申報》、《滬報》之外，《新聞報》、《中外日報》、《國民日日報》、《時報》等滬上大報，基本上自20世紀初始。

主筆－小說家與晚清小說中的
「啟蒙主義」

一

關於晚清小說，有研究者曾做過一個基本判斷，認為「在中國小說史上，有兩個時期是最突出的。一是唐朝的傳奇小說，二是晚清小說。這兩個時期小說的特點，就是全面地反映了當時政治、經濟以及社會生活情況，和產生於當時政治、經濟制度疾劇變化基礎上的各種不同的思想。」[1]唐朝傳奇小說是否具有如此全面宏闊且深入的社會表現力，這裡姑且不論，單就晚清小說與其所描寫表現的時代社會之宏闊、複雜、深刻之關係而言，上述判斷應該是符合實際的。

晚清小說所釋放出來的這種在中國文學史上極為罕見而難得的社會表現力——包括社會觀察與洞察力、社會反思與批評力和社會之文學表現力——不僅來源於小說家文學觀念思想的更新改變，來自於晚清社會本身所發生經歷的「千年所未有之巨劫奇變」，同時亦與一種新型小說家群體的出現密不可分，那就是在晚清小說史乃至中國文學史上均具有開拓意義的主筆－小說家。

---

[1] 阿英，《小說三談》，上海，上海古籍出版社，1979年8月，第196頁。

　　主筆－小說家與報人作家，其身份時常是一致或重疊的，因此，亦有研究者乾脆就將這兩者等同或相提並論。但倘若仔細地歷史地考察，還是能夠發現這兩種身份之間的「些微」差異[2]。這些差異，由於主筆這一身份所體現出來的更為明確的職業分工以及事實上所擔負的更多職業責任與社會責任而產生並存在[3]。簡言之，晚清報刊在依靠提供各種資訊來獲得生存及發展的時代境遇中，資訊的內容、含量與組織方式等，亦成為影響甚至決定各種文獻文本的接受與傳播的重要因素。

　　而在這些小說文本中，社會資訊以前所未有的容量與方式噴湧出來、撲面而來。這些資訊，絕大多數都可以說是「有意義有價值的內容」，因為這些社會資訊，可以說明人們進一步更好地認識社會與時代，可以幫助人們消除因為「無知」或相對缺少「資訊」而造成的隨機不定性，增加知識與行為選擇的確定性，甚至還可能影響到人們對於更進一層的知識啟蒙與思想啟蒙的興趣與可能。

---

[2]　譬如《女界濫污史》作者王濤卿，最初尚為嚴肅的小說家，著有《冷眼觀》，等到《女界濫污史》成書，「他已成了十足的『海派』，做下流小說，做花報記者，做賣花柳病藥的醫藥局顧問了。」（見阿英《小說閒談》，上海，上海古籍出版社，1985年10月，第104頁）另，在包天笑《釧影樓回憶錄》中，對於晚清滬上中文報館裡的職業分工情況，亦有說明：這時候，上海的報館，沒有一定的制度。不象現在那樣，有社長、有總編輯，以及許多名銜。一個報館裡的兩大權威，便是總經理與總主筆。名義上自然總經理管報館裡的一切事務，總主筆擔任編輯上一切事務，但是總經理有時也可以干涉到編輯部，而且用人行政之權，就屬於總經理（私人出資辦理者，便稱為報館主人），所以當時的總經理，就等於現在的社長地位了。（包天笑，《釧影樓回憶錄》，北京，中國大百科全書出版社，2009年1月，第317頁。）

[3]　關於當時一個主筆－小說家之職業分工或工作描述，在包天笑回憶錄中曾有這樣描述：《時報》是在1904年，清光緒三十年間開辦的，到這時候，大概有一年多了吧？雖然數量不及申、新兩報之多，一時輿論，均稱為後起之秀，是一種推陳出新的報紙。……我和他初次見面（狄楚青，當時為《時報》總經理——著者），好象我已答應他到報館裡來了，便和我當面講條件了。他的條件，是每月要我寫論說六篇，其餘還是寫小說，每月送我薪水八十元。（包天笑，《釧影樓回憶錄》，北京，中國大百科全書出版社，2009年1月，第316頁。

　　具體而言，在晚清那些具有啟蒙意識與訴求的小說文本中，資訊的內容與含量，往往佔據了小說文本的相當比例，並成為影響甚至傷害文本的文學審美特性的一種具體而普遍之存在[4]。也由此，晚清不少相關小說文本，甚至亦可以界定為一種資訊－文學文本。其中所傳遞的「資訊」內容，強化了小說文本的時代性與社會性內容，突出了小說文本的啟蒙內涵與目標訴求，具有一種非常鮮明的「啟蒙」文學特性。資訊——文學文本擴大了中國傳統文學文本中資訊的邊界，改變了資訊的屬性，大大增加擴展了資訊的社會性與時代性內涵，尤其是增加了資訊的反思性與批判性特性，將中國傳統文學中個人性、抒情性等的特性及表達方式，融入到一種現實的、社會性和生活化的日常描寫與表達之中，形成了一種突出並強調現實世界、日常生活、社會內容與平凡人性的帶有寫實特性的新的時代敘事文學。

　　更進一步而言，晚清主筆－小說家們所創作完成的那些「資訊－文學」文本中，資訊的內容與傳遞傳播方式，不僅共同構成了一種言論與表達自由的現實形態，也是晚清啟蒙知識份子思想解放、政治批判與社會啟蒙理想的一種有效實現與落實方式。換言之，「資訊－文學」文本，實際上成為了晚清啟蒙主義者完成其啟蒙理想的現實途徑之一。

　　這種主筆－小說家的小說中的「啟蒙」內涵，其實與歐洲歷史上的「啟蒙運動」時期所宣揚的思想具有相當一致性，譬如前

---

[4]　對於小說的功用的嚴肅意義上的認識與思考，在當時的主筆－小說家中已有相當深入且明確堅定的進展。譬如當時的《時報》總經理（也是一位出色的主筆－小說家）就曾在《新小說》上撰文，宣導小說，認為：小說感人的力量最深，勝於那種莊嚴的文學多多。至於梁啟超，其《論小說與群治之關係》中所宣導的思想主張，自然在他的《新中國未來記》得以具體實踐。不過，《新中國未來記》亦恰恰暴露出這種主筆－小說家的小說中容易出現的一個文學上的硬傷——即以作品中的社會資訊、思想意圖等，傷害到了文本的可讀性、趣味性與文學性。

者亦宣揚了自由、平等、博愛等一些啟蒙思想，以擺脫傳統思想與體制中的獨裁與專制[5]；與歐洲啟蒙運動時期用「無神論、自然神論或唯物論」來反對宗教神權與迷信所不同的是，晚清小說中用來反對儒家天道循環學說的思想，主要是「社會進化論」等改良乃至革命思想[6]。

與上述思想主張相適應，在小說中主要通過偵探類小說、俠義及暴露小說，在滿足人的窺視欲、獵奇心的同時，亦揭示出一個全新的、可探究的、可認識的現實社會與宇宙世界；而探究認識的方法，是一種合情合理的邏輯推理的或西方近代意義上的科學的方法，而不是傳統迷信巫術一類；另外，主筆－小說家們亦篤信，國民通過這種啟蒙教化，是可以達到國民性的改造培育之目的的。

在前資訊社會中，有關人性、政治、社會以及生活領域中具有一定隱秘性、被壓制禁止的資訊，就有可能成為晚清這種初級資訊時代或社會最容易引發關注並被極力揭示傳遞的資訊。而晚清主

---

[5] 晚清小說中所宣揚的自由、平等（個人自由、男女平等、眾生平等）等觀念，對社會影響是真實存在著的。李伯元《文明小史》第四十二回中（《阻新學員警鬧書坊，懲異服書生下牢獄》）有這樣一段敘述：話說康太尊見自己在江南省城，於教育界上頗能令出惟行，人皆畏懼，他心上甚為歡喜。暗暗的自己估量著說道：一班維新黨，天天講平等，講自由，前兩年直鬧得各處學堂，東也散學，西也退學，目下這個風潮雖然好些，然而我看見上海報上，還刻著許多的新書名目，無非是勸人家自由平等的一派話頭，我想這種書，倘若是被少年人瞧見了，把他們的性質引誘壞了，還了得！

[6] 有關晚清小說中的思想，這是一個相當複雜的話題。阿英在其《小說三談‧略談晚清小說》一文中，曾從小說作者的社會思想立場與觀點的角度，對晚清小說家們的思想做了一個初略概括描述：他們的思想，基本上還是封建的，但又多少不同的受到了一些民主主義思想的影響。直到清朝快要覆滅的最後幾年，民主主義的思想才較多的反映在作品之中，《民報》和南社就是兩個主要的集團。若是從全般的看，那是極複雜的，從保皇的思想到革命的思想，從民主主義思想到無政府主義，一面反對帝國主義與統治階級，一面又反對革命的民主主義思想，甚至在同一個作者同一部作品之中，又同時並存著矛盾的認識。雖然如此，思想發展的主流，還是可以看得出來的，就是從「中學為體，西學為用」、「維新立憲」、「民族革命」，這樣一直發展了下來。當然也有沿襲了舊的、落後的傳統發展來的。

筆－小說家的混合雙重身份，恰恰有助於突出這種書面文獻文本中
資訊的社會性一面：官吏腐敗、社會黑暗、道德淪落、人性糾纏、
文化衰微等等。而主筆－小說家的時評家身份，也就自然突出了這
種類型的小說中的時代特徵與社會啟蒙特徵，而小說家的身份，又
讓他們思考如何通過一種具有時代特性的新的小說形式，來更有效
地表現傳達上述「資訊」。

二

　　曾有晚清主筆－小說家這樣描述當時自己的這種雙重身份的工
作，「一邊寫社評，一邊寫小說」[7]，並指出，「小說與報紙的銷路
大有關係」[8]。而在當時，「往往一種情節曲折，文筆優美的小說，
可以抓住了報紙的讀者。」[9]這樣的說法，大概是當時各報紙比較積
極地推出並經營自己的文學副刊原因的最好解釋。

　　就報社主筆職務而言，主筆－小說家們所擔負的，主要是時事
評論與社論。前者是就一般時事之評論，後者則是選擇重要主題而
更有針對性與目的性的綜合評論。當然，報館也是按照主筆在論說
與小說兩方面的貢獻來支付報酬的。包天笑在進入《時報》之初，
所領薪水就包括了論說與小說兩部分[10]：

　　　　我的薪水，每月八十元。自初進時報館以來，一直沒有加
　　　　過。……不過我的八十元，在初進《時報》時，約定要寫論

[7]　包天笑，《釧影樓回憶錄》，北京，中國大百科全書出版社，2009年1月，第316頁。
[8]　包天笑，《釧影樓回憶錄》，北京，中國大百科全書出版社，2009年1月，第317頁。
[9]　包天笑，《釧影樓回憶錄》，北京，中國大百科全書出版社，2009年1月，第317頁。
[10]　包天笑，《釧影樓回憶錄》，北京，中國大百科全書出版社，2009年1月，第412頁。

> 說、小說，後來論說不寫，小說另計，學編外埠編輯，寫一
> 短評，實在輕鬆。而我又東達西達，向別處寫小說，編雜
> 誌，可兩倍於《時報》薪水。

　　上述文字，雖然說明了主筆－小說家一身兼二用的一般狀況，
不過亦暴露出一個變化，那就是在新聞業發展迅速、同業競爭日趨
激烈的情勢之下，報館從業人員的工作分工，亦在進一步細化和專
門化，並趨於穩定。在滬上新聞業發展之初，由一人身兼主筆和小
說家二身的狀況，亦隨之在發生變化。主筆－小說家這種雙重身份
的人數量顯然在逐漸減少，職業時評家和職業小說家的數量則在逐
漸上升。小說家棲身報館者依然大有人在，但已經越來越不是以寫
時評作為他們在報館裡的分工，而是專門負責報紙的文學副刊編輯
這樣更為適合其文學身份的工作。

　　或許可以從文學副刊在晚清中國出現的歷史考察中，發現有關
主筆－小說家這種復合身份的近代文人的更多資訊。

　　與西方來華之人創辦近代報刊的一個大不同，在於晚清國人所
開辦報紙，其開辦者、尤其是其中主筆者，多為文學之士，就其知
識範圍與言論興趣而言，由傳統的詩詞歌賦擴展及小說及時政，尚
在情理之中，不過，這些文人對於商務或一般性的社會資訊之興
趣，在尚未開發出近代意義上的新聞意識、資訊意識與商業經濟的
專業意識之前，是不大可能去自覺開發拓展自己在這些方面的「潛
能」的。換言之，儘管當時民間商業性報館首先要將生存本身作為
第一要務，但一旦能夠生存，亦就自然開發出主筆或報紙對於文學
方面的關注；或者亦可以說，那些原本就是文學之士的主筆們，其
主筆方面的工作，不過只是實現了那些文學之士們既有有限的一部

分興趣與潛能，他們在文學方面更廣泛的興趣與潛能，卻因為當時報館及報紙的生存發展而不得不暫時蟄伏，而一旦條件具備，這些興趣與潛能隨即釋放與施展開來，甚至成為當時報紙在體例、內容與趣味諸方面得以全新擴展的最基本動力——相較於當時在華那些西文報紙在內容上更關注時政、商業經濟以及一般社會民生以及思想言論等，晚清中國文士們所創辦主持的報紙，極自然地拓展出在文學副刊以及時政方面的言論空間，與此不無關係。與此同時，這些報紙的讀者，初亦多文學之士，他們看報，最初的動機，亦就是獲得一般性的社會及時政資訊，兼及滿足他們文學交友與知音尋覓方面的興趣。兩者之間彼此需要，相互依存，共同推動維繫著晚清中國本土報紙自創辦以來向文學化空間拓展的初始階段。關於此，包天笑有這樣一段文字予以說明[11]：

> 　　從前的報紙，並沒有什麼副刊的，雖然也登載些小說、雜文、詩詞之類，都附載在新聞的後幅。……還有名人投稿，棄之亦屬可惜，當時報紙，除小說以外，別無稿酬，寫稿的人，亦動於興趣，並不索稿酬的。因為《時報》的讀者，都說《時報》是趨向於文學方面的，喜歡弄筆的人都來了。
>
> 　　後來我創議別開一欄，名字喚作「餘興」，專登載除新聞及論說以外的雜著，……當時亦沒有什麼副刊的名稱，但自辟此欄後，投稿者非常踴躍。因為《時報》對於教育家、文學家，著有信仰，上海以及外埠的各學校都閱《時報》，尤其是青年學子，故所有投稿家，大半是從此中來的（我認

識范煙橋、周瘦鵑,即在此時)。這餘興中的文字,正是五花八門,袗奇鬥巧,諷刺歌曲,遊戲文章,可謂層出不窮。

上述文字,一來說明瞭當時主筆－小說家主持報紙並創辦文學副刊的一般情況,同時亦清楚指出,當時報紙、主筆與讀者之間彼此依存、互動共進的時代特點。其中還特別談到,為了籠絡投稿人及留住讀者,報社主筆們所採取的種種措施[12]:

> 他們雖不受酬,可是我們為了鼓舞投稿人的興趣起見,分別酬以有正書局的書券,好在有正書局那時的出版物,甚為豐富,都是狄子平所選取的。蘇州、常熟、吳江(同里鎮)的投稿家,積聚了許多書券,到上海來,選擇了一大包回去。

這裡所謂投稿家,其實也是《時報》新聞及文學副刊的讀者,當然也是《時報》主筆－小說家們的作品之高級讀者,其中個別人,甚至後來亦成為了主筆－小說家陣營中之一員。

對於從主筆－小說家的角度,甚至於從文學商業的角度來分析晚清小說界的一般狀況,在作者署名公奴的《金陵賣書記》一書之「金陵記」中[13],有一段文字如此議論:

> 小說書亦不銷者,於小說體裁多不合也。不失諸直,既失諸略,不失諸高,既失諸粗。筆墨不足副其宗旨,讀者不能得小說之樂趣也,即有極力為典雅之文者,要與詞章之學相去

---

[12] 包天笑,《釧影樓回憶錄》,北京,中國大百科全書出版社,2009年1月,第349頁。

[13] 參閱阿英《小說閒談》,上海,上海古籍出版社,1985年10月,第185頁。

尚遠，塗澤滿紙，只覺可厭，不足動人也。今新小說界中，若《黑奴籲天錄》、若《新民報》之《十五小豪傑》，吾可以百口保起必銷。《經國美談》次之。然龍溪固小說家之雄，如所選《浮城物語》者，得詞章家以評之，必有偉觀。

上述議論，不僅注意到小說「暢銷」的文學因素：體裁、格調、語言以及小說寫作的宗旨與文學性之間的連接等，同時亦注意到接受性因素，即：如何在滿足小說作者的自我表達慾望意願的同時，更能夠兼顧到讀者之閱讀心理與審美習慣之需要，否則就會出現所謂「曲高和寡」甚至「塗澤滿紙，只覺可厭，不足動人」的境況。其實，對於中國傳統文人所習慣衿驕的「陽春白雪」「曲高和寡」，晚清的新興小說家們亦有更具有挑戰性乃至革命性的認知，有人已經嚴肅明確地提出，「小說感人的力量最深，勝於那種莊嚴的文學多多」。這不僅是對傳統文學觀念的挑戰，亦是對傳統文人身份及其社會存在方式的革命性背叛。而晚清主筆－小說家向社會、生活、現實、普通民眾的轉向，亦帶動並推動了近代文人與近代小說的轉型。

就晚清小說的繁榮而言，有人曾尋著政治思想史的脈絡予以揭示，提出「晚清小說所寫的主要內容，就是為著暴露，為著尋找出路而出現的新與舊的矛盾鬥爭關係。小說所以發達的原因，……但最主要的，還是為著有話說，要說話，中國要亡了，有愛國心腸的人，不能不大聲疾呼。」[14]其實，這種動機的小說，在晚清小說中，更多為由主筆－小說家所「炮製」完成的作品。初略而言，晚清主

---

[14] 阿英，《小說三談》，上海，上海古籍出版社，1979年8月，第197頁。

筆－小說家似乎形成了一個思想的「統一戰線」，但其實這個「統一戰線」是極為脆弱的——這些小說家們或許都是有「愛國心腸」的人，但這裡的「國」所指為哪一個「國」，「國」又因何要亡了，如何挽救甚至創建一個新時代等等，對於這些問題的思考回答，更能夠反映出晚清主筆－小說家們思想觀念的多樣性與複雜性。

同為晚清具有影響力的主筆－小說家，作為滬上《遊戲報》、《世界繁華報》的創辦人，以及《官場現形記》、《文明小史》等小說之作者，李伯元（1867-1906）的政治思想與社會思想雖然極具批判性，對晚清政治與官場，亦極盡諷刺揶揄撻擊，但他並不是一個主張進行政治革命和社會革命的全新知識份子（這與李伯元所主持的那些「小報」的性質沒有直接關係）。他對晚清政治與社會發展的一般認識，可以從其《文明小史》第一回姚士廣的一番言論中窺見一斑：

> 但我平生最佩服孔夫子，有一句話，道是「民可使由之，不可使知之」。我說這話，並不是先存了秦始皇愚黔首的念頭，原因我們中國，都是守著那幾千年的風俗，除了幾處通商口岸，稍能因時制宜，其餘十八行省，那一處不是執迷不化，……總之，我們有所興造，有所革除，第一須用上些水磨工夫，叫他們潛移默化，斷不可操切從事，以致打草驚蛇，反為不美。……以愚兄所見，我們中國大局，將來有得反復哩！

僅就上述言論思想而言，作為晚清一個有代表性的主筆－小說家，李伯元的思想明顯不同於一般對於啟蒙思想家的認知。但就對晚清中國所遭遇的種種困境以及政治吏治之腐敗墮落，對於晚清政

治、社會以及人性的批判抨擊等而言，李伯元的認識，又與那些典型的主筆－小說家相一致。這也從一個側面說明，對於晚清所謂主筆－小說家及其所宣揚的「啟蒙主義」等的考察分析，是必須建立在具體的歷史文本讀解基礎之上的。

比較之下，曾經在《時報》、《申報》等擔任重要主筆的陳景韓（1878-1965），其翻譯完成的偵探小說、虛無黨小說以及創作完成的俠客小說等[15]，就題材、文體、語言、格調、風格等而言，將晚清主筆－小說家的文學表現空間，擴大到域外社會與世界文學領域，借他國之經驗，來消除自己心中之塊壘，實現自己對於時代、社會與民眾的啟蒙訴求。其中所洋溢著的那種革命的英雄主義與浪漫主義的情感、思想、行為與旺盛而執著的生命氣息，擴大了晚清主筆－小說家過於專注於現實社會與政治變革的局限，將一種更具有精神性、更富有英雄氣息和理想氣息的訴求和思想資訊，通過其翻譯小說和創作小說，傳達給時代讀者，極大地豐富了晚清「啟蒙文學」與「啟蒙思想」的內涵。

就這些小說的啟蒙性與啟蒙色彩而言，晚清的主筆－小說家並不是所謂的「斯文敗類」或「末路鬼」，實在是新思想、新時代的追求者、呼號者與啟蒙者。

三

對於晚清報紙來說，主筆－小說家的「小說家」身份，究竟在多大程度上影響到當時報紙的內容取捨、語言文字風格、報章修辭

---

[15] 晚清不少主筆－小說家亦為當時有影響的翻譯家，在陳景韓的翻譯外，包天笑的小說翻譯亦曾廣受歡迎。

文體等，這裡暫且不論，但就主筆－小說家的「主筆」身份，對於晚清章回體的白話小說的推動影響而言，顯然是不無必要予以考察分析的。而且，在晚清小說家的這種「主筆」身份之外，大量小說是通過報刊首先予以連載這樣一種新興通例，亦進一步強化了這種主筆－小說家所創作（包括翻譯、改寫等）的帶有近代社會思想啟蒙與文學審美啟蒙的小說中的諸多特質。

首先而言，這種主筆－小說家的小說作品，大多都帶有清晰而強烈的社會政治批判色彩與政治抒情性，以及宣傳鼓動性與社會啟蒙性兼具的時代特色。

主筆－小說家小說的獨特性，主要表現在它通常更直接、更及時地面對社會、讀者；主筆、小說家兩種身份的時分時合；主筆、小說家兩種身份的時分時合，更主要是兩者之間的相互滲透，尤其是作為主筆的小說家，其在社會時政方面的閱歷積累、思想主張等，自然地滲透到他們的小說中來，他們對於所謂教育小說、社會小說、歷史小說等的實驗關注，以及各種類型的偵探小說、俠義小說等的嘗試等，與上述因素即不無關係。此外，時評社論家慷慨縱橫、侃侃議論的言論風格，在晚清主筆－小說家的語言文體實驗與文本風格中亦多有影響存在，從而使得晚清小說因此而具備一種兼及新聞性、社會性、現實性、啟蒙性與革命鼓動宣傳性的綜合特性[16]。

這種類型的小說追求並強調小說主題的「有益」與文本的「有味」相結合的原則。前者主要是針對社評、新聞性報導的文體風

---

[16] 包天笑就曾指出陳景韓的論說語言與小說語言風格之間的「相似」：「景韓的文章，簡潔老辣，既寫時評、小說亦然。」（《釧影樓回憶樓》，包天笑著，北京，中國大百科全書出版社，2009年1月，第320頁）。

格、語言風格與內容而言的，而後者則顯然是參考了新興報刊在思想啟蒙與社會革命方面的有為而言的。這種對文學所提出的一種與時代共進的思想和社會要求或使命任務，實際上與主筆－小說家中的相當部分本身亦為革命黨或傾向於革命思想者的身份處境不無關係[17]。這種逐漸明晰起來的文學價值觀，在經過一個時代的實驗推動與實踐積澱之後，亦發展形成為一種文學傳統——革命文學的傳統：通過在文學與革命之間所建立起來的一種互動關係，來建構一種新的文學審美原則、文體風格與語言風格。

另外，這類小說文本內容上前所未有地及時關注並表現時代重大社會內容與生活題材，從而使得那些典型的主筆－小說家們的代表性小說，不少都具有鮮明的時效性。這種時效性不僅是就其表現題材而言——晚清中國所經歷的幾乎所有重大社會事變，在這些小說中都有不同程度、不同方式、不同形式的表現——更主要是就其文本的思想內容而言。譬如在包天笑的那些教育小說、社會小說乃至歷史小說中，其所寄託並表現出來的，就是作者啟蒙民眾、改良社會風俗、推進文明進步的個人理想。

其次，全景式的宏大敘事，是這種主筆－小說家的小說中極為常見的一種小說敘事風格，而李伯元的《文明小史》，幾乎就是這種史劇式風格的一種典型反映。對此，有研究者即指出[18]：

> 這一部書，是全般的反映了中國維新運動期的那個時代，從維新黨一直到守舊黨，從官憲一直到細民，從內政一直到

---

[17] 譬如陳景韓即曾因為其言論而獲罪於清庭當局。這種經歷不僅沒有削弱這些主筆－小說家們的革命理想與熱情，反而往往更加堅定了他們以言論方式啟蒙社會時代的信念。

[18] 阿英，《小說四談》，上海，上海古籍出版社，1981年12月，第132頁。

外交。所描寫的地帶，不是某一個省，或者某一個鎮，而是
可以代表中國的各個地方，從湖南寫到湖北，從湖北寫到吳
江，從吳江寫到蘇州，到上海，再由上海到浙江，到北京，
到山東，由山東回到南京，更從南京發展到安徽、香港、日
本、美洲，然後回到南北兩京。全書所涉及的地域，是如此
的廣闊，而每一個地方，除日、美外，全都寫的維新運動期
的事。

　　在這種帶有顯著寫實性的當代敘事文本中，如此全景式地描寫
社會生活的各個角度、地域空間中的諸多地方、形形色色的各色人
等、時代資訊的因果關聯等，確實對作者的閱歷修煉等提出了相當
要求。而主筆的身份，似乎亦能為這種要求的實現，提供特別的便
利。反過來，這種職業身份的「便利」本身，又讓主筆－小說家們
對於他們的主筆身份與工作性質提出了更多的基於社會性敘事與表
達的期待和要求。

　　再次，在這種類型小說之中，作者的思想意圖與政治文化立
場，亦往往直接或間接在小說文本中反映出來。甚至可以說，主
筆－小說家的小說，很大程度上就是發洩作者的情緒、掊擊社會政
治和世道人心的便利工具。譬如《文明小史》中，不僅在書前「楔
子」中，將作者寫作意圖昭示於眾[19]：

這個風潮，不同於那太陽要出、大雨要下的風潮一樣麼？所
以這一干人，且不管他是成是敗，是廢是興，是公是私，是

---

[19]　《文明小史》，李伯元著，上海，上海古籍出版社，1997年7月，第1-2頁。

真是假，將來總要算是文明世界上一個功臣。所以在下特特做這一部書，將他們表揚一番，庶不負他們這一片苦心孤詣也。

此外，還在文本之中，通過人物言論參與敘事，而將作者思想觀點或隱或顯地表達傳遞出來。在《文明小史》第一回中，那位「學問極有根底，古文工夫尤深」「年紀雖已古稀，卻是最能順時達變」的姚士廣，在為離京赴任的新任湖南永順知府柳繼賢時所說的一番話，顯然亦可視作小說作者自己對於時事事變的觀點立場一個典型。

四

儘管小說工具論——甚至於戰鬥武器——並非是晚清小說家中壓倒一切的主流觀念，而且這種觀念亦未必就形成了一種貫徹始終的文學思想觀念上的自覺或系統性的認知，但這種新的小說文學觀念的興起傳播，還是在小說的寫作實踐層面產生出了大量文獻文本，並亦造成許多社會時代之影響，甚至成為影響晚清社會發展與思想進步的不可或缺的文本因素。而主筆－小說家的小說作品中，就其表現手法及思想風格而言，抨擊、諷刺與暴露之手法更是頗為流行。對於這種情況，魯迅在《中國小說史略‧清末之譴責小說》中所做闡釋曾廣為引證[20]：

---

[20] 魯迅，《中國小說史略》，上海，上海古籍出版社，1998年1月，第205頁。

　　光緒庚子（1900）後，譴責小說之出特盛。蓋嘉慶以來，雖屢平內亂（白蓮教、太平天國、撚、回），亦屢挫於外敵（英、法、日本），細民暗昧，尚啜茗聽平逆武功，有識者則已幡然思改革，憑敵愾之心，呼維新與愛國，而於「富強」尤致意焉。戊戌變政既不成，越二年即庚子歲而有義和團之變，群乃知政府不足與圖治，頓有掊擊之意矣。

　　其在小說，則揭發伏藏，顯其弊惡，而於時政，嚴加糾彈，或更擴充，並及風俗。雖命意在匡世，似與諷刺小說同倫，而辭氣浮露，筆無藏鋒，甚且過甚其辭，以合時人嗜好，則其度量技術之相去亦遠矣。

　　魯迅上述議論，不僅指出了晚清所謂「譴責小說」在思想上及文學上的一般特點，更直接批評了這種類型的小說所存在的一些「缺點」或「不足」：在語言修辭風格上多有誇張，且思想意圖與作者情感傾向過於外露招搖，或者是為了「合時人之嗜好」，或是因為寫作者本身在小說技術上還存在著欠缺等，不能實現小說在內容與形式上的協調平衡[21]，同時亦指出了晚清這種小說繁榮的社會思想基礎。亦有研究者認為，像李伯元的《官場現形記》這類主筆－小說家的報載作品，「多急就之章」，「他的作品，幾乎都是隨寫隨刊，缺乏全面規劃。再加過多的強調揭露事實，在人物創造

---

[21] 阿英《小說三談・略談晚清小說》一文中，認為晚清「譴責小說」「這類體式最主要的缺點，就是徒有憤慨，而無解決，不能指點出路。」其實，像《老殘遊記》這樣的「譴責小說」，還是為現實社會中的人性惡化與墮落開出了療治的醫方的，這不過這種醫方恰恰與主筆－小說家們強烈的社會意識與現實意識所不同，是一種強調善惡輪回、因果報應以及自我修煉拯救的方法路徑，不是建立在社會反省與社會革命基礎之上的學說而已。

上，就不免削弱與遜色，很難看到完整而又富有典型意義的形象。因此，瑕瑜就互見了。」[22]

　　與魯迅的上述議論相比，晚清主筆－小說家們自己，其實對其作品亦有相當之認識。李伯元就曾反省《官場現形記》：未作《官場現形記》之先，覺胸中有無限蘊蓄，可以藉此發舒。迨一涉筆，又覺得描繪世情，不能盡肖，頗自愧閱歷未廣。倘再閱十年而撰述，或可免此病矣。

　　如何在「有益」與「有味」之間找尋到時代的平衡可能，並建立起一種動態的更具有彈性的文本形態意義上的理性關係，這是晚清主筆－小說家及其「啟蒙」性質的小說所曾經探究並留給後來者的一個嚴肅課題。儘管這種探索在這些作家在時代環境以及個人生計等因素的綜合考量中不一定真正得以更具有個人理想與意願的展開實現，但他們所走過的道路，這種探究與思考，一方面昭示出近代文學生成過程中的種種時代歷史特色，另一方面，對於後來的「五四」新文學以及當代文學，應該說亦不乏啟發與借鑒意義。

---

[22] 阿英，《小說三談》，上海，上海古籍出版社，1979年8月，第211頁。

後記

　　日本學者樽本照雄在其一篇有關阿英《晚清小說目》的文章中，有這樣一段文字：從「五四」以後文學革命的角度來看，清末小說應成為打到的對象。評價作品、研究小說和保存資料完全是兩碼事。但是這兩件事很容易被混為一談。清末小說所受到的評價非常低，資料很難被保存。沒有資料，就不能進行研究。沒有研究，評價就會更低，研究者就更會失掉收集資料的熱情，從而引起惡性循環。（樽本照雄，《清末小說研究集稿》，濟南，齊魯書社，2006年8月，第154頁）

　　類似的意思，趙景深先生亦曾表達過。在《中國小說叢考》「序」（趙景深，《中國小說叢考》，濟南，齊魯書社，1980年10月，第3頁）中，趙先生就自己的小說研究方法，亦就當時或者過偏於議論的小說研究風氣，說過這樣一段老實話：

　　　　我覺得，考據在今天仍是需要的，它是文藝研究的準備工作。不過，不能以考據作為終極目的，考據只能是手段。我這本書就是在考據上也不能算是全面的，我只是更多地談到來源演變、作品真偽、作者生平、版本校勘、評論正誤……這一些，而時代背景、社會情況、歷史條件……這一些就很少談到。不過，像「諸葛亮騎過幾次馬」之類的文章，也許

我這書裡還沒有；也就是說，我希望我不會是「為考據而考
據」。

這段文字，寫於1980年1月。今天看來，文字中所提到的小說研
究方法，基本上已經廣為學界所認同，甚至被奉為學術研究的不二
法門。「對晚清民初小說的研究目前還處於初始的階段，有待進一
步展開。要研究這一時期的小說，首先要瞭解當時小說發表、出版
的情況，也就需要有相應的目錄。」（劉永文編《晚清小說目錄》
「前言」，第8頁，上海古籍出版社，2008年11月，上海）。

其實，早在「五四」新文學家們試驗新文學之時，即已開展對
於傳統小說之研究，或者後者啟動更早亦未可知。魯迅在修訂《中
國小說史略》「題記」中言：「回憶講小說史時，距今已垂十載，
即印此梗概，亦已在七年之前矣。爾後研治之風，頗益盛大，顯幽
燭隱，時亦有聞。」此處所謂「研治之風」，應當包括文獻資料之
廣羅蒐集以及考證研究吧。蔣瑞藻在其《小說考證》卷一開篇曰：
顧作者往往以遊戲出之，著書之由，不以告人，甚則並姓名而隱
之，讀者亦徒賞其文章之工妙，事蹟之離奇，書之義例若何、原委
若何，不過問焉。善讀小說者，當不如是。（蔣瑞藻編，《小說考
證》，第1頁，古典文學出版社，1957年7月，上海）

上述文字，所涉及者雖均與小說研治方法中之考據一途有關，
但又各有側重，並非全然一律，且各家對於考據研究之內容、方法
與意義價值等之認識評價，似亦並非完全一致。

有意思的是，在20世紀初期的歐洲，文學研究的「風氣」，亦
經歷過多次調整或偏重。「在歐洲，特別是自第一次世界大戰以
來，出現了一種反抗後半個19世紀中流行的文學研究方法的趨勢：

反抗只去搜集無關的材料，反抗那種認為文學應該用自然科學方法、因果關係以及諸如泰納的有名口號種族、環境、時機等外界決定因素來說明這一整個基本假定。在歐洲，這種19世紀的學術研究通常叫作『實證主義』」（雷內・韋勒克，《批評的概念》，第246頁，張今言譯，中國美術學院出版社，1999年12月，北京）。在這種所謂「實證主義」的文學研究方法或理論中，一般被認為，「客觀性、不帶個人因素和確定性這些一般的科學理想──總的來說這是一種維護前科學的事實主義的努力」。而值得注意的是，當時留學美國的胡適，無論是在最初留學的康奈爾大學，還是後來的哥倫比亞大學，他從課堂上都曾接受到過與這種實證主義相關的學術訓練。這一學術訓練的基本線索，用胡適自己的歸納，就是所謂歸納論理法──歷史的輔助科學（Auxiliary Sciences of History）──高級批判學（Higher Criticism）。關於歷史的輔助科學，他在晚年依然頗為緬懷地追憶到：

> 另一個影響我的人便是（康乃爾大學的）布林（G.Lincoln Burr）。布林的門人中後來有很多知名的教師和歷史學家。哥倫比亞大學的奧斯丁・艾文斯（Austin P.Evans）教授便是布氏的高足。我在康乃爾認識艾文斯時，他已是布林的助手了。我在康乃爾讀研究院的時候，曾選了布林的一門課叫做「歷史的輔助科學」。這短短的一門課使我獲益甚大。在這門課裡，他每週指定一門「輔助歷史的科學」──如語言學、校勘學、考古學、高級批判學（聖經及古籍校勘

學）等等。這是我第一次對這些「輔助歷史的科學」略有所知。」[1]

胡適在美國所接受到的學術訓練，一定程度上回應了韋勒克對19世紀末、20世紀初期歐洲乃至整個西方學術世界文學研究方法的「調整」。有意思的是，胡適接受並認同這種實驗主義、實證主義學術方法、並將這種理論與方法帶回到中國且充滿自信地開闢20世紀中國人文學術研究的嶄新世界之時，歐洲的文學研究之風尚，卻在發生並非悄無聲息的改變——韋勒克甚至將這種改變，稱之為一種「反抗」趨勢。

即便如此，這些以「歷史主義」或「唯美主義」為特點或趨勢的新反抗，似乎並沒有根本上動搖並蕩滌乾淨事實主義或實證主義的研究方法——20世紀初期開始的中國現代之文學研究理論與實踐，從一個側面證明上述研究方法依然有其存在的合理性與作為一種文學研究理論或方法的有效性。上述合理性與有效性，既與20世紀中國文學研究史上那些遵循上述研究法則而生成的那些經典研究成果息息相關，亦與中國文學、尤其是中國小說生成與發展的較為獨特的歷史文化環境密不可分。一定意義上，胡適的偏重於文學的外部研究的事實主義，與魯迅兼顧文學內部研究、強調文學作品的個人體驗、文學感受與藝術評價的「主觀主義」，共同開拓塑造了20世紀中國小說研究的理論空間與學術氣質。直到現在，無論是胡適的中國古代白話小說考證研究，還是魯迅的《中國小說史略》，依然是學界進一步擴展深化相關研究最為堅實的學術基礎。

---

[1] 胡適，《胡適口述自傳》，合肥，唐德剛整理／翻譯，安徽教育出版社，2005年5月，第136-137頁。

　　也因此，對於清末民初小說研究而言，「鑿空」之論或類似研究方式，無疑依然是需要研究者自我警示的。而要破解那種「緣詞生訓」和「守訛傳繆」式的作派或陋習，最適宜的方式，想來也不過認真或較真的輯佚校勘功夫而已。

　　上述研究理論上的描述概括，只是想為這本《海上漱石生研究》提供一個自我建構的研究方法的思考背景。當我早在十年前關注王韜與近代都市文人與市民文學這一命題時，研究理論與方法上的思考即已開始。而當我初步清理出王韜——鄒弢、俞達、李伯元、孫玉聲——朱瘦菊這樣一條近代滬上都市文人與市民文學的代際傳承與衍生線索時，一個無法迴避的事實亦相伴而生，即圍繞著上述作家的生平及著述經歷，尚有大量基本資訊缺失或存在疑惑謬誤。譬如有關海上漱石生孫玉聲的生平，迄今眾說紛紜，未見一最為權威之定說，而有關其著述，更鮮見較為完整全面蒐集描述者——基於這樣現實之上的學術研究，無論是所謂客觀主義的研究方法，還是所謂主觀主義的研究方法，都不得不從有關海上漱石生的最為基本的事實著手。從這一角度講，趙景深先生所謂考據研究當為更深入之文學研究之基礎的理解認識，在我看來依然是一種老實誠懇顯然亦較為正確之方法。

　　也正是循著上述理解認識，我將王韜與近代文學之轉型研究，分解為兩部分，一部分為所謂外部研究，即有關相關作家及作品的基本歷史事實之考證研究，另一部分為所謂內部研究，即對那些小說文本進行更富有審美體驗意味與考量的分析解讀，試圖將胡適式的考據研究，與魯迅式的極富個人審美體驗及小說史觀的研究結合起來並予以實踐。而在我看來，由王韜及早期《申報》館文人群所開創的近代上海都市文學、市民文學的小傳統，經過鄒弢、韓邦

慶、李伯元、孫玉聲等之傳承發揚，再到朱瘦菊或一部分「鴛鴦蝴蝶派」作家，在「上海文學」這一語境中，完成了所謂近代轉型，並在朝向現代的處境中，呈現出一種仍然帶有探索意味的面貌景觀。

有人曾經將近代以來的上海文學傳統，描述為報人－小說家傳統。這種描述具有一定的歷史合理性，但又未能夠涵蓋這一傳統的全部內涵，甚至亦未能夠兼顧這一傳統在發展傳承中所生發的流變。當報人－小說家向職業小說家擴展轉型的時候，近代以來由王韜等人所開創的上海文學，也已經發生顯而易見的裂變。而30年代前後滬上左翼文學及現代主義文學的興起，實際上從兩個方向對晚清以來的這種都市文學傳統形成了夾擊，即在市民認知及重新界定與更新的文學形式的探索上。而現代上海市民文學空間的被逼壓縮，恰恰見證了近代上海文人與市民通過文學這一形式相互塑造、相互對話的傳統，在現代遭遇到了階級革命與文學創新的雙重壓力。而這一歷史過程本身，亦反映出都市市民文學在近現代中國歷史語境中的脆弱性與左右難以逢源的尷尬處境。

無論是從這一傳統形成發展的歷史進程還是從其文學實踐的典型性與代表性而言，海上漱石生研究都是深入揭示闡發這一傳統繞不開的一個支點，一定程度上甚至還具有研究起點的意義與關聯性。

於是，我選擇了海上漱石生作為上述系統研究的另一個支點，以與王韜研究自然地形成一種近代語境中滬上兩代文人之間的對話關係，從中考察這一文學傳統在朝向都市市民的空間形態與朝向近現代的時間形態上的發起與流變。其中或許還可以涉及到對傳統文人的近代化與都市市民化的追問與考察，也可能涉及到對近代都市文人多重社會文化身份的建構與自我迷惑困擾問題的分析闡釋，甚

至還可能對他們藉以自我情感與思想表達的文本形式予以細讀解析。凡此種種,既具有各自相對獨立的研究意義,彼此之間又相互勾連,共同生成出一條近現代上海都市市民文學的線索或文脈。近代語境中都市市民文學的興起,折射出近代中國都市化進程的歷史脈絡與社會文化生態,而現代語境中都市市民文學的一度繁盛以及盛極而衰的事實,亦反映出現代語境中中國都市化進程的艱難、遭遇到的挫折以及這一歷史進程的複雜性和反復性。文學研究與都市、社會、歷史、文化考察之間的相互糾纏,本身就昭示出這一時段上海文學的駁雜多樣,以及研究方法上所需要的不斷嘗試與探索。

本書稿是我來復旦後第一項專題研究之一部分,它在研究選題方面,與我過去之傳教士與口岸文人研究,存在著顯而易見之關聯。不過在研究理論與方法上,該文稿當更為自覺。至於是否較好地實現了這種自覺與努力,則未敢多言,留待讀者諸君批評指正。

儘管我知道這是一種志大才疏式的不自量力,但還是嘗試著一點點去推進計畫中的工作。需要說明的是,上述研究從一開始即得到陳思和教授的肯定與支持。他不僅將這一研究納入到「文學史關鍵人物研究」這一專案之中,而且始終對於我的工作予以關注。2012年底,范伯群先生應邀來復旦中文系,就通俗文學舉行專題講座。我受思和師之託,代其主持了范先生的後三場講座。儘管當時本論稿中大部分研究已經結束,但范先生在清末民初以上海及江浙文人為中心的通俗文學研究方面的扎實學風和深厚功力,還是給我頗多啟發。我亦視此為個人學術經歷中的一種難得機緣。對於思和師的鼓勵和范先生的啟發,在此一併表示感謝。

同樣需要表示感謝的還有袁進教授。袁進教授在張恨水及「鴛鴦蝴蝶派」作家研究方面的成果,一直是我展開上述研究工作的基

礎文獻。而他在近代文學方面的總體解讀把握，亦為我在研究中不時參照借鑒。

另外需要予以感謝的是德國漢學家魯道夫・瓦格納教授對我上述研究所給予的關注和鼓勵。2013年5、6月份，瓦格納先生來復旦講學期間，我們曾有過晤談。他不僅向我表達過為什麼中國到現在沒有編纂出版過王韜全集的疑惑不解，亦對我就早期《申報》文人群研究所提出的若干疑問進行過交流。瓦格納先生對於《申報》創辦人尊聞閣主美查的研究素為學界重視。我們在此次晤談之後所建立起來的學術聯繫，對我推進上述研究計畫提供了不少文獻資料上的便利。

書稿撰寫過程中，臺灣學者——出版人蔡登山先生來滬開會並講學。我們在餐館以及登山先生下榻的旅館房間裡的話題，一刻也沒有離開過近現代文學與文化。登山先生90年代初期曾策劃拍攝過兩部有關現代作家和現代學者的紀錄片，這兩部紀錄片不僅讓他近距離地接觸到80年代末、90年代初的中國，而且也近距離地接觸到剛剛從漫長動盪中僥倖存留下來的眾多大陸作家。當他跟我談起當年如何獲得大陸官方批覆得以採訪拍攝冰心、巴金，如何在沈從文的家鄉見證《邊城》與《湘行散記》中的湘西山水，如何在陳寅恪的故鄉江西修水得到陳氏族人質樸熱情的款待而又因為當時當地沒有旅館、一行人只能在一間空屋子裡席地而臥的經歷時，眼睛裡閃爍著的，依然是一個沉湎者才會有的愉悅與陶醉。這是登山先生身上讓我感到親切並樂於親近的一種熟悉的氣質與氣息。

不僅如此。

在登山先生擔任總編的這家出版機構中，曾經出版過一位臺灣學者撰寫的《王韜三書研究》的學術著作，我猜測這大概也是兩岸

學界第一部專門研究王韜小說集的學術著作。而登山先生自己，不僅長期關注浸淫現代文人作家學者研究，而且還出版過多部相關著作。他的《洋場才子與小報文人》中所涉及到的大部分作家，是我的上述研究中需要關注和解讀的。就此而言，我們其實亦為同行，而登山先生在此方面，無疑亦為我的前輩。

讓我感念不已的是，當我向登山先生提起手邊有這樣一部書稿時，他馬上提出將書稿交給他出。對此，我是既放心又高興。登山先生在近現代通俗文學方面的文本素養與學術素養，無疑可以讓他對這部書稿作出具有專業水準的判斷，而他對「五四」新文學的長久關注，亦可為如何更準確地拿捏議論近現代通俗文學作家的歷史地位與貢獻提供必不可少的文學參照。同時，據我所知，登山先生在近現代中國社會、歷史、文化與各類文人官僚方面，亦有頗多關注甚至專門研究，這無疑讓他對中國近現代社會的複雜性、多樣性以及文人知識份子的心路歷程，有著超出一般的體會、判斷和把握。將這樣一部書稿交給登山先生，我視為一種榮幸。在此亦向登山先生的慷慨和支持表示感謝。

我的復旦同行亦為我師兄的張業松教授，對我所有的學術工作均有過關注。他在我的學術工作中所給予的許多極為精到的專業議論，以及對我的工作所給予的從不吝嗇的鼓勵和支援，是讓我感念不已的珍貴饋贈。我願借此表達內心感謝。

依然需要感謝的，是我妻子多年以來持之以恆的督促、體諒與照顧，還有女兒思之猶溫的問候與鼓勵。

是為記。

2013年6月10日滬上

參考文獻

研究類著述（包括回憶錄）

王德威，《被壓抑的現代性：晚清小說新論》，北京，北京大學出版社，2005年5月。

王爾敏，《明清時代庶民文化生活》，臺北，中央研究院近代史研究所，2000年7月。

王颺主編，《中國文學通史・近代文學》，南京，江蘇文藝出版社，2011年12月。

包天笑，《釧影樓回憶錄》，北京，中國大百科全書出版社，2009年1月。

任訪秋主編，《中國近代文學史》，河南大學出版社，1988年。

李漢秋、胡益民，《清代小說》，合肥，安徽教育出版社，1989年3月。

李瑞騰，《晚清文學思想論》（1984-1911），臺北，漢光文化事業有限公司，1992年8月。

阿英，《晚清小說史》，南京，鳳凰出版傳媒集團、江蘇文藝出版社，2009年1月。

阿英，《小說閒談四種》，上海，上海古籍出版社，1985年。

林明德編，《明清小說研究》，臺北，聯經出版社，1988年3月。

胡士瑩，《話本小說概論》，北京，中華書局，1980年5月。

胡文彬主編，《中國武俠小說辭典》，石家莊，花山文藝出版社，1992年8月。

范伯群，《多元共生的中國文學的現代化歷程》，上海，復旦大學出版社，2009年8月。

范伯群，《填平雅俗鴻溝──范伯群學術論著自選集》，南京，江蘇教育出版社，2013年4月。

范泉主編，《中國近代文學大系爭鳴錄》，上海，上海書店出版社，2012年7月。

范煙橋，《中國小說史》，臺北，漢京文化事業有限公司，1983年9月。

周建渝，《才子佳人小說研究》，臺北，文史哲出版社，1998年10月。

袁健、鄭榮編著，《晚清小說研究概說》，天津，天津教育出版社，1987年7月。

時萌，《晚清小說》，臺北，國文天地出版社，1990年，。

時萌，《中國近代文學論稿》，上海古籍出版社，1986年。

袁進，《近代文學的突圍》，上海，上海文藝出版社，2001年10月。

陳大康，《中國近代小說編年》，上海，華東師範大學出版社，2002年12月。

陳平原，《中國小說敘事模式的轉變》，上海，上海人民出版社，1988年8月。

陳平原，《中國現代小說的起點──清末民初小說研究》，北京，北京大學出版社，2005年9月。

陳謙豫，《中國小說理論批評史》，華東師範大學出版社。

黃錦珠，《晚清時期小說觀念之轉變》，臺北，文史哲出版社，
　　1995年2月。

游秀雲，《王韜小說三書研究》，臺北，秀威科技股份有限公司，
　　2006年10月。

楊聯芬，《晚清至五四：中國文學現代性的發生》，北京，北京大
　　學出版社，2003年11月。

魯迅，《中國小說史略》，上海，上海古籍出版社，1998年1月。

蔣瑞藻，《小說考證》，上海古籍文學出版社，1957年。

賴芳伶，《清末小說與社會政治變遷：1895-1911》，臺北，大安出
　　版社，1994年9月。

（日）內田道夫編：《中國小說世界》，上海古籍出版社，1992年7
　　月，上海。

（日）清木正兒，《清代文學評論史》，東京，岩波書店，1950年。

（日）樽本照雄，《清末小說閒談》，法律文化社，1983年。

（日）樽本照雄，《清末小說論集》，法律文化社，1992年。

（美）韓南：《中國近代小說的興起》，王秋桂等譯，北京，北京
　　大學出版社，2004年5月。

（美）浦安迪講演：《中國敘事學》，北京，北京大學出版社，
　　1996年3月。

相關研究

王爾敏，《清季知識份子的中體西用》，大陸雜誌史學叢書，2輯
　　5冊。

王爾敏，《中國近代知識普及運動與通俗文學之興起》，中華民國
　　初期歷史研討會論文集，中央研究院近代文學史研究所，1984
　　年4月。

方曉紅，《試析晚清小說期刊》，《明清小說研究》，1999年第
　　4期。

方曉紅，《晚清小說與書報刊媒體發展之關係》，《江海學刊》，
　　1998年5期，1998年9月。

李斌，《晚清報刊與文化大眾化》，《貴州社會科學》，1996年第
　　2期。

李建祥，《清末明初舊派言情小說》，收在林明德編《晚清小說研
　　究》，聯經出版社，1988年3月初版。

何宏玲，《傳媒、時尚與〈海上繁華夢〉》，南京師範大學文學院
　　學報，2010年第4期。

宋暉，《近代報刊與小說的勃興》，《江西師範大學學報》，第34
　　卷第1期，2001年2月。

袁進，《試論晚清小說讀者的變化》，《明清小說研究》，2001年
　　第1期。

馬永強，《近代報刊文體的演變與新文學》，《晉陽學刊》，2000
　　年第2期。

張俊才，《近代小說總體研究綜述》，《明清小說研究》，1991年
　　第1期。

潘建國，《由申報所刊三則小說徵文啟事看晚清小說觀念的演
　　進》，《明清小說研究》，2001年第1期。

潘建國，《小說徵文與晚清小說觀念的演進》，《文學評論》，
　　2001年第6期。

劉永文，《晚清報刊小說的傳播與發展》，《社會科學輯刊》，
　　2003年第1期。

劉德隆，《1872年——晚清小說的開端》，《東疆學刊》，第20卷
　　第1期，2003年1月。

賴光臨，《中國士人報業的特質與精神》，收在王洪鈞主編，《新
　　聞理論的中國歷史觀》，臺北，遠流出版社，1998年3月。

Do文評01　PG1083

清末民初報人－小說家：
海上漱石生研究

作　　　者／段懷清
主　　　編／蔡登山
責任編輯／王奕文
圖文排版／賴英珍
封面設計／陳佩蓉

出版策劃／獨立作家
發 行 人／宋政坤
法律顧問／毛國樑　律師
製作發行／秀威資訊科技股份有限公司
　　　　　地址：114 台北市內湖區瑞光路76巷65號1樓
　　　　　電話：+886-2-2796-3638　傳真：+886-2-2796-1377
　　　　　服務信箱：service@showwe.com.tw
展售門市／國家書店【松江門市】
　　　　　地址：104 台北市中山區松江路209號1樓
　　　　　電話：+886-2-2518-0207　傳真：+886-2-2518-0778
網路訂購／秀威網路書店：https://store.showwe.tw
　　　　　國家網路書店：https://www.govbooks.com.tw

出版日期／2013年11月　BOD一版　定價／480元

獨立作家
Independent Author

寫自己的故事，唱自己的歌

清末民初報人－小說家：海上漱石生研究 / 段懷清著. --
一版. -- 臺北市：獨立作家, 2013.11
　　面；　公分
　ISBN 978-986-89946-4-5(平裝)

　1. 孫家振　2. 中國小說　3. 文學評論

857.7　　　　　　　　　　　　　　　　102019216

國家圖書館出版品預行編目

讀者回函卡

感謝您購買本書，為提升服務品質，請填妥以下資料，將讀者回函卡直接寄回或傳真本公司，收到您的寶貴意見後，我們會收藏記錄及檢討，謝謝！
如您需要了解本公司最新出版書目、購書優惠或企劃活動，歡迎您上網查詢或下載相關資料：http:// www.showwe.com.tw

您購買的書名：_____

出生日期：_____年_____月_____日

學歷：□高中 (含) 以下　　□大專　　□研究所 (含) 以上

職業：□製造業　□金融業　□資訊業　□軍警　□傳播業　□自由業
　　　□服務業　□公務員　□教職　　□學生　□家管　□其它_____

購書地點：□網路書店　□實體書店　□書展　□郵購　□贈閱　□其他

您從何得知本書的消息？

□網路書店　□實體書店　□網路搜尋　□電子報　□書訊　□雜誌
□傳播媒體　□親友推薦　□網站推薦　□部落格　□其他_____

您對本書的評價：（請填代號　1.非常滿意　2.滿意　3.尚可　4.再改進）

封面設計____　版面編排____　內容____　文／譯筆____　價格____

讀完書後您覺得：

□很有收穫　□有收穫　□收穫不多　□沒收穫

對我們的建議：_____

_____

_____

_____

11466
台北市內湖區瑞光路 76 巷 65 號 1 樓
獨立作家讀者服務部　　　　收

··

（請沿線對折寄回，謝謝！）

姓　　名：_____　年齡：_____　性別：□女　□男

郵遞區號：□□□□□

地　　址：_____

聯絡電話：(日) _____　(夜) _____

E-mail：_____